アテナイオス

食卓の賢人たち 3

西洋古典叢書

凡例

一、本書はアテナイオス『食卓の賢人たち』(Athenaios, *Deipnosophistai*) 全十五巻の全訳である。

（1）ただし、第一巻、第二巻の全部と第三巻のはじめの部分は散逸しているので、この部分は後世の人の手になる「要約」を訳してある（「解説」参照）。

（2）G・カイベルによるトイプナー版 (Leipzig, 1887–90) を底本とし、C・B・ガリックによるロウブ版 (London/Cambridge, Massachusetts, 1927–41) を随時参照し、第一、第二巻についてはA・M・デルソー／C・アストリュクによるビュデ版 (Paris, 1956) も参照した。

（3）本訳では、原著を三巻ずつに分割して全五巻とする。

二、訳文の欄外上部に記してある数字とアルファベットは、本書の伝統的な頁づけであり、アテナイオスの引用はすべてこれによって行なわれるので、本訳でもそれを記した。

三、本文中『 』は書名を、「 」、『 』はそれぞれ引用（あるいは会話）文中の会話と引用等を表わし、また［ ］でくるんで小さい字で書いてあるのは、訳者による補訳である。

四、本書全体を通して、訳註の中で「辞書」とあるのは、とくに断わらないかぎり、H.G. Liddell and R. Scott, *Greek-English Lexicon*, 9th ed. (Oxford, 1940) + P.G.W. Glare, *Revised Supplement* (Oxford, 1996) のことである。また、トンプソンとは D'Arcy Wentworth Thompson, *A Glossary of Greek Birds* (Oxford, 1936), id., *A Glossary of Greek Fishes* (Oxford, 1947) であり、島崎氏と

は『アリストテレス全集』第七巻および第八巻（岩波書店、一九六八－六九年）の『動物誌』の島崎三郎氏による訳および註である。

五、目次と本文中の見出しは、読者の便をはかって訳者がつけたものである。

六、すべての引用文について、適宜その出典を註として示したが、作品名のみ示してあって箇所が明示されていないのは、その出典の作品が断片であることを示している。

七、それが必要または、ある方が便利と考えられる場合には本文中に（　）をつけ、ギリシア語の綴りをローマ字化して原語を示した。

八、最終巻（『食卓の賢人たち　5』）末に、人名・地名、事項、出典の各索引を付録として掲載する。

目次

第九巻……327

食卓の賢人たち　3

柳沼重剛　訳

第七巻

一、二の祭礼のこと

275b
宴もたけなわになったころ、一座の中にも犬儒派の諸公はとりわけて、今こそパゲシア〔食事祭〕の儀を執り行なうべしと勢いづき、その犬どもを束ねるキュヌルコスが言った、「あいや、ウルピアヌス殿、今しもわれら、こうして食事をしている間に、貴殿に伺いたい（君は今、言葉の馳走を受けている[1]ところだからなのだが）、パゲシアだのパゲシポシア〔飲食祭〕だのいうのを、休日の名として使いはじめたのは、そもそもだれ以来であるか、だな」。問われた方は困惑し、給仕の奴隷どもに、すでに夕刻になったゆえ、食事を回せと命じた。そして言った、「残念ながらそういう言葉には、小生おつき合いがない。それよりは君、賢明なる君こそ、何かのたもうべき時だろう。食事がいっそううまくなるだろうからな」。心得たとばかりキュヌルコスが言った、「もし教えてくれたら感謝すると言うなら、申し上げよう[2]」。一同がいいともと言うと彼は言った、「キュプロス島のソロイの出で、アリストテレスの弟子であるクレアルコスが『謎について』の第一巻でこう言っている（ぼくは彼のこの言葉が大いに気に入ったので覚えているのだ）、『パゲシア、この祭りをパゲシポシアと呼ぶ人もある。この祭りは、吟唱詩人が祝っていた……〈欠落〉……そしてディオニュシアの祭りで、今は行なわれなくなった。詩人たちはそれぞれの神に次々に詩を献じて崇めまつった』。クレアルコスはこう言っているんだが、もしお疑いの向きがあるなら、小生はその本を持っているから、お見せしてもよい。この本からはいろんなことが学べて、問題が解けるようになるよ。アテナイのカリアスは『アルファベットによる悲劇』というもの(3)を作ったが、エウリピデスは『メデイア』で、ソポクレスは『オイディプス王』で、それぞれ合唱隊やプロットを、その劇からもらっているのだと、この著者は言っているよ」。

b

一同がキュヌルコスの博識に感心していると、プルタルコス(4)が言った、「それと似たことだが、わがアレクサンドレイアの町では、ラギュノポリア［甕かつぎ］という祭りが行なわれるんだが、これについてはキュレネのエラトステネスが『アルシノエ』という題の本で触れている。こう言っているのだ、『プトレマイオス［二世］はありとあらゆる祭礼や犠牲式を創始したが、とくにディオニュソスに関する祭礼が著しい。

(1)「言葉の馳走」という言い方はプラトン『国家』五七一Dに出てくる。ただし言い回しは少し違う。

(2) これも同じくプラトン『国家』三三八Bに似た言い方が見える。ただしこれも言い回しはプラトンとは違っている。それゆえキュヌルコスがプラトンを思い出しながらこう言ったことにされているのかどうかはわからない。しかし、同一人物の同じ言葉の中で、同じプラトンの同じ作品の中の言葉に似た言い方がされているのだから、これらの言葉がプラトンを下敷きにしている可能性はある。

(3) このカリアスは前五世紀後半のアテナイの喜劇作家。『アルファベットによる悲劇』については、本書第十巻（本訳書では第4分冊）四五三c－dに詳しく紹介されている（ただしそこを参照してもよくわからない）。また、この題名の喜劇がカリアスの作であるかどうかも疑われている。

(4) このプルタルコスは、「英雄伝」の著者ではない。本書第1分冊の「解説」を参照。

男がオリーヴの枝を持ち運んでいるのを見てアルシノエ(1)が、今日は何の日なのか、何の祭りをしているのか
と尋ねると、その男が「ラギュノポリア」という祭りだと言い、そして会する者たちは灯心草を敷いた所に
横になって、運ばれてきたものを食べる、そして、めいめい自分の家からかついできた甕の酒を飲むのだと
c 答えた。その男が行ってしまうと、アルシノエが言った、「これは汚らしい集会ですよ。どうせ雑多な群衆
の集会に決まっていますし、宵越しの何かを持ち寄って宴を張る、まともなものなど出されやしないでしょ
う」』。これがエラトステネスの伝えている話だ。だが、もしこの種の祭りが嫌いでなかったら、アルシノエ
は倦むことなく、アテナイのアンテステリア祭の二日目のコエス〔酒甕〕(2)の儀で行なわれていたのとそっく
りな支度をしただろう。つまりそのコエスの日には、めいめいがひとりでご馳走になるんだが、その馳走は、
招いた方が支度するんだからね」。

魚についての序

居合わせた文芸研究家の中のある者が、並べられた料理を眺めながらこう言った、「これほどのご馳走を、
d 一体どうすりゃ食べられるのか。かのみごとなアリストパネスが『アイオロシコン』で言っているように、
たぶんひと晩かかるだろう。『ひと晩』というのは『ひと晩中』ということでね。ホメロスにもそういうの
があるだろう、

　岩屋の中で、羊どもの間に手足を伸ばし(3)。

つまり『すべての羊の真ん中に』と言って、この巨人〔ポリュペモス〕の大きさを明かすべきところなんだな、ここは」。これに対して医者のダプノスが言った、「あのね、夜の食事というのはわれわれの体に――どこか一部分ではなく全体に――いいものなんだ。それは月という星が腐食性に富んでいて、食べたものを消化す
e るのにうまい具合に合っているからだ。消化というのは腐食することだろう。とにかく、同じ犠牲(いけにえ)でも、夜屠られたのは腐りやすいし、木でも、月夜に切られたのはそうだね。それから果物だってたいていは、月光を浴びて熟すわけだろう(4)」。

　これまでに出された魚、それに、今も続々と出されてくる魚の、種類も大きさも実にさまざまだったが、ミュルティロスが言った、「いや、諸君、美味と呼ばれる料理も数々ある中で、魚がその名を独り占めにし

---

(1) このアルシノエは、プトレマイオス一世とベレニケの娘。のちに兄弟であるプトレマイオス二世（ピラデルポス）の妃となった。どういう事情でそうなったのかは、よくわかっていない。

(2) アンテステリア祭は、春アンテステリオンの月（二月―三月）にアテナイで行なわれたディオニュソスに捧げる大祭のひとつ。第一日は「甕開けの儀」でディオニュソスに新酒を奉納して市民もそれを楽しむ。第二日はここにあるように「甕かつぎの儀」で、大いに飲み、またディオニュソスを乗せた山車が市内を巡幸する日。第三日は死者の慰霊の日。

(3) ホメロス『オデュッセイア』第九歌二九八。人食いの巨人ポリュペモスが、オデュッセウスの飲ませた酒に酔って大の字に寝るくだり。

(4) 月の光が物を腐らせるという説は、プルタルコス『食卓歓談集』第三巻一〇（六五七f―六五九d）でも、「なぜ肉は日の光よりは月の光にあてると腐りやすいか」と題して論じられている。

てしまったのも無理ないと思うね。食べ物の中でもこれは特別で、これのために、もう狂わんばかりになっ
f た連中がいるわけだろう。とにかく美食家というのは、『まだ青い無花果（いちじく）を添えて牛肉を食らった』ヘラク
レスのように、牛肉を食べる人じゃないし、パノクリトスが『エウドクソス論』でそう言っているんだが、
哲学者のプラトンのように、無花果が好きな人のことでもない。パノクリトスは、アカデメイアの学頭だっ
たアルケシラスは葡萄が好きだったとも言っている。しかし美食家というのはそんなのじゃなくて、魚屋に
入り浸っている人のことだ。ドロテオスが『アレクサンドロス伝』で言っているように、マケドニアのピリ
277 ッポスとその子のアレクサンドロス［大王］は林檎が好きだった。ミュティレネのカレスが記しているとこ
ろによると、アレクサンドロスは、最上の林檎はバビロニアあたり一帯に産すると知るや、船に林檎を満載
して林檎合戦を繰り広げ、人の目を楽しませた。いや、私も知らぬわけではない、『美味』と称されるもの
は、主として火を通して料理されたもののことだってね。つまり opson［美味］とは hepson［調理］あるいは
optesthai［火を通す］から生まれた言葉なんだよね」。

　ティモクラテス君、こうして魚はどっさり出されて、それをわれわれはいい塩梅の時に食べたというわけ
だ。ちょうどソポクレスの台詞（せりふ）にあるようにね、

b 物言わぬながら魚どもが、群をなして合唱隊となり、
［女主人に］尾鰭（おひれ）を打ち振っておった。(1)

もっとも、ここでは女主人にではなく、皿に尾を振っていたのだがね。それからアカイオスの『モイライ』
にもこんなのがあるな、

大海原より来たれる大群
……………海の使者とて
静けき海原をば尾鰭もて打ち打ち。

以下に君のために、賢人たちが食卓で話したことどもを逐一申し上げることにしよう。というのも皆さん方 c が、それぞれ書物の中からの割り前を持参して集まったからだが、その書物の数は膨大になるので、いちいちの書名は省かせていただこう。

市場へ食料を買い出しに行って……、
本当の魚をおごることもできるのに、
二十日大根にしておこう、なんて言うやつは、気がふれている、(2)

とアンピスが『レウカス』の中で言っている。さてそこで、君が覚えやすいように、魚の名前のアルファベット順にご紹介することにしよう。ソポクレスの『アイアス』に

物言わぬ魚どもの餌食として(3)

---

(1) ソポクレス「断片」七六二。

(2) アンピスのこの三行は、本書第二巻（本訳第1分冊）五七bでも、二十日大根に関連して引用されていた。本訳書の底本の校訂者カイベルは、この引用はここには合っていないと註しているが、「魚総論」中の引用文としてはこれもいいと訳者は考える。

(3) ソポクレス『アイアス』一二九七。

(277) という痛罵の台詞があるが、参会者のひとりが、だれかソポクレス以前に、魚にこの「物言わぬ」という形容詞を用いた人がいるだろうかと問うた。それに答えて文芸研究家のゾイロスが言った、「私はたいした魚
d 食いではないが、（『美食家＝魚好き』というのは、クセノポンが『ソクラテスの思い出』(1)で使った呼び名だな。こう言っている、『あいつはえらい魚っ食いで、おまけに大いに怠け者だ』）『巨神族との戦い』を作ったのが、コリントスのエウメロスなのかアルクティノスなのか、それともほかのだれか、何と呼んだらお気に召すか知らんが、ともかくあの詩の第二巻にこう言われていることなら知っている。

その中で、金の眼をしたる物言わぬ魚ら、
アンブロシア(2)の芳香をただよわす水に泳いで戯れる。

e ソポクレスは「叙事詩の環(3)」が好きで、そこで語られている物語をまるごとなぞって、一篇の劇を作っている」。

鰹（amia）(4)

それでは始めよう。まず鰹が出されると、だれかが言った、「アリストテレスいわくだね、この魚には鰓ぶたつきの鰓があり、鋭い歯があり、群遊性であり肉食であり、腸ほどの長さの胆嚢と、同様な脾臓を
f もっている。釣られると跳ねて、糸に食らいついて引きちぎって逃げるということだ(5)」。アルキッポスの喜劇『魚』にいわく、

肥えた鰹をあなたが食べておいでのとき。

エピカルモスは『セイレンたち』で、

甲　明け方の、日がさしはじめるころから、雑魚を炒り、豚の丸々としたやつの肉を煮て、それから蛸もだ。そこへ、うまい酒をぐいっとやる。　乙　ありゃりゃあ、みじめなもんだな。

甲　人によっちゃあこんなんでも、食事とか言うだろうが。　乙　何たる不幸。

甲　肥えた赤ぼらが一匹と、ひらいた鰹が二匹、それにもり鳩とかさごが同じ数だけしかない日にはな。

アリストテレスは、鰹のこの amia という名前の語源を探り、これは、同類のもの同士が「いっしょに行く

(1) クセノポン『ソクラテスの思い出』第三巻一三-四。

(2) アンブロシアは神の召し上がりもの(神のお飲み物をネクタルという)。

(3)「叙事詩の環」とは、ホメロス作とされていた叙事詩の収集(ただし『イリアス』と『オデュッセイア』を除く)で、実際には前七-六世紀の何人もの詩人の手になるもので、トロイア伝説テーバイ伝説を扱っていて、劇詩人や叙情詩人の物語の取材源となっていた。

(4) Amia が鯖なのか鰹なのか明確には言えないようだが、ここでは島崎三郎氏のアリストテレス『動物誌』第一巻第一章の註(41)に従って、カツオとしておく。

(5) アリストテレス「断片」三〇八。

(h)ama ienai)」ところから出たのだと言っている。この魚は群遊性だからね(1)。医学者のヒケシオスは『食材論』の中で、鰹は水分多く柔らかい、排泄のよさは中ぐらい、栄養の点ではやや劣る、と言っている。かの美味の工匠アルケストラトスは(2)『料理学』の中で(彼のこの著作の題はこういうのだと、リュコプロンが『喜劇論』の中で言っている。テネドスのクレオストラトスの詩が『天文学』というようなものだな(3))、鰹のことをこんな風に言っている、

b

すばる星の沈む秋の頃(4)、鰹をば
如何様にせよ、調理せよ。何ゆえにかかることを逐一述ぶるぞ。
汝の意に逆ろうて、食材を傷めることなからしめんためにこそ。
モスコスよ、もし汝、この魚を調理する
最善の方法を知りたしと欲するならば、
無花果(いちじく)の葉、および少々のマヨラナを加えて包め。
チーズその他、要らざるものは加えるなかれ。ただそのまま
無花果の葉にくるみ、葦の紐もてゆるくくくれ。
次にそれをば熱き灰の中に入れ、頃合いを見計らい、
火の通りしやを読め。ゆめ焦がすべからず。
種のよからんものを望むならば、

c

美わしのビュザンティオン産こそ。しかしながら
かのあたりの海の産なれば、やはりよしとせん。

d

ヘレスポントスより遠ざかれば、悪し。名にしおう
アイガイオン［エーゲ海］に船を走らせなば、もはや
鰹は鰹ならず、わが前言をひるがえさざるをえん。

（1）アリストテレスの権威をもって語源が説明されているが、これは彼の出所不明の「断片」三〇八であり、この語源説明は例によっておかしい。

（2）アルケストラトスはこれまでにも何度か引用されていたが、この第七巻ではのべつ引用される。前四世紀後半シシリー出身のギリシア人で、以下の本文にも説明がある通り、どこで何を買い、どう料理して食べるのが最上かをホメロス風の叙事詩のスタイルで書いた。詩の題名は引用されるごとに違っているが、みな同じ作品を指しているようである。なおアテナイオスのここでの引用が、現存するアルケストラトスの断片のすべてである。

（3）クレオストラトスは前六世紀の詩人・哲学者。この時代には他にも何人も詩で哲学を書く人はいたのだから、その点は別に異とするに足らない。ここでは「天文学」（実際には Astrologia）という題名が問題にされているのだろうが、この題名はたぶん詩人自身がつけたものではない。

（4）ギリシア人は星・星座の出没で季節を表わすことが多いが、注意すべきは、出入りいずれも、つねに朝日の出の時に出る、あるいは沈むことを言っているということ。われわれは「すばる星が出る」といえば秋から冬を連想するが、それはわれわれの星座の知識が夜空によっているからである。このほかでよく出てくるのは「シリウス（犬星）の季節」で、われわれにとってはこれは真冬だが、ギリシア人にとっては真夏になる。

快楽至上主義者たち

このアルケストラトスという人は、楽しみを追求する気持ちにつき動かされて、小生にはそう思えるんだが、口腹の喜びとなるものを詳しく調べ上げんものと、陸上海上をくまなく渡り歩いたんだな。そして、昔の「周遊記」とか「航海記」とかのように、食べ物飲み物それぞれに、「どこへ行けば最上のものがあるか」を、綿密に述べようとしたわけだ。モスコスとクレアンドロスという、彼の二人の友人のために彼が書いた
e 『教訓』の序文の中で、ちょうどデルポイのアポロンに仕えるピュティア［巫女］が、

馬はテッサリアに、妻はラケダイモンに
男はアレトゥサの泉の水を飲む者を(1)

求めよと言ったのと同じように、忠告しているのを見ればそれがわかる。クリュシッポスという人は本物の哲学者で、何事にせよ、行くとして可ならざるはなしという人だが、そのクリュシッポスがアルケストラト
f スのことを、エピクロスや、彼の万事を崩壊せしめる快楽の教えを学んだ者たちの祖だと言っている。それというのもエピクロスは、顔を隠すどころか大声張り上げて、「我輩としては、うまいものを食う楽しみ、性交の快楽を抜きにしては、善を考えることはでき申さぬ」と言っていて、こういう考え方をすれば、放蕩者の生き方だって非の打ちどころのない生き方だっていうことになる。そりゃもちろん、それでいて恐れ知らず、朗らかにしていられるような賢い人にとってはだがね。だから喜劇作家たちが、快楽や無節制をやっ

つけるときには援軍（エピクロス）(2)・助っ人に呼びかけるわけだ。バトンは『詐欺仲間』で、息子の養育係の奴隷に苦情を述べさせている、(3)

b

甲　とんでもないやつだ、わしの子を引き受けて台無しにするとはな。生まれつきはよい子だったのに、誘惑して堕落させるとはな。貴様のおかげで近頃じゃあ、朝っぱらから飲みやがる。前にゃあそんな習慣はなかったんだぞ。

乙　すると何ですかい、坊ちゃんが、ちとばかり人生を学んだのがけしからん、とのお咎めですか。

甲　こんなのが人生なものか。　乙　人生ですとも。偉い学者先生が、そう言ってまさぁ。とにかくエピクロスのたまわくですな、快楽こそ善なりってね。ほかに善に達する道なく、美しく生きてこそ世の人々はみな健全になる、ぐらいはお認めになるでしょう。

甲　じゃあ聞くが、哲学者が酔っぱらってるのとか、

(1) これはあるアイギオン人が、ギリシア人の中でいちばんすぐれているのはだれかと問うたのに対して、アポロンがピュティアの口を通して与えたという答え全八行の詩の二―三行目である。アレトゥサの泉は伝説上も有名だが、シシリーのシュラクサイのオルテュギア島にある泉。したがって「男はシュラクサイ人がすぐれている」と言っているわけである。

(2) エピクロスは普通名詞としては、ホメロス以来援軍・同盟軍、のちには傭兵の意味で使われている。

(3) バトンのこの劇のこの箇所は、本書第三巻（本訳書第1分冊）一〇三cにも、養育係の奴隷の例として引用されていた。

おまえの言う、ありがたい御説にたぶらかされてるのとか、見たことがあるか。
乙　はい、皆さんそうですな。遊歩道や学校で、
逃げた奴隷を探すみたいに、眉吊り上げて賢者を探す人たちだって、
テーブルにグラウキスコス[1]が出されると、
どこからまず手をつけたらいいか、ちゃんとご存じで、
c 事に黒白（こくびゃく）（kephale）をつけんばかりの勢いで、頭（kephale）を目指しますな。
そりゃあびっくりするほどです。

このバトンは『人殺し』という題の劇では、立派な哲学者先生をからかったあとで、こうつづけているよ、

美人を伴って寝椅子に横になり、
レスボスの酒を満たした甕をふたつ、
こうするのは賢い人。これこそ善というものだ。
エピクロスだって、今俺が言ったことをそっくり言っている。
もし世の中みんなが、俺のような生き方をすりゃあ、
d だれひとり、放蕩者とか姦夫じゃなくなる。だれひとりな。

ヘゲシッポスは『真の友』で、

甲　賢人エピクロスは、ある男が、人々が
追求している善とは、そも何ぞや、

言うてくれと言うと、それは快楽じゃとのたもうた。

乙 ようこそ言ってくれた。さすがに偉い、賢い。

食うにまさる善など、一つだってないからな。

甲 そうとも。善は快楽にありだからね。

快楽を歓迎するのはエピクロスの徒ばかりではない。キュレネ派とかムネシストラトス派とか称する連中も(2)

e そうだ。この連中も……〈欠落〉……ポセイドニオスが言っているが、甘い生活を歓迎したのだ。プラトンの身内でもあり弟子でもあったスペウシッポスだって、この連中とそれほど違いやしない。とにかく、シュラクサイの独裁者ディオニュシオス［二世］が、スペウシッポスに宛てて書いた手紙の中で、彼の快楽追求ぶりを細かに述べたて、さらに拝金思想にも言及して、彼が多くの人々から謝礼を取り立てていると非難し、そのうえアルカディア生まれの遊女ラステネイアを愛しているとやっつけ、最後にこんな風に締めくくって

f いる(3)、「汝はだれそれの強欲を非難しておるが、汝みずからも、彼らに負けず劣らず、恥ずべき利得を追って恥じるとも見えぬではないか。汝がこれまでに、思い止まってなさずにおいたことがもしあるなら、それ

(1) 色が灰色をしているからこの名（Glaukiskos）があるのだろうが、アリストテレス『動物誌』にも出てこず、トンプソンの書物でも取り上げられていない、つまりどういうものかわからない魚。

(2) キュレネ派とはキュレネのアリスティッポスの弟子たち。ただしこのアリスティッポスは、ソクラテスの弟子として名のあるアリスティッポスではなく、その孫である。ムネシストラトスについてはよくわかっていない。

(3) スペウシッポスについてのこの逸話は、ディオゲネス・ラエルティオスの『ギリシア哲学者列伝』第四巻二にも出ている。

は何か。ヘルメイアス[1]の借金を肩代わりしてやったはいいが、その後その穴を埋めるべく、人から金を集めようとしたであろうが」。エピクロスについてはプレイウスのティモンが『風刺詩』の第三巻でこう言っている、

　何ものにもまして欲深の腹を満たし。

そして彼は、この腹と肉の欲ゆえに、イドメネウスとメトロドロスに世辞を言うことになったのだ[2]。そのメ
280 トロドロスもまた、この立派な説を隠しもせずにこう言っている、「自然学者ティモクラテス君、腹こそが、
理性が自然の理に従って、全力を傾けて目指す対象である」。エピクロスはこういう人々の師であり、声高
にこう言った人だ、「あらゆる善のはじめと根は腹の快楽であり、およそ賢明なこと、あるいは並外れたこ
と、などと申すものも、それとの対比において、そう言われるのである」。また『目的について』では次の
b ようなことを言っている、「私としては、味覚による楽しみとは別に、性交から得られる快楽とは別に、目
に映る形の動きの楽しみとは別に、善なるものを考えることはできない」。さらに進んでこうも言っている
(とクリュシッポスが言う)、「美や徳、およびそれに類するものは、もしそれが快楽をもたらすのであれば
尊ぶに値するが、快楽をもたらさないのであれば、放棄してもよい」。

エピクロス以前にも、悲劇作家のソポクレスは『アンティゴネ』の中で[3]、快楽についてこんなことを言っている、

　人間楽しみを諦めねばならんとなったら、それがし、
さようなのを生きているとは申しますまい、生ける屍にござりまする。

c 家内に百万の富を積むもよし、勢力を誇示して、
王者の暮らしをするもよし。ただし、そこに楽しみがなかったら、
あとはもう煙、いや煙の影ほどの値で売ろうと言われても、
それがし、購う気にはなりませぬ。

ピレタイロスは『狩りをする女』で、
もし、とにもかくにも何がしかをもっているとするなら、
お願いでございます、おっしゃってください。われわれ
空蟬の人間にとって、楽しく日々を暮らす
以外にその金で、何をすべきかをですな。しかしですよ、
人事百般を見るにつけ、それこそがなすべきことじゃございませんか。
d 明日のことなど、どうなろうと、考えてはならぬ。

(1) ヘルメイアスという名の人は何人か知られているが、たぶん第十巻四三八cに出てくる『シシリー史』を書いたメテュムナのヘルメイアス。

(2) イドメネウスとメトロドロスはともにエピクロスの弟子にして友人。これらの人々にまつわるエピクロスに対する悪口は、ディオゲネス・ラエルティオス『ギリシア哲学者列伝』第十巻五―六にも見えるが、そこではそれは、ストア派の人々のエピクロスに対する非難の一部として紹介されている。

(3) ソポクレス『アンティゴネ』一一六五以下。ただしこれは、その少し前からの、ハイモンの自害を告げる使者の口上の一部で、したがって、その口上全体の趣旨や雰囲気は、ここでの快楽主義の主張とはまるで違う。

(280) 家ん中に金を貯えて腐らせちまうなど、
まったく余計なことじゃございませんか。
カリュストスのアポロドロスは『書き板作り』で、
全ギリシアの人々に問おう、何ゆえに、安楽に
e 暮らせるときに、たがいに戦って
傷つけ合うのか。神かけて、一体、粗野にして
教養のかけらもなく、何が悪で何が善なのかも
つゆ知らず、ただ風向きにまかせて
われらを翻弄する運に支配されているのか。
そうにちがいない。もし運が、本当にギリシアの女神なら、
f ギリシア人がギリシア人の手によって、身ぐるみ剝がれ、
死体となって地べたに転がるのを見たいだろうか。
陽気に戯れながら、ちいっと飲んでよろけながら、
何なら笛の音を楽しみながら、生きられるはずをだ。
ご自分で言うてくだされ、うまき女神よ、
われらの運は本当に粗野なのでござりまするか。
その先の方でも、

281 こんな生き方は、本当に神々の暮らしというのには
程遠い。もしちょっと生きようを変えたなら、
国々の暮らしは、今よりどれほど楽しくなるかだ。
アテナイ人は三〇年が果てるまで飲み暮らし、
騎兵たちは、一〇日ぶっつづけのどんちゃん騒ぎに馳せ参ずべく、
夜の明けぬうちに花冠をいただき、香水を髪にふりかけて
コリントスへと走り、メガラ人のキャベツ売りはキャベツを煮立て、
同盟軍の兵士は解散して浴場へ行き、
エウボイア人は酒を割る。この贅沢こそ
真に人の生き方。だが今は、教養のない運の
奴隷になっている。

b 詩人たちの言うところでは、昔のタンタロス[1]も快楽主義者だったという。とにかく、『アトレイダイの帰還』の作者によれば、彼は神々の所へ赴き、神々とともに暮らしている間に、ゼウスから、何でも所望する

(1) タンタロスが受けた罰としては、地獄の池に首までつかっていて、その水を飲もうとすると水がなくなってしまって渇きに苦しんだとか、頭上に実もたわわな果樹の枝が垂れ下がっていながら、その実を取ろうとすると枝がすうっと上がってしまって飢えに苦しんだとかいうのが広く知られているが、ここで言われているような言い伝えもあった。なぜこのような罰を受けることになったかという説明にも、いろいろな所伝があって一様ではない。

(281) ものを申せと言われた。で、彼は飽くなき享楽への志向をもっていたので、そういうことを述べ、神々と同
c じ生き方をしたいと言った。その願いにゼウスは怒ったが、約束を翻すわけにもいかないので、その通りにしてやった。ただし、眼前にあるものを楽しむことはできず、たえず不安動揺の状態にいるようにさせた。つまりゼウスは、彼の頭上に石を吊るして、それで眼前にあるもの何ひとつにも手を出せなくした、というわけだ。ストアの哲学者の中にも、この快楽主義にくみした人がいるね。キュレネのエラトステネスは、ストア派のひとりであるキオスのアリストンの弟子になったが、『アリストン』と題する著作の中で、彼の師
d つまりアリストンは、のちには贅沢な生き方を目指すようになったと述べて、こう言っている、「私は先生が快楽と徳を隔てている壁の下を掘って、向こう側の快楽の方へ姿を現わしたのを見つけたことがある」。やはりアリストンをよく知っていたアポロパネスも、『アリストン』(彼もまた自分の著作にそういう題名をつけたのだ)の中で、自分の師の快楽主義を強調している。ヘラクレイアのディオニュシオスについては、今さら何を言う必要があろうか。彼は公然と徳の肌着を脱がせて、代わりに派手なのを着せ、「転向者」と
e 呼ばれることを歓迎し、もういい年になっているのに、ストアの説を捨ててエピクロスの側へと飛び込んだ。彼についてティモンがうまいことを言っている、

　生命の力が沈むのもやむをえないころになって、彼はお楽しみを始めたが、
今やすでに愛すべき時、結婚すべき時、足を洗うべき時だ。

べら（alphestai）[1]

アテナイのアポロドロスは『ソプロン』（これは男たちのミモス〔物まね劇〕を論じた本だ）の第三巻で、
f 「べらよりも淫らな」という句を取り上げてこう言っている、「べらという魚は、全体は黄色っぽいが、ところどころ紫ばんだところもある。この魚を捕まえると、二匹つるんで捕まるそうで、一匹がもう一匹の上になって、尻尾についてくるという。このように、一匹がもう一匹の尾についてくるところから、昔の人は、淫乱な人のことを「べら」と呼んだ。アリストテレスは動物についての著作の中で[2]、べらには一本の針のよ
282 うな鰭（ひれ）があり、色は黄色であると言っている。ヘラクレイアのヌメニオスは『釣魚術』で言っている、

黒はぜ[3]とべらと、皮の赤いかさご。[4]

（1）トンプソンの 'Wrasse, *Labruslineatus*' という説に従って「べら」と訳したが、これはむしろ「べら科の魚」とした方が正確であるようだ。本書にはほかにも「べら」のいくつかの種類が出てくる。そしてここでもそうだが、芳しくない評判を得た魚である。

（2）アリストテレス「断片」三〇七。

（3）「黒はぜ」と訳したのは phykis である。アリストテレス『動物誌』五六七b二〇によると、phykis は雌で、雄は phykes という。そして雄は雌よりも色が黒くて鱗が大きい。島崎氏に従って「黒はぜ」を採ったが、この「黒はぜ」というのは、島崎氏自身も怪しいと考えている。トンプソンはこれも「べら」だとし、しばしば「はぜ」と混同されていると言っている。しかしここではすぐあとに alphestes つまり「べら」とあって、「べらとべらと」というのはいかにもおかしいので、あえて「黒はぜ」とした。

（4）「かさご」については本巻三二〇d以下に記述がある。

(282)

エピカルモスは『へべの結婚』で

ねずみ貝とべらと黒光りのするコラキノス[1]。

この魚のことはミタイコス[2]の『料理術』でも述べられている。

アンティアス (anthias)[3]

これについてはエピカルモスが『へべの結婚』で述べている、

b

アナニオスいわく、春はあらゆる魚のうち
めかじき[4]ににべ[5]よろし。冬はアンティアス。

アナニオス[6]自身はこう言っている、

春はにべ最もよろし。冬はアンティアス。
世に何よりもうまいのは、無花果(いちじく)の葉に乗せた海老。
秋に食らうてうまいのは雌山羊の肉、また
葡萄を踏み踏むころ食らう豚。
それはまた、猟犬に兎に狐の季節。
羊のよろしいのは暑い季節、蟬の鳴く頃。
夏去れば海の鮪の旬、これまたよろし。

c

しかし、チーズと蜜とにんにくで和えた鮪に、まさる魚はたえてなし。
脂ののった牛の肉、深夜によろし、昼の間もよろし。

私がアナニオスをたっぷり引用したのは、彼もまたこういうことを言って、季節にかまわずむやみに食べたがる者たちへの忠告としたのだろうと思うからだ。アリストテレスは『動物の習性について』の中で、(7)

(1) コラキノス（korakinos）は直訳すると「小さな烏」。かなりしばしば出てくるのみならず、アリストテレスの『動物誌』にすら何べんも言及されている魚だが、トンプソンは「何種類かの魚の名」だとしている。つまりはっきりとはわかっていない。

(2) ミタイコス（Mithaikos）は、プラトン『ゴルギアス』五一八Bにもその名が出てくる料理の名人。ドッズの註によると彼はシュラクサイ人で（シュラクサイ料理といえば贅沢料理で）、ペイディアスが彫刻の名人であったのに匹敵する料理の名人と謳われたという。

(3) アンティアスの名はしばしば言及されるが、以下の記述にあるように、古来いろいろの名で呼ばれ（しかし二八二eに見えるように、これらはみな別の魚だという説もあり）、同定不可能な魚。

(4)「めかじき」は skiphias で、skiphias とは ksiphias（直訳すればツルギウオ）のドリス方言での形。

(5)「にべ」は chromis で、にべ科の *Sciaena aquila* の由。

(6) アナニオスは前六世紀（?）のイオニアのイアンボス詩人。

(7) アリストテレス『動物誌』六二〇b三三。島崎氏によると、「危険な動物」とは鮫のこと。

「アンティアスのいる所にはほかの［危険な］動物はいない。海綿[1]とりの人たちはこの魚を安全のしるしとし
て海底にもぐり、この魚を『聖魚』と呼んでいる」と言っている。ドリオンも『魚について』の中でこの魚
d のことを述べている、「アンティアスを『美魚』と呼ぶ人もある。『美名魚』あるいは『エロプス[2]』と呼ぶ人
もある」。医者のヒケシオスは『食材について』の中で、この魚を「狼魚」と呼ぶ人もあり「美名魚」と呼
ぶ人もあると言い、肉に軟骨質のところがあり、水分多く、排泄されやすいが、とくにおなかにいいわけで
はないと言っている。アリストテレスの説[3]では、「美名魚」は鋸（のこぎり）のような歯をもち、肉食で群をなして泳
ぐ。エピカルモスは『ミューズたち』の中で、エロプスを魚の表の中に入れてはいるが、「美魚」あるいは
「美名魚」と同じだというわけで、説明はしていない。ただ、こんなことを言っている、

　エロプスは世にも珍重される魚で（同じ重さの銅ほどの値打ちもの）、
　ゼウス様でさえ一匹だけ。そしておっしゃった、
e 　わしのためにこれを漬けよ。妃のためには別のをな。

ドリオン[4]は『魚について』の中でアンティアスと「美魚」、それに「美名魚」とエロプスはそれぞれ別の
魚だと言っている。

しかし「聖魚」と呼ばれる魚とは何だろうか。『テルキネス物語[5]』というのがあって、その作者はクレタ
のエピメニデスだとかテレクレイデスだとかほかのだれかだとか言われているが、とにかくその中で作者が
f 言うには、聖魚とは海豚（いるか）や鰤（ぶり）もどき[6]だという、船についてくる魚のことだ。鰤もどきというのは、アプロ
ディテといっしょにウラノスの血から生まれた[7]ので、恋多き魚なのだ。叙事詩人のニカンドロスは『オイタ

山』の第二巻で言っている、

鰤もどき、物言わぬながら、恋に胸ふさがって悩む
船乗りたちに、針路を示し守ってくれる魚。

(1) 海綿という日本語は、日常語としては今や死語となって、ふつうはスポンジと言っている。そして現在日常的にスポンジと呼ばれているものは化学製品だが、元はギリシア語spongosの英語での形にすぎない。スポンゴスは海中の岩に付着している大小さまざまの円筒または枝の形をした動物を捕って、繊維状の骨格質を乾燥させもの。今でもアテネの町などでは、山のような海綿をかついで、「スポンゴス、スポンゴス」と呼ばわりながら売り歩いているのに出会う。

(2) エロプス (ellops) は古来、二七七cで論じられた「物言わぬ」という形容詞ellosと関連づけて、魚の総称だとする説もあるが、特定の魚としてはまったく同定できない。アリストテレス『動物誌』五〇五a一五では、エロプスはシュナグリスやうつぼや鰻と同様、左右各四枚に一重の鰓(えら)をもつ、と説明され、同書五〇六b一五では、あんこう、エロプス、シュナグリス、うつぼ、めかじきの胆嚢は腸についている、と言っている。

(3) アリストテレス「断片」三一六。

(4) ドリオンは今後も時々引用される。前一世紀の著述家。ただし著作名もその内容も、本書に引用されているのが現存する彼の断片のすべてである。

(5)『テルキネス物語』についてはよくわかっていない。テルキネス (Telchines) についてはディオドロス『歴史』第五巻五五に詳しく紹介されている。ロドス島の古い神々で、変身の術を心得、冶金の術に長じていたが、オリュンポスの神々に滅ぼされた。

(6) 鰤もどき (pompilos) は船乗りたちに親しまれた魚。学名 *Naucrates ductor*, 英語名 Pilot-fish. 大きさも形も鰤に似ているが、背鰭、体、腹鰭を通した縞模様がある。

(7) アプロディテが泡から生まれたというのは有名だが、その泡とは、ウラノスが横暴になったために、その子のクロノスが父親の生殖器を切りはなって海中に投じたときに生じた泡である。

アイトリアのアレクサンドロスは『クリカ』の中で、といっても、もしこれが彼の真作ならばだが、こう言っている、

　船の後ろの、舵の先っぽに座って、水先案内してござる。
　神々に遣わされた魚、鰤もどきどんが。

アルカディアのパンクラテスは『海の労働』と題する詩の序歌の中で、

　船乗りたちが聖魚と呼ぶ鰤もどき

と言い、鰤もどきはポセイドンばかりではない、サモトラケを統べたもう神々[1]からも誉れを受けていると言
b っている。彼の物語を紹介すると、昔、人間がまだ黄金の時代[2]にあったころ、ある老いた漁師がこの魚のために罰を受けたという。漁師の名はエポペウスといって、イカロスの島の出であった。さてこの漁師、息子と漁に出かけたが、運つたなくしてさっぱり魚が捕れない。捕れたのは食うてはならぬことになっている鰤もどきだけだった。ところが彼はその禁を破って、息子といっしょに、捕れた鰤もどきをみんな食ってしまった。自分が抑えられなかったんだな。ところが間もなく、彼はこの不敬のために罰を受けることになった。
c 海の怪物が舟を襲って、息子の目の前でエポペウスを呑み込んでしまったのだ。パンクラテスは、鰤もどきは海豚の敵だと言い、海豚でも、もし鰤もどきを食ったりすると罰は免れないと言っている。とにかくこれを食うと、海豚はどうしようもなくなって、もがいてはみるものの、結局は波打ち際に打ち上げられて鷗(かもめ)の餌食になる。どうかすると、大型の魚を捕りに出る人間が、無法にも食うのだという。ロドスのティマキダスも『饗宴』の第九巻で、鰤もどきのことをこう言っている、

海のはぜと鰤もどき、聖なる魚。

d エリンナ（または彼女の作とされている詩）もこう言っている、

船乗りたちに平穏の海を授ける魚、鰤もどき、
わが船につき来たりて、いとしの姫のもとへ、われをいざなえ。

ロドスの（またはナウクラティスの）アポロニオスは『ナウクラティスの建設』の中で、鰤もどきは元は人
e 間だったのだが、アポロンの色恋ざたにからんで魚に変身したのだと言っている。その色恋ざたとはつまり、

サモス人の国にインブラソスという川が流れていて、
その川と、尊い父をもつ乙女ケシアスが
愛の契りを結んで、世にも美しいニンフ、オキュロエを生み、
ホーライ、四季の女神たちが彼女に、尽きせぬ美しさを授けた。

この娘にアポロンが恋をして、さらって行こうとした。ところが娘は海を渡って、アルテミスの祭りの最中

---

(1) サモトラケはエーゲ海の北辺でトラキアと向かい合う島。ここのカベイロイというトラキア系の神々を祀る秘儀が有名だった。しかし秘儀であるために神の名を呼ぶことが許されず、ただ「大神」と呼ばれていた。

(2) ヘシオドス『仕事と日』一〇六－二〇一に語られている「五時代の説話」によれば、神々ははじめに黄金の種族の人間を作った。悩みもなく悲しみもなく老いもせず、幸せに満ちた人間だった。次に神々は銀の種族を作り、次に銅の種族、次に英雄の種族、最後に鉄の種族を作った。これが現代の人間で、苦悩と悪に満ちている、というもの。これはヘシオドスの創作ではなく、オリエント世界に起源をもつ説話だという。

f 284 b

だったミレトスへと逃れた。そして、危うく捕まりそうになったとき、ポンピロスなる者に取りすがって、どうか私を無事に故郷へお連れくださいと言った。この者は船乗りで、かねて娘の父親と知り合いだったのだ。

ポンピロス、わがいとしの父のやさしい心を愛でたもう君、
不吉にとどろく海の、流れも速い深みを知る君、
わらわを助けてたもれ。

彼は彼女を岸へと導いて海を渡った。しかしそこへアポロンが現われて娘をさらい、船を石に変じ、ポンピロスをその名の魚に変じて、

脚速き船どもの、とわに変わらぬ水先案内

とならしめたもうた。シュラクサイのテオクリトス(1)は『ベレニケ』と題する詩の中で、「白魚」という名の魚を聖なる魚なりとして、次のように言っている、

網はすなわち鋤なりとて、海に生きる者が
大漁と幸を得たしと願うならば、日の暮れに
その神に、白魚(2)と呼ばれる聖なる魚——
これぞ魚族の中にあって最も貴きもの——を
贄(にえ)に供える。さすれば、網は膨れ上がって豊漁を得べし。

イアンボスとあだ名されたディオニュシオス(3)は、その著『方言』で言っている、「エレトリアの漁師、その

ほかにも多くの漁師たちが、鰤もどきのことを聖魚と呼んでいるのを、私は聞いたことがある。これは大海に住む魚であるが、しばしば船の傍らに顔を出す。めじ(4)に似ていて、縞模様がある。いずれにせよ、もしほかに、同様に『聖なる魚』と呼ばれる魚がいないならば、詩人が『釣り上げて』と歌っているのはこの魚である、

c　突き出た岩に座った男が、聖なる魚を(5)」。

ただしカリマコスは『ガラテイア』でこう言っている、

あるいは目の縁に金をいただく聖なる魚(6)か、はたまた

（1）これは田園詩で有名なテオクリトス。この詩はA・S・F・ガウの版に断片三として収録されている。

（2）白魚（leukos）はテオクリトスのこの箇所と、アリストテレス『動物誌』五六七a一九に出てくるだけで、何もわからない。

（3）前三世紀アレクサンドレイアの学者にして詩人。このあだ名の由来はわかっていない。

（4）めじ（pelamys）は、アリストテレス『動物誌』五七一a一一によれば、鮪の幼魚である。

（5）ホメロス『イリアス』第十六歌四〇七。このホメロスの句中の「聖なる魚」とは何かについては古来議論が繰り返されている。中には「聖なる（hieros）」という語は、どの魚が神聖かということに関わりなく、韻律を整えるための埋め草として便利な語だからしばしば使われているのだと言う人もある。

（6）これを「金の眉の魚」という一語にしたchrysophrysは*Chrysophrys aurata*という鯛の一種を指す。しかしカリマコスがここでその鯛のことを歌っているのかどうかはわからない。また、その鯛なら鯛がなぜ聖なる魚なのかもわからない。

(284)

鱸(すずき)(1)、また果てしない海の深みが産するかぎりのものたち。

同じ詩人は『エピグラム集』ではこう言っている、

げに聖なるかな、聖なるかなヒュケ(2)。

d この「聖なる魚」というときの「聖なる」の意味について、ある人々は、「聖牛」というのが神に捧げられた牛であるのと同様に、「神に捧げられた」ということだと言い、ある人々は、「聖なるアルキノオスの力(3)」という場合のように、「偉大な」という意味だと言い、さらにある人々は、「流れ（rous）」に逆らって「行く（hiemenos）」ところから「聖なる（hieros）」と命名されたのだと言っている(4)。クレイタルコスは『用語解』の第七巻で、「船乗りたちは鰤もどき（pompilos）を聖魚と呼ぶ。その理由は、この魚が船を大海から港へと護送する（propempein）からで、だから本当に金色の眉をしているし、だから pompilos というのだ」と言っている。エラトステネスは『ヘルメス』の中で、

彼らは獲物の一部を残した。虹べら(5)などは生きたまま、
髭を生やした赤ぼら、鶫(つぐみ)べら(6)、また
金の眉をした聖なる魚を。

e われわれは以上のように、魚に関して議論を重ねてきたわけだが、ここで大家ウルピアヌス君にお願いして、アルケストラトスがあの名著『忠告(7)』の中で、ボスポロスの塩漬け魚についてどういうことを言っているか、探求していただこう。

ボスポロスの海の、白き輝きを後にして、ただしそこに、
マイオティスの湖に育つ魚の、固き肉をつけ加えるなかれ。
この魚、韻律にのせて語り得べからざるゆえに。

(1)「鱸」は perke. 本巻の三一〇e―三一一eで詳しく紹介される labrax も「鱸」と訳されるが、labrax は *Percalabrax*, あるいは *Labrax lupus Cuv.* であるのに対して、perke には二種あり、アリストテレスが『動物誌』五〇五a一六で鯰や鯉とともに紹介しているのは淡水鱸で *Perca fluvitialis*, 同書五〇八b一七で、はぜ、鮫、かさご、平目、赤ぼら、黒鯛とともに紹介しているのは海産の鱸で *Serranusscriba* だとトンプソンは言っている。アテナイオスに出てくる鱸はほとんど海産のものらしい。

(2) ヒュケ(ス)(hyke(s))も、本巻三二七a―cであらためて取り上げられているが、同定できない魚のひとつ。

(3) まず「アルキノオスの力」は menos Alkinooio で、ホメロス『オデュッセイア』第七歌一七八や第十三歌六四などに出てくる。これはある種の威厳を響かせるための冗語法で、単に「オイディプス」と言ってもいいところを「オイディプスの頭(Oidipou kara)」とソポクレスが言っている(『オイディプス王』一二〇七)のと似ている。それに「聖なる」が添えられたのがここで引用されている句であって、この「聖なるアルキノオスの力」は『オデュッセイア』のあちこちに数回出てくる。つまり定型表現である。「聖なる」自身の意味は、ここで言われているように「偉大な」でいいだろう。

(4) この「聖なる」の語源説明は、例によって俗説。次の「鰤もどき(pompilos)」の語源説明も俗説。

(5) 本巻三〇四f―三〇五aであらためて紹介される。

(6) 鶫べら(kichle)。Kichle とは鶫という鳥のことだが、それをそのまま魚の名としたもの。鶫を思わせるような色柄の魚ということだろう。ギリシア世界ではかなりおなじみの魚である。

(7)『忠告』については、一一三頁註(2)を参照。

この「韻律にのせて語りえない(1)」という魚とは何かな。

f 雑　魚 (aphyai)(2)

雑魚（ざこ）（ふつうは複数形で aphyai と書かれるが）は時には単数形で aphye ということもある。アリストニュモスの『ふるえるヘリオス』に、

> 雑魚一匹すら無事には通れぬほど、

とある。雑魚にはたくさんの種類がある。まず「泡魚」は、アリストテレスが言うように(3)、卵からからは生まれない。雨が激しく降って、海の表面が泡立つと、その泡から生まれるのだ。次は「小はぜ」と呼ばれるもの。これは砂の中に住む小さくかつ貧弱なはぜから生まれる。またこのはぜからはエンクラシコロイ(4)と呼
285 ばれる小魚も生まれる。このほかにマイニス(5)から生まれる小魚、メンブラス(6)から生まれるもの、さらに、砂や泥の中で成長する小型の鯔（ぼら）から生まれるものがある。これらの中では泡魚が最もよろしい。ドリオンは『魚について』の中で、はぜの一種から生まれる「煮魚(7)」というもの、アテリネという魚(8)から生まれるもの
b を挙げている。彼はまたトリグリティス(9)という小魚もいると言っている。エピカルモスは『へべの結婚』で、そのトリグリティスも雑魚だという見方を捨てて、代わってメンブラスとざりがにを雑魚の中に数えている(10)。ヒケシオスは言う、「雑魚に二種あり。一は白く、きわめて細かく、泡のように見えるもの。これを『小はぜ』と称する人もある。他はこれほどには透き通ってなく、かつ太いもの。透き通っていて細いものを良し

とする」。料理の工匠アルケストラトスは言う、
アテナイ人のほかは、雑魚をすべて糞食らえと捨てる、
とはすなわち、イオニア人が「泡」と称し、

(1) ロウブ版のガリックの説明によると、この魚というのは antakaios「蝶鮫」で、これでは hexametrus という韻律にのりにくいということだというが、マイオティス湖に蝶鮫がいるはずがない。一方マイオティス湖の名産として名高いのは鰻だが、鰻 enchelys は hexametrus にのせやすい。
(2) 雑魚 (aphyai) は小魚を広く指す集合名詞である。単数形で現われることは少ない。
(3) アリストテレス「断片」三〇九。『動物誌』五六九b二八も参照。
(4) エンクラシコロイ (enkrasicholoi) は、頭をとると、いっしょに肝臓もとれてしまうという小魚。本巻三〇〇fを参照。
(5) マイニス (mainis) については本巻三一三cで取り上げられる。いずれにしても小魚の一種。
(6) メンブラス (membras) はベンブラス bembras ともいい、本巻二八七b－fでもその名で取り上げられる。以後「ひしこ」と訳す。
(7) 煮魚（ヘプセトス）とは「煮た魚」ではなく「煮るための魚」。実質上、前出 aphye に等しく「小魚」ということ。ただしトンプソンによると、小魚を表わす語としては、この「煮魚」の方が家庭の日常語であった由。
(8) アテリネ (atherine) は *Atherina hepsetus*, 小魚の中では美しいもの。九五頁註 (4) も参照。
(9) トリグリティス (triglitis) は赤ぼら (triglis) の幼魚 (?)。
(10) ほかにも astakos という種類の「ざりがに (kammaros)」があるが、両者の区別はよくわからない。「ざりがに」が雑魚だとは理解しがたいが、「雑魚のように小さいもの」ということか。

c (285) パレロン(1)の、聖なる腕に抱かれた入り江に産する
新しきをとれ。四方波に洗わるるロドスのものも、
もし真にロドスのものなれば、よし。
これをば食せんものと憧るるにおいては、同時に、刺草（いらくさ）、
すなわち頭辺に髪をいただくいそぎんちゃく(2)を求むべし。
これらをばひとつに混ぜ、フライパンにて焼き、
油をからめたるよき青物の、花の香りを添えよ。

ペリパトス派のクレアルコスは『諺について』の中で、雑魚についてこんなことを言っている、「[雑魚は]
d わずかな火力しか要しないゆえに、アルケストラトスの弟子たちは、熱したフライパンに入れて、じゅっと
いったら取り出せ、と言っている。油に似ていて、熱せられるとすぐにじゅっというのだ。そこで「雑魚は
火を見ただけで焼ける」などと言われる。哲学者のクリュシッポス(3)は、『それ自体のゆえに選択さるべきも
のについて』の中で、「アテナイでは、雑魚はおびただしくとれるゆえに軽蔑されて、乞食のご馳走などと
言われる。他国においては、アテナイのものより質が悪いが、それにもかかわらず人々は大いに賞味する」。
さらに言う、「かの地においては『アドリアスの鳥(4)』の飼育に人々は熱心だが、わが国のものよりははるか
e に小さいゆえに、さして役には立たぬ。それどころか、彼らは当地のものを輸入しているのである」。雑魚
をaphyeという単数形で言っているものとして、ヘルミッポスの『同じデモスの人々』で、

今日は、雑魚一匹動かしそうにない、君は。

カリアスは『キュクロプスたち』で、
　世にもうまい雑魚にかけて（誓う）。
アリストニュモスは『ふるえるヘリオス』で、
　雑魚一匹すら無事には通れぬほど。
Aphydion という指小辞形としては、アリストパネスの『タゲニステス』
　この小さなパレロンの雑魚（aphydion）でさえ。
サモスのリュンケウスは『ディアゴラスへの手紙』の中で、ロドスの雑魚をほめ、多くのアテナイの産物を

（1）パレロンはアテナイの外港。そして小魚の名産地として有名だった。

（2）いそぎんちゃく（akalephe）は「海の刺草（knide）」とも呼ばれていた。ある種のいそぎんちゃくは食用にされていた。

（3）アテナイオスは「哲学者クリュシッポス」と書いているし、また著作名も『それ自体のゆえに選択さるべきものについて』という、いかにも哲学書らしい表題だが、これは有名なストア派のクリュシッポスではなく、一世紀の料理研究家でテュアナ出身のクリュシッポスであるらしい。

（4）アドリアスの鳥（Adriastikos）をトンプソンは『ギリシアの鳥の名の考証』で、ヘシュキオスの辞書に従って、これは strouthokamelos のことであるとしている。Strouthokamelos といえばふつうは駝鳥のことだが、ここではそうではあるまい。これは「strouthokamelos には strouthion という意味のこともある」（それなら単に strouthos というのと同じ）という「辞書」の記述に従って、「スズメ」と読むべきであろう。

f ロドスの産物と対比させてこう言っている、「パレロンの雑魚に比するには（トラキアの）アイノス(1)の雑魚をもってし、エレウシスの平目と鯖、グラウキスコス(2)に対してはエロプス(3)とはた(4)、あるいはさらに、このほかアテナイ人の食するいかなる魚にもせよ、狐鮫(5)と申す魚をもって、ケクロプスの都［アテナイ］の誉れを凌駕しよう。この魚について『贅沢の暮らし』の著者［アルケストラトス］は、代価を支払うておのれの欲望を
286 満たせぬ者は、不正なる手段によっても獲得せよと勧めている」。リュンケウスが言っているのは、美食家アルケストラトスが、よく話題にされる彼の詩の中で、鮫のことをこう言っているということなのだ(6)、

　ロドスに産する狐鮫と申す鮫、これをばシュラクサイ人、肥えたる犬鮫と称す。して汝
　これを食さば死すとも可なりと思い定めたるに、彼らもし、これを売るを拒むにおいては、
　奪え。奪って食せるのちは、汝に定められたる運命に、身をまかせよ。

b

鱸（acharnos）(7)

カリアスの『キュクロプスたち』にこうある、

　キタロス(8)の焼いたの、えいに鮪のあたま、
　鰻に大海老(9)に鯔(10)に、それからこの鱸。

えい・あんこう (batis, batrachos)

えい[11]とあんこう[12]については、アリストテレスが動物論の中で[13]述べていて、これらを軟骨魚類の中に数えて

(1) アイノスはトラキアのエブロス河口でエーゲ海に面した都市。
(2) グラウキスコスについては一七頁註(1)を参照。
(3) エロプスについては二七頁註(2)を参照。
(4) 「はた」はorphosで、「辞書」は'Great sea perch'としたうえで、*Epinephelus gigas* であると言い、トンプソンは'Sea perch'としてうえで、*Serranus gigas* または *Polyrion Cernium* と言っている。
(5) 狐鮫はalopex.「狐」という動物名そのままの魚である。日本では一般にオナガザメという由。アリストテレス『動物誌』六二一aは、この魚は釣られると糸を食いちぎって逃げる、とわざわざ註している。
(6) アルケストラトスのこの句は、二九五aでもこの通りに引用されている。
(7) 島崎氏が「よくわからない」としつつもスズキと訳しているのに従った。「辞書」でも「たぶんスズキの類」としている。
(8) キタロスについては本巻三〇五f－三〇六bで取り上げられる。
(9) 大海老(karabos)は大型の海老で、伊勢海老の類の由。
(10) 鯔(kestreus)については本巻三〇六d－三〇八dで取り上げられる。
(11) えい(batis)は正しくはガンギエイ。Batosというのもあって、アリストテレスの『動物誌』にはこの両方が出てくる。Batisとbatosには区別があるようなないようなで明確ではないが、たぶんbatosが雄でbatisが雌ではないかと思われる。
(12) 「あんこう」と訳したbatrachosは蛙のことで、それゆえ直訳すればカエルウオ。
(13) アリストテレス「断片」二八〇。

(286) いる。エウポリスは『追従者たち』で、

　　このカリアスんところで、盛大なのをやった。
　大海老にさ、えいにさ、海兎（うみうさぎ）[1]にさ、
　足の呂律（ろれつ）の怪しくなったご婦人たち。

c エピカルモスは『ヘベの結婚』で、

　しびれえいに、えい（batis）に、しゅもく鮫[2]に、のこぎり鮫[3]、
　それに鰹に、えい（batos）に、やすり鮫[4]に、皮のざらざらしたやつ。

『メガラの女』では、

　　あんたの脇腹は、まあ、えい（batis）のおなかみたいなのね。
　尻尾まであるわ、テアゲネスさん、ほんとに、えい（batos）みたいな。
　でも、骨のあたまは鹿みたい[5]。えいじゃないわね。
　その脇腹を、海の蠍（さそり）［かさご］が突っつくといいわ。

サンニュリオンは『笑い』で、

　おお、えいよ、おお、灰色はぜよ。

d アリストテレスは『動物部分論』第五巻[6]で、軟骨魚類とは、がんぎえい、赤えい[7]、牛えい[8]、ラミア鮫[9]、わし鮫[10]、しびれえい、あんこう、およびすべての鱶（ふか）に類するもののことだと言っている。ソプロンは『男たちのミモス』の中で、ある魚のことをボティスと呼んで、「かます[11]はボティスを呑み込む」と言っている。ひ

ょっとしたらボティスとは何か植物なのかもしれない。あんこうについては、かの世にも賢いアルケストラトスが、こう言って忠告しているね、

(1)「海兎」は lagos（これもウサギということ）。昔から *Aplysia depilans* と同定されていて、今の英語では Sea hare. 頭に兎の耳のような突起がある。有名なのはこれの毒で、「海兎の毒でも食らえ」という啖呵の切り方がある。こういうものが「盛大な」宴に、大海老やえいといっしょに並べられているのは冗談にちがいない。

(2)「しゅもく鮫」は zygaina. これは家畜を車につなぐくびき (zygon) に由来する名。つまりこの鮫の頭の突起から、ギリシア以来の西洋の人々はくびきを、日本人は撞木、つまり「鐘たたき」の槌を連想したのである。

(3)「のこぎり鮫」は prestis, 学名 *Pristis antiquorum*. ノコギリエイ科のエイであるのに対し、日本のノコギリザメはノコギリザメ科の鮫の由。

(4)「やすり鮫 (rhine)」とは、これの皮をヤスリとして利用したところからの命名。

(5)「骨の頭は鹿みたい」は意味不明。

(6)『動物部分論』第五巻とは、実は『動物誌』五四〇b一七。

(7) アリストテレス（『動物誌』六二〇b二六）は、赤えい (trygon) は、自分は動きがにぶいくせに、魚の中でも最も素早い鯔を呑み込む、と言っている。学名 *Trygon pastinaca*.

(8)「牛えい」は bous という。つまり端的に「牛」という名の魚。まったく何の手掛かりもない。しかしここは軟骨魚を列挙している所なので「牛えい」としておく。ひょっとしたら「牛鮫」という方がいいかもしれない。

(9) ラミア鮫 (lamia) は大型のつの鮫、*Carcharodon Rondeletii* の由。

(10) わし鮫 (aetos) とはまさに「ワシ」のことだが、魚としては鮫の一種で、トンプソンは、おそらく *Myliobatis aquila* だろうと言っている。

(11)「かます」は kestra. 鯔が kestreus なので、一見「雌の鯔」のような名づけ方。トンプソンによると、kestra とは sphyraina を指すアッティカ方言。そういえば学名も *Sphyraena sphyraena* という由。

あんこうを見たなれば、買い求むべし。
…………して、その臓を
用意せよ。

e

えいについては

えいの煮たるを、冬のさなかの旬に食せ。
チーズとシルピオン(1)を上に盛る。およそ
海の子にして、ほどよく肥えたるは、かく調理
あるべし。我輩は汝にかくあらためて申しおくものなり。

喜劇作家のエピッポスは『ピリュラ』の中で(ピリュラとは遊女の名だ)、

甲　さあ、どうしましょ。
えいを切り身にしますか、丸焼きにしますか。
それとも、シシリー風に焼きますか(2)。　乙　シシリー風にしてくれ。

f

ボクス(bokes)(3)

アリストテレスは『動物論』または『魚について』と題する著作(4)の中で、「背中に筋のあるものをボクスといい、斜めに縞の入っているものをコリアスという、と言っている。エピカルモスは『へべの結婚』で、

そのほかにボクス、スマリス(5)、雑魚、川のざりがに(6)、

ヌメニオスは『釣魚術』で、ボクスの複数形としてboekesというのを使って、次のように言っている、

白いシュノドゥス(7)、ボクスとトリンコス(8)どもと。

スペウシッポスをはじめアッティカの作家たちはboakesという綴りを使っている。例えばアリストパネスは『天幕内の女たち』で

---

(1) シルピオン (silphion) はこれまでにも何度か出てきたが、これからもよく出てくる植物。学名 *Ferula tingitana* という植物の汁を、薬用（おもに下剤として）、薬味とする。薬味の場合、とくにチーズにまぜて使うことが多かったらしい。主産地はアフリカのキュレナイカ地方。

(2) 切り身でもなく丸焼きでもない「シシリー風」の焼き方というのはわからない。

(3) ボクスは正しくはboxで、これはboaxのつづまった形であるのは確かだが、だからといって、「boaoするからboax」だという説明（二八七a）はこじつけ。むしろボクスは、三二一d以下で取り上げられているサルペと同類だというのが正しい。ボクスは *Box boops*, サルペは *Box salpa*. いずれもタイ科の魚だが、次のアリストテレスの文では、ボクスはコリアスと同類だとされている。Kolias は *Scomber colias* で鯖の類である。タイ科の魚と同類の魚が、鯖の類である魚の同類だというのはおかしいと思える。

(4) アリストテレス「断片」二九七。

(5) スマリス (smaris) は三一三a–cで扱われるマイニスに非常に近い小魚。いちばん安い魚とされていた。*Sparus vulgaris.*

(6) 「川のざりがに」は kammaros で *Astacus fluvitialis.*

(7) シュノドゥスは三二二b–cで取り上げられる。

(8) トリンコス (trinkos) だが、これが魚の名かどうかをはじめとして一切不明。「辞書」に載ってすらいない。

287

　　おなかん中にボアケスをいっぱい詰めて
　あたしはご帰還するとこだったの。

このボクス（box）という名は、この魚がぶうぶうという声を出す（boe）ところから来ている。そこでこの魚はヘルメス神の聖魚[1]なのだと言われている。キタロスがアポロンの聖魚[2]だというようなものだ。ペレクラテスは『蟻人』で

　　だって魚は全然
　声なんか出さないっていうじゃないか

と言って、さらに

　　だが、二柱の神々にかけて、
　魚の中でただひとり、ボアケスだけが声を出すのだ。

ビュザンティオンのアリストパネス[3]は、われわれがこの魚をboxと呼ぶのはおかしい、boopsであるべきだ、
b なぜなら、体は小さいが、大きな目玉（ops）をもっているからだ、と言っている。つまりboopsとは「牛の（boos）」「目玉（ops）」ということだ、というわけだろう。この彼の説に対しては、「こがらす（korakinos）」というのは、まったく「小さな烏」ではないのに、なぜ「こがらす」というのかと問うべきだな。あれは「瞳（koras）を動かす」からkorakinosなのだ[4]。鯰（なまず）（silouros）にしても、どうしてseiourosでなくsilourosなのだ。だってあいつは「尾（ouros）をのべつ振る（seio）」ところから、あの名前がついたんではないのか[5]。

ひしこ (bembrades)(6)

悲劇作家のプリュニコスが言う、

　おお、黄金の頭もつ海のひしこ、

エピカルモスは『ヘベの結婚』で、これを bambradones という名で呼んでいる、

(1) 声を出すとなぜヘルメスの聖魚ということになるのか、訳者は知らない。たぶん、ボクスを魚の伝令に見立てて、神々の伝令ヘルメスと関係づけたものであろう。

(2) キタロスは三〇五f―三〇六bで取り上げられるが、これがアポロンの聖魚だというのは、kitharos という綴りがアポロンの竪琴 kithara にきわめて似ているところからの連想。

(3) ビュザンティオンのアリストパネスは前三―二世紀にアレクサンドレイアに本拠をおいて活躍した大文法学者・文献学者。

(4) コラキノスは三〇八d―三〇九aで扱われるが、korakinos すなわち「小さい烏」という説明は正しい。「瞳を動かす」という方がこじつけ。

(5) ナマズはここでは silouros だが、アリストテレス『動物誌』ではつねに glanis. 困ったことに、この両方とも学名は *Silurus glanis.* 何のことはない、両方の名前を並べただけのものである。Silouros についてはアイリアノス『動物誌』第十四巻二五に、これを釣って陸揚げするときには、何頭立てかの馬または牛で引き上げるという、誇張に決まっているが、とにかく非常に大きいものがいたことを語っている。次の「尾を振るから……」というのは、例によってこじつけである。

(6) 「ひしこ」は英語では sprat とか anchovy とか smelt とかいろいろに訳されているが、要するにカタクチイワシ。

（287）

> ひしこに鶫(つぐみ)べら(1)、海兎に剛勇の竜魚(2)。

c ソプロンは『男たちのミモス』で、「肥えたbambradonで」と言い、ヌメニオスは『釣魚術』で

> 小海老や、もしあれば、ひしこ、そういう生き物は
> こういうので釣る。だから、こういう餌に気をつけること。

ドリオンは『魚について』で言っている、「ひしこは、もし大きいのならば頭をとる。そして少々の塩を加えた水で洗い、赤ぼらを煮る要領で煮る」。メンブラピュエ(3)というソースができるのは、ひしこからだけである、と彼は言っている。そのソースのことは、アリストニュモスの『ふるえるヘリオス』に出てくる、

> あの蟹みたいに歩くシシリー男は、メンブラピュエに似ている。

d アッティカの人々はbembradesではなくbembradasという複数対格を用いる。アリストメネスの『いかさま師』で、

> ひしこを一オボロスで買って。

アリストニュモスは『ふるえるヘリオス』で、

> 今はもう雑魚も全然ないし、罰当たりのひしこもない。

アリストパネスは『老年』で

> 彼女は灰色の肌のひしこで育てられたんだ。

プラトンは『使節』で

おお、ヘラクレス、何たるひしこ。

e ただし、エウポリスの『山羊』では、bembrades の b を m にして、membrades と書いてある。アンティパネスの『クノイトス家の男』でも同様で、

　魚市場で、妙なことを呼ばわっているぞ、
たった今、ひとりのやつが声張り上げてわめいてた、
「蜜より甘いひしこだよ、蜜より甘い」。
もし本当にそうなら、蜜を売る方じゃあ、
「ひしこよりもよく腐った蜜だよ」って
呼ばわったって文句は言えない。

アレクシスも『合唱隊を指揮する女』で membrades という綴りを用いて、

f 　陽気に騒ぐ連中に、こないだあいつが、さあ召し上がれと
出してやったのは、豆粥とひしことオリーヴの油粕だ。

『第一合唱隊』では、

---

(1) 鶫べらは三〇五a－dで取り上げられる。

(2) 竜魚は drakon で、まさに「竜」。英語ではふつう weever となっている。

(3) メンブラピュエ（membraphye）とは membras＋phye にほかならず、つまり二種の小魚の名前をつなげただけのものである。

ディオニュソス様にかけて
あたしが太鼓持ち稼業を始めてから、こんなに骨の折れる
仕事はやったことがない。ひしこでもつまみながら、
アッティカ語でしゃべれる人とわいわいやってる方が、いいね。
ま、商売商売、仕方がないってとこだ。

ブレンノス (blennos)

ソプロンの『漁師対農夫』[1]という喜劇に出てくる、「ブレンノスを乳母にして」。形ははぜに近い。

バイオン (baion)

エピカルモスの『へべの結婚』は、バイオンという魚のことをこんな風に言っている、
身をよじった赤ぼらと、どうにもしようのないバイオンをもってきた。
アテナイ人には、「バイオンはいらぬ。悪い魚だ」という諺がある。

平目──牛の舌（bouglottos）(2)

ピュタゴラス派のアルケストラトスは、自制心をはたらかせてこう言っている、

次に大型の平目（psetta）と、ややざらりとしたる平目［牛の舌］を買え。
夏のまの、カルキスあたりのものこそよけれ。

b エピカルモスは『ヘベの結婚』で、

平目とキタロス(3)もある。

この「牛の舌」という平目とは別に、「犬の舌(4)」という魚もいて、それについてエピカルモスはこう言っている、

(1) ブレンノス（blennos）は本来「ねば土」のこと。この小魚は海浜の岩場の水たまりに住んでいて、ねば土状のものを分泌するのでこの名があるという。次のバイオンは、「辞書」によれば blennos と同じ。

(2)「ひらめ」を意味するギリシア語としては、すぐあとに出てくる psetta の方がなじみがあるが、そしてそこでは、psetta とは bouglottos のアッティカ方言での呼び名だと言われており、トンプソンもそう言っているが、アルケストラトスの句を見ると、「牛の舌」とプセッタは明らかに別の魚である。

(3) キタロスについては本巻三〇五fを参照。

(4)「犬の舌」については、「辞書」は「魚の一種」とのみ記し、トンプソンは取り上げていない。

まだらの泳ぎ手鯿(1)と、犬の舌と、それから、にべ(2)もあった。
アテナイ人は「牛の舌」平目のことをpsettaと呼んでいる。

c　穴　子(gongroi)(3)

医者のヒケシオスは、穴子(あなご)は鰻よりも身が固い、肉はスポンジのようで栄養が少ない、風味もはるかに劣る、しかしおなかにはよい、と言っている。叙事詩人ニカンドロスは『古語集解』の中で、穴子はグリュロスとも呼ばれると言い、数学者のエウドクソスが書いた『周遊記』第八巻では、アルゴリスのシキュオンでは、ひと抱えもあるようなのが捕れる、中には荷車いっぱいになるのもあると言われている。新喜劇の作者

d　ピレモンもシキュオンの穴子は一段とすぐれていると言い、『兵士』という劇では料理人が自分の腕を誇ってこう言っている、

うまいものをうまく仕立てた。ねえ、大したもんでしょうと出ていって、
天地に向かって言ってやりたいような、憧れというやつが俺の胸ん中に忍び込んだんだ。
そりゃね、アテナ様にかけて、どんなことでもうまくやるっていうのは
気分がいいものさ。身の柔らかい魚が手に入った。それをさ、
俺がどう料理したかって。チーズなんていう薬は
使わない。上に花なんぞ乗せてごてごてさせない、

その代わり、焼いても、生きていたときと同じにぴんぴんしてる。
それほど、火を柔らかあく、やさしいくして
魚を焼くんだ。……信じちゃくれまいが、
e
鳥が自分より大きなものを呑み込もうとするのに
よく似てる。ぐるぐる回りながらそいつをしっかり
放さないように気いつけて、何とか呑み込んでやろうと必死になる。
ほかの鳥どもがこの鳥を追っかけだす。おんなじですよ。
だれよりも先にその料理のうまさを知って小躍りして、
f
その皿もってあっちこっち逃げる。すぐあとからみんなが追ってくる。
大声上げたくもなろうさね。追っかけてきて、ちびっと盗むやつがいる。
何もとれないやつもいる。ごっそり盗むやつもいる。だがな、
俺が使ったのは川の魚、泥を食ってらあ。しかしもしこれが、

（1）「ぼら」については三〇六d以下で紹介されている。
（2）にべ（skiaina）はスズキに似た魚で *Sciaena aquila.* アリストテレス『動物誌』五三五b一六は、数少ない「鳴く」魚の例としてこれを挙げている。ぶつぶつとつぶやくような音を出す由。
（3）穴子（gongros）は地中海では古くからおなじみの魚のひとつ。*Conger vulgaris.* アリストテレス『動物誌』五九八a一三は、シロアナゴは沖合に住み、クロアナゴは岸辺と沖合の両方にいると言っている。また同書六一〇b一五では、穴子はウツボに食われると言っている。

289
何か珍しいもの、早い話がアッティカのグラウキスコス(1)だの、
おお、お助け神、ゼウス様、アルゴスのいのしうお(2)だの、
ポセイドン様が神様がたのために天へ運びなさるという、
それを食ったやつはみんな神様になるという、
あのシキュオンの穴子でも俺が捕まえてみろ、
不老不死の妙薬を、俺は見つけたことになるわな。
もう死んじまった人たちでも、俺の料理の匂いをかいだだけで、
もういっぺん生き返るということに、して差し上げようじゃござんせんか。

神様気取りの医者と患者

それこそアテナにかけて、シュラクサイにゼウスというあだ名を頂戴したメネクラテスという医者がいて、
人間が生きているのはただただ自分の医術のおかげだと誇っていたそうだが、そのメネクラテスでもこの料
b 理人ほどには言わなかったろう。彼は、「神聖病(3)」と呼ばれる病気を彼に治してもらった者たちを強制して、
回復のうえは奴隷として彼の言うことは何でも聞くという書面を書かせていたという。医者がゼウスなら患
者の方にも、ヘラクレスと呼ばれる男がいて、それらしい出で立ちをしていた。実はこの男、ニコストラト
スという太鼓持ちで、この一件についてはエピッポスが『軽装歩兵』という喜劇の中でこんな風に言っている、

メネクラテスが、俺はゼウスだ神様だと言った、
　ニコストラトスが、そんならこっちはヘラクレス、と言ったんじゃないのか。

また別の患者で、ヘルメスになったつもりで短いマントをまとい、伝令の権杖をもち、サンダルに翼までつ
c けているのがいた。ゼレイアのニカゴラスというのもそうだったという。これはバトンが『エペソスの僭主』についての本の中で言っていることだが、この男は自分の生国の僭主になったそうだ。ヘゲサンドロスの言っているところでは、これもメネクラテスの患者で、アステュクレオンという男はアポロンを名乗っていたという。やはり彼に病気を治してもらった男に、医神アスクレピオスのなりをして、仲間を連れ立って歩いたのがいた。ゼウス自身つまりメネクラテスは、紫の衣をまとい、頭には金の冠を戴き、足にはサンダ
d ルをはき、神々しい合唱隊を引き連れて歩いた。マケドニアのピリッポスに手紙を書いてこう言った、「ゼウス・メネクラテス、ピリッポスに書をいたす。つつがなきや。汝はマケドニアを支配し、わしは医術を支

(1) グラウキスコス（glaukiskos）はアテナイオスにはかなりしばしば出てくる魚だが、安い魚らしいこと以外には何もわからない。「辞書」には「色が灰色だからこの名がある」としか書いてないし、トンプソンの本には扱われていない。

(2) いのししうお（kapros）は川魚のひとつだが、これもよくわからない。アリストテレス『動物誌』五三五b一八によると、猪のつぶやきのような声を出す。ここでは「アルゴスの」と言われているが、アリストテレスの上の箇所ではアケロオス川（アイトリアの川）の魚とされている。

(3)「神聖病」とは「たとえ医者であろうと人間の手にはおえない、神様の助けによってはじめて治る病気」ということで、古代ギリシアでこの名で呼ばれていたのは、最もふつうには今日のハンセン氏病であった。

配いたす。汝は汝の欲するときに、健康なる人間を滅ぼし得る。に対してわしは病める者を救い、わしの助言に従うて生きる者を、老いの至るまで、体に病む所なく、健やかに生きることを得しめる。ゆえに汝は、槍をたばさむ兵に身を守られるが、わしは将来のすべての人間にかしずかれるであろう。何となれば、わし
e ゼウスは彼らに命を与うるがゆえである」。ピリッポスは、こいつは鬱病にかかっているらしいと考えて、こういう返書をしたためた、「ピリッポス、書をメネクラテスにいたす。心を健やかにせよ」。メネクラテスは同じような手紙をスパルタ王アルキダモスをはじめあちこちの王にも書いたが、書いたすべての相手に、ゼウスと名乗ることをやめなかった。するとある時、ピリッポスが彼を食事に招いた。行ってみると、彼は彼の一党の「神々」ともども、部屋の中央にひときわ高くしつらえられた寝椅子に横になるようにと言われた。この場所はきわめて神聖な人、それこそ神々にふさわしく飾られていて、食卓には祭壇が設けられ、大地の産むあらゆるものの初穂が供えられていた。ところが他の客たちの所に料理が運ばれてくるたびに、メ
f ネクラテスとその神々の所へは、奴隷がただ香を焚き献酒をしに来るだけだった。それでとうとう、この新しいゼウスと神々は、さんざんにからかわれながらこの宴から逃げ出した、とは歴史家のヘゲサンドロスが語っていることだ。メネクラテスのことはアレクシスも『ミノス』の中で述べている。エペソスのピュテル
290 モスの『歴史』の第八巻によると、キュプロスのテミソンはシリア王アンティオコス［エピパネス］の稚児さんだったが、祭りの集まりの中で、マケドニア人テミソン、アンティオコス王のヘラクレス[1]と宣されたばかりでなく、全住民がこぞって、ヘラクレス・テミソン様と唱えつつ犠牲を供した。著名の者が供犠にやってくると、彼は必ずその場に臨席し、特別の寝椅子に身を横たえ、獅子の毛皮をまとうていた。スキタイ風の

弓(2)を携え、こん棒ももっていたという。

料理人の大言壮語

とにかくメネクラテスというのは上に申したような人間だったが、さっき話した料理人ほどの法螺は吹かなかっただろう。

b

不老不死の妙薬を俺は見つけたことになるわな。
もう死んじまった人たちでも、俺の料理の匂いをかいだだけで、
もういっぺん生き返るということに、して差し上げようじゃござんせんか、

などとね。料理人というのは法螺吹きの人種だ。ヘゲシッポスは『兄弟』の中でこんな人物にこんな台詞を言わせて、そのありさまを描いている、

甲　料理のことは、もういろんな人がいろんなことを

(1) ヘラクレスは生涯に何度かいろいろの王に仕えた。アンティオコス王もヘラクレスを臣下にもつ偉大な王だという追従の気持ちがあるのだろう。

(2) ヘラクレスのトレード・マークといえば獅子の皮にこん棒だが、弓も彼の武器である。スキタイ人は今のウクライナあたりに住んでいた剛勇の民族だが、スキタイ風の弓とは、弦を張るだけでも尋常の力では無理だという強弓。

言ってるから、今までだれも言ったことがない新しいことを
言うか、さもなけりゃ、そろそろ打ち止めにしてくれや。
乙　いいや、シュロス、そりゃちがう。俺はだな、ただひとり、
料理のだな、仕上げというやつをだな、発見したんだぞ。
一年や二年、前掛けかけて、ちょっとやってみました、なんてのとは
わけがちがう。もう、一生かけて、料理術のいろんな点を片っ端から、
次々に探究し、実験してきたんだぞ。
c　ありったけの種類の野菜とか、ひしこの性質とか、
あらゆる豆スープの作り方とか。うん、仕上げのことを聞かせよう。
ま、例えば葬式の料理をまかされたと思いねえ。
黒い喪服着て、墓からみんなが泣きながら帰ってくる、
俺が鍋の蓋をさっと開ける、とたんに涙が消えて笑いがこぼれる。
まあ、なんて言うか、体ん中に、くすぐられたような
感じが走るんだな。だから結婚式のような気分になる。
甲　おいおい、どうでもいいけど、豆スープと、ひしこを出すのかね。
d　乙　そりゃあほんのついでの話だ。もし俺が、必要なものを何でも与えられ、
調理場も、すっかり俺向きにしてもらったら、だな、シュロスよ、
昔セイレン[1]たちの歌を聞くとそうなったって

いうことを、そのまま料理でやってみせようじゃないか。
つまりだな、俺の料理の香気をかぐと、だ、
だれひとり、この広くもない道を通り過ぎるなんてことはできない、
たちまち玄関先にやってきて、口あいて、物も言えずに
壁に釘づけになって立ちつくす。だからしまいにゃあ、ほかのやつが
鼻をおさえながらやってきて、そいつを無理やり引っぺがす。

甲　えらい腕だな。　**乙**　おまえが無駄口たたいてる相手が、何様だか知らねえってこと。
俺ゃ何人も知ってるぞ、ここにおいでのお客さんがたの中に、
俺の料理のおかげで身上(しんしょう)を食いつぶしたってのをな。

e

これでは、ピンダロスの詩に出てくるケレドネス(2)というのと、一体どこが違っているのだ。ケレドネスというのはセイレンたちに似ていて、彼女らの声を聞く者たちに、自分を養ってくれた国を忘れさせ、快楽に身を焦がさせるというんだからね。ニコマコスは『エイレイテュイア』という喜劇に、自慢の仕方ではディオ

(1) セイレンは上半身は女、下半身は鳥の怪物で、歌によって人を魅し、魅せられた者を死なしめた。ホメロス『オデュッセイア』第十二歌一六五以下では、セイレンの住む島に船が近づいたとき、オデュッセウスは耳を蠟でふさぎ、部下に命じて自分の身を帆柱に縛りつけさせて、その誘惑を何とかしのいだ。このセイレンの英語での読み方がサイレンとなる。

(2) ケレドネスはピンダロスの「断片」三五で、その像がデルポイのヘパイストスの建てた神殿の破風に描かれていたと歌われているのだから、かなり古い神格だろうが、以下に書かれている以上のことはわからない。

ニュソスの技芸家［役者］をすら負かしてしまう料理人を登場させた。とにかく彼は雇い主にこんなことを言ったのだ、

f

甲　旦那様は、そりゃあ粋で、そのうえおやさしくて、
ご立派なものです。が、一つだけお見落としのようで。　乙　そりゃ何だ。
甲　わしの腕がちょっとしたものだっていうことを、よくよくお考えになっていない。
わしを雇う前に、わしのことを、隅から隅まで知っている方に、お尋ねになって、
そのうえで、わしを雇ってくだすったんで。　乙　え、いや、そうはしなかったな。
甲　いやあ、それではきっと、ひと口に料理人とはいっても、
ぴんからきりまであることを、ご存じない。　乙　いや、そっちで言えばわかるさ。
甲　ではまず第一に、他人に買いにやらせた魚を受け取ってですな、
凝った料理をお出しする、さてこれは、
ふつうの雇われ者のすべきことでございますかな。　乙　やれやれ。

291

甲　完全な料理人と申すものは、ちと出来がちがいます。
世に貴しとされている、いろんな技を身につける、
それを本式に学ぶには、何の用意もなしに、
手当たり次第にやっつける、というわけにはまいりません。
まず絵をやる。ほかにもいろいろあるが、料理術を学ぶ前に
まずそういう勉強をしなければいけない。それに、旦那にしても、

b わしに何のかのとおっしゃる前に、そういうものを知っといた方がいい。

占星術に幾何学に医術といったところです。

魚の能力とか知恵とかいうものが、そういう学問から
わかりますからな。季節の移り変わりによく注意するようになる。

ひとつひとつの魚について、今はどれは季節はずれでどれが旬とかですな。

そりゃあ、楽しむためには違いを知るのは大事なことでございますよ。

時によっては、ボアクス(1)なんていう魚の方が、鮪より結構だということもありますからな。

乙　そりゃそうだろう。だが幾何学は何の関係があるのかね。

甲　わしらは、調理場を球と考えております。
これをいくつかに仕切って、そのひとつひとつを
c それぞれの調理の技術のありようにふさわしい場として割り当てます。
これは幾何学から取り入れたことでございますよ。

乙　何とまあ。それから先は言わんでもいい。もう分かった。
だが、それにしても医術とは。　甲　食べ物の中には
腹にガスがたまるもの、消化不良になるもの、栄養をくれないで、食べられたことへの
d 仇討ちをくれるものがございます。性(しょう)に合わないものを召し上がれば、

---

(1) ボアクスは boax と綴る。二八六 f のボクスと同じ。四三頁註(3)を参照。

とげとげしくなって、抑えがきかなくなります。
こういう食べ物に対しては、薬になるものを
見つけにゃならん、となればこれは医術の力を借りないわけにはいきません。
それに、それぞれの料理で、何をどれだけお出しするかというのは、
わしの理性と、右翼も左翼も均等に、という心掛けによる、
いわば料理の兵法でございますよ。
その点にかけては、ほかのだれにもひけをとりません。

乙　今度はわしの言うことも、ちいっとは聞いてくれ。　甲　はい、どうぞ。

乙　おまえは、もう自分のことも気にせず、わしのことも構うな。
　今日はこれから、何もするな。

e

小ピレモン(1)の喜劇の料理人は学校の先生のようで、こんなことを言っている、
これはそのままにしておけ。火だけでもだな、
物を焼こうというときには、あまり弱くちゃいかん。
(そういうとろ火というのは、煮るための火で、焼くときはそれではいかん)、
強すぎるのもいかん。それだと表面ばかりが焼けて、
中まで火が通らないから、これもいかんというわけだ。
スープ用の杓子(しゃくし)とか包丁とかもって
来たからといって料理人じゃあない。

f

フライパンに魚をのせたからって、料理人じゃあない。
料理にはな、学問がいるんだ。

292

ディピロスの『画家』に出てくる料理人は、自分はどういう人に雇われるべきかを滔々（とうとう）と語っている、

わしはおまえを、ドラコン、どこへも連れてはいかんぞ。
もし連れて行ったら、おまえが配膳係として、その日一日、
ふんだんにいいものに囲まれて働くことにならんかぎりはな。
わしはな、まず、だれが犠牲式の宴を張るのか、
あるいは、何のために宴を開くのか、そして、だれを招待するのか、
それを確かめないうちは、出かけないことにしているのだ。
あらゆる種類の人々の表も作ってもっている。
雇われてもいい種類、気をつけなければいけない種類、なんてな。
言ってみりゃ、人物を商品に見立てたっていうことか。
船長が犠牲を供える。その船長は、船の

（1）ギリシア・ローマでは、同姓の者について、年長、あるいは時代がより古い者を「大」、年少あるいはより新しい時代の者を「小」で表わす。ピレモンの場合はただピレモンといえば、前四―三世紀の喜劇作家を、小ピレモンといえば前三世紀の喜劇作家を指す。

帆柱か舵かを、めちゃくちゃにしちまった、
あるいは、水浸しになったとき、荷物をほうり出した、とする、
わしは、そういうのには近寄らない。こういうのはどんなことでも
楽しみながらしやしない。することになってるからするだけだからさ。
献酒が行なわれている間に、そいつは考える、船のお客たちに
どれだけご寄進を要求できるか、計算してな。

b

だからみんなめいめい、自分の腹を食うことになる。
そこへいくと、ある船長はビュザンティオンからのご寄港だ。
わずか二日の船旅で、それも無事、そして
一〇〇ドラクマにつき一〇か一二稼げて、悦に入っている。
運んだ荷物のことをしゃべり、借金を吐き出し、
男娼の胸にすがってお楽しみに励む。
そういう人が船から降りてくる。わしは駆け寄ってぺこぺこして、
右手をさっと差し出し、ゼウス様の御利益ですと言い、
この方にお仕え申そうという、気持ちの固まりになる。

c

と、まあ、こんなわけだ。また、若いのが恋をして、
親の財産を湯水のように使い果たす。そこへわしは行く。
別の若い連中が、持ち寄りの宴をやる。めいめいが

壺の中に有り金をはたいて入れる。やれやれ。
だれかが服の裾をぎゅっとしぼってわめく、
「つまらん食い物なんざ、食いたかないぞ」。
わしゃ放っとくな。そんな所へ行ってみろ。夜っぴて
サービスしたうえに、げんこつのお土産までもらうからな。
d お代を請求してみろ。「その前におまる持ってこいや」、「豆スープに全然
酢が入ってなかったじゃないか」。もういちど請求すると、
「痛い目にあって泣きたいのか」とくる。ほかにもまだまだ
こういう手合いを挙げてみせられるが、これからおまえを
連れていくのは娼家だ。ある花魁（おいらん）がだな、仲間といっしょに
盛大にアドニスの祭り(1)をやるんだそうだ。帰りには
ふところにたっぷりお土産を頂戴できるだろう。

e アルケディコスの『宝物』には、また別の学者ぶった料理人が出てきてこう言う、

---

(1) アドニスは女神アプロディテに愛された美少年。なぜかアポロンの怒りにふれて、狩りをしているときに猪に突かれて死んだ。元は植物の芽生えと繁茂、そして冬の間の枯死を象徴する神として、キュプロス島を中心に崇拝されていたらしい。ここでいうアドニスの祭りは、その神のよみがえりを祝う春祭だった。

293 f

魚がまだ料理もされずにそこにあるうちに、
もう、呼ばれたお客たちがご入来(じゅらい)で、
「手に水をかけてくれ」「魚もって家へ帰っちまえ」
なんて言う。こっちはフライパンを火にかけて、炭に満遍なく
ぱらぱらと油をやって、ぱっと火を起こす。
野菜と副菜のぴりりとした香りが
ご主人様のご機嫌をうるわしくさせてる間に、
煮上げた魚をお出しする。もちろん魚の
持ち味はこわさない。ちょうどいい加減に塩水もきいている。
自由人ならみな、塩水に浸かる(1)っていうからね。
ちびっと油を無駄遣いするおかげで、
五〇ほどの宴会を、頂戴つかまつることになりました、というわけ。

ピロステパノスは『デロスの男』の中で、有名な料理人の名前まで挙げている、

アテナイで「完璧」と呼ばれているあのティブロンに次いで、
ダイダロス、おまえは、腕前でも頭の切れ味でも、
断然すぐれていると知ったから、わしは
おまえの言い値で雇おうと、ここへ連れてきたのだ。

ソタデス、といっても、あのイオニアの歌の作者のではなくて、マロネイア出身の中喜劇の作者の方だが、そのソタデスの『閉じ込められた女たち』(というのがこの喜劇の題名なのだ)で、料理人がこんなことを言っている、

b

まずはじめに、小海老、これを全部フライパンで
焼いた。大きなつの鮫を手にとって、これを三つに切り、
真ん中は焼いて、のこった頭と尻尾は
煮る。桑の実で作ったソースを用意してな。
灰色はぜの、頭の辺りの大きいのをふたつ、もってくる。
大きなフライパンに乗せてな。それにちょびっと加える、
ハーブにキュミノン(2)に、塩、水、油をだ。
それから、すっごくみごとな鱸(すずき)を買った。
これは煮て、串焼きにした肉を出したあとで、

(1)ここを直訳すると、「どんな自由人も浸かるであろうような塩水」となるが、これをどう解すればいいのか、訳者は知らない。

(2)キュミノンは今までにも何べんか出てきた、そしてこれからも何べんも出てくる香辛料。学名 *Cuminum cyminum.* この植物について、テオプラストス『植物誌』第七巻三-三に、「奇妙なことだが、良質のものを多量に得たいならば、種子を蒔くときに呪ったり悪口を言ったりしながら蒔かなければならないという」と書いてある。

c (293)

ハーブ入りの油塩水で召し上がっていただく。
赤ぼらと鶫(つぐみ)べらのみごとなのも買った。
これはそのまま炭の上にぽんとのっけて、
油を混ぜた塩水に、マヨラナを加えた。
このほかに手に入れたのは甲烏賊(いか)と槍烏賊だ。
槍烏賊を煮て、刻み肉を詰める、なんていうのは乙なものだ。
甲烏賊の足を軽くあぶったのもそうだ。
こういうものには、いろんな香りをつけたソースを
合わせた。そのあとは煮物の皿。
これには、酢油ソース(1)を添えた。

d

さらに加えて、みごとに肥えた穴子を買った。
これはいい香りの新しい塩水で蒸す。
小はぜを少々と、海の岩に住む小魚、
こいつの頭をとって、小麦粉をちょっとまぶして、
こうしてあとは、小海老と同じ手順だ。
つれあいに先立たれた鰹(2)、何てったって、いい魚だ。
塩水に漬けた無花果の葉でくるんで、油をくぐらせ、
マヨラナを満遍なくふりかけて、燃え木をよくそうするように、

e

熱い灰をすっかりかぶせる。
パレロンの雑魚も忘れちゃいない。
カップ一杯の水をかければ十分。
ハーブをどっさり細く切り、甕一杯になったのを、みな使う。
あとは何かって。何にもない。これがあっしの技術さ。
書いたものなんぞありはしない。メモを見たりもしやしない。

f

あらためて穴子について

まあ、料理人のことはもういい。穴子の話をしなければいけない。アルケストラトスは『料理術』の中で、穴子(あなご)のそれぞれの部分をどこで買うかを述べている、

穴子の頭は、汝、シキュオンにて求むべし。
脂豊富にして、精をつけ、形大なり。また腹もすべてしかり。

(1) 酢油ソースは **oxyliparon chymion** で、直訳すると「酸っぱく、油気のある汁」。ロウブ版のガリックは大胆にも「マヨネーズ」と訳している。

(2) 二七八aの、鰹はいつもいっしょに連れ立っていく (**hama ienai**) から **amia** という、というのを思い出して、「かわいそうに」という気持ちを諧謔めかして言ったものであろう。

求めしうえは、十分に時をかけて、塩水にて洗うべし。

294 この喜ばしき案内者は、次にイタリア各地を巡って、ここでもまた言う、

よき穴子が得らるべし。いかによきか。
さながら脂ののったる鮪に対するに、貧弱なるコラキノスをもってしては、勝負にならぬ、
まさにかくのごとく、すべての魚を束にしてかかるとも、この穴子にはかなうまじ。

アレクシスは『テーバイ攻めの七将』で、

いっしょに出されたのは、こぼれるばかりに盛られた
脂ののった穴子のぶつ切り。

b アルケディコスは『宝物』の中で、自分で買い出しに行った料理人を登場させて、その買い物についてこんなことを言わせている、

はぜが、三ドラクマで…………
穴子の頭とそのすぐ下の切り身が、あわせて
また五ドラクマ。ああ、みじめな暮らしよ、だ。
首のところが一ドラクマ。しかしなあ、お天道（てんと）さまにかけて、
俺の分にもうひとつと、どこかで
かりに買えたとしても、こいつをもって帰るまえに、
首をくくらなくちゃなるまいな。

c これほど骨の折れる宮仕えなんて、ほかにはあるまい。
これだけのものを、これほどの値で買うとはな。
本当にいいものを買えば、こっちは破産間違いなし。
「あいつらは食べている。あんないい酒を、献酒だと言って
地べたにまいていている」。この台詞を俺にもらおう。
あーあ。

鮫　類（galeoi）[1]

ヒケシオスは『食材論』の中で、ガレオイという鮫類よりはアステリアスと呼ばれる鮫[2]の方がよく、かつ
d 柔らかいと言っている。アリストテレス[3]は、鮫類には種類が多い、とげ鮫[4]、なめらか鮫[5]、鹿ノ子鮫（かのこ）[6]、スキュ

（1）要するに鮫類の総称だと思えばよい。
（2）アステリアス（asterias）は訳せば「星鮫」。トンプソンは a kind of Dogfish で、たぶん斑模様のあるツノザメ、*Scyllium stellare* であろうとしている。今では *Scyliorhinus stellaris* という由。
（3）アリストテレス「断片」三一〇。
（4）とげ鮫もツノザメの一種で、背鰭ひとつひとつにに刺がある由。*Squalus acanthias.*
（5）なめらか鮫は島崎氏によるとわが国のホシザメに近く、表面をなでるとなめらかな鮫だという。*Mustellus laevis Risso.*
（6）鹿ノ子鮫は小型の鮫。たぶん *Scyllium catulus* で、アリストテレス『動物誌』五六五 a 二六の nebrias もこれと同じだとトンプソンは言っている。

295

ムノス(1)、孤鮫(きつねざめ)(2)、やすり鮫(3)がそれである、と言っている。ドリオンは『魚について』で、孤鮫は尾に近い所
にひとつだけ鰭(ひれ)をもっていて、ふつうの背鰭というものはもっていない、と言っている。アリストテレス
は『動物部分論』(4)の第五巻で、ある種の鮫でケントリネス(5)、またノティダノス(6)というのがある、と言ってい
る。エパイネトス(7)は『料理術』でこう言っている、「ノティダノスをエピノティデウスと呼ぶこともある。
ケントリネスは食品としてはよくなく、悪臭がある。これは、いちばん前の鰭のあたりに、同族の鮫にはな
e い刺をもっているので、見分けがつく。これらの魚には、固いのも柔らかいのも、およそ脂というものがな
い。それは、これらの魚が軟骨魚だからである」。とげ鮫は特異で、五角形の心臓をもっている。鮫類は、
最も多い場合は年に三回子を産み、生まれた子を口の中に入れて育て、あらためて吐き出す。鹿ノ子鮫と狐
鮫がとくにそうする。ほかの鮫は、口がざらざらしているので、こうはいかないのだ。アルケストラトスと
いえば、サルダナパロス(8)の向こうを張って享楽的な生き方をした人だが、この人は、ロドスの鮫類について、
f これはローマで、花冠をつけた奴隷が、笛の伴奏で宴席に運んでくる、アッキペシウス(9)というあの魚と同じ
だと考えている。しかしローマのこの魚は、ロドスのより小さいし、鼻先が長く突き出ているし、全体の形
も三角っぽい。ところがこれは、いちばん小さくて安いのでも、アテナイの金で一匹一〇〇〇ドラクマ以下
では買えない。文芸研究家のアピオン(10)が書いた『アピキウスの贅沢について』によると、エロプス(11)というの
がこのアッキペシウスだ。しかしとにかくアルケストラトスが、ロドスの鮫について語っているのは、友人
たちに向かって、親が子に言って聞かせる調子の、こういう忠告なのだ、

　ロドスに産する孤鮫と申す鮫、これをばシュラクサイ人、肥えたる犬鮫と称す。して汝

（1）スキュムノスもツノザメの一種で、トンプソンによれば、アリストテレス『動物誌』五六五a二三の skylion と同じ。
（2）狐鮫をトンプソンは Fox Shark or Thresher（オナガザメ）と訳している。島崎氏は「ずるい鮫」だと言っている。原田氏によると、もしこれがオナガザメならば、尾に近い第二背鰭が小さいだけ。一般に「尾に近い所にひとつだけ鰭をもっていて、ふつうの背鰭がない」サメは思い当たらない由。
（3）やすり鮫は、これの皮をヤスリとして使うことからの命名。図鑑で見るかぎりこれはカスザメの仲間。
（4）今日では「断片」三一〇となっている。
（5）ケントリネスは小型のとげ鮫で、上のとげ鮫と同様、背鰭に刺があるのが特徴。*Oxynotus centrinus* (*Linnaeus*).
（6）ノティダノスについてトンプソンは迷いつつも *Synodontis batensoda* であろうと同定し、そして、このアリストテレスの断片はこう読めばいいと言っている、「ノティダノスというのは、この魚が背泳ぎをする（註：背中のことをギリシア語でノトンという）ことからの命名で、これは気性の荒い魚であり、鮫の仲間である。そしてとがった刺で身を固めているのでケントリネスとも呼ばれる（註：ギリシア語で針のことをケントロンという）」。原田氏によれば、もしこの魚がシユノドンティス属ならば、硬骨魚ナマズ目の *Siluriformes* の *Mochochidae* 科に属し、熱帯アフリカにだけ分布する。となれば「鮫の仲間」という記述は誤りになる。
（7）エパイネトスはアテナイオスにしばしば引用される、たぶん前一世紀の料理術書の著者。とくに香辛料のよき案内者として重宝されたらしい。
（8）サルダナパロスとはアッシリア王アシュル・バニ・パルのギリシア語での読み方。この王についてのギリシアでの伝承は多分に伝説的で、実際の彼とは違っているようだが、「享楽主義者サルダナパロス」というイメージはギリシアではすっかり固定していたようで、アリストテレス『ニコマコス倫理学』第一巻一〇九五b二二にさえそういう言及がある。
（9）アッキペシウス（accipesius）というラテン語はない。最も近いのは acipenser で、これについて Oxford Latin Dictionary は '(prob.) sturgeon' としている。これだとすればチョウザメである。
（10）アピキウス（Apicius）の名は古代の美食家、西洋最古の料理術書の著者として知られる。前一世紀ティベリウス帝時代の人。ただし、今日アピキウスの料理書として流布しているものは、彼の著作そのものではなく、後世の編著である。
（11）エロプス（elops）は「うろこあるもの」という意味らしいから、(1) 魚一般を指していることもあるが、(2) 特定の魚のことを言っている場合もある。その場合、その魚が何であるかはまったく不明。概して大きくて珍しくて高級な魚らしい。

これを食さば死すとも可なりと思い定めたるに、彼らもし、これを売るを拒むにおいては、
奪え。奪って食せるのちは、汝に定められたる運命に、身をまかせよ。

b
サモスのリュンケウスは『ディアゴラスへの手紙』の中でこの詩句を引用して、この魚の代金を払うことができない者は、欲するものを不正な手段によって獲得すべきだという、詩人の薦めは正しい、と言っている。なぜなら、と彼は言う。テセウス(1)は、彼がすでにいっぱしの美男子になったころ、トレポレモスがこの魚をくれたので、彼に従う気になったのだと思う、とね。ティモクレスは『指輪』で言う、

鮫にえいに、そのほか
酢油ソースで味を整える魚。

灰色はぜ（glaukos）

『へべの結婚』でエピカルモスが言っている、

まだらのかさごにしま鯵に肥えた灰色はぜ。

c
ヌメニオスは『釣魚術』で

またの名を「美魚」、また時には「にべ」、時には「はた」、時には「灰色はぜ」
と呼ばれるヒュケ、きらめく海藻を縫って泳ぎ。

灰色はぜの頭を称讃してアルケストラトスが、

わがために、オリュントス[2]またはメガラ[3]に行きて、灰色はぜの
頭を購え。畏き地の浅瀬にとれる魚なれば。

アンティパネスは『牧羊業者』で、

ボイオティアなら鰻、ポントスならねずみ貝[4]、
鮪…………。
メガラは灰色はぜ、カリュストス[5]はマイニス、
d エレトリア[6]の鯛、スキュロス[7]の大海老。

---

(1) テセウスはアッティカの大英雄、次に出てくるトレポレモスはラコニアの大英雄ヘラクレスの子なので、ふつうならばこの両者が神話の中で交わることはあり得ない。しかしこれは喜劇の漫画で、テセウスを思春期を迎えたアテナイの美少年ということにして、トレポレモスの少年愛の相手として身を許した、と言っているのである。

(2) オリュントスはトラキアのカルキディケの要衝。

(3) メガラはここではおそらくシシリー島東岸の町。

(4) ポントスとは黒海のこと。ギリシアに「海の鼠」と呼ばれる海中動物が三種あるが、ここのは「ねずみ貝」、ごくふつうの貽貝で *Mytilus edulis*.

(5) カリュストスはエウボイア島南端の町。これからも魚がらみでしばしば出てくる。

(6) エレトリアはエウボイア島南部の、アッティカに対面する町。

(7) スキュロスはエウボイア島の東沖にある島、およびその島の町。

(295)

同じ詩人の『ピロティス』では、

甲　じゃあいつものように、灰色はぜを教えてやろう。
これは塩水で煮ろ、と言おう。　乙　鱸は。
甲　まるごと焼く。　乙　鮫は。　甲　煮て、酸味とぴりりとした味をきかせる。　乙　小ぶりの鰻は。　甲　塩とマヨラナと水。
乙　穴子は。　甲　右に同じ。　乙　えいは。　甲　ハーブと煮る。
乙　鮪の切り身もありますが。　甲　そいつは焼けばいい。
乙　もうひとつは。　甲　反対に、煮ろ。
乙　脾臓は。　甲　しっかり詰めろ。　乙　空腸[1]は。
甲　いい加減にしろ。

e

エウブロスは『せむし男』で、

器量よしの皿に………………
………海から来たこの
灰色はぜよりも育ちのいい
塩水で煮た鱸を一匹乗せて。

アナクサンドリデスは『ネレウス』で、

灰色はぜの、大きくて、値も高い

頭の切り落としだの、申し分のない鮪だの、
そのほか、海からの食べ物一切の発見者ネレウス[2]は、
海の至る所を住処となさっている。

アンピスは『テーバイ攻めの七将』で、

灰色はぜ一尾そっくり、それから肉づきのいい
頭の切り落とし。

f

『真の友』では、

ちょっとつましく小ぶりの鰻、あるいは
灰色はぜの頭、あるいは鱸の

(1) 空腸についてはアリストテレス『動物部分論』六七五b三三に記述がある。その前後を島崎三郎氏の訳によって紹介する。「食物の受容器が単純な動物、あるいは広い動物……にはみな『空腸』と称する部分が胃の次の小腸にある。すなわち、この部分は未調理物の入っている上部と、すでに不用となったもの、あるいは残余の入った下部との中間なのである。空腸はすべての動物にあるが、大きな動物がしばらく絶食して、何も食べない場合に、はっきりわかる。これは、その場合には、両隣の場所の間に中間部ができるが、物を食べている場合には、変化する時間が短いからである。ところで、空腸は雌では腸の上部のどこにでもありうるが、雄では盲腸、すなわち『下の胃』の前にある」。

(2) ネレウスは海の神、そして賢明にして予言の力があるとされているので、すべての海産食品の発見者ということにしたのである。

切り身。

『キュクロプス』のアンティパネスは、美食家アルケストラトスそこのけの調子で、こう言っている、

　鯔(ぼら)の切り身を食べよう。
蒸したしびれえいと、裂いた淡水鱸も、
詰めものをした槍烏賊と、焼いたシュノドゥス(1)も、
灰色はぜの頭つきの切り身と、穴子の頭も、
あんこうの腹も鮪の腹身、
えいの背肉とかますの背肉(2)、
小さな平目もマイニスも小海老も、
赤ぼらも黒はぜも、
こういうもののどれひとつ、ないものはなしにしよう。

海神グラウコス(3)

ナウシクラテスは『舵取り』で、

甲　聞くところでは、あの神様には、やさしくて美男の
　お子がふたりおいでだというが、あの神様というのは、今までに何べんも

海の上で、船乗りたちに姿をお現わしになって、それぞれの身に
　どういうことが起こるかをおっしゃった、っていう神様だ。

乙　そりゃグラウコス様だな。　甲　知ってたんだな。

メテュムナのテオリュトスが『バッコス』という叙事詩で語るところでは、アリアドネ(4)がディオニュソスに
ディアの島で手ごめにされたとき、海の神グラウコスは、そのアリアドネに恋をなさった。グラウコス様は、
b ディオニュソスに手足を葡萄蔓で縛られてしまったが、こうおっしゃったら解いてもらえたそうだ、

　エウボイアに面し、エウリポス(5)のほとりに
アンテドンなる国あり。そはわが故里（ふるさと）。われを

---

(1) シュノドゥスについては三二二b－cを参照。

(2) かます（kestra）は後続の三二三aではスピュライナのことだと言われており、そうだとするとこれは *Sphyraena spet* で「かます」である。

(3) グラウコスという名の伝説上の人物はかなり多いが、海神はこのグラウコスのみ。ボイオティアのアンテドンの漁師だったが、釣った魚をある草の上においておいたところ、その魚がみな生き返ったのを見て、その草を食べて不死になり、海に飛び込んで海神となった。島々をめぐって予言を行ない、漁師たちから崇拝された。しかしすぐあとの二九六b以下に見えるように、いろいろの所伝がある。現存する文献でこの名が出てくる最古のものは、プラトン『国家』六一一Dか。

(4) アリアドネはクレタ島の王ミノスの娘で、テセウスに恋し、ミノタウロス退治のために迷路に入った彼に糸玉をもたせて助け、彼と結婚する話は有名だが、テセウスは彼女をナクソス島（これをディア島ともいう）で捨てた。そこへディオニュソスが現われて彼女を妻にした。その彼女にグラウコスも恋をしたというわけである。

(5) エウリポスはアッティカとエウボイア島の間の海峡。その北のボイオティアにアンテドンがある。

　　生みたまいし父はコペウス殿にこそ。

(296) しかしヘレクレイアのプロマティダスは『ヘミアンボス』で、グラウコスはヘルメスとラリュムノスの娘エウボイアの子だとしているし、ムナセアスは『エウロパ誌』の第三巻で、彼はアンテドンとアルキュオネの
c 子孫だとし、船乗りとしても潜水夫としてもすぐれていたので、「ポントスの子」と称され、イアリュソスとドティスの娘シュメをさらってアシアへと海を渡り、カリア付近の無人の島に居住し、妻の名をとってその島をシュメと命名した、と言っている。叙事詩人のエウアンテスは『グラウコス讃歌』で、グラウコスはポセイドンとニンフのナイスの子で、ディアの島で、テセウスに捨てられたアリアドネに恋をして交わった、と言っている。アリストテレスは『デロス人の国制』(1)で、グラウコスはネレウスの娘らとともにデロスに居
d 住し、それを願う者には予言を与えた、と言っている。マグネシアのポッシスは、『アマゾン誌』第三巻で、グラウコスはアルゴ船を建造し(2)、イアソンがエトルリア人とともに戦ったとき、その船の舵取りをし、海戦においてただひとり無事だったが、ゼウスの意志によって海の深みに姿を消し、かくて海神となった。その
e 姿を見たのはイアソンだけだった、と伝えている。キュレネのニカノルは『変名譚』で、グラウコスというのは、メリケルテス(3)が変名したものだと言っている。アイトリアのアレクサンドロスは、叙事小篇『漁師』でグラウコスのことを語り、「ある草を食べて」海に没したと言っているが、その草とは

　　　至福の民の島(4)の大地が、
　輝くヘリオスのために、春芽吹かせる草。
ヘリオスは、馬どもが、道半ばに何らの悲しみにも出会うことなく、

疲れを知らず、定められた行程を走り切るべく、
その不死の草を、喜ばしき夕餉（ゆうげ）として、彼らに与える、

と言っている。サモスのアイスクリオンはイアンボス調の詩で、海神グラウコスは、スキオネの潜水夫スキ
f
ュロスの娘ヒュドネを愛したと言い、さらに、それを食べると不死になるという草についても、彼独自の話を伝えている、

して君は、クロノスが種を蒔きたもうたアグロスティス(5)を発見した。

(1) アリストテレス「断片」四九〇。

(2) アルゴ船を建造したのは、ふつうはアルゴあるいはアルゴスとされている。

(3) メリケルテスはイノとアタマスの子。アタマスが狂って子を殺したとき、イノはメリケルテスを抱いて海に沈んだが、ポセイドンが彼らを神にした。ふつうの所伝ではメリケルテスはパライモンという神になった。なお、イストミア競技会は投身したイノを弔うために行なわれたのが最初だったという所伝もある。

(4) 「至福の民の島」は、ヘシオドスの『仕事と日』一七一で、英雄の時代の人間たちが死後幸福に暮らしていると歌われている島、マカロン・ネーソイである。仏教の西方浄土と似て、生前すぐれた人間が、死後の幸福を約束される極楽的な所だが、そういう所としてギリシア人はもうひとつ「エリュシオンの野」というのを知っていた。「エリュシオンの野」をフランス語に訳すと Champs Élysées となって、パリの有名な大通りの名となる。

(5) ホメロス『オデュッセイア』第六歌九〇で、王女ナウシカアと侍女たちが川のほとりに洗濯をしに来て、騾馬に食ませてやったという草がこれである。アリストテレス『動物誌』五五二a一五やテオプラストス『植物誌』第一巻六-七等の註釈を見ると、これは Cynodon Dactylon（ギョウギシバ）であるという。

297 ニカンドロスは『エウロパ誌』の第三巻で、グラウコスはネレウスに愛されたと言っている。『アイトリア史』の第一巻では、アポロンはグラウコスから予言の術を学んだのだと言っている。ある時グラウコスはオレイア（これはアイトリアにある高い山だ）で狩りをして、兎を捕った。その兎は追われつづけたために気を失っていたので、グラウコスはそれをある泉に運んで行った。兎はまさに息絶えなんとしていたが、あたりに生えていた草でその兎の体をこすると、兎がそれで息を吹き返したのを見てグラウコスは、この草の不思議な力を知って、これを食べるや、神憑り（かみがかり）の状態になった。するとその時、ゼウスの御意志によって一陣の嵐が吹き荒れた、そしてグラウコスは海中に身を投じた、というわけだ。しかしサモスだかアテナイだ
b かのヘデュロスに言わせると、グラウコスが海に身を投げたのは、詩人メリケルテスへの愛ゆえで、この詩人の母にして、アテナイのイアンボス詩人モスキネの娘であるヘデュレは、『スキュラ』という詩の中で、

グラウコスは彼女の洞窟の中へ入ってきた、

エリュトライアの岩壁でとった二枚貝、あるいは
まだ翼も生えぬ翡翠（かわせみ）の子たち——心を開いてくれぬ
ニンフのための慰み物——を贈り物として。
彼の涙には、隣に住む処女のセイレン[1]も心を動かし、
c アイトリアにほど近い、この岬に泳いで帰った。

グナペウス (gnapeus)(2)

ドリオンは『魚について』の中で、グナペウスを煮立てた湯は、どんな汚点(しみ)でも落とすと言っている。この魚のことはエパイネトスの『料理術』でも述べられている。

鰻 (enchkelys)

海産の鰻のことは、エピカルモスが『ミューズたち』の中で述べている。ドリオンは『魚について』の中
d
で、ボイオティアのコパイス湖(3)の鰻のことを述べて、「コパイス鰻」として賞している。ここの鰻はたいへんな大きさになる。アガタルキデスも『エウロパ誌』の第六巻でこれについて述べていて、ボイオティア人は、ふつう神々に犠牲の獣を供えるときやるように、並はずれた大きさのコパイス鰻に花冠を乗せ、大麦の

(1) セイレンについては五七頁註(1)を参照。
(2) グナペウス「布を晒す者」という、魚の名としては奇妙な意味をもった名だが、「辞書」には 'a kind of fish' としか記されておらず、トンプソンも 'unknown fish' としか書いていない、要するに何もわからない魚。
(3) コパイス湖はボイオティアの中央部にあったギリシア最大の湖。鰻の名産地として有名だった。十九世紀末に干拓されて、今はない。

籾（もみ）をふりかけ、祈りを唱えて神々に捧げると言っている。外国人が、この風習の奇妙さをどう説明したらいいのかわからなくて尋ねると、ボイオティア人は、自分たちが知っているのはただひとつ、すなわちわれらは祖先のしきたりを守っているのであり、外国人にいちいち説明をしなければならぬ理由はない、と答えるのだった。それにわれわれとしても、鰻を犠牲獣を供えるように供えるからといって、驚くには当たらな
e いのだ。カリュストスのアンティゴノスが『文体論』の中で言っていることを読めばよい。彼は言っている、アッティカ東岸のハライの人々は、鮪（テュンノス）の旬の季節にポセイドンに犠牲を供える祭りでは、もし大漁になると、最初に捕れた鮪を供える。そこでその祭りを「テュンナイオン」と呼んでいる。パセリス(1)では塩漬けの魚の犠牲というのさえある。とにかくヘロピュトスが、『コロポン年代記』でパセリス建国について語りつつ、こう言っているのだ、「移民を送ったラキオス(2)は、行く先の土地で羊を飼っていたキュラブ
f ラスに、塩漬けの魚を代償として与えた。彼がそれを望んだからである。ラキオスが彼に、その土地の代価として、大麦粥か塩漬け魚か、どちらかをとるようにと言ったところ、キュラブラスは塩漬け魚をとったというわけである。そしてそれゆえに、パセリスの人々は、今も毎年この日に、キュラブラスに塩漬け魚を供えることにしている」。ピロステパノスは『アシアの都市』の第一巻でこう書いている、「アルゴスのラキオ
298 スは、モプソス(3)とともに来た者のうちのひとりで、ある人々の説では、彼はリンドスの生まれで、ゲラに植民したアンティペモスの兄弟である。彼が人々を率いてパセリスに来たのは、モプソスが派遣したからであり、モプソスがそうすることにしたのは、彼の母親であるマントの言葉に従ってであった。その時、ケリドニア岬の沖合で、彼らの乗船の船尾同士が衝突したのだが、ラキオス率いるところの一隊の者は、暗くなっ

てから遅れてそこへ来るや、先に衝突した船にぶち当たって、それを木端微塵（こっぱみじん）にしてしまった。ラキオスは、マントの言いつけどおり、現在都市がある場所を買ったと言われている。売ったのはキュラブラスという人物で、代金は塩漬け魚であった。彼らがもってきた物の中から、これを選んで取ったのである。それゆえパセリス人はキュラブラスを祖霊として崇め、年ごとに塩漬け魚を供えるのである」。

b 話を鰻に戻そう。ヒケシオスは『食材について』の中で、鰻はどの魚よりも水分を多く含み、たいていの魚より健康によいと言っている。腹もちがよくて栄養に富んでいるからだ。彼はまた、マケドニアの鰻を塩漬けとして区分している。アリストテレス（4）は、鰻はきれいな水を好む、だから鰻を養殖する人は、きれいな水を流している、泥水の中だと鰻が窒息してしまうからだと言っている。そこで鰻を捕まえる人は、窒息さ
c せるために水を濁す。鰓（えら）が小さいので、すぐ通路が詰まってしまうのだ。嵐で水が風のために揺すぶられても窒息してしまう。鰻はたがいに体を絡み合わせて交わる。そして体内からねばねばした液を排出する。それが、ねば土の中に沈んで稚魚を産むのだ。養殖する人の話だと、鰻は夜餌を食い、昼は泥の上でじっとしているという。寿命はたいてい八年ぐらいだ。アリストテレスは別の箇所（5）で、鰻は卵から発生するのでも

（1）パセリスは小アジア南岸の港市で、ヘロドトス『歴史』第二巻一七八によるとドリス系の都市だが、おそらく元はフェニキアの植民市。

（2）ラキオスはそのパセリスの伝説的植民者。したがって以下の話もすべて伝説である。

（3）パウサニアス『ギリシア案内記』第七巻三-二によると、モプソスの母親マントは、有名な予言者テイレシアスの娘である。

（4）アリストテレス「断片」三一一。

（5）アリストテレス『動物誌』五七〇a一〇。

(298) d なく胎生するのでもなく、いずれにせよ性的交接によるのでなく、「大地の腸」(1)と呼ばれるもの［みみず］がそうだと言われているが、それと同様、泥やねば土が腐って生じるものだと言っている。だからホメロスが鰻を魚から区別してこう言ったのだと彼は言う、

渦の下に住む鰻や魚が苦しんだ(2)。

宴の列席者の中に、ガメリオンの月(3)の二十日の、エピクロスの命日を守っているほどのエピクロス崇拝者がいて、鰻が運ばれてくるやこの人が、「これは宴会の美女へレネ、ならばさしずめ小生はパリスになろう」と言うが早いか、まだだれも手を出さぬうちにとりかかって、鰻の腹をつるつるっとむしって、残るは背骨
e だけにしてしまった。この同じ御仁は、あつあつの薄焼きパンが出されたとき、だれもがまだ控えているうちに、

私は行くぞ、たとえ彼の手が火のごとくならんとも(4)、

と呼ばわり、前のめりに攻めかかって平らげた。が、真っ赤に燃えて運び出された。するとキュヌルコスが言った、「鴎顔負けの大食いだな。鵜呑み競争でもやったら一等賞ものだわ」。鰻についてはアルケストラトスがこんなことを言っている、

鰻とあれば、いずれも余の大好物、とはいえ、とりわけて
レギオン(5)の海峡にて捕れるものこそ、抜群に最上。
f 君、メッセニアの市民よ、かほどのものを口にし得るとは、
死すべき人間のうちに、おお、果報者、ひとり君のみぞ。

しかりしかり、コパイス湖、またストリュモン河(6)の鰻も
佳品なりとてその名は聞こえたり。形大にして、
脂も豊富、いや驚くべしと。いずれにせよ、鰻こそ、
生来睾丸をもたぬ唯一の魚(7)ながら、
食卓の王者、美味の極みと余は信ず。

(1)「大地の腸」という句は、「……と言われている」と言っているので、この句の発明者がアリストテレス自身でないことは確かだが、現存する文献上ではアリストテレスが初出である。また当時のギリシア語に、これとは別に「みみず」という語があったかどうか、訳者は知らない。鰻は自然発生するものだというのは、古代においては常識だったようである。アリストテレス『動物発生論』七六二b、プリニウス『博物誌』第九巻一六〇、プルタルコス『食卓歓談集』の「鶏と卵ではどちらが先か」六三七eなどを参照。

(2)ホメロス『イリアス』第二十一歌三五三。

(3)ガメリオンの月はほぼ今日の一月。ガメリオンという名は、ガメイン(結婚する)からの造語。このころ結婚式がよく行なわれたから。

(4)ホメロス『イリアス』第二十歌三七一。これはヘクトルがトロイアの将兵を励まして出陣を命ずる言葉の中にある。「彼」とはアキレウスである。

(5)レギオンはメッシナ海峡でシシリー島と対面しているイタリア本土側の都市。

(6)ストリュモン河については、後続の三〇〇cを参照。

(7)睾丸はともかく、生殖腺が発見されなかったために、いつまでも鰻は自然発生すると信じられていた。鰻の産卵が確認されたのはごく最近のことだと、ビュデ版のプリニウス『博物誌』の訳註者E・ド・サン-ドニは言っている(同書第九巻一六〇の註)。

(299) ホメロスが「鰻（enchelyes）や魚を悩ませた」と言うとき(1)、彼はアルキロコスが

　たくさんの、目の見えぬ鰻どもを（enchelyas）受け取った

と言うときと同じ形にしている。ところがアッティカの作家たちは、トリュポンに見られるように、単数の場合には -y- を忘れずにいるのに、複数になるとそれを落としている。まあとにかく、アリストパネスの『アカルナイの人々』を見てみたまえ、

　まあ、この堂々とした鰻を（enchelyn）見てください(2)。

『レムノスの女たち』では、

b 　ボイオティアの鰻を（enchelyn）。

『ダイタレス』では、

　鰻（enchelys）みたいにぬるぬる。

クラティノスも『福の神たち』で、

　鮪、鱸（すずき）、灰色はぜ、鰻（enchelys）、つの鮫。

ところがアッティカの詩人たちは、複数になると、ホメロスのようには書かない。例えばアリストパネスは『騎士』で、

　まったく、鰻を（encheleis）捕るやつとおんなじだってえことよ(3)。

改作版の『雲』(4)では複数属格で、

私が考えた鰻の（encheleon）の比喩をまねてるだけ。

『蜂』では複数与格で、

　えいだの鰻（enchelesin）なんか欲しくもない(5)。

ストラッティスも『川辺の男たち』で、

　鰻どもの（encheleon）いとこたち。

c セモニデスはイアンボス詩で、

　泥にもぐった鰻（enchelys）のように。

単数対格で、

　のすりが(6)マイアンドロスの鰻を（enchelyn）食っていると、

---

(1) このホメロスとは、二九八dで引用されていた『イリアス』第二十一歌三五三を指している。

(2) アリストパネス『アカルナイの人々』八八九。

(3) アリストパネス『騎士』八六四。八九頁註（4）も参照。

(4) アリストパネスは『雲』が競演で三等にしかならなかったことに失望して改作したが、それは上演はされなかったという。この台詞は、現存する『雲』では五五九にある。

(5) アリストパネス『蜂』五一〇。

(6) のすり（triorches）はアリストテレス『動物誌』五九二b三では曲爪類（猛禽類）に分類され、鷹と同じぐらいの大きさで、いつでも見られると言われ、Falco buteo（= *Buteo vulgaris*）すなわち「のすり」だと同定されている。アリストパネス『鳥』一一八一では、鷹やみさごや鷲や梟などとともに、強力なパトロール隊を組んでいる。

(299)

鷺[1]がそれを見つけて取り上げた。

しかしアリストテレスは『動物論』の中では[2] -y- でなく -i- を使って、鰻（enchelis）と言っている。しかしアリストパネスが『騎士』で[3]、

まったく、鰻（encheleis）を捕るやつとおんなじだってえことさ。
沼が静かじゃあ、何にも捕れねえ。
d が、泥をようくひっかきまわせば捕れる。ねえ、
おめえもそうだ。国中をひっかきまわさなきゃ、何も捕れめえ。[4]

鰻（enchelys）が泥（ilys）から捕れるというのは確かだ。だから enchelys という名詞の語尾が -ys になるわけだ。だからホメロスは、

鰻（enchelyes）や魚を悩ませた

と言って、ヘパイストスの火が川のどれほど深い所まで焼いたかを示そうとしたのだ。焼ける土の深さをことさらに、とくに示そうとして、こう言ったわけだ。

e アンティパネスは『リュコン』の中で、エジプト人をからかってこう言っている、

エジプト人は変わってるよと人は言う。
鰻を神様扱いするもんな、と。
だが本当は、エジプトじゃ、鰻の方が偉いのだ。
神様にはお祈りすればお会いできるが、

鰻は匂いをかぐだけでも一、二ドラクマ、
あるいはもっと金を使わなきゃならないもん。
だから鰻は、頭から尻尾の先まで神聖なのだ。

f アナクサンドリデスは『都市』で、エジプト人に向かって何のかのと御託を並べてこう言っている、

われわれは、あなた方とは同盟軍たり得ません。
暮らし方も習慣も同じでないどころか、
おたがいに違いすぎておりますからな。
ご貴殿は牛を拝みなさる、私は神様のために殺してしまう。
鰻を大神様だとご貴殿は信じておいでだが、
われわれにとっては、ありゃあ並ぶもののないご馳走です。
300 ご貴殿は豚を召し上がらないが、私にはとりわけて
大好物。ご貴殿は犬を拝みなさるが、私は犬をぶん殴る。

---

(1) 鷺は eroidios で、トンプソンはたいへんむずかしい名前(eroidios の語意が不確かなのと、この名でいくつかの鳥が呼ばれていることなど)だと言いつつ、だがたいていは Heron, つまり鷺の仲間を指しているようだと言っている。

(2) アリストテレス「断片」三一一。

(3) アリストパネス『騎士』八六四。

(4) ソーセージ屋がデマゴーグ・クレオンをからかっている台詞。

(300)
私のご馳走を食ったりしたら、取っ捕まえる。
われわれは神主さんに、犠牲獣をまるごとそっくり差し上げるのが習わし。
ところがどうやらあなた方は、切り取っておすそ分けをするだけ。
猫が不幸だとあなたがたは泣くが、
私ゃ喜んで殺して、皮を剝ぐ。[1]
あなた方にとっては野鼠は偉いが、
われわれにとっては、何でもない。

b
ティモクレスは『エジプト人』で、
イビスという鳥[2]とか犬[3]とか、どういう救いの手を差し伸べてくれるのかね。
だれもが神様だと信じている神様に不敬をはたらいても、
不敬をはたらいたやつは、すぐには罰を受けやしない。
猫の祭壇を犯すと、だれが打ちのめされるんだ。

昔の人が砂糖大根にからませて鰻を食べていたことは、古喜劇にたくさん例証がある。エウブロスも『エコ』で言っている、

まだ夫をもたぬ娘が来る。
白い肌とからだを砂糖大根にかくして。
おお、鰻、大いなる光、大いなる輝きよ。

c

『イオン』では、

さてその次は、焼き鮪の腹の肉。
してまた次は、蛇の姿した鰻、ボイオティアの女神、
砂糖大根をまとうて見えた。

『メデイア』では、

砂糖大根をまとうた、ボイオティアはコパイス湖の乙女。
この女神を指して「鰻」と申すはおそれあり。

(1)エジプトで猫が尊重されていたことは、ヘロドトス『歴史』第二巻七六—七七の記述等でよく知られているが、ギリシアの文献には猫はめったに出てこない。だから、「猫を殺して皮を剝ぐ」というが、殺してどうするのか、剝いだ皮をどうするのか、わからない。プルタルコス『陸上動物と海中動物ではどちらが賢いか』九五九eでは、人間が動物を殺して食うことに、はじめは感じていた哀れみをだんだん感じなくなって平気になりむごくなり、次々にいろいろな動物を食べるようになり、しまいにはとうとうこんなものにまで手を出す始末だ、と言って挙げているのが、いたちと猫である。

(2)ヘロドトス『歴史』第二巻六五によると、イビスまたは鷹を殺すと死刑になる。なぜそれほど尊重されるかというと、アラビアから翼のある蛇が飛来するのをイビスが迎え撃つからである(同書第二巻七五)。島崎三郎氏のアリストテレス『動物誌』六一七b二七の註によると、イビスは日本の朱鷺(とき)に近い鳥。

(3)エジプトで犬が崇拝されていたこともよく知られているが、キュノポリス(犬の町)とギリシア語で呼ばれる町がいくつかある。中でも有名なのはナイル下流のもので、そこではアヌビス(エジプト名インプー)という死者をつかさどる神が犬の姿で崇拝されている。

(300) ストリュモン河も鰻で有名だったと、アンティパネスが『タミュラス』で言っている、

　トラキアをうるおす、世にしるきストリュモン、
　形大いなる鰻を産する河、
　その名を汝に貸すならん。

d またエウレウス川（アンティマコスの『書き板』という芝居でそう呼ばれている）も同様で、

　逆巻くエウレウス川の源に来て。

スケプシスのデメトリオスは『トロイアの戦闘隊形』の第十六巻で、特別みごとな鰻がいると言っている。

エロプス (elops)[1]

これについては前にも話したが、アルケストラトスもこんなことを言っている、

e 名高きシュラクサイに行きし折は、とくにエロプスをとれ。
まことによろしければ。しこうしてこの魚は、彼処（かしこ）をこそ
生地となすなれ。ゆえに、島々の沖、ないしは
アシアの沖、クレタの沖にて捕れたるものは、
波に打たれて身細く、固かるべし。

べにうお（erythrinos）[2]

アリストテレス『動物論』[3]とスペウシッポスは、パグロスという鯛とべにうおとヘパトスはほとんど同じ
f 魚だと言い[4]、ドリオンも『魚について』でそう言っている。キュレネ人はこの魚のことをヒュケ[5]と呼ぶ。クレイタルコスが『用語解』でそう言っている。

（1）エロプスについては、二七頁註（2）を参照。

（2）erythrinos という名は文字通り「赤い魚」ということで、深海魚でタイかスズキかの仲間だろう。

（3）アリストテレス「断片」三一三。

（4）パグロスは *Pagrus vulgaris Cuvier* で鯛の一種だということがわかっているので、アリストテレスやスペウシッポスはべにうおやヘパトスも鯛の一種だと考えていることになる。しかしトンプソンはこれを基本的に疑っていて、両方とも同定困難だと嘆いている。

（5）ヒュケについては本巻三二七a－cで扱われるが、これも同定できない魚のひとつ。ここではべにうおと同じだと言われているが、三二七cでは虹べらのことだと言われている。

301

アンチョヴィ (enkrasicholoi)[1]

これもアリストテレスの『動物論』で小魚として述べられている。[2] ドリオンの『魚について』は、これを煮るべき魚として挙げている。いわく、「煮るべき魚はアンチョヴィ、イオプス[3]、とうごろ鰯[4]、はぜ、小さい赤ぼら、小さい甲烏賊、小さい槍烏賊、小さい蟹」。

小魚――ヘプセトス (hepsetos)[5]

これは小さな魚の称。アリストパネスは『アナギュロス』で、

小魚を揚げるフライパンがない。

アルキッポスは『魚』で、

小魚が雑魚に出会って、呑み込んだ。

エウポリスは『山羊』で、

小魚どもの世話をやく、おお優美女神よ、

エウブロスは『同居』または『白鳥』で、

一二日のうちに一度でも、砂糖大根と煮た

小魚を見れば、もうすっかりご満悦で。

アレクシスは『そこひを病む男』で、

うちには少しばかり小魚があった。
それこそダイダロス(6)でも手がけそうな。

b どんな仕事でもみごとなものは、何でもダイダロスの仕事ということになるんだな。アレクシスはこう言っている、

コラキノス(7)とか鰯とか
ちょっとやってみないか。小魚はもちろんだがさ。

この小魚という名詞は、ほとんどの場合複数形で使われている。アリストパネスの『芝居』または『ニオボ

---

(1) わが国でアンチョヴィというとアンチョヴィ・ソースを指すことが多いようなので、多少ためらいつつアンチョヴィという英語を借りた。カタクチイワシやヒシコのような小魚のこと。三五頁のエンクラシコロイについての註(4)も参照。

(2) アリストテレス「断片」三〇九。

(3) イオプスは同定できないが、明らかにフライ用の小魚だとトンプソンは言っている。

(4) とうごろ鰯はアテリネまたはアテリノスという形でしばしば出てくる魚。島崎氏はこれは *Atherina hepsetus* でトウゴロイワシの類であるとした。

(5) ヘプセトスについては三五頁註(7)を参照。

(6) ダイダロスは、不可能なことがない発明の才の持ち主で、日本の「飛驒の匠」をもっと大掛かりに、もっと神秘的にしたような人物。

(7) コラキノスについては二五頁註(1)を参照。

(301)

ス』で、

何が何でも絶対に、小魚の［hepsetous 複数属格］皿なんぞ欲しくない。

メナンドロスは『ペリントスの女』で、

小魚（hepsetous）もって、子供の奴隷が入ってきた。

しかしニコストラトスは『ヘシオドス』で単数で、

ひしこに雑魚に小魚を［hepseton 単数対格］。

ポセイディッポスも『締め出された女』で。

小魚（hepseton）を買っておいで。

c わが故郷のナウクラティスでは、ナイル河が氾濫して、それから水がひいたあとに、掘割に残っている小さな魚のことを hepsetoi と呼んでいる。

ヘパトスまたはレビアス（hepataos e lebias）(1)

ディオクレスは、この魚は岩に住む魚だと言っている。スペウシッポスは、ヘパトスはパグロスという鯛に似ていると言う。アリストテレスによれば(2)、この魚は一匹ずつ単独に暮らし、肉食で、鋭い歯をもち、皮は黒く、体のわりに目が大きく、心臓は白く三角形だ。食卓の長（おさ）アルケストラトスはこう言っている、

d レビアスすなわちヘパトスを食せ。四囲を波に洗わるる
デロスまたはテノスにあるときは。

エラカテネス(elakatenes)(3)

ムネシマコスは『馬の飼い主』で、

　鯖、
はぜ、エラカテネス、鮪。

エラカテネスは鯨類に属し、塩漬けに向いている。メナンドロスは『追従者』で、

　はぜ、エラカテネス、

---

(1) ヘパトスは hepatos と綴るが、これは「肝臓」という語(hepar)の単数属格なのか、たまたまそれと同じ形になっているのかはわからないが、魚の名前としては奇妙な感じがする。そしてそれがどんな魚かわからない。そのヘパトスがここでは鯛と同じだと言われてもいるし、レビアスと同じだとも言われている。ところがそのレビアス(lebias)というのがまた、どんな魚かわからない。

(2) アリストテレス「断片」三一四。

(3) このエラカテネスの記述についてトンプソンは、ここは写本の伝承の過程で文が乱れてしまっていると疑い、エラカテネスとは要するに鮪のような大型の魚の塩漬けのことではないかと言い、それにしても、次のムネシマコスとメナンドロスの引用では、突如として鯨が出てきたり、場違いなはぜが入っていたりしていると言っている。

犬鮫の尾。

パトライのムナセアスは言っている、「魚とその姉妹の平穏から、静けさとうつぼとエラカテネスが生まれる[1]」。

e

鮪（thynnos）

アリストテレスは、この魚は岸に接しながら黒海に入る、右目は見えるが、左目はよく見えないのだと言っている[2]。鰭の下に虻と呼ばれる寄生虫がいる。温かさを好む。それゆえ砂に沿って泳ぐ。虻がいなくなると食べ頃になる。テオプラストスによると、冬眠後に交尾する。そしてそれの卵が小さいうちは捕まえにくいが、それが大きくなると、その虻のために、捕まえられる[3]。鮪は多血動物であるにもかかわらず冬眠する。アルケストラトスはこう言っている、

f

広大なる、聖なるサモスの島の周辺において、人々懸命に
巨大なる鮪を捕って、これをオルキュスと呼ぶ。
他国においてはケトスと称さる。
夏は、適宜なる切り身を、素早く、
代価等にこだわることなく、求めよ[4]。
ビュザンティオンまたカリュストスの鮪よろし。

ただし、名も高きシシリーの、ケパロイディオン[5]、また
テュンダリス岬[6]、これにはるかにまさる鮪を産す。
汝もし聖なるイタリアの、冠うるわしきペルセポネの鎮座します
ヒッポニオン[7]に行くことあらば、これぞまさに他のいずれにもまさる
最上の鮪、勝利の栄冠を戴く鮪、ここにあり。
ここよりさまよい出づる鮪は、深き海を渡りてこなたへと来たる。
ゆえにわれら、時ならぬときに鮪を得るなり。

b 鮪（thynnos）とは「沸き立つ（tyein）」と「突進する（horman）」からできた名だ[8]。季節によって、頭に虻がつくので興奮気味になる。アリストテレスによると[9]、このおかげで鮪は突進することになるそうだ。こう書いている、「鮪とめかじきは、犬星（シリウス）が［朝］昇る頃［夏］、虻がつく。この二種の魚には、この季節に、

（1）このムナセアスの引用についても、言っている内容があまりにも支離滅裂なので、上のトンプソンと同じような疑いをもつことができる。
（2）アリストテレス『動物誌』五九八b一九、六〇二a二七。
（3）すぐあとの三〇二cにあるように、虻のために跳ね上がるようになるからか。
（4）カリュストスはエウボイア島南端の湾の奥にある港町。
（5）ケパロイディオンはシシリー島北岸の真ん中辺の町。
（6）テュンダリスもシシリー島の東北部の町。
（7）ヒッポニオンはイタリアの「長靴」の甲にあたるあたりのギリシア人植民市。
（8）この鮪という名前の語源説明も例によって俗説。
（9）アリストテレス『動物誌』六〇二a二五。

(302) c 鰭のわきに、小さな蛆(うじ)のような、虻(1)と呼ばれる虫がつく。形は蠍(さそり)のようだが、大きさは蜘蛛ぐらいである。これのために鮪は、海豚に劣らぬほど跳ね上がり、時々船の上に落ちてくる」。テオドリダスが言っている、

鮪も狂って
ガデイラ(2)の海路を突っ走る。

d ポリュビオスは『歴史』第三十四巻(3)で、イベリアのルシタニア地方のことを述べている中で、そのあたりの海中深くに団栗の木が生えていて(4)、その実を食べて鮪が太る、それゆえ、鮪を海の豚と呼んでも間違いにはならない、と言っている。団栗を食べて太る点では、鮪は豚のようなものだからだ。この魚の腹は、エウブロスが『イオン』で言っているように、賞味される、

それから、焼いた鮪の、そりゃあたっぷりした腹が入港して。

アリストパネスは『レムノスの女たち』で、

ボイオティアの鰻も、灰色はぜも、鮪の腹も、ない。

e ストラッティスは『アタランタ』で、

鮪の腹と、一ドラクマばかりの
豚の脚。

『マケドニア人』では、

おいしい鮪の腹。

エリポスは『メリボイア』で、
こういうものは、貧乏人には買えないな。
鮪の腹とか鱸の頭とか、
穴子とか甲烏賊とか、こういうものは
お幸せな神様だって、こりゃうまいとお思いだろう。
テオポンポスが『カライスクロス』で、
ああ、デメテル様、
ほんとに魚の腹でございますか、

(1)このアブと呼ばれる鮪の寄生虫については、島崎三郎氏がアリストテレス『動物誌』の五五七a二一七につけた註を紹介しておく——「これはBrachiella thynniやCecrops latreilliなどの橈脚類である」。

(2)ガデイラは今日のカディス。ジブラルタル海峡を大西洋に出た所。

(3)「ポリュビオスは『歴史』第三十四巻で」とは今日の刊本では第三十四巻八-一。しかしポリュビオスのこの書物は、この辺になるともはや断片の集積にすぎず、その箇所を開いてみると、アテナイオスのこの箇所が載っているだけである。したがって、ポリュビオスが本当に以下のような不思議なことを述べたのかどうかはわからない。

(4)団栗(balanos)が海に生えているとか、鮪がその団栗を食べるとか、不可思議千万で、このドングリというのはフジツボのことではないかと疑われるが、上記のポリュビオスだけならともかく、ストラボンの『地誌』第三巻二-七も鮪を太らせる団栗の木のことを述べているのでわからなくなる。

f と言うとき、「腹」というのは魚の腹のことを言っているのだが、まれには豚やほかの動物の腹を指していることもある、ということはよく注意しなければならない。例えばアンティパネスが『ポントスの男』で、

　　どなたさんでしょうなあ、あの
最低の、罰当たりの女ども（ポセイドン様、やっつけてください
あいつらを）のために、腹を買いに行って、
そのうえ一所懸命料理してるのは。
　肋（あばら）までいっしょですよ、

と言っている場合、この「腹」というのが何の腹なのかはわからない。アレクシスは『機（はた）を織るオデュッセウス』で、鮪の頭までほめている、

甲　漁師どもも、谷底へ突き落としてやる。
やつらは俺に、自由人向きのものばかり捕って来やがる。(1)
303 小鰯だの小さい甲烏賊だの小魚だの。
乙　こいつ、もしかりに、昔鮪の頭を手に入れた
ことがあったとしたら、鰻と鮪を買ったつもりになったんだろうな。

鮪の閂（かんぬき）と呼ばれる部分［肩］も賞味された。アリストポンが『ペイリトオス』でそう言っている、

甲　おい、料理がまったく台なしだ。
b 閂ふたつ、ちゃんと焼いたのにさ。

乙　閂って、戸締まりするやつか。　甲　鮪のさ。

乙　畏れ多いんだな。　甲　それに、三番目のラコニアのもだ。(2)

前にも言ったように、(3)カリュストスのアンティゴノスは『文体論』の中で、鮪をポセイドンに犠牲として供える、と言っている。エペソスのヘラクレオンは、thynnos というのは orkynos のアッティカ方言だと言っているが、ソストラトスは『動物論』の第二巻で、若い鮪（pelamys）が thynnis(4) と呼ばれ、大きくなると
c thynnos という、もっと大きくなると orkynos(5)、異常に大きくなったものを ketos というのだ、と言っている。アイスキュロスも鮪のことを言っている、(6)

　振り下ろされる鎚を受けとめ、灼熱の

(1)「自由人向きのもの」とは「奴隷には食べられないもの」ということで、高級魚とは言わないまでも、まあ上魚のことではあろうが、それが小鰯の小さい甲烏賊の小魚のというのは漫画になる。そこで次の「鮪の頭を買っただけで、鮪と鰻という垂涎の的の魚を二つも買ったつもりになっただろう」ということになる。

(2)「三番目のラコニアの」は閂にかかっている。それゆえ、「鮪の閂ふたつと、もうひとつラコニアの閂をちゃんと焼いておいた」と言っているわけで、この三番目のものは、何か当時の政情をあてこすったものだろう。

(3) 本巻二九七e。

(4) thynnis は女性形、thynnos は男性形。そこでふつうは、thynnos を雄鮪、thynnis を雌鮪ととっているが、「辞書」はこのヘラクレオンの説をも取り入れて、「若い雌鮪」としている。

(5) orkynos は、次のソストラトスのように、「大きな thynnos」とふつうは考えられている。

(6) アイスキュロス「断片」三〇七。

(303)

鉄を鍛える。さながら鮪のごとく、
呻きもせず。(1)

また別の箇所では、(2)

さながらに鮪のごとく左目を向けて。

アリストテレスが言ったように、鮪は左目は見えないのだ。メナンドロスは『漁師』で、

泥深い海、大きな鮪を養う。

ソプロンには鮪漁師（thynnotheras）という語が出てくる。……これを人によってはthynnoiと言っている。アテナイ人はthynnidesと言っている。

d

雌の鮪（thynnis）

アリストテレスは、雌の鮪は、アテル(3)と呼ばれる鰭を腹の下にもっている点で雄と違っている、と言っている。『動物部分論』では、(4)鮪の雄と雌の区別をしている箇所で、鮪は夏、ヘカトンバイオンの月〔七月頃〕に袋のようなものを産むのだが、その中に小さい卵がたくさん入っている、と言っている。スペウシッポスも『類似物』の第二巻で、鮪の雄と雌の違いを述べている。またエピカルモスも『ミューズたち』でその区別をしている。クラティノスは『福の神たち』で言っている、

あたしゃあなたの、黒い雌鮪で、
雄鮪で、はたで、灰色はぜで、鰻で、犬鮫(5)。

e アリストテレスは『魚について』(6)で、鮪は肉食で回遊魚だと言っている。細かいことにうるさいアルケストラトスはこう言っている、

——大いなる雌鮪の、尾の側をとれ。
その母なる国はビュザンティオン。
それをば切り身となし、ほどよく焼き、

---

(1) 鮪のような大きい魚は、水揚げすると、まず頭をたたいて気絶させ、あるいは殺した。

(2) アイスキュロス「断片」三〇八。

(3) アテルは ather だが、今日流布しているアリストテレス『動物誌』のテクストでは、ather ではなく aphareus となっている。しかし ather にせよ aphareus にせよ、これらの語はここ以外では一度も使われた形跡がない語であり、また鮪の雄と雌には外形上の違いはないので、『動物誌』の校訂者の中には、この文を削除している人もある。

(4) 実は『動物誌』五四三b一一。

(5) 私はあなたにとってのいいもののすべてなのだ、ということか。

(6) アリストテレス「断片」三〇三。

塩少々、表面にオリーヴ油をはき、
ぴりりとするソースに浸して、熱きうちに食せ。
手をかけず食すにおいても、優なり秀なり。
不死なる神々の姿形もかくやと思わるる。
酢などふるは、鮪を殺すものと心得べし。

f アンティパネスは『男色』で、

ビュザンティオンの最上の鮪の真ん中の
切り身が、ちぎった砂糖大根の山に隠れてる。

304 雌鮪の尾の切り身は、アンティパネスの『髪結い』でも推奨されている、

甲　こいつは田舎育ちだから、
海のものは何も食わん。陸の近くまで
来るやつは別だがな。例えば穴子にしびれえいに
雌鮪の陸に近い方。　乙　何だ、そりゃ。　甲　下の方ってえこと。
乙　おまえ、そんなもの食うのかい。　丙　だって、ほかのやつは
人食い魚だと思ってるからな。　乙　ところで、おまえ、食ってるかい。
丙　何をだ。　乙　ボイオティアでとれるやつ。　丙　コパイスの鰻のことか。
ばりばり食うね。俺の畑は湖のそばだからな。

だけど、鰻は逃亡兵だって、告訴してやろうか。
あいつが群れているのなんて、見たことないもんな。

b こういう文句は、『お針子』や『農夫』や『ブタリオン』にも出てくる。リュサニアスの『イアンボス詩集』に引用されているヒッポナクス(1)はこう言っている、

野郎は隠れて、しかもたっぷり、来る日も来る日も、
雌鮪だのミュットトス(2)なんていうものを
召し上がって、それでランプサコスの去勢男のように、
身上(しんしょう)をつぶし、だもんで山ん中の岩を掘って、
ほどほどの無花果とか、粗末な大麦パンとか、
奴隷の餌みたいなものをぱくつくことになった。

ストラッティスも『カリッピデス』で雌鮪のことを述べている。

(1) ヒッポナクスは激烈な言葉遣いで風刺とからかいを詩にした前六世紀の詩人。
(2) ミュットトスはおそらく東方起源のソース。にんにく、にら、チーズを蜂蜜とオリーヴ油でこねたもの。

(304) c

馬の尾（hippouroi）[1]

アリストテレスは『動物部分論』の第二巻で[2]、馬の尾は卵を産む、その幼魚は、うつぼのそれと同じように、はじめは非常に小さいが、育つと非常に大きくなる、卵を産むのは春である、と言っている。ドリオンは『魚について』で、馬の尾はコリュパイナと呼ばれると言っている。ヒケシオスは馬の尾 hippouroi を hippoureis と呼んでいる。馬の尾はエピカルモスの『ヘべの結婚』にも出てくる、

蝶鮫、だつ、馬の尾、それに鯛。

d ヌメニオスは『釣魚術』でこの魚の性質を説明していて、その中で彼は、この魚には、のべつ跳ね上がる性質があり、それゆえ軽業師と呼ばれる、と言っている、

大きなシュノドゥス[3]か軽業師の馬の尾か。

アルケストラトスは言う、

馬の尾は、カリュストス[4]の産する最上品。このほかにも
カリュストスは、きわめて魚豊かの所。

エパイネトスは『料理術』で、馬の尾はコリュパイナと呼ばれると言っている。

e

馬（hippos）(5)

エピカルモスが「仔馬」と呼んでいるのは、たぶんこれのことだろう、
　　黒光りの太ったコラキノス(6)、
　手ざわりなめらかな仔馬、海藻を食む虹べら。
ヌメニオスは『釣魚術』で、

（1）ウマノオはよく出てくる魚であるにもかかわらず、よくはわかっていない。トンプソンによると、これまでのところ学者の意見は二大別され、*Chrysophrys aurata* とするか、*Coryphaena hippurus* とするかしている由。ここでもすぐあとに、ドリオンとエパイネトスのウマノオとはコリュパイナのことだという説が紹介されているが、島崎氏もコリュパイナ説を採り、それならシイラであるとしている。

（2）実は『動物誌』第五巻五四三a一二。

（3）シュノドゥスこれについては三二一cであらためて紹介されるが、トンプソンはこれを *Dentex vulgaris* だと同定し、体長一－三フィート、体重は二〇ポンドに達すると言っている。この魚についてのアリストテレス『動物誌』の記述を拾い集めると、「岸辺の魚」（五九八a一〇）——*Dentex* は岸辺の魚かと疑う。「群遊魚」（六一〇b五）、「肉食で軟体類を食う」（五九一b三）。

（4）カリュストトスはエウボイア島の南端の町。

（5）ウマもまったくわからない魚のひとつ。

（6）コラキノスについては二五頁註（1）を参照。

おうむべら、(1) または太った、はなはだ恥知らずのはぜ、(2)
カンノス鱸、(3) 鰻、黒っぽいピテュノス、(4)
または貽貝(いがい)、(5) または馬、または灰色の鮪の子を。(6)

コロポンのアンティマコスも『テーバイス』の中でこの魚を挙げている、

ヒュケ(7)または馬、または鶫べらと人が呼ぶ魚を。

305 f

虹べら (ioulides)(8)

これについてはドリオンが『魚について』でこう言っている、「海水で虹べらを煮る。焼く場合はフライパンを使う」。ヌメニオスは、

きわめて貪欲な虹べらも、毒を発射する百足(むかで)も(9)
近寄らしめぬかのものを、求めてあたりをよく見るがよい、

と言っている。しかしこの人は蚯蚓(みみず)のことを iouloi と呼んでいる、(10)

また海べりの小高い丘の頂に
見つかる餌を覚えておくがよい。一は
蚯蚓 (iouloi) と呼ばれるもの。土を食う黒い虫。
他は、長い脚もつ海辺の虫、(11)

(1) おうむべらは skaros. 体の色が派手で鸚鵡に似ているのでオウムベラと呼ばれる。*Scarus cretensis.* アリストテレス『動物誌』五〇八b一一は、「鸚鵡べらは魚の中でただひとつ反芻する」と言っている。なお後続の三一九e以下を参照。

(2) はぜとしたのは kothos だが、五世紀のヘシュキオスの辞書に、kothos とは kobios のことだとしてあって、kobios ならはぜなのではぜとしたが、そのはぜのどういう点が「恥知らず」ということになるのか、訳者は知らない。

(3) カンノスはカンナともいう。*Serranus cabrilla* で、要するに鱸である。ただしペルケと呼ばれる鱸の方がこれより身が柔らかい由。

(4) ピテュノスを「辞書」でひくとピュティノスを見よと書いてある。そこでピュティノスを見ると「魚の名前」としか書いてない。トンプソンの本でも、ただひと言 'unknown fish' と書いてある。

(5) 貽貝は本書第三巻に何度か出てきた二枚貝で、原語 mys は文字通りネズミのことだが、トンプソンや島崎氏によると、これは *Mytilus edulis* で、日本でなら貽貝、英語で mussel というものの由。

(6) 「鮪の子」と訳したのは kordyle. これは skordyle ともいわれるもので、トンプソンはこれを鮪の幼魚（めじ）と解している。しかしアリストテレス『動物誌』五七一a一五によると、skordyle というのは鮪の卵であり、それが成長してめじになる。

(7) ヒュケについては二〇三頁註（2）を参照。

(8) 虹べらは ioulis と綴り、アリストテレス『動物誌』六一〇b六によると群遊魚。トンプソンは *Coris julis* と同定した。

(9) いかに断片とはいえ、なぜここに百足が出てくるのかわからない。

(10) 「しかし」と言うけれど、ドリオンの引用句とアテナイオスのこの言葉とが、どういう意味連関でつながっているのかわからない。蚯蚓と訳したのは、先に八五頁註（1）で紹介した「大地の腸」である。一方 ioulos というのはふつうは蚯蚓ではなく、ヤスデという虫を指す（例えばアリストテレス『動物誌』五二三b一八）のは確かである。

(11) 「長い脚もつ海辺の虫」としたのは herpela.「辞書」はドリオンのこの句を例に挙げて「shell-fish の一種」としている。Shell-fish とは、たぶん（「長い脚をもつ」と言っているので）甲殻類である。何だかわからないから、要領が悪いけれど「長い脚もつ海辺の虫」とした。

（305）波頭が砕けるときに、砂の多い岩間に見つかる。
それをば掘り出して、瓶に入れて集める。

鶫べらと黒鶫べら（kichlai kai kossyphoi）(1)

b アッティカの人々は、「鶫（つぐみ）」という語の語尾に、長音の -ē を使って kichlē と書く。これは、ある種の語の書き方の習慣がそうなっているから、そう書く、つまりこういうことなのだ。語尾が -la で終わっている女性名詞では、その -la の前にもうひとつ -l- を入れることになっていて、例えば Skylla［怪物の名］、skilla［海葱（かいそう）］(2)、kolla［にかわ］、bdella［蛭］、hamilla［争い］、amalla［穀物の束］等と書く。これに対して、-le に終わる女性名詞では、決して -l- をもうひとつ入れたりはしない。そこで homichlē［もや］、phylē［族］、genethlē［家族］、aiglē［光］、troglē［穴］等となる。同様に赤ぼらは triglē だ。クラティノスいわく、

もし赤ぼらを食ったとすれば、そりゃあいっぱしの食通だ。

ディオクレスは『健康について』の第一巻で、いわゆる岩に住む魚は肉が柔らかい、例えば黒鶫べら、鶫べら、鱸、はぜ、黒はぜ、アルペスティコスべら(3)、と言っている。ヌメニオスは『釣魚術』で、

c 灰色はぜ、はたの一族(4)、また黒鶫べら、また
海の色したる鶫べら。

エピカルモスは『へべの結婚』で、

西洋古典叢書

——第Ⅱ期第6回配本——

月報 21

2000年11月
京都大学学術出版会

雑学・雑知識の娯しみ
——アテナイオスの一つの読み方

風間元治

古代ローマの奇書、アテナイオスの『デイプノソピスタイ』（『食卓の賢人たち』）の全訳を、まさか邦訳で読めるようになるとは思ってもみなかった。それもプルタルコスの名訳者、粋人柳沼重剛氏という絶好の訳者を得て。その抄訳文庫本が刊行された時（一九九二年四月）は、日本のギリシア・ラテン学もここまで来たのか、と感慨深かった。

　この奇書の名を私が初めて知ったのは、高津春繁氏の好著『古典ギリシア』（昭和二一年刊・筑摩書房）によってだが、著者はこの本の文中で実に九個所にわたって彼の名をあげている。

　その最も詳しい部分は次の文章である。

「アテナイオスの『デイプノソピスタイ』は料理のみならずあらゆる記録を抜き書きした、悪く言えばまさに古書の掃き溜であるが、今日よりみればまさに天下の奇書の一つであって、この書がなかったならばギリシア人の日常生活に関するわれわれの知識は半減したであろうし、また喜劇に関する知識はアリストパネス以外はほとんど皆無となったであろう。アテナイオスはローマ時代の人であるが、その引いている事物はすべて古典期よりヘレニズム時代のものであるから、これによって当時の料理法を窺い得る。……」（『古典ギリシア』第四章「生活」）

　おそらく、この記述が日本で一般向きにアテナイオスが紹介された最初のものではないか。もっとも、同じ著者による姉妹篇『アテナイ人の生活』（弘文堂・アテネ文庫、昭和二四年）には彼の名はただ一個所あげられているにすぎないが。

最初は筑摩叢書版（昭和三九年刊）で本書を読み、この奇人・奇書の名を記憶したものだが、後年敗戦後の日本の物的窮乏状態歴然たる初版本（定価二〇円とある）を偶然手に入れたときには（ただし残念ながら乱丁本）、叢書版では何気なく見過ごしてきた初版「まえがき」の持つ重さが、このお粗末な装幀、本文紙、印刷ゆえに生き返ってきて感動したものである。

言語学者高津氏の著作のなかでも数少ない一般向きの啓蒙的文章でありながら、これほど質的レベルの高い作品が敗戦後わずか一年にして刊行されたことは、当時の社会状況を考えれば特筆に値するだろう。戦時中、多くの心ある学者たちがそれぞれひっそりと力作を執筆していたはずだが、それらが一斉に世に出るのは数年後のことになる。現に、これだけの密度の濃い古代ギリシア紹介は今でもないのではなかろうか。

この前書きを改めて読み直して私は、はしなくもやはり同時期に書かれた田中美知太郎氏の好エッセイ「異境の冬」を思い出した。皇帝アウグストゥスの機嫌を損ねて、当時の辺境の地、黒海地方へ追放され客死した詩人オウィディウスのやり切れない心境と彼の詩を、敗戦前後の日本の有様とからめて語った名文で、ふだんほとんど自分を語ったことのない田中先生が戦争末期に受けた大火傷から癒えて間もない当時の心境を伝える、心に滲みる文章である。

戦中戦後の過酷な状況下、ほんの一握りの西洋古典研究者たちが、開戦時より日本の敗戦必至を予見できながら（総合的生産力の違いは常識ある人々なら判るはず）どんな思いで戦火をくぐり抜け、その生活と学問の火種を守ってきたか、それを思うと頭が下がる。しかも敗戦後の窮乏と混乱は、無用の学である古典学に従事する人々に決して安呑な生活を許さなかったはずである。

一寸気になって手元の『筑摩書房の三十年』の巻末出版目録で確かめると、同じ昭和二一年にひと月遅れで林達夫氏の『歴史の暮方』、翌年には唐木順三『三木清』、鈴木成高『ヨーロッパの成立』、太宰治『ヴィヨンの妻』、平野謙『島崎藤村』、中村光夫『作家と作品』、野田又夫『近代精神粗描』、中野重治『楽しき雑談』などが刊行されている。どれも大して差がない装幀の粗末な本だが、価格だけは六〇円から八〇円と一年で三倍以上にハネ上がっている。時代のインフレ状況と混乱がしのばれる。

とくに『歴史の暮方』は、著者自装と銘打たれてはいて

正誤表

『食卓の賢人たち』1、2に以下の誤りがありましたので、お詫びとともに訂正いたします。

『食卓の賢人たち』1

頁	行	誤	正
三〇三	1	ソパテル	ソパトロス
三四七	8	ソパテル	ソパトロス
三六八	15	野猪	いのししうお
三七六	11	ソパテル	ソパトロス
三八二	5	『健忘症』	『忘れっぽい男』
四〇〇	11	『気を病む女』	『やくざ女』
四〇五	9	ソパテル	ソパトロス

『食卓の賢人たち』2

頁	行	誤	正
九六	15	ソパテル	ソパトロス
一〇二	3	ソパテル	ソパトロス
〃	11	ソパテル	ソパトロス
一〇三	10	ソパテル	ソパトロス
一三一	6	『エウリュディコス』	『エウテュディコス』
一三六	2	『恋やつれの女』	『やくざ女』
一五〇	17	ソパテル	ソパトロス
一五四	13	ソパテル	ソパトロス
一六一	註(2)	同一人物	同一物
一六二	1	ソパテル	ソパトロス
四一二	5	『記憶回復』	『回復』

も仙花紙本、手元の元本は劣化が進みもうボロボロである。当時の貧しい図書館の一隅に埃をかぶった余りにお粗末な本が転がっていたので、一体何が書かれているのかと半ば興味津々、恐る恐るのぞいた記憶がある。半分くらい解っただろうか、ただ敗戦直後の、例の上ずったようなお目出たい左翼進歩主義的な論調とはおよそ正反対の、沈鬱な精神と深い感動を与える文章がそこにあった。主として昭和一五、六年頃に書かれたエッセイを集めた本だが、ここにも西洋古典によって鍛え上げられた一つの精神が存在することを教えられた。

後年、編集者になって同じ著者の『共産主義的人間』(ここに収められた「新しき幕明き」は必読の文章である)とを併せて、編集し直し叢書版を刊行して林氏には大層喜ばれ、以後氏の知己を得た。さすがの林氏も戦後はしばらく沈潜していて当時は余り若い人たちに知られておらず、私は得をした。いわゆる林達夫ブームが起きるのはそれからしばらくしてで、その時は些か啞然とした。どうひいき目に見てもブームとは縁のない文体であり、精神だからである。当時の先輩に聞くと、元版は大手取次の倉庫では『歴史の暮らし方』と妙な呼び方をされて棚に放り投げられていたそうな。時代風潮に完全に背を向けた本だから、まずは売れっこなかったろう。いくら敗戦後のどさくさまぎれの、書物が入手し難い時代(西田幾多郎全集を買うために学生が徹夜で本屋を取り巻いたという、出版屋にとって夢のような時代)だったとはいえ、よくもこれだけの反時代的書物を出し続けたもの、と半ば呆れ、半ば感心している。どう計算してみても二千部どまりの本ばかりで、多少でも商売気が感じられるのは『三木清』(敗戦直後獄死して当時は一種の英雄だった)と『ヴィヨンの妻』くらいだろうか。

これらの書物の多くは当時それほど売れなくともその後、著作集・個人全集のたぐいに、あるいは文庫版にと姿を変え生き残ったが、ただ一冊『ヨーロッパの成立』だけは忘れさられてしまった。ところが最近、実に半世紀ぶりにこれも復刊されたことは嬉しいかぎりだ、著者存命中に復刊されなかったのは心残りだが。

刊行時の二二年は鈴木氏にとっても生涯最大の危機的状況の年だったはず、いわゆる京都学派の一人として京大を追われ、とうとう復権できなかった。だが、この書物を読むかぎり、「何故に」と首を傾げざるをえないほど、さまざまな問題提起をはらんだ力作だったと思う。

鈴木氏といえば、中村光夫氏(この名もすでに忘れられかけている）が例の有名な「近代の超克」の座談会（昭和一七年夏）で氏と隣り合わせ、壮年期アメリカの生産力と底力を聞かされるエピソードが語られているが（文学回想『憂しと見し世』）、それらを併せ考えれば当時の鈴木氏が非常に正確な世界認識を持ち、時代状況を把握していたことがうかがわれる。『ヨーロッパの成立』の復刊をひとつの契機として、新しい世代の読者たちがこの時代に対する認識を深めてくれることを切に切に望んでいる。

　古代ギリシア・ローマの書物を読む娯しみとは一体何だろうか。思うに、それは純粋な知的営為に尽きるのではないか。アテナイオスを披（ひら）くとき私は、いつも机辺にアリストテレス『動物誌』、アピキウスの『古代ローマの料理法』、ペトロニウス『サチュリコン』、プルタルコスの著作（いずれも苦心の邦訳がある）や、河野與一氏の『学問の曲がり角』（上・下）などの雑多の本を並べて、あっちを引っくり返し、こちらを読み漁って楽しんでいる。だから少しも読書が渉らないのだが、アテナイオスのような雑知識の山に対するには、こうした読み方が一番ふさわしいのではないかと思っている。一つの知識が思わぬところで他の知識と結びつく連想は精神の飛躍を生み出すだろうし、古代世界の野菜や果物（イチジク、シトロン、カボチャ、棗椰子……）、魚・鳥・獣の話とその料理法、宴会や食卓のマナーなど、それこそ種々雑多な知識の蘊蓄を傾けたお喋りは読者たちを喧騒と慌しいだけの現代から遠い世界へと誘ってくれる。そしてそれは精神の均衡を取り戻し、人間の常識を回復させてくれるのだと思いたい。

　かつて名エッセイスト辰野隆氏は『クレマンソーの言葉』という好エッセイのなかで、一代の政治家クレマンソーが優れた古典ギリシア通であったことを語り、彼が現代の政治に疲れたとき、「俺は古典ギリシアへ心が向う、他の奴等は釣りに行く」と喋ったと書かれている。ここに無用だと思われる古典の真髄があるのではなかろうか。

　クレマンソーのみならず彼のライヴァル、ポアンカレーも優れたギリシア通だったと聞いている。若い頃カエサルの『ガリア戦記』を読んで感心し、以後何度くり返し読んだか判らない私にとって、あそこに刻まれたカエサルの像は現代のどの政治家よりも生き生きしている。日本の政治家たちがせめて『ガリア戦記』ぐらい読んでくれていたら、もう少し日本の政治もましになるのではないかと思っている。

　カエサル自身の評価がどう変わろうとも。

（編集者）

西洋古典学と古代の再現

西洋古典学を学ぶ者は皆、テクストを読み遺物を観察するとき、それが書かれたり作られたりした世界について具体的なイメージを念頭に置く必要があろう。しかし、歴史学研究者がギリシア・ローマ学に関心を持つ人々に、わかりやすくて生き生きとした時代と社会の像を提供しているとはいえない。学問の専門分化が進みすぎ、またあまりに史料実証主義が厳格になったために、歴史学研究者の学会報告や論文は、専門を異にする学者の興味をひかぬものが多くなってしまった。そして、一般書でも歴史学研究者の書く話は厳しく史料に拘束される。そのため、例えばローマ世界の像を広く伝えようとすると き、わかりやすさと生々しさの点で、歴史学研究者はいつも映画や歴史小説に負けてしまうのである。

ローマ人の世界は、シェイクスピアの昔から劇・小説化され、そして盛んに映画化もされてきた。私もローマ史を学び始める以前に、シェンキェヴィチ『クォ・ヴァディス』や辻邦生『背教者ユリアヌス』を感動をもって読了し、ローマ帝国の像をあれこれ思い描いたことがあった。映画についても、「ベン・ハー」や「スパルタカス」、エリザベス・テーラーの「クレオパトラ」など、みなリヴァイヴァルではあったが、秀作を楽しんだ記憶がある。そして、今年の夏、総製作費一億ドルを投じた映画が封切られた。ラッセル・クロウ主演「グラディエーター」である。ローマの血なまぐさい娯楽に登場する剣闘士（グラディアートル）を主人公にした作品で、舞台となっている時代も二世紀末のローマ帝国。いちおう私の専門領域としている時代であるから、商売柄見ておかねばと久しぶりに映画館に足を運んだ。

この映画は、哲人皇帝マルクス・アウレリウスの治世晩年、ローマ軍が北方辺境の地でゲルマン系諸部族と戦うシーンで始まる。マルクス帝は、実子のコンモドゥスではなく、百戦錬磨の将軍で英雄であるマキシマスに帝国統治を委ねようとするが、帝位を望むコンモドゥスは父帝を殺害し、マキシマスをも殺害せんとする。死を逃れたマキシマスは故郷に急いだが、たどり着いたわが家で見たものは、新皇帝の命令によって無惨に殺され焼かれ吊るされた妻子の姿であった。奴隷にされ剣闘士にされたマキシマスは、その無敵の強さによって民衆の人気者となり、首都ローマのコロッセウムで皇帝コンモドゥスと直接対戦。ついに妻子の復讐を遂げるが、自らも落命する。映画はこのような筋書きであった。

もとよりこの筋書きは史実と相当異なる。主人公マキシマスのモデルとなっている実在の人物は、マルクス帝の信頼厚く、皇帝の娘ルキッラの再婚相手ともなったティベリウス・クラウディウス・ポンペイアヌスという将軍であろう。かの背教者ユリアヌス帝は、マルクス帝が実子コンモドゥスではなくこの女婿を後継者にするべきであったと記している（*Caesares*, 312）。しかし、マルクス帝は死の三年ほど前に実子コンモドゥスを共治帝にしており、父から子への皇帝位継承は明らかであった。

さて、この映画のように丁寧に製作された史劇は、残存する史料からは充分再構成できない次元にも思い切って立ち入って時代と世界を再現してくれる。専門の研究者にも考えるヒントを与えてくれ、有り難い。ただ、こうしたローマ史劇をみて私がつねに感ずるのは、果たしてローマ人の生きていた世界とはこんなものだったのだろうかという疑問である。もちろん専門家の協力を得て時代考証はなされているに違いない。にもかかわらず、あまりにもひどい殺戮や虐待、弱者に対する圧政と民衆のモラルの欠如、酒池肉林と性的紊乱など、ローマ世界には知性も理性も良心も何もなかったといわんばかりの設定には困惑してしまう。ローマがこのような悪の化身であったからこそキリスト教が勝利したのだという古色蒼然たるテーゼを表明することは今日必要ないのであるから、現代人の感覚から見てももう少し「まともな」社会を設定できないのだろうかと感じるのである。ただし、『自省録』にひかれてローマ史研究の道に入った、酒も飲まず賭事もしない君らしい発想だといわれてしまえばそれまでであるが。

ところで、ローマを舞台にした小説や映画と同様のものがギリシアについて作られたという話を、私は寡聞にして聞いたことがない。民主政の社会は小説や映画のネタとして面白くないのだろうか。女性が表に出ない社会が素材では、現代人に受け入れられるドラマができないのであろうか。これはほんとうに不思議なことであるが、たしかに「クレイステネスの野望」とか「ペリクレスの栄光」などという作品ができても、映画好きの私ですら見に行く気はしない。

（『西洋古典叢書』編集委員・京都大学教授）

トゥキュディデス　歴史 ★1〜2　藤縄謙三 訳

ペロポンネソス戦争を実証的に考察した古典的歴史書。

ピロストラトス他　哲学者・ソフィスト伝　戸塚七郎他 訳

ギリシア哲学者やソフィストの活動を伝える貴重な資料。

ピンダロス　祝勝歌　内田次信 訳

ギリシア四大祭典の優勝者を称えた祝勝歌を中心に収録。

フィロン　フラックスへの反論 他★　秦　剛平 訳

古代におけるユダヤ人迫害の実態をみごとに活写する。

プルタルコス　モラリア 2　瀬口昌久 訳

博識家が養生法その他について論じた倫理的エッセー集。

プルタルコス　モラリア 6★　戸塚七郎 訳

生活訓や様々な故事逸話を盛り込んだ哲学的英知の書。

リュシアス　リュシアス弁論集　細井敦子他 訳

簡潔、精確な表現で日常言語を芸術にまで高めた弁論集。

●ラテン古典篇

スパルティアヌス他　ローマ皇帝群像 1　南川高志 訳

『ヒストリア・アウグスタ』の名で伝わるローマ皇帝伝。

ウェルギリウス　アエネイス　岡　道男他 訳

ローマ最大の詩人が10年余の歳月をかけた壮大な叙事詩。

ルフス　アレクサンドロス大王伝　谷栄一郎他 訳

大王史研究に不可欠な史料。歴史物語としても興味深い。

プラウトゥス　ローマ喜劇集 ★1〜4　木村健治他 訳

口語ラテン語を駆使したプラウトゥスの大衆演劇集。

テレンティウス　ローマ喜劇集 5　木村健治他 訳

数多くの格言を残したテレンティウスによる喜劇集。

西洋古典叢書　第Ⅱ期全31冊

★印既刊　☆印次回配本

●ギリシア古典篇

アテナイオス　食卓の賢人たち　3〜4★　柳沼重剛 訳
グレコ・ローマン時代を如実に描く饗宴文学の代表的古典。

アリストテレス　魂について　中畑正志 訳
現代哲学や認知科学に対しても豊かな示唆を蔵する心の哲学。

アリストテレス　ニコマコス倫理学　朴 一功 訳
人はいかに生きるべきかを説いたアリストテレスの名著。

アリストテレス　政治学　牛田徳子 訳
現実の政治組織の分析から実現可能な国家形態を論じる。

アルクマン他　ギリシア合唱抒情詩集　丹下和彦 訳
竪琴を伴奏に歌われたギリシア合唱抒情詩を一冊に収録。

アンティポン／アンドキデス　弁論集　高畠純夫 訳
十大弁論家の二人が書き遺した政治史研究の貴重な史料。

イソクラテス　弁論集　2　小池澄夫 訳
弁論史上の巨匠の政治論を収めた弁論集がここに完結。

クセノポン　小品集★　松本仁助 訳
軍人の履歴や幅広い教養が生かされた著者晩年の作品群。

セクストス　学者たちへの論駁　金山弥平他 訳
『ピュロン主義哲学の概要』と並ぶ古代懐疑主義の大著。

ゼノン他　初期ストア派断片集　1〜3☆　中川純男他 訳
ストア派の創始者たちの広範な思想を伝える重要文献。

デモステネス　デモステネス弁論集　3〜4　北嶋美雪他 訳
アテナイ末期の政治情勢を如実に伝える公開弁論集。

アンチョヴィ、鶇べら、海兎(5)に頑健な竜魚(6)。

アリストテレスは『動物論』(7)で、「黒鶇べらのように黒い斑点のある魚、あるいは鶇べらのように、いろいろな色の斑点のある魚」と言い、アルカディアのパンクラテスは『海の仕事』の中で、鶇べらはいろいろな名前で呼ばれている、と言っている。しかも、

　なおそれに加えて、葡萄酒色の鶇べら、これを
釣り人らは蜥蜴（とかげ）、まだら美人、はた姫、
頭でっかち、などと呼ぶ。

d ニカンドロスは『変化するもの』の第四巻で、

　多くの名をもつおうむべら、また鶇べら、

と言っている。

---

(1) 鶇べらについては三三頁註(6)を参照。黒鶇べらも鳥(イギリスで昔も今もおなじみのblack birdというのがこれだという)の名をそのまま魚の名としたもの。

(2) 海葱(skilla)は英語のsea onionの直訳であろうが、実はこのskillaを海葱と訳すことについては異論もあり、それによると、これは玉葱状の球根をもつユリ科の植物の総称だという。

(3) アルペスティコスは、二八一e−fでアルペステスとして出てきたの同じもの。要するに、べらである。

(4) はたについては三九頁註(4)を参照。

(5) 海兎については四一頁註(1)を参照。

(6) 竜魚については四七頁註(2)を参照。

(7) アリストテレス「断片」二九九。

(305)

いのししうおとクレミュス (kapros kai kremys)(1)

アリストテレスは『動物論』(2)で言っている、「はりうお(3)のように、歯がなく、皮がなめらかなものもあり、クレミュスのように、頭の中に石をもったものもあり、いのししうおのように、きわめて固く、皮のざらついたものもある。またセセリノス(4)のように、縞が二本入っているものもあり、サルペ(5)のように、赤い線がた
e くさんの縞模様のもいる」。いのししうおのことはドリオンとエパイネトスも述べている。そしてアルケストラトスはこう言っている、

幸わえるアンブラキアの国に行きて、いのししうおを
見ることあらば、購(あがな)え。たとえ黄金に等しき値を求められんとも、
ゆめゆめそれをば打ち捨てて、神々の罰(6)を
招くべからず。これぞネクタル(7)の花なればなり。
およそ万人の食し能(あた)うものにあらず、また
f 万人の眼に触れるものにもあらず。ただ、手に
沼に生(お)うる葦もて編みし籠(8)を携え、
しなやかに輝く腕もて小石をば投げ、羊の骨つき肉を
餌とて投ぐる技を心得たる者のみ、これを得べし。

（1）「いのししうお」については五三頁註（2）を参照。クレミュスは kremys と綴るが、これも何もわからない魚のひとつ。
（2）アリストテレス「断片」二九四。
（3）「はりうお」については後続の三一九 d で取り上げられる「だつ」と同じもの。
（4）セセリノス（seselinos）もまったくわからない魚。
（5）サルペ（salpe）は *Boops salpa*, つまり先に出てきたボクスと近親関係にある。この salpe という綴りのほかに、salpos, sarpe, salpinx などと書かれることもあるようで、島崎氏はそこから、この魚を「ラッパウオ」と訳しているが、salpe と salpinx との言語上の関係は明確ではない。
（6）「神々の罰」とはネメシスのこと。人間の不当なふるまいに報復する神々の罰。
（7）ネクタルは神々のお飲み物、花はいちばんいいところ。おいしい魚のいちばんいいところならば、ネクタルよりはむしろアンブロシア（神々の召し上がりもの）の方がふさわしいと思えるが、アルケストラトスがそれをネクタルにしたことについて、唯一の思い当たる理由は、ネクタルならば長短二音節だが、アンブロシアだと長短短長四音節になるという、韻律上の問題である。
（8）「葦もて編みし籠」についてロウブ版の訳者ガリックは、これは釣った魚を入れておくための籠ではなく、魚を捕るための籠だと註している。

キタロス(kitharos)(1)

アリストテレスは『動物論』または『魚について(2)』で、キタロスは鋸歯をもち、群をなさず、海藻を食い、その舌は先が口底から遊離している、そして心臓は白く平らである、と言っている。ペレクラテスは『奴隷しつけ教師』で、

306 男　俺はキタロスになって、キタロスのまま市場へ行った。

女　立派じゃないの。キタロスって、アポロン様のお持ち物なんでしょ。

男　困ったことに、人の話じゃ、キタロスには禍が宿ってるとさ(3)。

エピカルモスは『へべの結婚』で、

ヒュアイニス(4)がいて、平目(5)がいて、キタロスもいた。

アポロドロスによると、キタロスという名前のために、アポロンの聖魚だと考えられている。カリアスあるいはディオクレスの『キュクロプス』で、

キタロスが焼けた。えいも鮪の頭もだ。

アルケストラトスの『贅沢な生き方』では、

b キタロスの身白く、固く、形大なるものは、

葉に包み、清浄なる海水によって煮よ。
身赤く、とくに大ならざるものは、研ぎしばかりの
まっすぐの刃を突き刺して、焼け。
これに多量のチーズとオリーヴ油をはけ。
この魚、金ばなれよき人を好む道楽者なればなり。

いもり (kordylos)(6)

c
アリストテレス(7)は、これは両生類で、太陽のために乾くと死ぬ、と言っている。ヌメニオスは『釣魚術』

---

(1) キタロス (kitharos) についてトンプソンは、「明らかにありふれた魚だが、同定できない」と言っている。すぐあと三〇六aにあるように、この魚がアポロンの聖魚とされるのは、アポロンの竪琴 (kithara) との連想ゆえだろうが、おそらく同じ理由で、これは平目やカレイのように平たい魚だと考えられてきた。しかし実はキタロスの語源は不確か。

(2) アリストテレス「断片」三一九。

(3) キタロスはアポロンの聖魚どころか、疫病神かもしれないぞというふざけであろう。

(4) ヒュアイニスもまったくわからない魚。

(5) 平目とは二八八aに出てきた「牛の舌」。

(6) Kordylos がいもりであることはまず間違いないが、これがなぜ魚のカタログの中に含まれるのかはわからない。水中動物だからということか。

(7) アリストテレス「断片」三二〇。

(306)

で、これをクリュロスと呼んでいる、

およそ身を守る具となるもの(1)すべて、彼らの餌となる。

クリュロス、ペイレン(2)、あるいは海に住むヘルペラ(3)。

彼はコルデュリス(4)というのも述べている、

貽貝(5)または馬、または灰色のコルデュリスを。

ざりがに(kammoroi)(6)

エピカルモスは『ヘベの結婚』で、

これに加うるにボクス、スマリス(7)、雑魚、ざりがに。

d ソプロンは『女のミモス』でこれについて述べている。これは小海老の一種で、ローマ人もそう呼んでいる。

鮫の一種(karcharias)(8)

ヘラクレイアのヌメニオスは『釣魚術』で言う、

ある時はカルカリアスを、ある時は食い意地張ったるプサマティス(9)を。

ソプロンは『鮪漁師』で、「何か食いたいとなったら、君のおなかはカルカリアスなみだ」。コロポンのニカンドロスは『用語解』で、カルカリアスはラミアともスキュラとも呼ばれる、と言っている。

---

(1)「身を守る具となるものすべて……」と言われても、これが断片の悲しさで、だれの身を守るのかが言われていないし（ロウブ版のガリックは「あなたの身を守る」と訳しているが）、「彼らの餌になる」というその彼らが何ものなのかもわからないので、全体の意味は要するにわからない。

(2)ペイレンはヌメニオスのこの断片に一度出てくるだけの語。「辞書」にはただ「魚」としてある。トンプソンは「魚ということになっているが、何か焼き串のようなものではないか」と言っているが、焼き串ではこの句はいっそうわからなくなる。

(3)ヘルペラは三〇五aで「長い脚もつ海辺の虫」と訳したもの。蟹か海老の一種であろう。

(4)コルデュリスについては手掛かりまったくなし。

(5)貽貝については一一一頁註(5)を参照。

(6)ざりがにについては三五頁註(10)を参照。

(7)スマリスについては四三頁註(5)を参照。

(8)Karcharias（カルカリアス）は、後続のニカンドロスの句が、ラミア（二八六cに出てきたラミア鮫）やスキュラ（これは*Scyllium canicula*と同定されている）と同じだと言っているのを見ると、鮫の一種にはちがいない。テオプラストス『植物誌』第四巻七-二は、エリュトラ海（アラビア海、ペルシア湾、紅海）には動物がたくさんいるが、カルカリアスが多いので潜れない、と言っている。

(9)プサマティスについては、このヌメニオスの句は三二七aでも引用されている。二〇三頁註(1)を参照。

鰡（kestreus）[1]

e ヒケシオスがこう言っている、「レウキスコス[2]と呼ばれる魚には何種類かある。ケパロス[3]［あたま鰡（ぼら）］とか、ケストレウスとか、ほかにもケロン[4]とかミュクシノス[5]とかいうのがそれである。食べておいしい、風味がある点ではケパロスが一番である。二番はケストレウスで、ミュクシノスとなるとよくない。最もよろしくないのはケロン（ただしバッコス[6]というのはきわめて消化がよい）で、滋養に乏しく排泄が早い」。ドリオンは『魚について』[7]で、海産の鰡については説明しているが、川の鰡は認めていない。海産の鰡はケパロスとネ
f スティスである。そして鰡の頭の下の椎骨のことをスポンデュロスと呼び、さらに、ブレプシアとも呼ばれるケパリノス[8]は、ケパロスとは別のものだと言っている。アリストテレスは『動物部分論』の第五巻[9]で、鰡のうちケロンはポセイデオンの月［十二月］に卵をはらみはじめる、サルゴス[10]、ミュクソス、ケパロスと呼ばれるものも同じである、卵をはらんでいる期間は三〇日である、鰡の中には交合によって生まれるのでな
307 く、泥や砂から生まれるものがある、と言っている。別の所では[11]こう言っている、「鰡は鋸歯（のこぎりば）をもっているが、たがいに食い合ったりはしない。鰡はまったく肉食ではないからである。鰡にはケパロス、ケロン、ペライオス[12]がある。このうちケロンは海岸に近い所に住むが、ペライオスはそうではない。またペライオスは自分の体から出る粘液を食物として利用するが、ケロンは砂と泥を食っている。さらに、いかなる動物も
b 鰡の子は食わない。これは鰡が決して他の魚を食わないからだと言われている」。アテナイのエウテュデモ

スは『塩漬け魚』の中で、鯔の種類にはケパロス、スペネウス［くさび］[13]、ダクテュレウス［ゆび］[14]がある、ケパロスというのは、重たそうな頭をしているのでそう名づけられ、スペネウスは細くて四角いのでそう呼

（1）ここで鯔関係の語彙についてまとめて註をつけておく。ケストレウスが最もふつうのボラを意味する名詞。ボラの総称と言ってよい。しかし時にある種のボラを意味していることもあって、その場合は、トンプソンによると *Mugil Capito.*

（2）レウキスコスもここでは鯔の総称として用いられているが、トンプソンが引用しているガレノスの書物では、ボラに似た別の魚である。

（3）ケパロスは「頭」という意味のボラ。あとに出てくるように、頭が大きくて重そうなのでこの呼び名がついた。最も美味だと言われている。トンプソンによるとこれは *Mugil cephalus.*

（4）ケロン、次に出てくるミュクシノス、ケパロスはトンプソンによるとみな grey mullet である。

（5）ミュクシノス（またはミュクソン）はアリストテレス『動物誌』五四三b一五への島崎氏の註によると、口から粘液（ミュクサ）を出すところからの命名。

（6）バッコスとは鯔の種類名としては変わっているが、プリニウス『博物誌』第九巻六では（そしてそれに従ったのか「辞書」でも）タラの一種。

（7）ネスティスもケストレウスとともに最もよく使われる鯔の総称だが、これは元をただせば三〇七cに出てくる「腹すかし」という形容詞で、「腹すかしのボラ」と言っているうちに、その形容詞が鯔を表わす名詞に転化したものである。

（8）ケパリノスはケパロスではないとすると何なのか、わかっていない。

（9）実は『動物誌』五四三b一四以下。

（10）後出三二一b以下、および一七七頁註（6）を参照。

（11）「別の所」は、今日ではアリストテレス「断片」三一八。

（12）ペライオスはトンプソンの本には載っていない。

（13）スペネウスはよくわからない。トンプソンによると、これはボラであるよりはむしろ塩漬け魚の名ではないかという。

（14）ダクテュレウス（「指」の意）も小型のボラだろうということ以上にはわからない。

ばれ、ダクテュレウスは、指二本の幅より細いのでそう呼ばれる、と言っている。鯔のうちでも、アルケストラトスが言うように、アブデラ辺で捕れるものがすばらしく、二番はシノペ産のものだ。ポレモンが『シシリーの川』の中で言っているが、鯔のことをプロテス〔泳ぎ手〕と呼ぶ人もある。エピカルモスも『ミューズたち』の中でそう呼んでいる、

c 斑(まだら)のプロテス、キュノグロッソス(1)〔犬の舌〕、スキアティス(2)が中にいた。

アリストテレスは『動物の習性と生活』(3)で、鯔(ぼら)は尾を切っても生きている、と言っている。鯔は鱸(すずき)に食われ、穴子はうつぼに食われる。「鯔の腹すかし」(4)という諺があるが、これはいつも正しいことをする人のことを言っている。鯔はほかの魚を食わないからだ。アナクシラスは『隠遁者』で、ソフィストのマトンの大食いぶりをやっつけている、

マトンのやつ、鯔の頭をかっさらって、
全部食っちまった。俺ゃもうおしまいだ。

d かのすばらしいアルケストラトスは、

四面海に囲まれたるアイギナの鯔を買え。
優雅なる人々の交わりを得べければ。

ディオクレスは『海』で、

奴さん、いい気分で跳ねている。

まるで鰡だ。

アルキッポスは『妻を娶るヘラクレス』で、ネスティスというのは鰡の一種だとしている、

ネスティス、鰡、ケパロス。

アンティパネスは『ランポン』で、

腹すかしの鰡はお持ちだが、

兵隊は、お持ちでない。

アレクシスは『プリュギア人』で、

それがし、ネスティスよろしく、帰宅つかまつる。(5)

(1) キュノグロッソスについては何もわからない。

(2) スキアティスはたぶんスキアイナというのと同じだとトンプソンは言っている。だとすればこれはニベ。ニベはふつうクロミスという名で呼ばれているが、トンプソンによると、これもたぶんスキアイナと同じもの。

(3) アリストテレス『動物誌』六一〇b一四にあたる。ただしそこには「鰡は尾を切っても生きている」という文はない。

(4)「鰡の腹すかし」という諺は、かなり有名だったようで、その由来は、ここに書いてあるような説明と、鰡の腹はいつ割いてもつねに空っぽだからという説明とがならび行なわれていたようである。アリストテレス『動物誌』五九一a二一にすでにそう書いてある。

(5) 宴会に来てみたものの、ろくな食事にもありつけず、しようがない、このまま帰ろう、という気持ちを諧謔まじりに言ったもの。

e　(307)

アメイプシアスは『コッタボスをする人』で、

　俺はこれからアゴラへ行って、

仕事を見つけようと思ってるんだ。それでだ、

腹すかしの鯔みたいに、俺の尻にくっついてくるな。

エウプロンは『醜い女』で、

ミダス王は鯔だな。腹すかして歩いてるからな。(1)

ピレモンは『いっしょに死ぬ人々』で、

ネスティス鯔を買ってきた。焼いたのを。あんまり大きかないけどな。

アリストパネスは『ゲリュタデス』で、

鯔人間の町でもそこにはあるのかね。

おまえさんたちは腹すかしだって知れわたってるもの。

アナクサンドリデスは『オデュッセウス』で、

大方は、飯も食わずに歩き回る、鯔の生きようだな。

f

エウブロスは『ナウシカア』で、

今日でもう四日目だぞ、浴びるほど飲んで。

鯔みたいに飲まず食わずでしょぼくれていたやつがさ。

このすばらしい魚についてこんなことが話されていると、これは犬儒派の人物で、夕方から来ていたんだが、その者がこう言った、「皆さん、まさかテスモポリア祭の二日目の行事(2)をご執行中というわけではないんでしょうな。私は、さながら鯔のごとく断食しておりますよ。ディピロスが『レムノスの女』で言ってますでしょう、

皆さんさっきから宴たけなわだが、こちとらは
厳しい断食で、まるで鯔だわ」。

受けて立ってミュルティロスが、テオポンポスの『贅沢三昧』を引いて、

「そこに順に立て。群れたる鯔め。
鵞鳥のように、茹(ゆ)でた葉っぱでもご馳走になって

だな。君か、君の同門のウルピアヌス君(3)か、どっちでもいいがとにかく、魚の中でなぜ鯔だけが『腹すかし』と呼ばれるのかを言ってくれなければ、君には何ひとつ食わせないぞ」。するとウルピアヌスが言った、

(1) 有名な、触るものが何でも黄金になるように、という願いがかなえられて、パンまでが金になってしまって、空腹に苦しんだという話をからかったもの。
(2) テスモポリア祭は、毎年秋に、女たちがデメテルに捧げる三日間の祭り(アリストパネス『女だけの祭』)で、一種の秘儀。その二日目は断食、そして最後に儀礼化された悪口の言い合い、が主な行事だった。
(3) この「ウルピアヌス君」というのはおかしい。「君の同門の」と言っているが、この「君」とは「夕方から来ていた犬儒派の人物」だろう。それゆえウルピアヌスは「同門」ではあり得ない。

(308) b 「絶対に生き餌を食わないからさ。アリストテレスも言っているが、(1) 釣るときにも肉やそのほか動物を餌に
はしない。胃が空になっているときでさえ悪い状態であり、(2) 物に恐れると頭を隠して、全身を隠したつもり
になっている。だからプラトンも『祭日』で言うわけだ、

　　家を出ようとしているところへ、
　漁師のやつが、鰡を何匹かぶら下げてやってきた。
　鰡なんていうのは、俺に言わせりゃ、腹すかしの安魚さ。

こっちからも伺いたい。テッサリアの小股掬いの名手ミュルティロス君、どうして詩人たちは、魚のこと
c を『物言わぬ (ellops)』というのか」。するとミュルティロス、「そりゃあ声を出さないからさ。類比という
ことから言えば、声を妨げられているのだから、ellops ではなく illops と言うべきだろうがね。つまり illes-
thai というのが『妨げられる』で、ops が『声』というわけ。(3) こんなことを知らんとは、君自身が ellops だ
からだ」。ウルピアヌスが、「小生はだな、犬の返事は返事になっておらぬゆえに、かの賢明なるエピカルモ
スを引かせていただければ、

　ふたりがかりで言ったことを、私ならひとりで十分。

さてこの ellops だが、『鱗がある (lepidotos)』から ellops なのだ。(4) もうひとつ、どなたからもお尋ねがなくて
も申しておこう。なぜピュタゴラス派の連中は、ほかの動物はけっこう食べる、食べるだけではない、犠牲
として供えもするのに、魚だけはまったく食べないのか、(5) だ。魚が沈黙しているからだろうか。たしかに彼
d らは、沈黙は神聖なりと考えているからね。という次第で、モロッシス産の大いなる犬君、(6) 君はピュタゴラ

スの徒ではないが、もし君がこれ以上一言も言わんのなら、ほかの魚の話に移ろうではないか」。

コラキノス——小さい烏（korakinos）(7)

ヒケシオスが言う、「海産のコラキノスは滋養少なく、排泄は容易、風味は中ぐらい」。アリストテレスは『動物部分論』の第五巻で(8)こう言っている、「成長が速いのはほとんどすべての魚に共通したことだが、コラキノスはとくにそうである。岸近くの海藻の茂っている所で卵を産む」。スペウシッポスは『類似物』の第
e 二巻で、メラヌロスとコラキノスは似ていると言っている。ヌメニオスは『釣魚術』で、

斑(まだら)あるコラキノスも、容易に引き上げられよう

（1）アリストテレス『動物誌』五九一a二二。

（2）前の文とのつながりが悪いが、実はアリストテレス自身の文では、前の文とこの文の間にこういう文がある、「すべての魚の中で最も貪欲なのは鯔で、そのためにその胃は拡張していて」。また、「胃が空になっているときでさえ」は「胃が空になっていないときは」となっている。

（3）この ellops の語源説明は例によってこじつけ。

（4）うろこのことを lopis（または lepis）という。そして ellops とは en＋lops だと解したうえでの説明。たぶんこれは正しい。

（5）これとまったく同じことが、プルタルコス『食卓歓談集』第八巻八で長々と討議されている。

（6）モロッシスはギリシア西北部の地域。そこで産する犬は猟犬としてもてはやされていた。

（7）コラキノスは二五頁註（1）、四五頁註（4）を参照。

（8）『動物部分論』の第五巻で、とは『動物誌』五四三a三〇。

と言っている。してみると、エピカルモスの『ミューズたち』で「斑（まだら）ある」と呼ばれているのもコラキノスだ。

　斑ある泳ぎ手とキュノグロッソス〔犬の舌〕(1)。 128

ところが『へべの結婚』では、コラキノスと斑魚を違う魚として述べている、

　貽貝（いがい）、鱸、黒く光るコラキノス、
　斑の泳ぎ手とキュノグロッソス。

f
エウテュデモスは『塩漬け魚』で、コラキノスをサペルデス(2)と呼ぶ人も多い、と言っている。エペソスのヘラクレオンも同じことを言っているし、ピュロティモスの『料理術』でもそうだ。サペルデスはコラキノス同様、プラティスタコスと呼ばれることもある。ロドスのパルメノンが『料理指南』の第一巻でそう言っている。アリストパネスは『テルメッソスの人々』で、「黒い鰭をしたコラキノス」と言っている。ペレクラテスの『忘れっぽい男』には、コラキノスの指小辞コラキニディオンというのが出てくる、

　おまえのかわいいコラキニディオンやマイニスたちと
　いっしょにいて。

309
アンピスは『哀歌』で、

　灰色はぜがあるときに、海のコラキノスを
　食ったなんていうのは、知恵のないやつよ。

しかし、経験を積んだ者ならちゃんと知っている、ナイル河のコラキノスは、味がよくて肉づきもいい、と

にかくおいしいんだ、ってね。コラキノスという名前は、目玉を（koras）たえず動かす（kinein）ところからつけられたのだ(3)。アレクサンドレイアの人たちは、その輪郭ゆえに、この魚をプラタクス（platax「幅広」？）と呼んでいる。

鯉（kyprinos）(4)

b　アリストテレスが語っているように(5)、これも肉食魚で群遊魚だ。舌は口の下側ではなく、口先にある。ド

---

(1) キュノグロッソスについて「辞書」はただ'a kind of fish'と記し、トンプソンの本には出てこない。

(2) サペルデスについてトンプソンは、このエウテュデモス同様、コラキノスと同じものだと言い、そして同じようにはっきりしない魚だと言っている。しかし後続の三〇九aではコラキノスが、三一二a－bではサペルデスとコラキノスが、ナイル河の魚ということになっているので驚く。

(3) このコラキノスの名前の由来の説明は、前述の通りおかしい。

(4) 鯉はむろん日本でほど親しまれた魚ではない。しかしアリストテレスは『動物誌』その他で何度か言及していて、そのひとつ『動物誌』五六八b二七以下ではこんなことを言っている。「鯉……は産卵のために浅瀬にひしめき合い、しばしば一匹の雌に一〇何匹かの雄がつきまとっている。雌が卵を放出してその場を離れると、そばについていた雄が精液を放射する。しかし卵の大半はだめになる。雌は移動しながら産んでいくので、流れに巻き込まれて物につくことができなかった卵は散ってしまうからである。……ただ鯉だけは例外で、自分の産んだ卵のそばにいることがあって、これを指して、鯉が卵の番をしているなどと言われる」。

(5) アリストテレス「断片」三二一。

(309) リオンはこれを沼の魚、川の魚の中に数え、「鱗の目立つ魚、キュプリノスと呼ぶ人がある」と言っている。

はぜ (kobioi)(1)

ヒケシオスが言うところでは、水分多く美味、排泄容易、滋養少なく、有害な水分を含んでいる。味の点では、黒いものより白いものの方がまさっている、黄色いはぜの肉は粗く貧弱だ。人間のおなかの中でも、
c ほかのはぜよりは少なくかつ薄い液を出す。ただし形が大きいので滋養はある。ディオクレスによると、岩の多い所にいるはぜの肉は柔らかい。ヌメニオスは『釣魚術』ではぜをコトス (kothos) と呼んでいる、

おうむべらや、(2) 太ってはなはだ恥知らずのコトスを。

ソプロンは『田舎者』の中でコトノプリュテス［コトスを洗う人］という新語を造っている。彼はまた、たぶんこのコトスから、鮪漁師の息子の名をコトニアスということにしたのだろう。コロポンのニカンドロスが『用語解』で言っているところ、それにアポロドロスの『ソプロンについて』によれば、はぜのことをコトスと呼ぶのは、シシリーのギリシア人だ。エピカルモスは『へべの結婚』でふつうのはぜという名 (kobios)
d を使っている、

尻に針もつ赤えいや、よく育ったはぜ (kobios)。

アンティパネスは『ティモン』ではぜをほめたたえ、いちばんいいはぜはどこから来るかを明言している、

結婚の祝いの買い物をしこたまして[3]、今帰ったところだ。
八百よろずの神様と女神様のために、乳香一オボロス、
土地の祖霊様のためには、大麦をこねた菓子、
われわれ人間のためには、はぜを買った。
押し込み強盗、ってつまり魚屋に、はぜをもう一匹
おまけにつけろと言ったら、野郎のせりふはこうだ、
「そいつの生国をつけてやろうじゃないか、なんしろパレロンもの[4]だからなあ」。
ほかの魚屋じゃ、オトリュネ[5]のやつでも売ってたらしいね。

e

メナンドロスは『エペソスの男』で、

魚屋連のひとりが、ちょうど今
はぜに四ドラクマと値をつけたところだ……べらぼうだ。

---

(1) これは小魚で安い魚で庶民の友。はぜ以外の小魚までこの名で呼ばれていたようである。
(2) 一一一頁註(1)を参照。
(3) ここに出ているものはみな安いものばかり、乳香は香だから安物とは言えないが、一オボロスではほんのおしるし程度である。「大麦をこねた菓子」とは psaista というもので、これは人がご馳走になるというよりはお供え専用の菓子。
(4) アテナイ外港のパレロン付近は小魚の本場として有名だった。
(5) アッティカの東部の、海岸から数キロ入った所。場違いということだろう。

ドリオンは『魚について』で川のはぜというのを述べている。

ほうぼう――カッコウウオ（kokkyges）(1)

エピカルモスが、

> 輝くほうぼうは、みな背に切りを入れ、
> f 焼いて香味をつけて、ちびちびかじる。

ドリオンも、この魚は背に切りを入れて、焼いて、ハーブとチーズとシルピオン(2)と塩とオリーヴ油で風味をつけよ、焼くときは、軽く塩をふった上に油を引き、火から下ろしたら酢をふる、と言っている。ヌメニオスはこの魚を赤い魚と呼んでいる。実際に赤いからだ。

> ある時は、赤い
> ほうぼうかペンペリス(3)なる小魚、ある時は鯵（あじ）。(4)

310

犬鮫(5)・カルカリアス（kyon karcharias）

料理術におけるヘシオドス、あるいはテオグニスと言うべき(6)アルケストラトスは、これらの魚について述べている。このテオグニスという人自身、贅沢な生き方に無関心ではなかった証拠にこう歌っている、

日輪が、一枚蹄の馬らを駆って高空を行き、(7)

（1）ほうぼうと訳した kokkyx（複数が kokkyges）はふつうはカッコウドリのこと。島崎三郎氏の訳によってアリストテレス『動物誌』五三五b一八以下を紹介しておく――「魚類は声を出さないが（肺もないし、気管や喉頭もないから）、一種のきしるような音を出し、これを『鳴く』と称している。例えばホウボウやニベや（これらはつぶやくような音を出すから）、……カッコウウオがそうである」。島崎氏がここでホウボウと訳したのは lyra という魚、カッコウウオとしたのが kokkyx である。どちらもほうぼう科の魚で、トンプソンの記述を見るかぎり両者の区別は判然としない。

（2）シルピオンは今までにも何度も出てきたし、これからも何度も出てくる代表的なギリシアの香味料。植物としてのシルピオンについての最も詳しい記述はテオプラストス『植物誌』第六巻三-一-六にある。これをすりつぶしてチーズにまぜて使うのがふつう。有名な産地はキュレネ。しかしローマ時代になるともはや取りつくされていたらしいことが、プリニウス『博物誌』第十九巻三九からわかる。

（3）ペンペリスもまったくわからない魚のひとつ。

（4）鯵と訳したのは sauros で、直訳するとトカゲ。魚を指すトカゲは *Caranx trachurus* で鯵。日本のマアジは *Trachurus japonicus* というそうだから、これとはちょっと違うだろうが、似たものではあろう。

（5）犬鮫についてトンプソンは Dogfish または Shark, とくに小ぶりのもの、と言っているが、トンプソン自身の記述を見ても、そうとは言い切れないようである。原田氏によると *Charcaria obscurus.* カルカリアスについては一一九頁註（8）を参照。

（6）ヘシオドスとテオグニスでは時代も違うし、一方は叙事詩人、一方はエレゲイア詩人だが、両方とも銘記すべき数々の教えを遺した教訓詩人という点で、このように並べたのだろう。

（7）太陽神ヘリオスが四頭の荒馬の曳く馬車を駆って天空を行くという言い伝えによる。

(310) 今し、真昼の時の至ったるを告げるときは、
心の命ずるかぎりを味わい、あらゆるうまきものもて
腹を楽しませたるのちは、食事をやめ、
b 見目(みめ)うるわしきラコニアの乙女をして、手水鉢(ちょうずばち)は表へ、
花冠は中へ、柔らかき手もて、運ばしめよ。

この賢人は少年愛も拒否しない。こう言っている、

アカデモスよ、もし讃歌の歌くらべをせんと欲するならば、
美わしき花にもまがう少年をここにすえて、
君と我と、いずれが歌の技をよく知るや、あい競わん。
君も知るべし、騾馬(らば)はいかに驢馬(ろば)にまさるかを。(1)

c ところでアルケストラトスは、あの美しい『忠告』でこう言っている、

トロネ(2)の国にては、犬鮫の、腹肉を購うべし。
つやつやしき油のほかは、君、これに何物も加うるなかれ。
焼き上がれば、トリンマティオン(3)ほか、これに合うソースをもて。
深き鍋いっぱいに煮込みたる中に、
d 聖なる泉の水も、葡萄酒の酸(す)く
なりたるもの(4)も、一切まじえず、ただオリーヴ油と、

干したるキュミノン(5)と、香りよき葉のみを入れよ。
煮込むには炭火を用い、ゆめ、炎の先の鍋底に
触れざるよう、また、注意を怠りて
焦げつかしめぬべく、たえず攪拌せよ。
さりながら、この神々しき料理を知る、ないしは
口にしたしと願う人間は少なし。とはすなわち、
e
彼らの脳味噌空っぽにして、さながら

(1) この騾馬と驢馬の比喩がどういうイメージを伝えているのか、どういう意味なのか、訳者は知らない。
(2) トロネはカルキディケの三本の指のように突き出た半島の、真ん中の半島にある都市。
(3) トリンマティオンはトリンマともいい、一種のソースだが、厳密にどういうソースであるかははっきりしない。確かなのは、葡萄酒と碾き割り麦が使われていること。
(4) 葡萄酒をうっかり酸っぱくならせてしまったものだろうが、それが調味料としてけっこう重宝だということがわかって、わざわざ酸っぱくさせるようにした。これが本来のワイン・ヴィネガーである。
(5) キュミノンは最もよく使われるスパイス。ミュケナイ時代の線文字Bにすでに現われる。本来中央アジアのもので、かなり古い時代にギリシアに渡来したものらしい。ふつうは実を砕いてスパイスとするのだが、プリニウス『博物誌』はなぜか一貫して野菜として扱っている。またその『博物誌』第七巻三-二では、「奇妙な話だが」と断わりつつ、この野菜は、良質のものを多量に得たいならば、種子を蒔くとき、呪ったり悪口を言ったりしなければならないそうだ、と言っている。

人肉を食らう獣のごとく、頭はたらかざるがゆえなり。
およそすべての魚らは、もし能うべければ、
人の肉を食らうを好むとこそ知れ。(1)

この魚の肉には、ローマ人が thursio(2) と呼んで珍重するものがあり、これこそ美味贅沢の極みだ。

鱸 (labrakes)(3)

311 f

アリストテレスが言っているように(4)、この魚は（群遊性ではなく）単独性で肉食だ。舌は骨っぽく、口に固着しており、心臓は三角である。『動物部分論』の第五巻で(5)彼は言う、この魚は鯔や鯛などと同様、たいていは、川が海に注ぎ込む所に産卵し、産むのは冬だが、二度産卵する。ヒケシオスは、鱸は風味はいいが滋養はあまりない、排泄の点でもよろしくない、しかし味がよいので一級の魚とされている、と言っている。Labrax という名は、この魚の気性が激しい（labros）ところから来ている(6)。頭のよさでも他の魚とは違うと言われている。自分の身を危険から守るときにそれを発揮するのだ。そこで喜劇作家のアリストパネスが言う、

あらゆる魚の中でいちばん賢い鱸。

抒情詩人のアルカイオスは、この魚が海の表面を泳ぐと言っている。賢人アルケストラトスは、

ミレトスに行くことあらば、ガイソン(7)より

b

あたま鯔（ぼら）と、神々の子なる鱸を得よ。
最上の鯔、最上の鱸ここにあり。まさに本場ぞ。
これよりほかに、名だたるカリュドン(8)、富をもたらすアンブラキア(9)、
またボルベの湖(10)には、太きものはあらん。
されどミレトスものの腹身の香気、また引きしまる
油の風味はさらになし。ミレトスものこそ君を
堪能せしむるすぐれもの。鱗（うろこ）を落とし、
強すぎぬ火もて焼き、つましき塩水のほかは

(1) この最後の二行がこれまでの詩句にどういう意味合いでつながるのかわからない。

(2) thursio はこの記述に関するかぎり、犬鮫の肉の一部あるいは成分と読めるが、プリニウス『博物誌』第九巻三四によると、そうではなくて独立した魚でいるかに似ているが、陰気な顔をしている点でいるかと違う。

(3) 鱸については三三頁註(1)を参照。

(4) アリストテレス「断片」三二二。

(5) 実は『動物誌』五四三b三で。

(6) この labrax の語源説明は正しい。

(7) ガイソンのことはすぐあとの三一一eで説明されている。ミレトスの対岸の町。今ではここの湾は幅がずっと狭くなっているが、古代には一〇キロほどの幅があった。

(8) カリュドンはコリントス湾に通ずる入り口の所。

(9) アンブラキアは西北ギリシアの都市だが、ここではともに都市そのものではなく、それぞれの湾のことを言っている。

(10) ボルベ湖はマケドニア南部の海に近い湖。

(311) 何も加うるべからず。ただし、かく手をかけつつ焼く折しも、
シュラクサイ人、イタリア人を近寄らしむるなかれ。
彼ら、上魚(じょうざかな)を料理するすべを知らず、
c いたずらにチーズを乗せ、流るるほどに酢をかけ、
シルピオンを用いて、あたら魚を殺すべければ。
岩に住む、三たび呪われし小魚らのうち、
最もよろしきは、心得たる腕もて、もろもろの
魚ソースとて、巧みに練り上げて膳に花を添うるもの。
d アリストパネスも『騎士』で、ミレトスの鱸がいかにすぐれているかを述べている、だが、鱸を食ってからミレトス人をやっつけるなんて、おめえにはできめえ。(1)
『レムノスの女たち』では、

鱸の頭も買わない、海ざりがにも買わない。

鱸の頭は、灰色はぜ(2)の頭同様、いいものだからこその台詞だ。エウブロスは『乳母』で、

凝らずに、単純に、お供え用にするものは
何でもだ。甲烏賊(いか)もそう、槍烏賊もそう、
蛸の小さな足、ネスティスという鯔、
豚の子宮(3)に腸詰め(4)、牛の初乳、

ほどよい大きさの鱸の頭。

e アルケストラトスが述べているガイソンというのは、ガイソン沼のことで、キュジコスのネアンテスが『ギリシア史』の第六巻で述べているように、この沼は、プリエネとミレトスの間の海につながっている。エポロスは彼の著作の第五巻で、ガイソンはプリエネ付近で沼に注いでいる川だと言っている。アルキッポスも『魚』で鱸のことを述べている、

(1) アリストパネス『騎士』三六一。
(2) 灰色はぜというのはグラウコス (glaukos) の島崎氏による訳語だが、本当にハゼ類であるかどうかは疑問。
(3) 豚の子宮は珍味として有名だった。ただしプルタルコス『食卓歓談集』第八巻九 (七三三e以下) では、昔は口にするなど夢にも思わなかったのに今では珍重されているものとして、蜂蜜入りのワインと豚の子宮を挙げている。
(4)「腸詰め」という訳語は不適切かもしれない。原語は choria. これは本来胎児を覆っている膜。しかし料理名としては、膜というよりは羊の内臓を刻んで、ミルクや蜂蜜とこねて煮たもの。「辞書」は haggis というスコットランドの庶民の名物料理名をあてている。

エジプト人のヘルマイオスというやつは、魚屋の中でも
いちばん汚らわしい野郎だ。蝶鮫(ちょうざめ)やかす鮫の皮を剝ぎ、
鱸の臓(わた)を抜いて、それを売ってやがる。

鱸――ナイル・ラトス (latos)(1)

f この魚はイタリアのものが最上だとアルケストラトスは言っている、

森多きイタリアの、スキュラ(2)のあたりは、
名にし負うラトス［鱸(すずき)］、えもいわれぬ美味を産す。

ナイル河に生息するラトスは、その大きさ、目方にして二〇〇リトラ［七〇キロ弱］以上に達する。この魚は色がはなはだ白く、どう料理してもたいへんおいしい。イストロス河［ドナウ河］にいる鯰(なまず)に似ているのだ。
312 このほかにもナイル河は多くの魚を産し、みなおいしいが、中でもコラキノスはよい。これの種類も多いのだ。さらにまた、マイオテス(3)という魚もいるが、これについてはアルキッポスが『魚』で述べている、

マイオテスとサペルデス(4)と鯰を。

この魚は黒海周辺に多く、マイオテスという名はマイオティス海［アゾフ海］からの命名だ。私はもう何年も
b ナイル河を訪れていないが、もし私の記憶に間違いがなければ、ナイル河の魚といえば電気なまず(5)。これは非常にうまい。コイロス(6)、シモス(7)、パグロス(8)、オクシュリュンコス(9)、アラベス(10)、シルロス(11)、シュノドンティ

(1) ナイル河の鱸であることは、トンプソンの本に紹介されているこの名の語源、前二七〇〇年ごろのエジプト絵画などからして、まず疑う余地がない。学名も *Lates niloticus*, あるいは *Perca nilotica* と確定している。とすると、すぐあとのアルケストラトスの、「この魚はイタリアのものが最上」だという発言はおかしいということになる。トンプソンは断定はしていないが、アルケストラトスの言うラトスは、このナイル・ラトスに似た（ただしもっと小型の）魚で、これは *Sciaena aquila* だと言う学者がいる、と紹介している。

(2) スキュラは、イタリア本土とシシリー島の間のメッシナ海峡に面した本土側の町。

(3) マイオテスについてもトンプソンは、ナイル河のものと、あとで述べられるマイオティス海（アゾフ海）のものとを区別している。

(4) サペルデスについては一二九頁註（2）を参照。

(5) 以下のナイル河の魚のカタログは、ストラボン『地誌』第十七巻二-四の、「エジプト独特の魚」のカタログとほぼ一致している。電気なまずは narke, つまりシビレエイと同じ名で呼ばれている。

(6) ストラボン『地誌』第十七巻二-五は、前四世紀の歴史家、カッサンドレイアのアリストブロスの説を紹介している——鰐が食わない魚が三種あって、そのひとつがコイロスで、それはこの魚の頭に鋭い刺があるから。またこの魚はいつもボラのお供をしているので、鰐はボラも食わない。

(7) シモスは全然わからない魚。

(8) パグロス（phagros）といえば鯛と同じ名だが、これはまったく別のナイルの魚。洪水の予告をするので神聖な魚とされていた。

(9)「とがり鼻」という意味。ストラボン『地誌』第十七巻一-四〇は、この魚はエジプト人から崇められていると言っているが、プルタルコス『イシスとオシリス』一八では、この魚は死んだオシリスの陰部を食べてしまったので忌み嫌われている、となっている。

(10) アラベスは allabes と綴るが、「辞書」にもトンプソンにも何の記述もない。

(11) シルロス（なまず）については四五頁註（5）を参照。

(312) ス[1]、エレオトリス[2]、鰻、トリッサ[3]、アブラミス[4]、テュプレ[5]、レピドトス[6]、ピュサ[7]、鯔。このほかまだたくさんある。

なめらかえい (leiobatos)

この魚は「やすり鮫[8]」とも呼ばれる。エパイネトスの『料理術』によると白身の魚だ。プラトンの『ソフィストたち』に、

それがつの鮫であれ、なめらかえいであれ、はたまた鰻であれ。

うつぼ ((s)myrainai)

テオプラストスは『陸上動物について』の中で、鰻やうつぼは、水から出しても長時間生きていられる、

c これは、鰓(えら)が小さくて、水を少ししか受け入れないからだ、と言っている。ヒケシオスは、うつぼは鰻に劣らず滋養があり、穴子と比べてもそうだ、と言っている。アリストテレスは『動物部分論』の第二巻[9]で、うつぼははじめは小さいが、たちまち成長して大きくなり、歯は鋸歯で、年中産卵する、と言っている。エピカルモスは『ミューズたち』で、smyraina の s- を落として myraina としている、

太った穴子も myraina も、ちゃんといた。

ソプロンも同じだ。プラトン（またはカンタロス）は『同盟』で、s- を落とさずに、
えいも smyraina もそこにいる。

d ドリオンは『魚について』で、川のうつぼは、ガラリアスと呼ばれる鱒の一種(10)と同じように、一本の刺のような鰭(ひれ)しかもっていない、と言っている。アンドレアスは『咬まれると危険な動物』で、蝮(まむし)から生じたうつぼだけが、咬まれると危ない、この種のうつぼは丸みがなく、斑(まだら)がある、と言っている。ニカンドロスは『動物誌』でこう言っている、

（1）シュノドンティスはシルロスの仲間とされている。
（2）エレオトリスは eleotris と綴る。これもわからない魚。
（3）トリッサ（thrissa）はニシン科の小魚らしい（ナイル河はおろか地中海にも、ニシンそのものはいない）。
（4）abramis と綴る。*Oreochromis niloticus* と同定され、ヘロドトス『歴史』第二巻九三に述べられている群遊性の魚とはこれのことではないかと言われている。
（5）テュプレ（typhle）も名以外には何もわからない魚。
（6）レピドトスは「鱗あるもの」という意味。ヘロドトス『歴史』第二巻七二は、これと鰻がエジプトでは神聖視されていると言っているが、先ほどのオクシュリュンコスと同じく、プルタルコスの上に紹介した箇所では、忌み嫌われる魚とされている（一四一頁註（9）参照）。
（7）ピュサ（physa）も同定困難な魚。
（8）やすり鮫（rhine）については七一頁註（3）を参照。ここでは「なめらかえい」と「やすり鮫」が同一視されているが、三一九dのアルケストラスは別の魚として述べている。
（9）『動物部分論』の第二巻と言われているのは、アリストテレス「断片」三二三。
（10）ガラリアスは三一五fでガレリアスという名で取り上げられる。

うつぼの危険、と申すはこの魚、しばしば
船底より顔を出して、漁師に咬みつき、
あわれ彼は舟を捨てて海に飛び込む。

e 真実もしこの魚、海をば離れ、陸に住む毒もつ蝮とあい睦むとせば、さもありなん。

しかしアンドレアス[1]は『迷信について』では、うつぼが陸へ上がって沼池で蝮と交わる、などというのは嘘だと言っている。蝮は沼池には住まず、人里離れた砂地を好むからだ。ソストラトスは『動物誌』（これは二巻本だ）で、このうつぼと蝮が交わるという考えを支持している。

ミュロス――うつぼ（myros）[2]

アリストテレスは『動物部分論』の第五巻で[3]、ミュロスはスミュライナとは違うと言っている。スミュラ
f イナの方は斑があって強くないが、ミュロスは単色で強く、その色はありすいという鳥に似ており[4]、内外二列の歯がある、というわけだ。ドリオンによるとミュロスは、身の中に刺（のような骨）をもたず、全身どこでも食用になり、非常に柔らかい。そしてこれには二種あって、一方は黒く、一方は赤らんでいるが、黒い方が強い。美食の哲学者アルケストラトスはこう言っている、

313 イタリアの……波騒ぐ狭隘の水路において、
泳ぎ手と称されるうつぼを得なば、

買うべし。かの地のものは絶品と申すべければ。

マイニス（mainides）(5)

この魚ははぜより水分が多いが、味のよさと、腸からの排泄を助ける点でははぜに劣る、とヒケシオスは
b 言っている。スペウシッポスは『類似物』第二巻で、ボアクス(6)とスマリス(7)という、エピカルモスの『陸と海と』に述べられている魚が、マイニスに似ていると言っている。エピカルモスの句とはこういうのだ、

ボアクスやスマリスの群を見ると君は。

---

(1) このアンドレアスはすぐ前に（三一二d）引用されていたアンドレアスと同じ前三世紀の医学者だと考えられる。すると彼はこの二つの著作でたがいに矛盾することを述べていることになる。

(2) ミュロス（myros）は男性形であり、（ス）ミュライナ（myraina）はその女性形であるから、雄うつぼがミュロスで雌うつぼがミュライナだと言いたくなるのだが、これはそれぞれ別のものらしい。

(3)『動物部分論』云々というのは例によって、アリストテレス『動物誌』五四三a二六以下で、である。

(4)「ありすい」という鳥についてはアリストテレス『動物誌』五〇四a一一に詳しい描写があるが、肝心の上記のアリストテレスの箇所のテクストでは、「ありすい」ではなく、「松の木」となっている。

(5) マイニスはkobios（ハゼ）とともに代表的な小魚。

(6) ボアクスについては四三頁註（3）と五九頁註（1）を参照。

(7) スマリスについては四三頁註（5）を参照。学名を*Sparus smaris*という由。原田氏によれば*Sparus*はタイ科のヘダイ属。

エパイネトスは『料理術』で言う、「スマリスのことを『犬の寝床』[1]と呼ぶ人もある」。アンティパネスは『農夫』(あるいは『ブタリオン』)で、「ヘカテの食べ物」と呼んでいるが、これはこの魚が小さいからそう呼んでいるのだ、[2]

甲　大きな魚どもはみんな、人食いだと
俺は言ったわけさ。　乙　人食いだって。どうして、
どういうわけだ。　丙　人間が食う魚っていうことだろう。[3]
決まってるじゃないか。こいつが言ってるのは、ヘカテ様の召し上がりものだ。
マイニスとかトリグリス[4]とかさ。

c ある種のマイニスは白マイニスと呼ばれるが、これがボアクスと呼ばれることもある。[5] ポリオコスが『女郎に入れ揚げ』で、

だれが来ようと、絶対に、神様に誓って、
ボアクスのことを白マイニスと申します、なんて言わせるな。

メラヌロス(melanouros)[6]

d この魚について、ヌメニオスが『釣魚術』でこう言っている、

かさご、[7] あるいはメラヌロスは、鱸(すずき)への案内者。

ヒケシオスはこの魚を鯛の一種のサルゴスに近い魚だと言い、ただし、みずみずしさと味のよさの点では鯛に劣っており、軽く口を渋らせる味がするが、栄養はあると説明している。エピカルモスは『へべの結婚』で、この魚のことをこう言っている、

だつ(8)もいた、メラヌロスもいた。

e アリストテレスは『動物論』(9)でこう書いている、「尾に斑点のある魚はメラヌロスとサルゴス、これらの魚には多くの黒い縞がある」。スペウシッポスは『類似物』の第二巻で、この魚はプシュロス(10)と呼ばれる魚に

（1）「犬の寝床」はまったく意味不明。トンプソンはここにテクストの破損があるのではないかと疑っている。

（2）なぜ小さい魚が「ヘカテ様の召し上がりもの」なのかはわからない。

（3）「人食い」とは大きな魚がどちらかというと贅沢品で、人の身上をつぶしがちだということらしい。それを受けて「人間が食う魚」と丙なる人物が言ったのはいわゆる地口、語呂合わせになっている。甲が言った「人食い」は **anthropophagoi** だが、それを丙は **anthropos phagoi**（人が食うであろう）と受けている。

（4）トリグリスもわからない魚の名前。

（5）ボアクス＝ボクス（四三頁註（3）参照）だが、ボクスは次註で述べるように、サルペやメラヌロスに近い。これらは大型の魚ではないが、マイニスのような小魚ではない。それゆえ素人でもマイニスとボクスを混同することはないと思う。

（6）メラヌロスは「黒い尾」の意。*Oblata melanurus.* 海藻を食う。一五―三〇センチほどの魚でボクス、サルペ、サルゴスと類縁関係にある由。おいしい魚のひとつに数えられていた。

（7）「かさご」については後続三二〇d以下の記述を参照。

（8）原語は **sarginos.** 通常 **Garfish, Sea-pike** と英訳されているので「だつ」。

（9）アリストテレス「断片」二九八。

（10）プシュロスとプソロスはともに出典はこの二つの断片のみ。

似ていると言っている。そのプシュロスをヌメニオスはプソロスと呼んでいる、

　プソロスとサルペ(1)と、岸近に来る竜魚(2)。

モルミュロス（mormyros）(3)

ヒケシオスが言うには、この魚はたいへん滋養に富んでいる。エピカルモスは『へべの結婚』で、これをミュルメ（myrme）と呼んでいる。このミュルメというのがモルミュロスと本性が違わないとすればの話だが。

　それに飛び魚にミュルメ、それが鯖より大きいのだ。

f ドリオンの『魚について』は mormyros の -ros を -los としている。サモスのリュンケウスは『魚購入の技術』で、市場で値切ろうとしている彼の友人に向かって呼びかけている、「こっちをにらみつけて、値段の折り合いに応じようともせず、口汚くわめく魚屋には『贅沢な生き方』を書いたアルケストラトス、あるいはほかの詩人を引用して、こういう句をぶつけてやる。これは役に立つ、

　陸に上がったモルミュロスなど下魚（げざかな）で、一文の値打ちもありはせぬ

314 とか、『鰹は秋に買え。ところが今は春じゃ』とか、

　冬来りなば鯔（ぼら）よろし。今は夏だよな。

とか、その他これに類した台詞（せりふ）を山ほど言う。そうすれば、お客やじ馬は驚いて退散する。そうすれば魚

屋はしようがなくなって、こっちの思惑どおりの値で買うことができる」。

しびれえい（**narke**）(4)

プラトン（あるいはカンタロス）の『同盟』で、

煮込んだしびれえいは、いいご馳走だ。

哲学者のプラトンは『メノン』で(5)、「海にいるあのしびれえい、あれは近づいてくるものをしびれさせる
b （**narkan**）から **narke** ですね」と言っているが、この、しびれるから **narke** だという呼び名の意味はホメロスでも取り上げられている、

（1）サルペについては一一五頁註（5）を参照。

（2）竜魚については四七頁註（2）を参照。

（3）モルミュロスは *Pagellus mormyrus* で鯛の一種。背中に横縞がある。

（4）これの肉は柔らかくて美味だと賞されていた。アリストテレス『動物誌』六二〇b一九によると、砂や泥の中に隠れていて、小魚が自分のしびれの射程に入ってくると、しびれさせて捕らえて食う。自分は魚の中で最ものろまなくせに、最も敏捷な鯔を呑み込んでいることがある。

（5）プラトン『メノン』八〇A。メノンがソクラテスを「しびれえい」にたとえている。

(314)

〔テウクロスの〕手首をしびれさせた(narkese)(1)。

メナンドロスは『パニオン』でnarkeをnarkaと綴っている、

　　私の体じゅうの肌に
　narka〔しびれ〕が走った。

しかしメナンドロス以外の古人は、だれもこういう綴りを使っていない。ヒケシオスは、しびれえいは体じゅうに軟骨質が広がっているために、滋養もあまりなく、水分も乏しい、ただし腸にはよい、と言っている。
c テオプラストスは『穴ごもりする動物について』で、しびれえいは寒さのために地面に潜り込むと言い、『咬みつく動物とたたく動物について』では、しびれえいは、棒や三つ又の銛を手にもっていても、そこからしびれを伝えることができると言っている。キュプロス島ソロイのクレアルコスは、『しびれえいについて』の中でその原因を述べているが、あんまり長々と述べているので、私は忘れてしまった。とにかくそういう著作があるとだけ申し上げておこう。アリストテレスが言うように(2)、しびれえいは軟骨魚であり胎生す
d る魚だ。小さい魚を餌にしているが、その捕まえ方は、相手の魚にさわって、しびれて動けなくする、というやり方だ。ラオディカイアのディピロスは、ニカンドロスの『動物誌』への註釈の中で、この魚の体全体にしびれさせる力があるわけではなく、その一部分だけがそうなのであり、自分は何度も実験を重ねてこの結論に達したのだと言っている。さてアルケストラトスは、

　　オリーヴ油または葡萄酒をもってしびれえいを煮る。
　それへ香りよきハーブ、少量の削ったるチーズを加う。

アレクシスは『ガラテイア』で、

　人の話じゃ、つまり、しびれえいっちゅうのは、まるごと
　詰め物をして焼くそうだ。

『デメトリオス』では、

　それからしびれえいを手に取った。気いつけてな。
e　ご婦人が柔らかい指でさわって、
　あの刺々で痛い目にあわないように。

めかじき――ツルギウオ（xiphias）

アリストテレスが言っている(3)、この魚の口先の、下半分は小さいが、上半分は骨ばっていて大きく、その突き出た長さはほぼ身長と同じで、これが剣（つるぎ）と呼ばれる、ただしこの魚には歯はない、と。アルケストラトスは、

　ビュザンティオンに行かば、めかじきの

---

(1) ホメロス『イリアス』第八歌三二八。ヘクトルの投げた石がテウクロスの首のつけ根あたりに当たってしびれが走る。
(2) アリストテレス「断片」三二四。
(3) アリストテレス「断片」三二五。

頭を除きて一尾を買え。シシリーの
ペロロン岬(1)の海峡のものもまた逸品。

f ゲラ、あるいはむしろゲラゲラ(2)出身の、この詩人より以上に正確に、料理を判定できる批評家などいないだろう。この人は味に凝ったがゆえに、自ら海峡を渡り、それぞれの魚のいろいろな部分について、その風味がどんなであるかを調べ上げ、こうして、生きる上で有用な知識の集積を始めたのだ。

315

はた類の魚（orphos）(3)

パンピロスによると、orphōs は orphṓs とも呼ばれる。アリストテレスは『動物部分論』の第五巻で(4)、魚は生長が速いと言い、はたはとくに速く、小さいものから大きい魚へと成長する、と言っている。この魚は肉食で鋸（のこぎり）のような歯をしている。そして群をなさない。この魚の変わった点としては、精子の通路が見当たらないということと、切り開かれたあとも長時間生きつづけているということだ。そして真冬の間は穴

b ごもりし、沖よりは岸に近い海の方を好む。ヌメニオスはこう言っている、

それによって隠れ穴より、長いかさご、または
肌なめらかならぬはたをば、容易に捕らえ得よう。

また言う、

灰色はぜ、また海に住むはたの族、また肌黒き

べらの族。

ドリオンによると、はたの子供をオルパキネ（orphakine）と呼ぶ人もある。アルキッポスは『魚』で、

　彼らの所へ、神様にお仕えする、はたが来た(5)。

クラティノスは『オデュッセイス』で、

　あったかいはたの切り身。

プラトンは『クレオポン』で、

c

　　あいつはな、お婆、おまえさんを、はただの、鱗（うろこ）のない鮫だの、
　鯛だのに食わせちまえと、こんな所へ住まわせたんだ。

（1）シシリー島東北端でメッシナ海峡に突き出ている岬。

（2）ゲラゲラは架空の市名。ロウブ版の訳者ガリックが註しているように、これはアリストパネスが『アカルナイの人々』六〇六でやった冗談をアテナイオスが頂戴したものである。ゲラ（Gela —— これは実在のシシリーの都市）から gelos（笑い）を連想し、そしてそれに kata- をつけると、「笑うべき」という意味になり、それをいかにも都市名らしくカタゲラとした。しかしカタゲラでは日本語として何の意味もなさないのでゲラゲラとした。アリストパネスではこの冗談はからかいとして生きているが、アテナイオスでは、アルケストラトスの出身地がたまたまゲラであることからちょっと思いついただけのもの。

（3）三九頁註（4）を参照。

（4）アリストテレス『動物誌』五四三a三〇。

（5）はたがどうして「神様にお仕えする」と言われるのか、適切な理由が見つからない。

(315)
アリストパネスは『蜂』で、

はたを買って、小魚なんか欲しくない、なんて言うと。[1]

アッティカでは、このorphosの最後の音節にアクセントを置くoxytonosになっている。上に引用したアルキッポスの『魚』でもそうだ。クラティノスの『オデュッセイス』の「はたの切り身」の「はた」は属格でorphoだが、これもoxytonosだ。

大鮪（orkynos）[2]

d ドリオンは『魚について』で、大鮪はヘラクレスの柱［ジブラルタル海峡］あたりの外海から、われわれの海［地中海］へと回遊してくる、と言っている。だから大鮪がいちばんよく捕れるのはイベリア［スペイン］とエトルリア［トスカナ］の海で、そこからほかの海へと散っていくわけだ。ヒケシオスによると、ガデイラ［カディス］で捕れるものがよく脂がのっており、それに次ぐのはシシリーのものだ。ヘラクレスの柱から遠い所の大鮪は脂に乏しい。広い海を泳ぎ渡っているからだ。ガデイラでは、この魚の肩骨の所だけを塩漬け
e にする。蝶鮫の顎や上顎や、「黒樫」と呼ばれる[3]鮪を塩漬けにするようなものだ。ヒケシオスに言わせると、大鮪の腹の肉は脂がのっていて、他の部分よりずっとおいしい。だがそれよりも、肩骨の所はもっとうまいというわけだ。

鱈（ロバウオ）とオニスコス（onos kai oniskos）(4)

アリストテレスが『動物論』で言っているように(5)、鱈の口は鮫と同じように大きく開く。しかし群れない。そしてこの魚だけが、腹に心臓をもっており、頭には石臼の形をした石をもっている。そしてやはりこの魚だけが、犬星の季節［夏］の盛りに、穴にもぐる。ほかの魚は冬のさなかに穴にもぐるのだ。エピカルモスが『へべの結婚』で言っている、

f

（1）アリストパネス『蜂』四九三。この句は蜂の姿の老人の群にブデリュクレオンがぶつけている文句。あんたがたは何かというとすぐ、やれ専制政治をもくろんでいるの、謀反をたくらんでいるのと言う。例えば、「はたを買って小魚なんかいらないと言うと、この男は専制政治をねらって買い物をしてるよと言う。アンチョヴィの風味づけに韮が欲しいと言っても、専制政治をもくろんでいるのかいとくる」。

（2）orkynos とは大型の鮪、とくにクロマグロ（*Thunnus thynnus*）の大物。ギリシア・ローマ世界でおなじみの魚のうち最大のもの。

（3）「黒樫」と呼ばれる鮪とはいずれにしても大鮪だが、「辞書」では、黒い樫の木の根のような色をしていて、固く、それゆえ安い鮪としているが、どうもそうではないらしい。大型の鮪のどの部分かわからないが、とにかくどこかを干すか塩漬けにするかしたものらしい。

（4）onos も oniskos も鱈の類であることは間違いないが、正確にはわからない。オノスとは元はロバのことなので、島崎氏はこれをロバウオと呼んでいる。トンプソンは onos は *Gadus merluccius* だとしている。Oniskos とは本来「onos のような」という意味にすぎない。

（5）アリストテレス「断片」三二六。

大口開く鱸（すずき）の族と、巨大の腹もつ鱈を。

鱈（ロバウオ）とオニスコス［鱈の一種］の違いについて、ドリオンは『魚について』の中でこう述べている、「オノスはガドス（gados）(1)と呼ばれることもある。これに対してガレリアス（gallerias）のことをオニスコス、あるいはマクセイノス（maxeinos）と呼ぶことがある」(2)。エウテュデモスは『塩漬けについて』で、「バッコス（bakchos）(3)、ゲラリア（gelaria）、オニスコスというのは、同じものだが、人によってこのように違う名前で呼んでいるのだ」と言っている。アルケストラトスは、

カラリアス（kallarias）(4)と人が呼ぶ鱈を、アンテドン(5)の
ほどよく育てしものを、人々大いに賞すといえ、
その身弾力のみあって、小生にはうましと思えず。
人それぞれに、あるいはこれ、あるいはあれと、好みを異にするのみか。

蛸（poulypous）(6)

この語の属格は poulypodos。アッティカの人々はそう言う。（ホメロスも同様で、

穴から引き出される蛸の（poulypodos）……のように。(7)）

この名詞は脚（pous）が元になってできたからだ。(8) 対格では poulypoun となる。「アルキノオスを（Alkinoun）」
b 「オイディプスを（Oidipoun）」いうのと同じだ。アイスキュロスは『アタマス』で、「三脚の釜」という句の、

「三脚の」という形容詞の対格を、単純な pous から作って、「心 (nous)」の対格と同じように tripoun としている。こうして、アッティカでは poulypoun なのだから、polypon というのはアイオリス方言だ。アリストパネスは『ダイダロス』で、

蛸 (polypous 複数対格) と甲烏賊をもってたんだが。

また、

彼は俺の前に蛸 (polypoun 単数対格) をおいた。

また、

(1) ガドスも本来ロバという意味にすぎず、それでは onos というロバと gados というロバはどう違うのかとなるとわからない。

(2) ガレリアスとマクセイノスはともにまったく不明。ガレリアスは次のアルケストラトスの句に出てくるカラリアスと同じなのか違うのかわからない。

(3) バッコスは本巻の三〇六 e ではボラの一種として挙げられていた。

(4) カラリアスも特定できない。

(5) アンテドンはボイオティアのエウボイア島に面した海岸の町。

(6) 蛸は英語にもなった octopus というのがよく知られているが、これはギリシア語を借用して作られたラテン語 (「八本足」の意) で、ギリシア語そのものでは po (u) lypous (「多足」の意) という。

(7) ホメロス『オデュッセイア』第五歌四三二。

(8) 以下の語形説明はたいへん念が入っているが、おかしな点もある。

(316)

諺に言うように、ぶったたかれる蛸の［polypou 単数属格］ぶったたき。[1]

アルカイオスは『姉妹たちの不始末』で、

阿呆にして蛸の［poulypodos 単数属格］の心をもつ。

アメイプシアスは『むさぼる者たち』で、

どうやらどっさり蛸［poulypon 複数属格］が要るようだ。

c プラトンは『赤ん坊』で、

蛸［poulypodas 複数対格］のように、あなたをいの一番に。

アルカイオスは、

俺はまるで蛸［poulypous 単数主格］のように、わが身を食っている。

しかしpoulypousを脚（pous）と同じように、つまりpous［主格］、podos［属格］、podi［与格］、poda［対格］と変化させている人々もある。エウポリスは『デモス』で、

性質のいろんな点で蛸的人間［poulypous 単数主格］である市民。

ディオクレスは『健康によいもの』の第一巻で、「軟体類［頭足類］、とくに蛸は［poulypodes 複数主格］味覚と性欲を刺激する」と言っている。アリストテレスは、[2] 蛸は八本の脚をもっているが、そのうち上の二本と
d 下の二本は小さく、真ん中の脚は大きい、また二個の吸盤をもっていて、それによって餌を引き寄せる、眼は上の脚の上の所に二個あり、口と歯は真ん中の、脚の間にある、開いてみると、ふたつの部分に割れる脳

をもっている、このほか、よく知られた墨をもっているが、これは甲烏賊の墨のように真っ黒ではなく、赤みがかっており、芥子（けし）と呼ばれる墨袋(3)の中に入っている、この墨袋は腹の上にあって、形は膀胱に似ている、

e 内臓に相当するものはない(4)、食物としては貝の肉質を用い、貝殻は巣の外に捨てる、そこで漁師が蛸の居場所を知ることになる、脚を絡み合わせて交尾し、交接は長時間に及ぶ、血がないためだ、生殖は噴水管によって行なわれる、噴水管というのは体内の管だ、卵は房状で生まれる、と言っている。蛸は食べるものがなくなってどうにもしようがなくなると、自分の身を食うと言われている(5)。喜劇作家のペレクラテスもそう言っている人のひとりだ。『野蛮人』でこう言っている、

---

(1) 諺というのは「一四回もたたけば蛸はよくなる」というもので、二世紀の諺収集家ゼノビオスの著書の三-二四によると、これはこらしめるべき人間について言われる諺。蛸はたたくとこってり、そしてとろりとしてくる、つまりうまくなるということらしい。一四回は、原文では「七度を二回」となっている。要するにしつこくたたくということであろう。

(2) この間接話法によるアリストテレスの引用文は、eの「卵は房状で生まれる」までつづいている。今日では「断片」三三四。

(3) 墨袋がなぜ「芥子」と呼ばれるのか不明。原語は mekon だが、この語は「芥子」または「芥子粒」または「墨袋」であって、それ以外の意味はない。

(4) 内臓に相当するものはないとは、アリストテレスにしては乱暴な言い方だが、とにかくこう書いてある。内臓と訳したのは splanchnon だが、この語が通常意味するのは心、肺、肝、腎である。

(5) 蛸が自分の身を食うということは、ギリシアではヘシオドス『仕事と日』五二四にすでに現われているが、このあとのfの末尾の「あれは穴子に追い回されて……」という文は、実はアリストテレス『動物誌』五九一a四の記述そのままである。しかし今日では蛸はやはりおのが身を食うと考える方が正しいとされている由。

パセリみたいな葉っぱと、野生のハーブと、
野生のオリーヴと、そんなものを食って生きてるのか。
底抜けの貧乏になったら……
f あの蛸のまねをして、
……夜な夜な自分の指でも
しこしこ噛む気かな。

ディピロスは『商人』で、

甲　あいつは
五体満足な蛸ってとこかな。
乙　じゃあ、まだ自分の脚を食ってないわけだ。

しかし自分の身を食うというのは間違いだ。あれは、穴子に追い回されて、その時脚をやられるのだ。それから、蛸の穴に塩をまくと、蛸はすぐに出てくると言われている。あるいはまた、何かを恐れて逃げるとき、
317 体の色を変えて、隠れる場所の色に似せる(1)とも言われている。メガラのテオグニスがエレゲイア詩で言っているようにね、

脚くねらせる蛸の心ばえをもつこと、すなわち
しがみつく岩そっくりに見えさせること。

クレアルコスも『諺について』の第二巻で、次のような詩句を引用して同様なことを述べているが、詩人の

名前は明かしていない、

わが子よ、頼もしきアンピロコスよ、いずこへ行かんとも、
蛸の心ばえを守って、それぞれの国ぶりにみずからを合致せしめよ。

b 同じクレアルコスはこんなことも述べている、「往時トロイゼンにおいては、『聖なる』と称される蛸、あるいはナウティロス種の蛸(2)を捕獲することはもちろん、これらの蛸、ならびに海亀に手を触れることすら禁じ

---

(1) 蛸にまつわる諺としては、この「行く先々の色に合わせて自分の色を変える」という方が、先の「ぶったたき」の諺より広く使われていたようである。

(2) ナウティロス種の蛸については、すぐあとの三一七fに引用されているアリストテレス（「断片」三三五）を参照。そこではナウティロスは蛸ではないと言われているが、以下の『動物誌』の二箇所（五二五a二〇以下と六二二b六以下）では、これを蛸としたうえで説明をしている。——「（蛸にはいろいろの種類があって）貝殻の中に入っているものが二つある。一つは人によってナウティロス、あるいはポンティロス（あるいは蛸の卵）と呼ぶ。これの貝殻は帆立て貝のように深い溝がついているが、体に固着はしていない。しばしば餌を求めて陸に近づくが、そうすると波にさらわれて陸に打ち上げられ、殻が落ちて（捕らえられたり）死んだりする。これは小型で、形はボリタイナという種類のものに似ている。もうひとつは……」。「ナウティロスも蛸だが、その性質は一風変わっている。海底から上がってきて、海面で帆走するのである。海面へ上がるときには……貝殻を下にして上がってくるが、海面に出ると向きを変える。脚の間には水鳥の……水掻きのようなものがある。……微風が吹くとこの水掻き状のものを帆として使い、脚のいくつかを下に垂らして櫂にする。物に恐れると、貝殻に海水を満たして沈む。この動物の発生……については、詳しく観察されていない……」。問題は三一七fの「アリストテレスは言う」という言葉が、アテナイオスの言葉なのか、それとも前からのつづきでテオプラストスに帰すべきかである。島崎氏、原田氏はともに、これは *Argonauta argo* だと推定している。

(317) られていた。蛸はたたくと簡単に液状化し、きわめて愚かである。追うと、追う者の手に乗ってきたり、追
われてもその場を離れなかったりする。雌の蛸は産卵のあと、とろけて弱くなるので容易に捕まる。時には
c 陸に上がってくるのが見かけられる。とくに岩場ではそういうことがよくある。平らな所を避けているので
ある。植物も好きで、例えばオリーヴがそうであり、幹に巻きついているのが見つかることがある」(1)。（海岸
の無花果の木にしがみついて、実を食べているところを見つけられたこともある。クレアルコスの『水中動
物』にそう書いてある。）「蛸がオリーヴが好きだという証拠はこうである。この木の枝を折って、蛸ども
d がいる海中に下ろす。そうしてしばらく待つと、欲しいだけの蛸がそれにしがみついているのを、やすやす
と引き上げることができる。蛸は概して強い生き物だが、首の所だけは弱い」。
　言われているところによると、雄の蛸は生殖器のようなものを、ふたつの大きな吸盤のある脚の一本にく
っつけて引いている。これは繊維質のもので、その脚の真ん中ぐらいまでびっしりとついている。アリスト
テレスは『動物部分論』の第五巻で(2)こう言っている、「蛸は冬に交尾して春に卵を産む。その間約二か月穴
e に隠れている。この動物は多産である。雄の雌との違いは、頭が細長いこと、漁師たちが『ちんぽこ』と呼
ぶものが、脚の一本についていることである。雌は産卵すると卵の上に乗って孵（かえ）すが、そのためにこの期
間は最悪の状態になる。蛸は穴とか壺とか、その他そういう中空のものに卵を産む。五〇日ののち、蛸の子
が、蜘蛛の子のようにたくさん卵から出てくる。雌の蛸は、時には卵の上に、時には穴の口に、脚を広げて
f 突っ張って座り込む」。テオプラストスは『色を変える動物について』で、蛸が体の色を周囲と似せるのは、
とくに岩場に対してだけで、これは何かを恐れたとき、身を守るためにそうするのだと言っている。彼は

『陸に生息する動物について』では、蛸は海水を体内に取り入れないと言い、『場所による差異について』で
318 は、蛸はヘレスポントスにはいないと言っている。というのは、ここの海水は冷たく、かつ塩分が少ないか
らで、この両方とも蛸には不都合なことなのだ。アリストテレスは言う、[3]「ナウティロスと呼ばれる蛸は、
脚が蛸に似てはいるが、実は蛸ではない。これの背中は殻皮類のそれになっている。海底から貝を背負って
上がってくるのは、海水を吸い込まないためである。逆立ちして、二本の脚を上に張って泳ぐ。この二本の
脚の間には薄膜ができており、それはちょうど、鳥の脚の指の間に皮膜が見られるのに似ている。これ以外
の二本の脚を海中に垂らしているのは、舵がわりである。何かが近づいてくるのを見ると、脚を縮め、体内
b に海水を吸引して、できるだけ速く海底に沈む」。しかし『動物と魚について』では、[4]「蛸には色を変える種

（1）蛸がオリーヴが好きだ（葡萄が好きだという言い伝えもあるらしい）ということについてトンプソンは、蛸の卵がオリーヴの実にきわめてよく似ているために生まれた伝説だと言っているが、するとトンプソンは、次のクレアルコス――このほかテオプラストス断片やオッピアノス『釣魚術』などにも同様な記述があるらしい（訳者未見）――やこれらの人々はみな、事の真相を確かめもせず、言い伝えを無批判に書き連ねたのだと解していることになる。最悪の場合には、これらの人々はオリーヴの実を蛸の卵と勘違いして、蛸がオリーヴの木にしがみついているとかオリーヴの実を食っているのを見たことがあると書いた、ということになる。

（2）『動物部分論』の第五巻とは、『動物誌』五四四a六、五四九b三一、五五〇b四。

（3）アリストテレス「断片」三三五。この引用文の「海底から……」以下の部分は、一六一頁註（2）で紹介した『動物誌』六二二b六以下とほとんど同じ文章である。

（4）『動物と魚について』はアリストテレス「断片」三〇六。

(318) 類とナウティロスとがある」と言っている。このナウティロスについては、キュレネのカリマコスにこんなエピグラムがある、

いにしえよりゼピュリオン(1)に神鎮(しず)まりますアプロディテ様、私は
貝でございます。ああ、キュプリス様、私をセレネ様への
初穂としてお供えになりましたね。ですが私めはナウティロス、
風が吹けば帆を張って、いずこへなりと海を渡ります。
もし四海波穏やかならば、わが名に恥じず(2)、
櫂をさばく手も素早く、イウリスの岸にたどり着き、

c

アプロディテ・アルシノエ様(3)、あなた様の
こよなきお慰み物となりましょう。
ですが(私は事切れておりましょうゆえ)もはや
あなた様のお館に、昔のように、翡翠(かわせみ)(4)の卵など産みますまい。
クレイニアスの娘(5)にお恵みを。正しきをなす道を心得、
アイオリス人のスミュルナの国より参った者でございますゆえ。

d

ポセイディッポスも、ゼピュリオンに祀られていたこのアプロディテのために、こんなエピグラムを書いた、

陸にいるときも、海にいるときも、アルシノエなる
キュプリス・ピラデルポスを崇めまつれ。

ゼピュリオンの岬にこの社を定めまつったは
船の長（おさ）カリクラテス。
女神は、嵐吹きすさぶとき、それを鎮めて、
祈りを捧げる者らに、鏡のごとく平らけくしたもう。(6)

e
蛸については、悲劇詩人イオンも『フェニキア人』の中で述べている、

あの血のない脚で岩にしがみつき、そのうえ
体の色まで変える蛸は、私はいやだ。

---

(1) ゼピュリオンはアレクサンドレイアの東方、イギリスのネルソンがナポレオンの艦隊を破った場所として有名なアブキル湾の岬。

(2) 「わが名に恥じず」とは、ナウティロスというのが「航海者」「船乗り」という意味だから。

(3) 昔からゼピュリオンにはアプロディテの社があった。前二七〇年にアルシノエが亡くなったとき、次のポセイディッポスのエピグラムに出てくるカリクラテスが、彼女をそのアプロディテと関係づけ、以後船乗りたちがアプロディテ・アルシノエを崇めるようになった。キュプリスは「キュプロス生まれの女神」ということでアプロディテの呼称、ピラデルポスは、兄弟のプトレマイオス二世と結婚したアルシノエの呼称。

(4) 翡翠の卵とは、古代に広く流布していた伝説（アリストテレス『動物誌』五四二b六でさえ、シモニデスの詩を引用しながら言及している）——嵐吹きすさぶ冬のさなかの一四日間、翡翠の産卵のためにゼウスは穏やかな日和を恵みたもうという——に関わりがあるだろう。

(5) 「クレイニアスの娘」について、訳者は無知。読者諸賢のご教示を切に請う。

(6) 原文では「油のごとく」。

蛸の種類としては、アリストテレスやスペウシッポスが述べているところでは、(1) ヘレドネ、ポリュポディネ、ボルビティネ、オスミュロスがある。アリストテレスは『動物論』では、(2) 軟体類として蛸、オスミュレ、ヘレドネ、甲烏賊、槍烏賊を挙げている。エピカルモスは『へべの結婚』で、 166

蛸と甲烏賊と、疾走する槍烏賊と、
いやな匂いのボルビティス、泡を吹く蜘蛛蟹。(3)

f アルケストラトスは、

蛸はタソスの島とカリアが最上。
ケルキュラも大量に、大型の蛸を産す。

ドリス人は poulypous の pou- を po- と書く。エピカルモスがその一例だ。シモニデスも「polypon を探して」と言っている。アッティカ方言では poulypous（これは軟骨動物の一種）で、

poulypous と犬鮫(4)も。

槍烏賊のようなのは軟体動物と呼ばれる。かい、かす鮫は軟骨魚の種類に入る。

319 いちょう蟹（pagouroi）(5)

これはティモクレスだったかクセナルコスだったかの『紫貝』に出てくる、

というわけで、俺は名人芸の漁師よ。
いちょう蟹（ありゃあ神様の嫌われものだ）や
小魚にかけちゃあ、あらゆる捕り方を考案したね。
しかしね、年とった平目(6)なんぞに、あわてて
手なんか出しちゃいけない。えらいことになるだろう。

（1）次に列挙してある蛸のうち、ヘレドネだけならアリストテレス『動物誌』五二五a一六に出てくる。あとのものについてはスペウシッポスが述べているのだろう。いずれにせよ、蛸はすべて強臭を放つ種類である。島崎氏によると、ヘレドネはクラゲダコ科の *Eledone maschata.* 麝香のような匂いを放つ。「辞書」によると、ポリュポディネ（オスミュロス）は *Eledone cirrosa.* これも強臭を放つ。同じく「辞書」によれば、ボルビティネ（ポルビティオン）は、小型の烏賊だがこれも強臭を放つ。

（2）以下の文章は今日ではアリストテレス「断片」三〇五とされている。

（3）蜘蛛蟹（graia）はアリストテレス『動物誌』にも出てくる maia と同じものだろうと言われている。直訳すると「老婆」、学名 *Maia squinado* という由。

（4）犬鮫については一三三頁註（5）を参照。

（5）いちょう蟹は *Cancer pagurus.* 食用・薬用として広く用いられていたようである。

（6）「年とった平目」とは「牛の舌」（四九頁註（2）参照）である。ロウブ版の訳者ガリックの註によると、この「牛の舌」という語には、スラングとして「ぼけた老人」という意味があったという。

(319)

めじ —— 鮪の幼魚（pelamys）

これはプリュニコスの『ミューズたち』に出てくる。アリストテレスは『動物部分論』の第五巻で[1]言っている、「めじや鮪は黒海で産卵し、ほかでは産まない」。ソポクレスも『牧人たち』で言っている、

b そこで、そのあたりにいるめじが冬を過ごす。
ヘレスポントスの近くに住んでいて、夏になると
ボスポロスで旬だ。そこへよく来るからな。

ペルカイ —— オオグチ（perkai）[2]

これについてはディオクレスとスペウシッポス『類似物について』が述べている。ペルカイ［複数］とカンナ[3]とピュキス[4]はたいへん似ているというのだ。エピカルモスは言う、

コマリス[5]と犬鮫とケストラ[6]と斑模様のペルカイを。

ヌメニオスは『釣魚術』で、

ある時はペルカイと、またある時は岩のまわりを泳ぐ
c ピュキス、アルペステス[7]、それにまた赤い肌をしたかさご[8]。

ペルケ (perke)

これについてもエピカルモスは『ヘベの結婚』で述べているし、スペウシッポス『類似物について』の第二巻も、ヌメニオスも述べているが、これはみな引用ずみだ。アリストテレスは『動物論』で[9]、ピュキスには刺のような背鰭があり、斑模様があると言っている。そこでペルケ[10]〔上のペルカイの単数形〕は、横縞のと縦縞のと二種類いることになる。それから諺もある、「ペルケはメラヌロスについてくる」。

(1)『動物部分論』の第五巻とは、例によって『動物誌』の五四三b二。
(2)ペルカイと次項のペルケは複数形と単数形の違いにすぎないが、アテナイオスは別々の魚のように扱っている。
(3)カンナ(channa)については二〇七頁註(1)を参照。
(4)ピュキス(phykis)については二三頁註(3)参照。「べら」の一種である可能性が高い。
(5)コマリス(komaris と綴る)については何もわからない。
(6)ケストラ(かます)については七七頁註(2)参照。
(7)アルペステス(alphestes と綴る)は *Labrus cinedus*,「べら」の一種だとされている。
(8)「かさご」については三二〇dで扱われる。
(9)アリストテレス「断片」二九五。
(10)メラヌロスについては一四七頁註(6)参照。

(319)

だつ (rhaphis)(1)

これについてエピカルモスは、

鼻先とがっただつと、馬の尾。(2)

d ドリオンは『魚について』で、rhaphis と人が呼んでいるのは belone のことである、と言っている。アリストテレスは『動物部分論』の第五巻で、(3) これを belone と呼び、この魚には歯がないと言っている。スペウシッポスもこれを belone と呼んでいる。

つの鮫 —— ヤスリザメ (rhine)(4)

ドリオンは『魚について』で、つの鮫［ヤスリザメ］はスミュルナのものがひと味違うと言い、のみならず、スミュルナ湾では、およそ軟骨魚はみなよい、と言っている。アルケストラトスは、

してまた軟骨魚類すら、音に聞こゆるミレトスは最上のものを産す。
e されど、つの鮫、あるいは背の平たきなめらかえい(5)につきて、
何をか言わんや。小生はむしろ、天火にて焼きたる
鱏をこそ食いたし。(6) イオニアの子供らの好物なり。

おうむべら（skaros）[7]

これについてアリストテレス[8]は、鋸状の歯をもち、群遊せず、肉食、胃は小さく、舌はあまりしっかり口
f 蓋についていず、心臓は三角、肝臓は白く、三葉から成っている、胆嚢と黒い脾臓（ひぞう）をもつ、二種の鰓（えら）があって、一方は二個で一組になっているが、もう一方は一個だけである、魚のうちこれだけが反芻する、海藻を食うことを好み、それゆえ海藻で捕れる、最もよく捕れるのは夏である、と言っている。エピカルモスは『へべの結婚』で、

（1）**rhaphis** が、すぐ次に書いてあるように **belone** のことを指しているなら、これは *Syngnatus acus* でダツの類である。

（2）ウマノオについては一〇九頁註（1）参照。

（3）『動物部分論』の第五巻とはアリストテレス『動物誌』五四三b一一。

（4）つの鮫（ヤスリザメ）については七一頁註（3）参照。

（5）「なめらかえい」は、先の三一二bではヤスリザメと同一視されていた。しかしここでは区別している。

（6）冗談まじりの話ならともかくも、アルケストラトスという人は、そういう冗談を言わない人である。とするとこの「天火にて焼きたる鰐」という句の意味はわからない。ロウブ版の訳者ガリックは、これは、この鰐という語（krokodeilos）の元の意味（トカゲ）のことだろうと言っているが、そしてヘロドトス『歴史』第二巻六九によってその「元の意味」は確認されるが、トカゲがイオニアの子供の好物だというのも信じがたい。

（7）「おうむべら」については一一一頁註（1）を参照。

（8）アリストテレス「断片」三三〇。

320

　　スパロス(1)とおうむべらを
われわれは捕るが、神々ですらその糞を、捨てるのはご法度(はっと)だ。(2)

タルソスのセレウコス(3)は『釣魚術』で、魚のうちこのおうむべらだけは眠らない、だから夜でも釣れないと言っている。この魚が神経質なためにこういうことになるのだろう。アルケストラトスは『料理術』で、

　エペソスよりはおうむべらを求むべし。冬は赤ぼら(4)、
脚曲がりたるカリア人に近く、ミレトス市外の砂浜多き
テイキオエッサにて捕るるを食せ。

別の箇所では、

b
海浜のカルケドンにおいては、堂々たるおうむべらを、よく洗いて
焼け。対岸のビュザンティオンにおいても、これまたみごと。
形大にして、その背は円形の楯を見る心地すなり。
これを以下に述べるごとくに調理せよ。まず全体に
チーズとオリーヴ油を満遍なく施し、それをば
熱せる天火の中に吊るしたるのち、焼くべし。
塩、キュミノン(5)をふりかけ、黄金なす油を、
聖なる泉より汝の手もてすくいて注げ。

c
テュアテイラのニカンドロスは、おうむべらには二種類ある、一方はオニアスべらといい、もう一方はアイ

オロスべらという[6]、と言っている。

ヘダイ属（sparos）

ヒケシオスは、これはマイニス[7]よりうまいし、滋養もこの方が多いと言っている。エピカルモスは『ヘベの結婚』で、

魚どもをたばねるポセイドンおんみずから、フェニキアの船
曳き具して、世にもうまい……〈テクスト破損〉……おうむべらと黒鯛を
もたらしたもうた。神々もその糞を捨つるはご法度という魚を。

d　ヌメニオスは『釣魚術』で、

（1）スパロス（sparos）は次項で扱われるが、トンプソンは小型の鯛で *Sargus annularis* CV（*Sparus annularis* L）であろうとし、島崎氏は躊躇しつつクロダイとしているが、原田氏によると、スパロスはヘダイ属であってクロダイではない。

（2）「おうむべら」はたいへん好まれたが、同時に高価な魚だったので、こう言ったのであろう。

（3）タルソスのセレウコスは、本書第一巻一三cとここと、二度名前が出てくるだけで、何もわからない。

（4）赤ぼらについては後続三二四c以下を参照。

（5）キュミノンについては一三五頁註（5）を参照。

（6）アイオロスというのが「斑のある」べらだということ以外、何もわからない。

（7）マイニスは何度も出てくるが、要するに代表的な小魚。

あるいは黒鯛、あるいは群れて泳ぐヒュケ[1]どもを。

ドリオンも『魚について』でこの魚のことを述べている。

かさご——サソリウオ（skorpios）[2]

ディオクレスは、プレイスタルコスに宛てた『健康論』の第一巻で、若い魚のうちで肉が固いのは、かさご、ほうぼう、[3]平目、黒鯛、鯵[4]だが、赤ぼらはどちらかというと柔らかいと言っている。岩場に住む魚は肉が柔らかいのだ。ヒケシオスは言う[5]、「かさごは深海に住むものと浅瀬に住むものとがある。深海のものは
e 赤黄色であり、浅瀬のものは黒ずんでいる。味と滋養は深海ものの方がよい。かさごは便通をよくし、排泄されやすく、水分多く滋養に富む。軟骨魚だからである」[6]。かさごは年に二度産卵する。アリストテレスが『動物部分論』の第五巻で[7]そう言っている。ヌメニオスは『釣魚術』で、

　黒はぜ[8]、べら[9]、それに肌の赤いかさご、

あるいは、鰡の案内役をつとめるメラヌロス[10]。

かさごは刺すことがあると、アリストテレスが『魚について』だったか『動物論』だったかで言っている[11]。エピカルモスは『ミューズたち』で、かさごには斑（まだら）があると言っている、

f 　かさごにも灰色はぜにも、鯵（あじ）にも、斑がある。

かさごは単独性で、海藻を食っている。『動物部分論』の第五巻でアリストテレスは、かさごのことを、箇所によって違う名前で呼んでいる。[12] 同じかさごを違う名で呼んでいるのかどうかは定かではない。だれでも知っているように、われわれはスコルパイナ[13]もスコルピオスもよく食べるが、このふたつは味も色も違っている。味の職人アルケストラトスは、その黄金の詩句でこう言っている、

(1) ヒュケについては九三頁註(5)を参照。
(2) skorpios とはサソリということ。そこで島崎氏はとりあえずサソリウオと訳した。
(3) この「ほうぼう」は kokkyx である。一三三頁註(1)を参照。
(4) 鰺については一三三頁註(4)を参照。
(5) ヒケシオスのこの二分類は今も認められていて、深海の「かさご」を *Scorpaena scrofa*, そうでない方を *S. porcus* という由。
(6) 「かさご」が軟骨魚だというのは明らかに間違いである。
(7) 『動物部分論』第五巻とは、アリストテレス『動物誌』五四三a九。
(8) 黒はぜについては一二三頁註(3)を参照。
(9) この「べら」は alphestes である。一二三頁註(1)を参照。
(10) メラヌロスについては一四七頁註(6)を参照。
(11) 現在はアリストテレス「断片」三三二。
(12) 『動物部分論』の第五巻とは『動物誌』五四三a七と、b五のこと。そして「かさご」が、a七では skorpios、b五では skorpis となっている。ただしそれはA写本C写本を採用した場合に限られる。今日ではほとんどの刊本がベッカー版に従っているので、b五の方は鯖(skombris)となっている。したがって今日の刊本では、アリストテレスは「かさご」のことを「箇所によって違う名前で呼んで」はいない。ベッカーが skorpis を skombris と改めたのは、同じ魚を、こんなに近い箇所で違う名で表わすことに奇異の念を感じたためか、それともほかに何か文献学的理由があったのか、訳者は知らない。しかしたぶん、彼はアテナイオスのこの箇所を見ていなかったにちがいない。
(13) スコルパイナはスコルピオスと同じ。したがってアテナイオスは両者は別のものだと考えているわけである。

321

タソスにおいてはかさごを買え。ただし、その身の丈、汝の肘より
指のつけ根[1]に余るものよからず。それを越ゆるものに手を出すなかれ。

鯖（skombros）[2]

アリストパネスの『ゲリュタデス』に出てくる。ヒケシオスが言うには、鯖（さば）は形こそかなり小ぶりだが、鮪よりは滋養もあり味もよい。ただし排泄はあまりよくない。エピカルモスも『ヘベの結婚』でこう言っている、

飛び魚[3]もミュルメ[4]も、コリアス鯖[5]や鯖よりは
大きい。しかし、雌鮪ほど大きくない。

b

サルゴス（sargoi）[6]

ヒケシオスによると、これは便秘を起こしがちだが、メラヌロスよりは滋養がある。ヌメニオスは『釣魚術』で、サルゴス［鯛の一種］は釣られるときに悪さをすると言っている、

べら[7]や海の色をした鶫（つぐみ）べら[8]、そして、いつどこでも
海から引き上げようとすると、糸をいやがるサルゴス。

アリストテレスは『動物部分論』の第五巻で(9)、サルゴスは春と秋と二度産卵すると言っている。エピカルモスは『へべの結婚』で、

もしお望みなら、サルゴスとカルキス(10)［鰯］と、大海に住む魚たち……。

（1）「肘より指のつけ根（までの長さ）」とややこしく訳したのは **pygon** という語である。これは日常的に長さを表わすのに便利な尺度としてよく用いられ、その場合は、指一本の幅の二〇倍、手のひらの幅の五倍とされていた。

（2）さばは *Scomber scomber.* ボスポロスや黒海に豊富だという。

（3）「飛び魚」と訳したのは **chelidon** で、直訳すると「ツバメ」。*Dactylopterus volitans.* 島崎氏はこれを飛び魚とせず、ウミツバメ、セミホウボウと訳している。日本でおなじみの飛び魚は *Prognichthys agoo* というのだそうで、それに比べるとこのウミツバメはやや小型で、日本でも捕れるには捕れるが漁業的には問題にならない由。

（4）ミュルメはモルミュロスと同じ。三一三e―fと一四九頁註（3）を参照。

（5）コリアス鯖は **kolias**（学名 *Scomber colias*）といって、上の **skombros** よりさらに小型のものらしく、食用としてはあまり重んじられてはいなかった模様である。しかしなぜか、アリストテレス『動物誌』で扱われている鯖のほとんどはこのコリアスであってスコンブロスではない。

（6）サルゴスは鯛の一種。アテナイオスに出てくる魚で、われわれから見れば鯛（少なくとも鯛の一種）と見える魚としては、**chrysophrys**（「金の眉の魚」）, **phagros**, **sargos**, **sparos** などがある。島崎氏はこのうち **chrysophrys** だけを鯛と訳し、**sparos** を黒鯛とし、あとはそのままカタカナでパグロス、サルゴスとしている。原田氏によれば **chrysophrys** はクロダイ、**sparos**はヘダイ、**phagros** が英語で **sea-bream** と呼ばれているもの。サルゴスは要するに鯛類だと思えばよい。

（7）この「べら」は **kossyphos** である。一三三頁註（1）も参照。

（8）鶫べらについては三三二頁註（6）を参照。

（9）『動物部分論』の第五巻でとは、『動物誌』五四三a七。

（10）カルキスは三二八cに出てくる。ニシン科の小型の魚である。

(321) c

しかし彼は、次のカタログでは、サルゴスとは区別してサルギノス［だつ］[1]というのを挙げている、

サルギノスとメラヌロスと、いかにもかわいい

おびうお[2]、細いながらに美味の魚。

ドリオンも『魚について』で、サルギノスのことをカルキスと呼んでいる。賢人アルケストラトスは、

オリオンが天に沈み、酒をもたらす実の

母なる木の、枝を伸ばすころ、大なるサルゴスを

焼きて、その裏表に満遍なくチーズを塗り、

熱きまま割きて、口すぼまする酢とともに食す。

本来身固き魚なればなり。およそすべての固き魚は

かかる方法によって膳に供するものと心得べし。

本来身柔らかく、脂ののったる上魚は、

ただ少量の塩をふり、オリーヴ油を引くのみ。

持ち味のみにて、十分に人を楽しますべければ。

d

サルペ――ラッパウオ（salpe）[3]

エピカルモスの『ヘベの結婚』に、

アオン(4)に鯛に鱸(5)に、それからあの肥えた
いやらしい、糞食らいの(6)、だが夏にはうまい、サルペ。

e

アリストテレスは『動物部分論』の第五巻で(7)、この魚は秋に一度だけ産卵すると言っている。そして、たくさんの赤い縞模様があるとも言い、さらに、鋸(のこぎり)のような歯をもっていて、単独性で、漁師から聞いたところでは、形の丸い瓢簞(8)を使って釣る、この魚はこの餌が好きなのだと言っている。アルケストラトスは、

小生としては、サルペは下魚(げざかな)なりと
宣す。旬は穀物の刈り入れ時。
ミテュレネにおいて求めよ。

f

パンクラテスは『海の労働』で、

みな同じ寸法の魚、サルペ。

---

(1) サルギノスはトンプソンによると *Belone acus*, つまりダツである。だとすると、すぐあとに引用されているドリオンは間違っていることになる。
(2)「おびうお」は **tainia**（タイニア）。これは「紐」「リボン」という意味で、細長い魚を想像できるだけで、同定困難。
(3) サルペについては一一五頁註（5）を参照。
(4) アオンはまったく不明な魚。
(5) この鯛はパグロス、鱸はラブラクスである。
(6) アリストテレス『動物誌』五三四a一六も、この魚は糞で釣れると言っている。
(7)『動物部分論』の第五巻でとは、今日の「断片」三一八。
(8)「瓢簞」とは **kolokynte** で、これは瓢簞または西洋かぼちゃのいずれかである。いずれの可能性も同程度にある。

網を操る漁師らは、それを雌牛と呼ぶ。
胃のために、海藻をのべつくちゃくちゃやっているので。

この魚には斑がある（ポイキリオス）。そこでロクリスだったかコロポンだったかの人で、『遊び道具』という作品を書いたムナセアスが、サルペというあだ名を友人から奉られることになる。彼が編纂した本の中身が多様だった（ポイキリオス）からだ。シュラクサイのニュンポドロスは『アシア周航記』の中で、『遊び道具』という本を編纂したサルペはレスボスの女性だと言っている。またアルキモスは『シシリー誌』の中で、サルペの名を冠して広まっている遊び道具によく似たものを考案した人がいて、その人はメッセネの、ボトリュス島に面したあたりの出身だと言っている。アルキッポスは『魚』で、サルペを salpes という男性名詞として書いている、

322 ボクス(1)が宣告をしたが、
サルペスは、七オボロスの賃金じゃあと、ラッパを鳴らした。

エリュトラ海(2)にも似た魚がいて、これは「寝台覆い」と呼ばれている。全体に金色の縞が伸びているからだ。ピロンが『金属について』でそう言っている。

b シュノドゥスあるいはシュナグリス（synodontes kai synagris）(3)

これについてもエピカルモスが述べている、

シュナグリスとマゾス(4)と、赤い斑のシュノドゥス。

ヌメニオスは『釣魚術』で

あるいは白いシュノドゥスもボクスもトリッコス(5)も。

また、

この魚またはシュノドゥス、または宙返りするしいら(6)を
ぜひ食いたしと思うなら、これで釣れる。

c ドリオンはこの魚をいつもシュノドゥスでなくシノドゥスと呼んでいるが、アルケストラトスもシノドゥスと書いている、

---

(1) ボクスもサルペも声を出す魚なので、この冗談を思いついたのであろう。またサルペという名をラッパという語(salpinx)と関係づけて(これはたぶん無関係。一一五頁註(5)参照)、サルペがラッパを鳴らしたと言ったのだろう。

(2) エリュトラ海は「赤い海」ということで、今日のインド洋西部、アラビア海、ペルシア湾、紅海を含む海域の呼び名。前一世紀のギリシアの商人が書き残した『エリュトラ海案内記』という貴重な文献が残っている(村川堅太郎訳による中公文庫版あり)。

(3) この二つは同じ魚の異名にすぎない。シュノドゥスについては一〇九頁註(3)を参照。

(4) トンプソンはマゾス(mazos)をマゼイノスの項で取り上げ、たぶん、マクセイノス、マジネ等と同様、はっきりしないがタラ属の魚ではないか、と言っている。

(5) トリッコス(trikkos)は、トンプソンの本に出ていないだけならまだしも、「辞書」にも載っていない。

(6) 「しいら」と訳したのは hippouros(ウマノオ)である。一〇九頁註(1)を参照。

(322)

ただしシノドゥスは肥えたるもののみを求めよ。
また、友よ、海峡もの(1)を選ばんと努めよ。
まさに同じき忠告を、クレアイノスよ、汝にも申さん。

アンティパネスは『アルケストラテ』で、

鰻だの
シノドゥスの頭だの、だれが食べるのかしらねえ。

鰺――トカゲウオ(sauros)(2)

アレクシスが『レウケ』でこの魚のことを言っている。しゃべっているのは料理人だ。

甲 鰺（あじ）ってえのはどう料理するか、わかるか。
乙 教えていただければね。 甲 まず鰓（えら）を取って、
洗う。そいつの近くのとがった鰭（ひれ）を切り落とす。
きちんと開く。開いたのをシルピオン(3)で
ようくたたく。チーズと塩とマヨラナをまぶす。

d

エピッポスは『キュドン』で魚のカタログを挙げているが、そこで鰺についてはこう言っている、

鮪の切り身、鯰の切り身、小鮫の切り身、

e

かす鮫、穴子、あたま鯔(4)、淡水鱸（すずき）(5)などの切り身、
鯵(6)、黒はぜ、ブリンコス、赤ぼら、
ほうぼう、鯛、ミュロス(7)、レビアス(8)、
ヘダイ(9)、アイオリアス(10)、トラッタ(11)、飛び魚、
小海老、槍烏賊、平目、竜魚(12)、
蛸、甲烏賊、はた、
はぜ、雑魚（ざこ）(13)、だつ(14)、鯔。

---

(1) 魚に関連してただ「海峡」と言えば、メッシナ海峡である。

(2) 鯵（トカゲウオ）については一三三頁註（4）を参照。

(3) シルピオンについては四三頁註（1）と一三三頁註（2）を参照。

(4) あたま鯔については一二一頁註（3）を参照。

(5) 淡水鱸については三三頁註（1）を参照。

(6) ブリンコスは brinkos と綴るが、わからない魚のひとつ。

(7) ミュロスについては一四五頁註（2）を参照。

(8) レビアスは lebias と綴る。よくわからない魚のひとつ。九七頁註（1）を参照。

(9) ヘダイは sparos. 一七七頁註（6）を参照。

(10) アイオリアスは本来「まだらの」という形容詞で、実際には「鶫べら」にかかる形容詞として使われることが多い。上の三〇五dで「まだら美人」と訳したのも実はこの形容詞である。そこで魚の名を表わす名詞としても鶫べらのことなのかどうかはわからない。トンプソンによると、シシリーではモルミュロス（一四九頁註（3）参照）のことをアイオリアスという由。

(11) トラッタ（thraitta）はトリッサと同じ、あるいはそれに似た魚である由。だとすると、ニシン科の小型の魚である。

(12) 竜魚については四七頁註（2）を参照。

(13) 雑魚については三五頁註（2）を参照。

(14) ダツについては三一九c－dと一七一頁註（1）を参照。

(322)

ムネシマコスは『馬飼い』で、

鱶、
しびれえい、あんこう、鱸、鯵、
鰯、黒はぜ、ブリンコス、赤ぼら、
ほうぼう。

スケピノス (skepinos)(1)

ドリオンが『魚について』で述べていて、アッタゲイノスと呼ばれると言っている。

f

スキアイナ——にべ (skiaina)(2)

エピカルモスの『へべの結婚』に、

まだらの鯔、キュノグロッサ(3)、それから
にべも中にいた。

ヌメニオスはこれをスキアデウスと呼んでいる、

魚を釣りたいと思うとき、この餌で釣れるものは

323

シュノドゥスの大物、軽業師しいら、
背鰭もつ鯛、群れたるスキアデウス。

シュアグリス（syagrides）[4]

これについてはエピカルモスが、『へベの結婚』と『陸と海』で述べている。

スピュライナ――かます類（sphyrainai）[5]

ヒケシオスが言うには、これは穴子より滋養があるが、食べてみたい味ではない、というか、まずい。水分は多くもなければ少なくもない。ドリオンは「ケストラともいうスピュライナ」と言い、エピカルモスも『ミューズたち』で、ケストラという名を挙げているが、スピュライナは述べていない。これはこのふたつ

（1）スケピノスは鮪の一種であると想像されるスケパノスというのと同じではないかと想像されている。
（2）銀色に光るかなりおなじみの魚で、「にべ」だと言われている。五一頁註（2）を参照。
（3）キュノグロッサは前にも出てきた。「犬の舌」という意味だが、どんな魚かはわかっていない。
（4）syagris は synagris（＝synodous）が誤り伝えられたものではないかと思える。
（5）すぐあとにあるようにケストラと同じもの。七七頁註（2）を参照。

(323)
が同じ魚だからだ。

　鰯（いわし）に犬鮫にケストラにまだらの鱸。

b ソプロンは『男たちのミモス』で、「ケストラ、ボティスを呑み込んで」と言っている。スペウシッポスは『類似物』の第二巻で、ケストラと楊枝魚とサウリス[1]はたがいに似ていると説明している。アッティカの人々はおおむね、スピュライナをケストラと呼び、スピュライナという呼び名はめったに使っていない。例えばストラッティスの『マケドニア人』で、あるアッティカ人がスピュライナという言葉などまったく知らないとばかりに、

　　スピュライナって何だ、

と言う。すると別のが、

　アッティカでケストラっていってるやつのこと。

と答えている。アンティパネスは『エウテュディコス』で、

　甲　すごく大きなスピュライナ。
　乙　それを言うなら、このアッティカでは、ケストラって言ってくれなきゃ。

ニコポンは『パンドラ』で、

　ケストラと鱸（すずき）。

c エピカルモスは『へべの結婚』で、

ケストラとまだらの鱸。

甲烏賊（sepia）[2]

アリストパネスは『ダナオスの娘たち』で、

なおそのうえ、甲烏賊と蛸をもっているのに。

ピレモンが言っているように、sepia の終わりから二番目の音節の母音［-i-］は、そこに鋭アクセントが置かれて sepía となる。aitía［原因］というのと同じだ。このほかにも、例えば telía［板］とか tainía［紐］とか oikía［家］などというのもそうだ。アリストテレスによると、甲烏賊には八本の脚があるが[3]、そのうちいちばん下の二本が最も大きい。触手が二本あって、その間に眼と口がある。歯は上に一本下に一本、計二本ある。

（1）サウリスという名で指されている魚がいろいろあるので困る。サウロス（鯵）のこともあれば、鰊（にしん）の一種のこともある。このスペウシッポスのサウリスはそのいずれでもないが、ケストラ（カマス）とも「だつ」とも似た魚というのは想像するのがむずかしい。

（2）甲烏賊（別名スミイカ）のこと。色名としてのセピアは、この sepia がラテン語をへて英語に入り、その英語で十九世紀に、烏賊ではなく烏賊墨のことを sepia というようになって、そこから黒ずんだ茶色をセピア色というようになったものである。

（3）烏賊の脚は一〇本だが、アリストテレスは、すぐあとに書いてある「二本の最も長い」ものを、脚とは別の触手と見るので八本になる。

d 背中に貝殻と称されるものを背負っている。墨はミュティス(1)という袋に入っている。これは口のすぐ近くにあって、膀胱のような性質(2)のものである。胃は平らでなめらかで、牛の四番目の胃に似ている。小型の甲烏賊は小魚を餌にしている。触手を釣り糸のように伸ばして餌を捕る。聞くところによると、海が荒れるとその触手で小石をつかみ、それの上に乗って、いわばそれを錨にしているという。甲烏賊は追われると墨を吐
e いて、その中に身を隠し、さながら前方へ逃げていくようなそぶりをする。また、雌が銛で捕らえられると、雄がそこへ助けに行って、雌を引っ張って銛から放すという。しかし雄が捕まると、雌は逃げてしまうという。蛸もそうだが、甲烏賊は一年以上は生きない。『動物部分論』の第五巻で(3)彼は言う、「甲烏賊や槍烏賊はいっしょに絡みながら泳ぐ。たがいに向き合って口と脚をくっつけている。鼻(4)も相手の鼻の中に突っ込
f んでいる。軟体類のうちで、甲烏賊が最も早く春に、そして春の間ずっと、産卵する。はらんでいる期間は一五日である。雌が卵を産むと、すぐそばについている雄が［精液を］発射して卵を固くする。彼らはつがいになって泳ぐ。そして雄は雌よりも斑点が多く、背中が黒い。エピカルモスの『へべの結婚』に、

　蛸も甲烏賊も、すいすい泳ぐ槍烏賊も。

324 この一行は注目すべきだ。というのはスペウシッポスが、甲烏賊と槍烏賊は同じだなどと言っているからだ。ヒッポナクスのイアンボス詩に「甲烏賊のヒュポスパグマ」という句があって、（ヒュポスパグマとはふつうは動物の血のこと）これは烏賊の墨のことだと説明されるわけだが、このヒュポスパグマは、エラシストラトスが『料理術』で言っているように、いろいろなものを混ぜ合わせて作ったソースのようなものなのだ。こう書いているね、「これは、よく攪拌された血で煮た肉と、蜂蜜とチーズと塩とキュミノン、シルピオン、

酢で作ったソースである」。ロクリスのグラウコスも『料理術』でこう書いている、「このヒュポスパグマは、シルピオンを加えて煮立てた血、煮きりの葡萄酒、あるいは蜂蜜、酢、牛乳、チーズ、ハーブを加えて煮た
b 血である」。だれよりも博学多識のアルケストラトスはこう言っている、

甲烏賊はアブデラ、またはトラキアのマロネイア中部。

アリストパネスは『女だけの祭』で、(5)

だれか魚か烏賊を買わなかったの。

『ダナオスの娘たち』では、

小蛸とマイニスと小さい烏賊を。

---

(1) アリストテレス『動物誌』五二四b一五によると、これは内臓に代わるもの。そしてそのミュティスに墨袋(tholos という)がついている。なお詳しくは同『動物部分論』六八一b二〇を参照。

(2)「膀胱のような性質」は不可解。前に蛸の墨袋も膀胱にたとえられていた(三二六d)が、あそこではただ「膀胱に似ている」とぼかしてあった。しかしここでは「膀胱の tropos の」と書いてある。Tropos というのは「傾向」「習慣」「性質」「性格」を表わす名詞で、どう考えても墨袋が膀胱と同じ傾向や習慣や性質や性格をもっているわけがない。

(3)『動物部分論』の第五巻は、ここでは『動物誌』五四一b一二と五四四a一。

(4)「鼻」とは mykter で、これはふつう鼻孔を意味する。烏賊や蛸の場合は噴水管のこと。

(5)『女だけの祭』は現存している喜劇とは別の、アリストパネスが数年後に同じ題名でもうひとつ作った喜劇。今日では断片のみ。

(324) テオポンポスは『アプロディテ』で、

　　この烏賊と
こっちの小蛸をもっていって、
ご馳走になさいよ。

c アレクシスの『恋やつれ』には料理人が登場して、烏賊の煮方についてこんな講釈をしている、

　　たったの一ドラクマで、
魚の三倍の烏賊が買える。そいつの脚と鰭(ひれ)[1]を
切り落として煮込む。ほかは小さく
さいの目に刻んで、塩少々をふりかけて、
よくもんで洗う。そしてお客が食べはじめたら、
今度はじゅっじゅっていうやつを、フライパンに運ぶ。

赤ぼら (trigle)

Kichlē と同じように、これは triglē であって trigla ではない。女性名詞で語尾が -la となるためには、その前にもうひとつ 'l' が要るからだ。例えば Skylla とか Telesilla のようにだ。それに、語尾の -ē の前に -g- が
d 挿入される場合には、みな -glē という綴りになる。例えば troglē［穴］、aiglē［輝き］、zeuglē［くびきの綱］のご

とした。アリストテレスは『動物部分論』の第五巻で、(2)赤ぼらは年に三回産卵する、これはあちこちの地域で漁師たちが年に三回卵を見るのでそう考えているのだ、と言っている。Tri-gle という名づけはたぶんそこから来ているのだろう。（Amia［鰹］というのは a［〜でない］＋ mia［単独］、つまり単独ではなく群遊しているからだとか、skaros［おうむべら］と karis［小海老］は skairein する［跳ねる］からだとか、aphya［雑魚］とは aphyes［取るにも足らぬ］、つまり dysphyes［生まれが遅い］だから、というのと同じわけだ。Thyo［あばれる］という動詞からは thynnos［鮪］ができた。鮪は犬星の昇る季節になると、頭にできる虻（あぶ）につきまわされて、動きが激しくなるからだ。）赤ぼらは鋸状の歯をもち、群遊性で、体中に斑点があり、肉食だ。三回目の卵からは子ができない。子宮の中に蜘蛛のような虫が発生して、これが孵化しようとする卵を食ってしまうからだ。こんな点からエピカルモスは『へべの結婚』で、赤ぼらのことを「腰曲がり」と呼んでいる、

e　あいつは、ほんと、腰曲がりの赤ぼらと、薄汚いバイオン(3)をもってきた。

ソプロンは『男たちのミモス』で、trigola という魚(4)を引き合いに出している。これが何であるにせよ、とに

(1) 原文では「plektanai と pterygia を」となっている。Pteryx というのは元は「翼」ということで、翼を思わせるようなものが次々にこの名で呼ばれるようになり、魚の場合は鰭を指す。

(2) アリストテレス『動物誌』五四三a五。なお以下に挙げられている赤ぼら（trigle）、おうむべら（skaros）小海老（karis）、雑魚（aphye）、鮪（thynnos）の語源説明はいずれも通俗語源説。

(3) バイオンについては四九頁註（1）を参照。

(4) trigola はもともと trigle を間違えてこう書いたのがそのまま固定してしまったものではないか。しかし確認できない。

f かく「臍の緒切り［産婆］の trigola」とか「天気のいい日に捕まる trigola」とか言っている。『稚児おどし』というミモス［物まね劇］では、「顎は trigle だが尻尾は trigola」と言い、『女たちのミモス』では、「口髭生やした trigle」と言っている。医学者のディオクレスは、プレイスタルコスに宛てた本の中で、赤ぼらは肉
325 が固いと言っている。スペウシッポスは、ほうぼうと飛び魚と赤ぼらは似ていると言っている。そこでトリュポンが『動物について』で、trigola とはほうぼうのことだと考えている人がいる、それは、この二つがたがいに似ているのと、両方とも尻尾が固いからである、と言うことになったが、さっきソプロンが、「顎は trigle だが尻尾は trigola」だと言っていたのも、このことを言っているわけだ。喜劇作家のプラトンは『パオン』で、

赤ぼらは、精をつけてはくれない。
処女神アルテミス(1)の子だから、性の狂乱を嫌うのだ

と言っている。Trigle という名の tri-［三］は、女神ヘカテと共通点があるというので、ヘカテへのお供えに
b もなる。つまりヘカテは三叉路の守り神で、顔が三方に向いているし、月の三十日に宴をお供えする。同じような理由で、アポロンにはキタロス、(2) ヘルメスにはボクス、(3) ディオニュソスにはきづた、アプロディテには大鷭という鳥(4)（phalaris）がそれぞれ付き物だ。アリストパネスが『鳥』で phallos を連想して、この鳥にお供えをさせているだろう。ポセイドンには鴨（netta）(5) という鳥がふさわしいと考える人もある。われわれが雑魚（aphye）と呼んでいる海産物、人によっては泡（aphritis または aphros）と呼んでいるものは、泡から生まれたというのだから、アプロディテ（Aphrodite）にいちばんふさわしい。アポロドロスは『神々について』

の中で、ヘカテに赤ぼら(trigle)が供えられるのは、その名前の連想から、つまり、ヘカテが三つの体(trimorphos)をもっているからだと言っている。メランティオスは『エレウシスの秘儀について』で、ヘカテへのお供えとして、赤ぼらのほかにマイニスも加えている。ヘカテは海の女神でもあるからだというのだ。デルポイのヘゲサンドロスは、赤ぼらはアルテミスの祭りの行列の中で奉持されると言っている。それは赤ぼらが、海兎(うみうさぎ)にとっては死を意味する、つまり彼らを注意深く狩って食う、と言われているからだという。[6] そこで、赤ぼらがこうして人間の役に立っているので、この海の狩人が狩の女神に供えられるというわけだ。

d ソプロンが赤ぼらを「口髭生やした」と言っているのは、その髭のある鯔(ぼら)は、髭のないのよりうまいからだ。アテナイでは、ある場所が赤ぼら(trigla)と名づけられていて、そこにはヘカテ・トリグランティネの

(1) この女神は誕生や多産をつかさどる古い神格だったが、神話では狩猟をつかさどる処女神となった。そこでエウリピデス『ヒッポリュトス』に見られるように、アルテミスに献身する者はアプロディテを敵に回すことになった。

(2)「アポロンにはキタロス」については一一七頁註(1)を参照。

(3)「ヘルメスにはボクス」については四五頁註(1)を参照。

(4) アリストパネス『鳥』五六五では、大鶻に大麦のお供えをさせている。この喜劇の最近の註釈(N・ダンバー著)によると、鳥の名 phalaris(おおばん)が phallos(ペニス)を連想させるばかりでなく、大麦もペニスを連想させるものなので、性愛をつかさどるアプロディテにふさわしいのだという。

(5) ロウブ版のガリックによると、これは netta という鳥の名を「泳ぐ」という動詞 necho に関係づけての説明だという。

(6) 海兎は四一頁註(1)にも記したように、毒で知られていた。その毒あるものを狩って食ってくれるので、ということであろう。

(325)
社(1)がある。そこでカリクレイデスの『鎖』に、

　三つ又の道の女神様、ヘカテ様、
　三つのお体と三つのお顔をおもちの神様、
　赤ぼらに魅せられたもう女神様。

赤ぼらを生きたまま葡萄酒の中に漬けて、それを男が飲むと性交不能になる。テルプシクレスが『性のよろこび』でそう言っている。この酒を女が飲むと妊娠しなくなる。鳥でも同様なことがある。博識のアルケストラトスは、ミレトスのテイキウッサの赤ぼらをほめ、つづいて、

e
　タソスにおいても赤ぼらを買え。他所に劣らぬ逸品を得べし。
　テオスのものはこれに劣るとはいえ、なおよし。
　エリュトラ海のものは、岸近くにて捕らえたるものはよし。

クラティノスは『トロポニオス』で、

　アイクソネ(2)の赤ぼらなんか、もう食うまい。
　赤えいとか、でっかいメラヌロスもだ。

喜劇作家のナウシクラテスは『船長』の中で、アイクソネの赤ぼらをほめたたえて、

甲　それといっしょに来たのが、金の皮かぶった
　すぐれもので、アイクソネの波が
　いちばんよい子として育てたやつ。

f

船乗りたちは、光をかかげる処女神[3]に、召し上がり物を差し上げるときは、いつもこれをお供えする。

乙　おまえさんが言ってるのは、赤ぼらだな。

タイニア――おびうお (tainia)[4]

これについてもエピカルモスが述べている、

　　　　　　そしていかにも愛らしい
細いタイニア、おいしくて、火もあまり要らぬ。

ミタイコス[5]は『料理術』で、「タイニアの頭を落としたら腸を抜き、洗って、小さく切って、チーズとオリーヴ油をまぶす」と言っている。これがいちばんよく捕れ、かつ質がいいのは、アレクサンドレイア付近のカノポスと、アンティオケイア付近のセレウケイアだ。エウポリスが『プロスパルタの人々』で

(1) アテナイにトリグラという所があったとか、ヘカテ・トリグランティネの社があったとかと、パウサニアスの『ギリシア案内記』にも出ていないが、こういう社があったのは事実らしい。
(2) アイクソネは、アテナイからアッティカの半島をスニオン岬に向かって海岸づたいに行く途中、ヒュメットス山麓にある古い町。
(3) おそらくアルテミスと同一視された月の女神セレネ。
(4) タイニアについては一七九頁註(2)を参照。
(5) ミタイコスについては二五頁註(2)を参照。

(326)

母親はトラキアの帯売りで

と言うとき、これは［魚ではなくて］女たちが着るものと帯のことを言っている。

鰺（trachouroi）(1)

ディオクレスはこれを、肉の固い魚として述べ、ヌメニオスは『釣魚術』で、

翡翠(2)とキンクロス(3)とアロピエス(4)と鰺を

と言っている。

［タウロピアス（taulopias）(5)］

b

これについてアルケストラトスはこう語っている、

アウロピアスは、新鮮かつ大型になる夏に買え。
夏は、パエトンが最も低き道に馬車を駆る時(6)。
素早く熱してソースを添えよ。
腹身をとりて、串に刺して焼け。

(1) これが三〇九fと三二一cに出てきたアジ（sauros）とどう違うのかわからない。学名を見ると、両方とも *Caranx trachurus* となっている。訳者にわかる唯一の違いは、サウロスはアリストテレス『動物誌』に出てくるが、このトラクロスは出てこないということである。

(2) 翡翠については一六五頁註（4）を参照。

(3) キンクロスについては、たぶんカイツブリだろうという説と、たぶんセキレイだろうという説とがある。いずれにせよ、この鳥の kinklos という名前から、kinklizein（尾を振る）という動詞が作られ、それがすでにテオグニスの詩（三〇三）に出てくる。

(4) 「辞書」には「魚の名」とだけ記してある。トンプソンの本には出てこない。実はこのアロピエス以下、次の三二六bのアウロピアスあたりまではテクストが破損している。このアロピエスというのは、昔マイネッケという学者がこう推定して読んだのを本訳書の底本の校訂者カイベルが踏襲したものにすぎず、したがってこの「アロピエス」が実は四行後の「アウロピアス」の写し違いである可能性はまだ十分にある。

(5) 表題の taulopias は明らかに、前註で引き合いに出した aulopias（アウロピアス）との混同の結果だと思える。昔カソーボンがすでにこれに気がついて、この標題は消去すべきであると考えた。カイベルもそれに従った。そのことを表わしているのが［　］というマークである。

(6) 神話では、パエトンは父である太陽神ヘリオスに無理にせがんで、日輪の馬車を駆らせてもらったが、彼にはその馬車を牽く荒馬を御する力がなく、危険を感じたゼウスが彼を、馬車もろともエリダノス河に撃墜した、となっている。つまり、いつも太陽の馬車を御しているのはヘリオスであってパエトンではない。

(326)

槍烏賊（teuthis）[1]

アリストテレスは[2]、これも群遊性で、甲烏賊の特性をほとんどすべてもっている、例えば脚の
c 数もそうだが、槍烏賊の場合は、下側の脚は小さく、上のが大きい、全体は甲烏賊より柔らかく細長い、と言っている。これも袋に墨をもっているが、この墨は黒くなく、黄色っぽい。そして甲羅は非常に小さく軟骨質だ。

大槍烏賊（teuthos）

この teuthos は上の teuthis と、大きさの点で違うだけだ。これは親指と小指をぴんと張った幅[3]三つ分ぐら
d いの長さになる。色は赤っぽい。下の歯は小さく、上の歯は大きいが、どちらも黒く、鷹の嘴に似ている。腹を開いてみると、豚の胃に似た胃がある。アリストテレスは『動物部分論』の第五巻で[4]、甲烏賊も槍烏賊も短命だと言っている。いろいろなものを食べたいために全国の陸と海を巡ったアルケストラトスはこう言っている、

槍烏賊はピエリアのバピュラス川[5]のほとり、ディオンよろし。
またアンブラキア[6]にはきわめて多し。

e

アレクシスは『エレトリア人』で料理人にこう言わせている、

槍烏賊、スピナ、(7) えい、(8) 蛤(はまぐり)、雑魚、
肉の切り身に腸(わた)。槍烏賊は
鰭を切り落とし、それを脂少々と混ぜ、
それ以外の身には香辛料を少々振って、
細かく刻んだ青物を詰めた。

---

(1) **teuthis**［槍烏賊］と次項の **teuthos**［槍烏賊］は、たしかに女性名詞と男性名詞の違いにすぎないが、アリストテレス『動物誌』五二四a二五によると、**teuthos** は大ヤリイカで、身長二メートル以上に達するものもある。また翼状のヒレの形も大きさも両者では違う。

(2) アリストテレス「断片」三二九。

(3)「親指と小指を張った幅」は、日常的な長さの単位で、**spithame** という一語である。英語にもこれと同じ意味の **span** というのがある。**Span** といえば、今日では「柱間」の意味で使われているが、元は親指と小指を張った寸法で約九インチである。

(4)『動物部分論』の第五巻は、ここでは『動物誌』五五〇b一四。

(5) ピエリアはトラキアのオリュンポス山の北方。ボイオティアのヘリコン山とともにミューズの住む所に擬せられた。バピュラス川はそこを流れる川、ディオンはその河口の都市。

(6) アンブラキアはギリシア西北方でイオニア海に開く湾に抱かれた都市。

(7) スピナは **spinas**（複数対格）と綴ってある。「辞書」には辛うじて '**a fish**' とだけ記してあるが、トンプソンはこれは写本の写字生が **pinas**（**pine** の複数対格、タイラギという貝のこと）を写し誤ったのではないかと疑っている。

(8) この「えい」は **batis** で、ガンギエイ。

(326) パンピロスは、イアトロクレスの『製パン術』を引用して、こねて焼いた菓子（pemma）[1]にも槍烏賊というのがあると言っている。

ヒュス——いのししうお（hyes）[2]

エピカルモスが『ヘベの結婚』で、

いのししうお（hyainis）と平目とキタロスが、そこにあった。

しかしhysと言う人もあると言って、

鰯[3]といのししうお（hys）と肥えた犬鮫と。

f このhysというのは、もうひとつのいのししうお（kapros）と同じものではないか。ヌメニオスの『釣魚術』にhyainaという魚が挙げられている、

現われ出でた黒鯛とヒュアイナと赤ぼらを。

ディオニュシオスも『料理術』でヒュアイナという魚のことを述べている。料理の匠アルケストラトスは、

アイノス[4]とポントスにては、いのししうお（hyaina）を買え。
死すべき人間のうちには、これを「砂掘り」と称する者あり。
調味料を一切加えず、その頭を煮よ。

327

ただ湯に沈めて、しばしば動かし、
ヒュッソポス(5)を粉にしたるを入れよ。他に何かとあらば、
酢をひとたらし足して、しみ込ませたるのちは、
心はやるあまり喉に詰まらんまでに、急ぎ食せ。
背鰭（せびれ）および他の部分は、焼くがよろし。

ヌメニオスが『釣魚術』で、

(1) ペンマはおもに犠牲式のときにお供え用として焼いたものらしい。

(2) ここに出てくるイノシシウオについてまとめて述べる。——ヒュス (hys) はもと「猪」「豚」のいずれでもある男性名詞だが、どちらかというと「豚」の意味で使われることが多い。hyainis というのは三二六ｆのヌメニオスの hyaina と同じで、いずれも hys の女性形にすぎないが、これが魚を意味する場合でもそうかどうかはわからない。トンプソンは両者を別扱いしている。そして hys については「辞書」もトンプソンも名を挙げてはいるが、説明はしていない。そこへもうひとつのイノシシウオ kapros が加わるともっとめんどうになる。Capros は、元は野生の猪を意味する。この名の魚は本巻二八八ｆに出てきたが、そこでは川魚である（五三頁註(2)を参照）。しかしアリストテレス『動物誌』五〇五ａ一三に出ている kapros は川魚とは思えない。しかし何かはわからない。そこで、ここで言われている「hys と kapros は同じものではないか」というのは、そうかもしれないし、そうでないかもしれない。

(3) 鰯というのは、三二八ｃで出てくるカルキスである。

(4) アイノスはトラキアのヘレスポントス近く、ヘブロス河口の都市。ポントスは黒海。

(5) ヒュッソポスは hyssopos で、学名を *Origanum hirtum* という、わが国でヤナギハッカと呼ぶものに似ているという。

(327) ある時はカルカリアを、ある時は食い意地張ったるプサマティス(1)を

と言っているが、そのプサマティスというのは、いのしうおのことかもしれない。

ヒュケ (hykai)

ヒュケ(2)というのも、カリマコスがエピグラムの中で「神聖な魚」と呼んだものだ、

　彼には神聖なるヒュケが神であり。

ヌメニオスは『釣魚術』で、

　黒鯛か、群をなすヒュケか、岩間をさまよう鯛を。

b ティマイオスは『歴史』の第十三巻でシシリーの都市（具体的にはヒュカラ(3)）のことを述べていて、この町がこの名で呼ばれることになったのは、最初にここへ来た人々がヒュケという魚を見つけて、しかもその魚たちが子をはらんでいることを知った、これは縁起がいいわいとばかりに、この魚のヒュケという名をとって、町の名をヒュカロンとした、と言っている。ゼノドトスによると、キュレネの人々はヒュケのことをエリュトリノス［べにうお］と呼んでいる。スミュルナのヘルミッポスは『ヒッポナクスについて』の中で、ヒ

c ユケとはイウリス［虹べら］のことだとし、これは捕まえにくい魚で、だからピリタスも言っているではないかと引用している、

ヒュケなる魚の最後のものも逃れあえず。

鯛（phagros）(4)

スペウシッポスは『類似物』の第二巻で、鯛とべにうおとヘパトス(5)はたがいに似ていると言っている。ヌメニオスも上に挙げた『釣魚術』で、この魚のことを述べている。アリストテレスは(6)、この魚は肉食で単独性で、心臓は三角で、春が最もよい、と言っている。エピカルモスは『ヘベの結婚』で、

　アオン(7)と鯛と鱸。

d メタゲネスの『トゥリオペルサイ』にも出てくるし、アメイプシアスの『コンノス』では、

---

(1) プサマティスは psamathis と綴る。上に出てきた「砂掘り」は、実は psammitis といってこれとたいへん似ている。同じものかもしれない。トンプソンは同一視している。

(2) ヒュケというのもわからない魚のひとつ。キュレネの人々がベニウオと呼ぶというし、ヘルミッポスがニジベラだと言っていることから、赤い魚、そして捕まえにくい魚だということはわかるが、それ以上は無理。

(3) ヒュカラ（Hykara）とここではなっているが、シシリーの町の名は Hykkara である。

(4) 一七七頁註（6）を参照。

(5) ヘパトスについては九七頁註（1）を参照。

(6) アリストテレス「断片」三三三。

(7) アオンもまったく手がかりのつかめない魚。

(327)
はたや軟骨魚［鱶（ふか）、えい］や鯛の食い物。

ヒケシオスによると(1)、「鯛、にべ(2)、アンティアス(3)、アカルナン(4)、はた(5)、シュノドゥス(6)、シュナグリスは、たがいに似た種のものである。食べてうまく、かなり収斂（しゅうれん）性があり滋養もある。当然ながら排泄されにくい。これらのうちでも肉づきのよいもの、土的性質(7)をもつもの、脂分が少ないものの方が滋養が多い。アルケストラトスは、鯛は「シリウスの昇る頃」に食べるべきだと言っている、

デロスもしくはエレトリアの、船泊まりもよき家々。
鯛を買う折は、その頭のみを求めよ。それに加えて、尾。
爾余の部分は、ゆめ家内に持ち込むべからず。

e ストラッティスの『レムノメダ』にも鯛が出てくる、

大きな鯛をしこたま取り込んで。

『ピロクテテス』では、

市場へ行って、肥えた
大きな鯛を買い、それから
コパイス湖の、柔らかくて
丸々としたのを買う。

f パグロスという名の石もある。クレタの言葉で、砥石のことをパグロスというのだ。シミアス(8)がそう言っている。

(1) ヒケシオスは以下の魚がたがいに似ていると言うが、どういう点でかは不明。せいぜい味と肉質が似ている程度であろう。
(2) 「にべ」は chromis といい、*Sciaena aquila*.
(3) アンティアスは二八二aに出てきていろいろなことが言われていたが、要するにわからない魚。
(4) アカルナン（akarnan）もわからない。「辞書」は、これと綴りがそっくりな akarnax が鱸（labrax）だから、これも鱸だろうとしている。
(5) 「はた」は orphos. 二八五fに出てきた。これも鱸と関係ありとは言える。
(6) シュノドゥス（シュナグリス）も前出。一〇九頁註（3）で紹介したように *Dentex* に属するから、鯛に近いと言えるだろう。
(7) 魚の性質を表わす用語としては奇妙だが、ヒケシオスという人は、ペリパトス派的教養を受けた医学者エラシストラトスの弟子であり、したがってこの「土的性質」というのもアリストテレス－ペリパトス派の用語で、それがどういう意味かを最も簡潔に知ることができるのは、アリストテレス『動物発生論』七五一b二以下の卵の記述である。それをさらに簡略に紹介すると、卵は熱い部分（白身）と土的部分（黄身）から成っていて、熱い部分（白身）は生成の原理［魂］に関わり、土的部分（黄身）は肉体の栄養となる、というものである。
(8) シミアスは前四－三世紀のいわゆる文法家、詩人。なぜ砥石がパグロスなのか、「辞書」にも説明はない。

鱸――大口すずき（channai）(1)

エピカルモスが『へべの結婚』で、

大口をあく鱸(すずき)と、太鼓腹かかえるオノス。(2)

ヌメニオスの『釣魚術』では、

大口すずきと、鰻と、闇に暮らすピテュノス。(3)

ドリオンの『魚について』でも述べられている。アリストテレスは『動物論』で(4)、この魚を「赤と黒のまだら魚」とか「まだらの縞の魚」とか呼んでいる。黒い縞があるからだ。

328

にべ（chromis）

この魚についてエピカルモスはこう言っている、

それからめかじきもにべも。このにべ、春には、あらゆる魚のうちで
最高の逸品だと、アナニオスが言っている。

ヌメニオスは『釣魚術』で、

ヒュケ、またの名は美魚を、時にははにべを、時にははたを。

アルケストラトスは、

マケドニアはペラ(5)に行かば、大いなるにべを得ん
（夏はことに肥えたり）。またアンブラキアもよし。

鯛――金眉魚（chrysophrys）(6)

アルキッポスは『魚』で、

（1）昔から、この魚は「大口を開く（chaskein）」からchannaだという説明が行なわれてきたが、これも例の通俗語源説である恐れが十分ある。今までに二種類の鱸が出てきたが（三三頁註（1）を参照）、このchannaというスズキは*Serranus cabrilla*という学名を与えられている。アリストテレス『動物誌』五六七a二六によると雌雄同体である。

（2）オノスとはロバのことで、島崎氏はこれをロバウオと訳している。要するに鱈の一種（*Gadus merluccius*）で、鱈がなぜロバと呼ばれるのかについては、プリニウスやウァロなどローマの学者がおもしろい話をしている。また太鼓腹というのも、この鱈の形容としてよく言われることだが、いずれ鱈だから「太鼓腹」というほど太くはない。ただ体の前の方が膨らんでいるのは確かである。太鼓腹についてのトンプソンの説明は専門的ではあるが不自然である。

（3）ピテュノスについては何もわからない。

（4）アリストテレス「断片」二九六。

（5）ペラはマケドニアのテルメ湾の奥、テッサロニキの西方にあった都市。

（6）一七七頁註（6）を参照。

(328) b

キュテラのアプロディテの聖魚[1]、鯛を。

ヒケシオスはこの魚のことを、うま味、風味のいずれの点でも、あらゆる魚の中で随一だと言っている。この魚はきわめて滋養に富んでいる。アリストテレスが言っているように[2]、この魚は鯔と同様、川が海に注ぐ所ならどこでも産卵する。エピカルモスの『ミューズたち』とドリオンの『魚について』もこの魚のことに触れ、エウポリスは『追従者たち』で、

たったの百ドラクマで[3]、俺は買ったんですよ、
鱸（すずき）を八匹と、鯛を一二匹ね。

c 賢人アルケストラトスは『忠告』でこう言っている、

エペソスの肥えたる鯛を見逃すなかれ。かの地の人ら
これをイオニスコスと呼ぶ。これぞ聖なる
セリヌス川に養われしもの。心して洗い、しこうして、
その身の丈いかに長大なりとも、切らず、姿焼きとて膳に供せ。

カルキス類（chalkides）[4]

カルキスとこれに類するもの。トリッサ、トリキス、エリティモス[5]。ヒケシオスは言う、「カルキスと呼ばれるもの、トラゴス[6]、楊枝魚、トリッサなどはぱさぱさしていて、脂分乏しく水分も乏しい」。エピカル

モスは『ヘベの結婚』で、

　カルキスもいのししうおも、(7) それに肥えた犬鮫も。

d ドリオンはこの魚をカルキディカイと呼んでいる。ヌメニオスは、

　あの小さなカルキスとかマイニスとかを
　君は相も変わらず突っつこうとしてるんだな。

ヘラクレイデスの『料理術』やエウテュデモスの『塩漬け魚について』に出てくるカルケウス(8)というのは、

(1) キュテラはペロポンネソス半島の先端に浮かぶ島。ここは、アプロディテという女神が東方起源の神であることを思わせるアプロディテ・ウラニアの崇拝で古くから有名だった。

(2) アリストテレス『動物誌』五四三b三。

(3) 百ドラクマは「たったの」と言えるほど少額ではないが、これで鱸を八匹に鯛を一二匹買ったとなると、「たったの」と言いたくなるだろう。

(4) カルキス類はニシン科の小型の魚。三二九aのはじめでエパイネトスが sardinos と呼ばれることがあると言っている。この sardinos について「辞書」は 'pilchard or sardine' と言っている。イワシ的な魚の総称と思ってよい。

(5) トリッサ、トリキス、エリティモスはカルキスに類した魚というのだからそう理解しておけばよいが、トリッサは三二二bではナイル河の魚の中に数えられていた。これはかなり長距離にわたって河をさかのぼるという。トリキスは *Clupea aurita* だとトンプソンは言う。二一一頁註(11)も参照。エリティモスとは直訳すると「特選品」ということである。どういう意味合いで「特選」なのかはわからない。

(6) トラゴスは「雄山羊」ということ。匂いが発情期の雄山羊に似ているからだという。

(7) 「いのししうお」はここでは hys である。

(8) カルケウスは「銅細工師」ということ。この魚はラテン語では Zaeus (学名 *Zeus faber*) という。

(328)

カルキスとは違う。エウテュデモスによるとカルケウスは、キュジコス(1)地方に産し、丸くて球のような形をしている。

トリッサ（thrissa）

e この魚については、アリストテレスが『動物および魚類について』(2)でこんなカタログを挙げている、「回遊しない魚は、トリッサ、エンクラシコロス(3)、メンブラス(4)、コラキノス(5)、べにうお、トリキス」。

トリキス（trichides）

これについてはエウポリスが『追従者たち』で、

あいつは昔はけちん坊だった。戦前は
トリキスなんてのを買って、まるごと食って命をつないでたが、
サモスで戦（いくさ）が始まったら(6)、五十銭の肉を買った(7)。

アリストパネスは『騎士』で、

トリキスが一〇〇匹で五円てなことになったら(8)。

ドリオンは『魚について』で「川のトリキス」というのを挙げている。また、トリキスのことをトリキアス

と呼んでいる。ニコカレスも『レムノスの女たち』で、

　トリキアスだのプレムナス鮪だのが
　テーブルからあふれるほどになった……。

f プレムナスというのは雌の鮪のことで、プラトンは『エウロパ』で、

　ある時釣りに行って、アンドラクネ(9)を使って、プレムナスと
　あいつを釣ったが、実はボアクスだったので、放した。

アリストテレスも『動物部分論』の第五巻で(10)同じように述べている。『動物論』にはトリキスが出ている。この魚は、踊りと歌が好きだと言われている魚のひとつで、歌が聞こえると海から跳ね上がるのだそうだ(11)。

（1）キュジコスはヘレスポントスをプロポンティスに入った右岸の都市。
（2）アリストテレス「断片」三〇二。
（3）エンクラシコロスについては三五頁註（4）を参照。
（4）メンブラスについても三五頁註（6）を参照。
（5）コラキノスについては二五頁註（1）を参照。
（6）エウポリスはアリストパネスと同時代の喜劇作家。このサモスでの戦というのは、ペロポンネソス戦争の初期に、サモスがアテナイから離反したのに対してペリクレスが武力を行使してねじ伏せたことを指している。トゥキュディデスの『歴史』の第一巻一一六―一一七を参照。
（7）原文では「半オボロス」。オボロスは最低の貨幣単位。
（8）原文では「一〇〇匹で一ドラクマ」。一ドラクマは六オボロス。
（9）アンドラクネは andrachne と綴り、学名 *Portulaca oleracea*, 日本のスベリヒユにあたる。
（10）『動物部分論』の第五巻とは、『動物誌』五四三a五。
（11）アリストテレス「断片」三一五。このトリキスは先に出てきたトリキスとは別物だとトンプソンは言う。彼によればこれは *Clupea alosa* (または *finta*).

エリティモス（eritimoi）

これについてドリオン『魚について』は、これはカルキスと同じ生態をしていて、ソースをかけて食べる
とおいしいと言っている。エパイネトスはこう言っている、「いたちうお、[1]スマリス（これを「犬の寝床」
329 と呼ぶ人もある[2]）、カルキス（これも鰯と呼ばれることがある）、エリティモス、ヒエラクス、[3]飛び魚」。ア
リストテレスは『動物誌』の第五巻で、[4]これをサルディノス〔鰯〕と呼んでいる。カリマコスは『各方言に
よる呼び名』でこう書いている、「エンクラシコロスはカルケドンのエリティモス、アテナイ人がトリキデ
ィア、カルキス、イクタル、[5]またはアテリネと呼ぶもの[6]」。この本の別の箇所では、魚の名前のつけ方のカ
タログを挙げている、「オザイナとはトゥリオイ人のオスミュリオン、[7]イオプスはアテナイ人のエリティモ
ス」。ニカンドロスは『オイタ誌』で、このイオプスのことを述べている、

　イオプスの生まれたばかりの子が群がるまわりで、
　鯛やスコプス、[8]あるいは鱸がいかにも強そうに。

b アリストパネスは『商人』で、

　トリキスを漬けた塩水に、最初に浸かるなんて運が悪いや。

魚を焼く前に、下ごしらえとして塩水に漬けるのだ。これを「タソス漬[9]」という。この詩人は『蜂』でもこ
う言っている、

こないだ、アントラキスを漬けた塩水を二度飲んだ。(10)

---

(1)「いたちうお」は gal(e)e と綴る。*Lota vulgaris* でタラ科の一種とされている。

(2) スマリスについては二八六fと三一三bおよび四三頁註(5)を参照。その三一三bの訳註では、トンプソンが「テクストの破損」を疑っていると紹介したが、その「破損」はアテナイオスのテクストのではあり得ない。なぜなら、いかに「犬の寝床」が妙な言葉であっても、その「破損」が同じ著者の同じものについての発言の中で二度も繰り返されるとは想像しがたいからである。もし破損があったとすれば、それはアテナイオスが所持していたエパイネトスの写本の、である。

(3) ヒエラクスとは「鷹」のこと。これも一種のトビウオだが、前に出てきた(そしてここでもすぐあとにつづいている)トビウオ(chelidon)と違って、これは水面すれすれに飛ぶという。

(4)『動物誌』第五巻とは、現存する『動物誌』のではない。アリストテレス「断片」三一九。

(5) イクタルもたぶんニシン科の小魚だろうという以上のことはわからない。

(6) アテリネについては三五頁註(8)を参照。

(7) オスミュリオンは三一八eに出てきたオスミュロスの指小辞。つまり同じもの。とにかく「匂う」にちがいない。一六七頁註(1)を参照。

(8) スコプスについてトンプソンはただひと言 'unknown fish' と言っている。

(9) 地中海東部のいろいろの土地が塩漬魚の名産地と称されている。タソスもその一つ。「タソス漬」について次にアリストパネス『蜂』が引用されているが、もっと適切な箇所は『アカルナイの人々』六七一である。

(10) アリストパネス『蜂』一一二七。ただし現存するアリストパネスのテクストでは、「このあいだアントラキスを腹一杯食って」となっている。

トラッタ——トラキア女（thraitta）(1)

われわれはここまで議論をつづけてきて、今ちょうど小魚のことに論じ及んでいるわけだから、さあここで、アルキッポスの劇に出てくる「トラキア女（thraitta）」とは何のことなのか、論じようではないか。彼の
c 劇では、魚とアテナイ人の間に取り決めが交わされるのだが、その中にこういうのがある、「現在双方の所有している相手方のものは返還する。すなわちトラキア女と笛吹き女アテリネ、テュルソス出身のコラキノス一族、サラミス人はぜの子、オレオス出身の顧問官あんこう」。この文言の中で、これまで魚類のもとにあって、これから人間に返還されることになったトラキア女とは何物かと、もしどなたかが探究なさるとするならば、かく申す小生は、たまたまこの芝居について、公刊するつもりはなく、ただ自分用にちょっと書
d いたことがあるゆえにだね、最も主要な点をここで申し述べることにしよう。トラキア女というのは、実は海の小魚だ。この魚のことは、ムネシマコスが『馬飼い』の中で述べている。この人は中喜劇の作家で、こう言っている、

　ミュロス、レビアス、スパロス鯛、まだら美人、
　トラキア女、飛び魚、小海老。

ところがシリアのアスカロンのドロテオスは、『語彙収集』の第百八巻で、この thraitta を thetta と綴っているのだが、これは彼がこの芝居の誤った版を手元にもっていたためか、それとも彼が、この thraitta という

名前が気に入らないのでそれを捨てて、自分で thetta と改めたのかだな。Thetta という語は、アッティカの
e 作家が書いたものの中にはただの一度も出てこないものね。アナクサンドリデスの『リュクルゴス』を見てもわかることは、海の小魚を指して thraitta と言っているということだ。こう言っている、

鱸（すずき）の子やトラッタの子たちといっしょになって、
彼は子海老と遊んでいる。

またアンティパネスの『エトルリア人』で、

甲 あの人はハライ(2)の人だ。 **乙** それがたったひとつ最後の望みだが、それも空しいてえことになりそうだな。
甲 とは一体どういうことだ。 **乙** トラッタとか平目とかうつぼとか、最悪の海の贈り物(3)を下さるだろうてえこと。

---

(1) トラッタはトリッサ (thrissa) ともいう、あるいはあとに書いてあるようにテッタ (thetta) ともいう。たしかに thraitta だと「トラキア女」という意味の語の綴りと同じだが、そういう名前の魚がいたというよりは、むしろおそらくアルキッポスがそれにヒントを得て、魚を人間に見立てて喜劇を作ったのであろう。

(2) ハライ (Halai) はアッティカ東部の海岸の町。

(3) トラッタ、平目、うつぼでは、同じ魚でも違いすぎて、どうしてそれを一括して「最悪の贈り物」と言えるのか、断片では不明。

平目（psettai）

f ディオクレスはこの魚を、身の固い魚の中に数えている。スペウシッポスは『類似物』で、平目、「牛の舌」(1)、タイニア(2)は同類だと言っている。アリストテレスは『動物部分論』の第五巻で(3)、「同様に、ほとんどの
330 魚類も年に一回だけ産卵する。例えばにべ、平目、鮪、めじ、鯔、カルキス等々というような群遊魚（網で囲まれる魚のこと）がそうである」と言っている。『動物論』では(4)、「牛鮫、赤えい、しびれえい、がんぎえい、あんこう、牛の舌［平目］、プセッタ平目、ねずみうお(5)は軟骨魚である」と言っている。ドリオンは『魚について』でこう書いている、「平たい魚としては牛の舌、平目、エスカロス(6)があり、エスカロスはコリスとも呼ばれる」。エピカルモスも『へべの結婚』で牛の舌の名を挙げている。

　ヒュアイナ(7)も牛の舌もキタロスも。

サモスのリュンケウスは、いちばんみごとな平目は、アッティカのエレウシス沖で見つかる、と手紙の中で書いている。アルケストラトスは、

　次に大型の平目と、ややざらりとしたる牛の舌を買え。
b 　夏の間の、カルキスあたりのものこそよけれ。

ローマ人は平目のことをロンブス(8)と呼んでいるが、これはギリシア語だ。ナウシクラテスは『船長』で、まず灰色はぜのことを言って、それから話題を転じて、

甲　アイクソネの浜に打ち寄せる波が、あらゆる魚のうちでも
いちばんのものとして育て上げた、金の皮もまぶしい魚。
船乗りたちは、光をもたらす処女の神に、お食事を差し上げるときは
必ずこれを供えて崇めまつる。

乙　おまえさんが言ってるのは、乳色の皮の鰩で、
……〈破損〉……なシシリーの連中がロンブスって言っている魚のことだな。

---

(1)「牛の舌」については四九頁註(2)を参照。

(2)タイニアについては一七九頁註(2)を参照。「牛の舌」と平目はいいが、タイニアも同類だというのはわからない。

(3)『動物部分論』の第五巻はここでは『動物誌』五四二b三五。

(4)『動物論』は「断片」二八〇。

(5)動物でネズミと呼ばれるのは、正真正銘の鼠と貽貝と鯨である。したがってここでは鯨のことだととるほかないが、するとアリストテレスは鯨もサメやエイと同じく「軟骨魚類」に区分していたという、アリストテレスとしてはあり得ないことをこの断片は伝えていることになる。

(6)エスカロス(escharos)は、「牛の舌」、ヒラメと並べて書いてあるから平たい魚だろうと想像するのみ。小型の平目かと想像されている。

(7)ヒュアイナについては二〇一頁註(2)を参照。

(8)ロンブスはラテン語ではrhombusと綴るが、これはギリシア語rhombosの借用。ただし、ここでわざわざこんな断わり書きをつけているのは、この語がギリシア語では「ひし形」という意味で、魚の名前にはなっていないのに、ローマ人はギリシア語からその「ひし形」という名詞を輸入して平目という魚の名前にした、と註をつけたわけである。この魚、学名を *Pleuronectes maximus* L. または *Rhombus maximus* Cuv. 英語では turbot という由。

c (330)

さあ、ティモクラテス君、食卓を囲む賢人たちが、魚について交わしたおしゃべりは、これで十分に紹介したから、ここで話を打ち切りにしようと思う。もっとも君が、エウブロスでも引用して、もっとほかのご馳走も、と言うのなら別だがね。エウブロスの『ラコニア人』(または『レダ』)にいわく、

これに加えてさらに、あなたにお出ししますよ。
鮪の切り身に仔豚の肉、
仔山羊の腸に猪の肝臓、
羊の睾丸に牛の腸、
仔羊の頭に仔山羊の空腸、
兎の子宮にソーセージ、
腸にそれから肺臓とね。

こういうものを詰め込んで、体のこともいたわることにしよう。今後出てくるものもちゃんと食べられるようにね。

第八巻

序

330c (1) 世にもすぐれた友、ティモクラテス君、メガロポリスのポリュビオスは『歴史』の第三十四巻で、リュシ
331 タニア（これはローマ人がスパニアと呼んでいるイベリアの一地方だ(2)）の豊かさを述べて、そこでは、季候
が温暖であるために、動物が（そして人間も）多産であり、地の稔りも絶えることがないと言っている(3)、
「薔薇(ばら)、レウコイオン(4)、アスパラゴスおよびこれに類した草が見えなくなるのは、わずか三か月足らずの間
でしかなく、一方海産の食べ物に関しても、その量の多さ、質のよさ、美しさの点で、われわれの海［地中
海］に産するものよりはるかにまさっている。そして大麦は一シシリー・メディムノス［約五五リットル］あ
b たり一ドラクマだし、小麦ならアレクサンドレイア貨幣で九オボロスしかしない。一メトレテ［三〇リットル
足らず］の葡萄酒が一ドラクマ、中ぐらいの仔山羊が一オボロス、兎も同じ、仔羊の値は三ないし四オボロ
ス、一〇〇ムナ［六〇キロあまり］の肥えた豚が五ドラクマ。羊が二ドラクマ、無花果(いちじく)が一タラントン［四〇キ
ロ足らず］で三オボロス、仔牛が五ドラクマ、くびきにつける牛が一〇ドラクマ、という次第。野生の獣の
肉などは代価を払って買うものではないと考えられ、人様に無料で差し上げるとか、何かの代金がわりに差

し上げるとかしている」。わがラレンシス殿はまさにそのように、機会あるごとに、ローマをばリュシタニ
c アたらしめたもうて、われらはと申せば、議論のほかは何ひとつ持参せぬのに、日々気持ちよく寛大の心をもって、われらにありとあるよきものを賜った。

魚奇談

魚についての長談義で、キュヌルコスがうんざりしていたのは明らかだったが、そこはみごとなデモクリ

---

(1) この三三〇節はcまでで、d、e、fの区画はない。

(2) リュシタニアはほぼ今日のポルトガルに当たる。

(3) ポリュビオス『歴史』第三十四巻八-四。ただしこの史書のこの辺は断片の集積にすぎず、この箇所もアテナイオスのこの箇所が唯一の出典である断片である。

(4) レウコイオンはleukoion, 直訳すれば「白いすみれ」、花冠によく使われた花。ただし、「辞書」によるとこれに二種あり、一は英語名gilliflower, 学名 *Matthiola incana* といい、日本名コアラセイトウ。出典としてテオクリトス『牧歌』七-六四を挙げる。もうひとつは英語名snowdrop, 学名 *Galanthus nivalis* といい、出典はテオプラストス『植物誌』第六巻八-一。ところが「ロウブ古典叢書」のテオプラストス『植物誌』（A・Fホルト訳註）によると、第六巻八-一のはgilliflowerであり、snowdropは同書第八巻一三-九のものである（大槻・月川訳のテオフラストス『植物誌』もこれに従っている）。どちらの見解が正しいのか、あるいはテオプラストスがこの二箇所で、同じ名前で別のものを指しているのか、的確な判断をする能力は訳者にはない。K・レンバッハ『テオクリトスの植物』(K. Lembach, *Die Pflanzen bei Theokrit*, Heiderberg, 1970) はionについては詳しく考証しているが、leukoionはその一種として名を挙げているにとどまっている。

トス、先回りしてこう言った、「いやいや、魚諸君（と、これはアルキッポスに出てくる文句だがね）、諸君
はお忘れだ（というのは、われわれも料理の数を少々ふやさなければなるまいからね）、ヘラクレイア(1)や、
ミレトス人が植民したポントスのティオス近辺の(2)『掘り出し魚』っていうのがあるじゃないか。これのこと
はテオプラストスが述べているよね。このテオプラストスは、冬の間魚を氷の中に埋めておくなんていうこ
とも述べているがね。こうした魚は、フライパンに入れて火にかけるまで、何も感じない、動きもしないと
d いうわけだ。だが、そんなのに比べると、パプラゴニアの『掘り出し魚』っていうのは変わっているね。つ
まりね、どこからも川が流れ込んでいるわけではない、泉がわき出ているとは見えない、そういう所をずっ
と深く掘ると、生きた魚が見つかるというのだ。

パトライのムナセアスは『航海記』の中で、アルカディアのクレイトル付近の川(3)の魚は声を出すと言って
いる。アリストテレス(4)は、魚で声を出すのはおうむべら(5)と、ナイル河のコイロスだけだと言っているがね。(6)
e キュレネの出でカリマコスの弟子だったピロステパノスは『川の驚異』の中で、アルカディアのペネオス(7)を
流れるアオルノス川には、鶫（つぐみ）の鳴き声そっくりの声を出す魚がいると言っている。シュラクサイのニュン
ポドロスは『周航記』で、シシリーのヘロロス川(8)の鱸（すずき）と大鰻（うなぎ）はたいへん人になついていて、パンをちぎ
ってやると、それを人の手から食うと言っている。この私自身も、たぶん諸君のほとんどの方々もご存じだ
ろうが、カルキス(9)の近くのアレトゥサで、すごく人になついた鯔（ぼら）だの、金や銀の耳輪をつけた鰻だのいう
f のが、犠牲に供えた獣の腸や青いチーズの切れ端など、餌を差し出してやるとそれを食ったりするのを見た
ことがある。セモスは『デロス誌』の第六巻で言っている、『アテナイ人がデロス島で犠牲式をあげた折、

332 召使の者が手水（ちょうず）をかけてくれたが、盃からは水ばかりでなく魚も注がれた。それを見たデロス島の予言者たちはアテナイ人に、諸君は海を支配する者となろうと言った』。

ポリュビオスは『歴史』の第三十四巻で、ピュレネ山脈を越えてガリアへ入ると[10]、ナルボ河までは平原で、その平原の中をイレベリス川とロスキュノス川が流れており、それぞれその川の名をもつ都市を貫流しているが、その都市の住民はケルト人だと言っている。さらに彼は言う、この平原に『掘り出し魚』と称される

（1）ヘラクレイアという名の町は少なくとも四つ知られているが、このヘラクレイアは、この前後の記述から推して、たぶん黒海南西岸ビテュニアのヘラクレイアだと思われる。

（2）ティオスも黒海南西岸ビテュニアの町。

（3）三三二fに「アルカディアのクレイトル付近のラドンという川の魚」が声を出すと言われている。ラドン川はアルカディア中央部に発し、オリュンピア南方を流れてイオニア海に注ぐアルペロス川に合流している。

（4）アリストテレス「断片」三〇〇。

（5）「おうむべら」については、一一一頁註（1）を参照。

（6）コイロス（choiros）はたぶん鯰の一種だとトンプソンは同定している。また、ストラボン『地誌』第十七巻二-五は、ナイル河には鰐がいるので魚は遡上しないが、鯔だけは上がる。それは、鯔にはいつもコイロスがお供しているためで、コイロスの頭にある突起を鰐がいやがって、鰐はこの魚に近寄らない、それで鯔も安全だからなのだ、と言っている。

（7）ペネオスはアルカディア北部の山中にある。

（8）ヘロロス川はシシリー東南端で海に注ぐ川。

（9）このカルキスはエウボイア島中央部の地域。

（10）ピュレネ山脈を越えてガリアへ、とはスペイン側から地中海沿岸をマルセイユ方面に向かって南仏に入ったあたりということ。

(332) b 魚がいる。またこの平原は土地がやせていて、ぎょうぎしばがたくさん自生している[1]、この草の下は砂地で、
これを二、三ペキュス［一ないし一・五メートル］も掘ると、川から分かれて流れている水にぶつかる。この
水といっしょに魚も、枝分かれした流れに入り込んで、餌を求めて地下を泳いでいる（この魚たちはぎょう
ぎしばの根が好きなのである）。その結果この平原中どこでも、地下の魚がたくさんいることになり、人々
は地面を掘っては捕っている。テオプラストスによるとインドには、川から陸へ上がり、蛙のようにぴょん
c と跳ねてまた水の中に帰る魚がいる。外見はマクセイノスという魚に似ているという[2]。同じペリパトス派の
クレアルコスが『水中動物』という著述の中で、『陸上がり魚』と呼ばれる魚のことをいろいろ述べている
のを忘れたわけではない。彼の文章はこんなのだったと思う。『陸上がり魚』はアドニスと呼ばれることが
あるが、水から出て休息するところからこの名を得た[3]。全体は赤っぽく、鰓から尾まで、体の両側に白い
筋が一本すっと通っている。体は丸っこくて平たくない。大きさはケストリュコスという、岸に近い所に
d いる鯔と同じぐらい、体長はせいぜい八ダクテュロス［一四、五センチ］である。全体として最もよく似てい
るのはトラゴス［雄山羊］という魚[4]で、ただ違うのは、こちらの方は口の下に『山羊のひげ』と俗に言われ
ている黒い斑点があることである。『陸上がり魚』は岩場の魚[5]の一種で、岩のごつごつした所で生活してい
る。海が穏やかなときは、打ち寄せる波に乗って陸へ上がり、石ころの上で長時間休息し、しかも太陽の方
に体を向ける。十分に眠ると波打ち際まで転がっていく。するとまた波がこの魚を捕まえて、海へとさらっ
e てくれるのである。陸へ上がって目を覚ましているときには、天気がよければ陸に上がる水鳥、例えば
翡翠[6]とか鰐鳥[7]とかクレクス[8]に似た鷺とかいう鳥に対して警戒する。こういう鳥は、天気のよい日には陸に

餌を求めて、時々この魚にぶつかる。しかし魚の方はそれを見るが早いか跳ねてもがいて、水の中に飛び込んでしまう。このクレアルコスはさらにこういうことも言っている。しかも、さっき引き合いに出したキュ

f レネのピロステパノスなんかよりわかりやすくだ。『ある魚は、喉笛（のどぶえ）などというものはないのに声を発する。

(1) ギョウギシバの原語は agrostis.「辞書」は dog's-tooth grass という英語名を与え、学名 *Cynodon Dactylon* だとしている。なおアリストテレス『動物誌』五五二a一五の島崎三郎氏の訳註を参照。

(2) マクセイノスは本書第七巻三一五e－fで鱒について論じられていた中で述べられていた。要するに鱒の仲間だと考えておけばひどい間違いにはならないようである。

(3) アドニスはどうやら鯔の仲間で、これについてはプリニウス『博物誌』第九巻七〇、オッピアノス『釣魚術』第一巻一五七、ヘシュキオスの辞書等にも紹介されているが、この魚がなぜアドニスと呼ばれるのかを説明しているのはアイリアノス『動物の性質について』第九巻三六だけである。それによると、この魚が海中と陸上というふたつの世界を愛するという点で、アプロディテとペルセポネという女神に愛されて、地上と地下のふたつの世界に生きたアドニスに似ているということらしいが、こじつけの感は免れない。

(4) トラゴスはアリストテレス『動物誌』六〇七b九によると、マイニスという小魚の雄の呼び名で、雌が子をはらみはじめると、この雄の体の色が黒ずんでくる。アリストテレスは「食べるには最悪」だとつけ加えている。

(5) アリストテレスは『動物誌』四八八b七で、海の魚を沖の魚、岸近の魚、岩場の魚に分けて考察している。

(6) 原語は kerylos で、これは厳密にはわからない鳥のひとつだが、カワセミというのが最も近いと思える。

(7) 鰐鳥は trochilos だが、trochilos と呼ばれる鳥に実は二種あって、一方は千鳥だが、これはワニドリとでも言うほかない鳥。ヘロドトス『歴史』第二巻六八に、鰐の口の中の蛭を取って食うとされている鳥である。

(8) クレクス (krex) はまったくわからない鳥のひとつ。

例えばアルカディアのクレイトル付近の、ラドンという川にいる魚がそうである。声を出すだけではない、
えらいざわめきになるのである』。ダマスコスのニコラオスは『歴史』の第百四巻で、『ミトリダテス戦争(1)の
ころプリュギアのアパメイアで地震があって、大地が震動したために、それまではそこになかった湖や川が
でき、わき水が出るようになった。そのほとんどはまた消えてなくなったが、それとは別にこの地方には、
333 ちょっと塩辛い、緑がかった青い水が噴き出し、海から遠く隔たっているにもかかわらず、この付近一帯に、
貝だの魚だの、そのほかの海の生物がいっぱい出てきた』。
　それから、いろんな所で魚の雨が降ったという話も私は知っている。パイニアス(2)は『エレソスの為政者』
の第二巻で、まる三日の間魚の雨が降ったと言っている。ピュラルコス(3)も彼の書物の第四巻で、魚の雨が降
った、そしておたまじゃくしでも同じことがよく起こっていると言っている。ヘラクレイデス・レンボス(4)は
『歴史』の第二十一巻で、『マケドニアのパイオニアと小アジア北端のダルダニアでは、蛙の雨が降って、そ
b の数があまりにも多かったので、道といわず家の中といわず蛙だらけになった。はじめの二、三日は人々は
蛙を殺して戸締まりをして、天からのお恵みを大いに活用した。しかしそのうちに、そんなことをしてもし
ようがなくなった。家じゅうの入れ物という入れ物に蛙が詰め込まれ、ほかの食べ物といっしょに煮たり焼
いたりされていた。そのうえ水も飲めない、外へ出ようと足を踏み出すこともできない。蛙が山積みになっ
ているからだ。あげくに死んだ蛙の匂いにまいって、人々は土地を捨てて逃げ出した』。ストア派のポセイ
c ドニオスが、えらい数の魚のことを語っているのも知ってるぞ。こういう話だ、『シリア王国を奪ったアパ
メイアのトリュポンがプトレマイオス市付近で、デメトリオス二世ニカトルの軍の将軍だったサルペドンの攻

撃を受けた。しかしサルペドンは敗れて、配下の兵ともども内陸へと去らざるを得なくなった。一方トリュポンの軍は勝利ののち、海岸づたいに進んでいたが、突然海から大波がとてつもない高さに盛り上がったと思うと陸に砕け落ちて、兵士ら全員を呑み込んで滅ぼしてしまった。波が引いたあとには、兵士たちの亡骸
d ともに、魚が山と積まれていた。戦に敗れたサルペドンの軍の者らは、この災害のことを聞くや現場を訪れて、敵兵の死骸を打ち眺めていい気味だと思い、山ほどの魚はみやげに持ち帰って、プトレマイス市郊外で、勝利を与えたもうた神ポセイドンに犠牲を捧げた」。リュキアの『魚占い師』のことも言っておかなければならないね。これについてはポリュカルモスが『リュキア史』の第二巻で紹介している。こういうのだ、

(1) ミトリダテスとは黒海沿岸ポントスの王ミトリダテス六世（前二世紀末—一世紀前半在位）。彼はその性質の粗暴さ、残忍さ、誇大妄想など、いずれの点でも常軌を逸していると思えるが、当時ローマの属州だった小アジアの各民族が、ローマ人の収奪の激しさに不平を募らせているのを見るや、大勢力の軍をあげて（一時はアテナイまでこれに加担して）ローマに反旗をひるがえしたことに始まったのがこの戦争。第一次から第三次にまで及び、ローマもついには本腰を入れて向かわなければならなくなり、スラ、最終的にはポンペイウスが出馬してミトリダテスの息の根をとめた。

(2) パイニアス（Phainias）はアリストテレスの弟子で、テオプラストスとは親交があったらしい。プルタルコス『テミストクレス伝』一三に、「哲学者でもあり、歴史書もよく知っていたレスボスの人パイニアス」と言われている。

(3) ピュラルコス（Phylarchos）は前三世紀のアテナイの歴史家。ハリカルナッソスのディオニュシオスの『文章構成法』四—三〇に、「通読に耐えない歴史家」のひとりに数えられている（その中にはポリュビオスも入っている）。

(4) ヘラクレイデス・レンボス（Herakleides Lembos）は前二世紀、プトレマイオス六世ピロメトルのもとで政界にもいたが、文学と哲学関係の書物の収集と、それらの要約の編纂をした人。

e 『海に向かってずっと行くと、海岸にアポロンの聖林がある。そこには砂浜に接して池がある。予言を受けたいと思う者は、二本の棒を持って参入する。それぞれの棒には焼いた肉が一〇個ずつつけてある。神主が沈黙のうちに聖林に面して座る。一方お告げを受けに来た者は、棒を池の中に投げ込んで、どうなるかを見守る。さて棒を投げ込んだあと、池には海水が満ちてくる。すると魚の大群がやって来る。その多さと種類に驚嘆して、今まで見たこともないこの光景に見入っていると、今度は魚の大きさを見て、これは何事か神のおわしますかと思えてくる。予言の司（つかさ）が魚のありさまを神主に伝え、伺いに来た者は神主から自分の願い事についてのお告げを聞く。大きなはた、灰色はぜ、時には鯨やのこぎり鮫、それに見たこともない魚や f 妙な姿の魚まで現われるのである』。アルテミドロスは『地誌』の第十巻で、土地の者[1]がこういう話をしていると言っている。泉から真水が噴き出て渦をなす。そしてその渦の中に大きな魚が現われる。その魚のために人々は、木の棒に初穂をつけて水に沈める。煮た肉、焼いた肉、大麦パンや小麦のパンなどである。こ 334 の港と町はディノス、すなわち『渦』と呼ばれている。ピュラルコスの話も知ってるね。彼も、プトレマイオス[2]の軍の将軍だったパトロクロスが、アンティゴノス王[3]に大きな無花果（いちじく）を送ったという話をしている。これは実は、ペルシア王ダレイオスがスキタイ人の国に侵入しようとしたときに、スキタイ人が彼に届け物をしたという故事にならって、アンティゴノス王に、どういうことが起こるか思い知らせようとしたわけだ。そのスキタイ人のことはヘロドトスに書いてある[4]。鳥と矢と蛙を送ったというのだ。しかしパトロクロスが送ったのは、ピュラルコスが『歴史』の第三巻で言っているところによれば、今も言ったように、b 無花果と魚だ。これが届いたときアンティゴノスは大いに酩酊していたが、皆の者がこの届け物の謎が解けずにいると、彼はかんらかんらと打ち笑い、この贈り物が何を言わんとしているか、余は分かったぞと、側近の者らに告げた。われらは海の支配者となるか、さもなくば無花果を食うのが必定と、パトロクロスは言うとるわけじゃ、と。自然学者のエンペドクレスが、すべての魚をひっくるめてカマセネスと呼んでいることも忘れちゃいない。こういうんだよね、

　背高き木々、また海に住むカマセネスの族が、いかにして

生じたかとね。それから叙事詩『キュプリア』(5)を作った詩人が（それがキュプロス人だったにせよスタシノ

（1）「土地の者」と書いてあるだけで、どこのということは言われてないので、どこの話かはわからない。したがって後続の「渦（ディノス）」と呼ばれた町も、どこのことかはわからない。

（2）エジプトのプトレマイオス二世ピラデルポス。

（3）アンティゴノスはマケドニアのアンティゴノス二世ゴナタスである。前三世紀の中頃、アテナイのクレモニデスが、スパルタを巻き込んで反マケドニアの戦いを始めたとき、プトレマイオスもそれに加担した。結局はアンティゴノスに敗れた。

（4）ヘロドトス『歴史』第四巻一三一。ただしヘロドトスでは、スキタイ人がダレイオスに送ったのは、「鳥と鼠と蛙と五本の矢」となっている。

（5）『キュプリア』は、ホメロスの二大叙事詩よりのちに成立したが、扱われている素材の中にはホメロスよりも古いものも含まれている小叙事詩群（これは古来「叙事詩の環」と呼ばれている。今は断片のみ）のひとつ。『キュプリア』とは「キュプロスで作られた歌」ということで、この詩はキュプロスの詩人スタシノスの作だとされる。ホメロスの『イリアス』に語られているよりも前の、トロイア戦争の発端の物語を語っている。

(334) c スだったにせよ、あるいはそのほか何と呼んでもらいたかったにせよだね）、ネメシスがゼウスに追われて、魚に変身したと歌っていることもね。

　髪の美しいネメシスは、三番目に、驚くばかり美しい
　ヘレネを生んだ。神々の王ゼウスの愛欲に縛られて
　せんかたなく生んだもの。クロノスの子から逃れたが、
　その強大の力にはあらがうすべもなく、交わったのだ。
d 胸を恥（アイドス）と怒り（ネメシス）が重く苦しめるまま、
　地の下を、不毛の海[1]の暗い底を、逃げに逃げる。
　ゼウスはそれを取り押さえんと、胸を焦がしつつ追う。
　それをば逃れようと、ネメシスは、
　ある時は波立ち騒いで轟（とどろ）く海を走る魚のよう、
　ある時は地の果てを流れるオケアノス[2]に行き、
　またある時は豊かな稔りをもたらす大地に沿うて走りつつ、
　大地の養うあらんかぎりの恐ろしの獣に姿を変じた。

e ボルベ湖[3]のアポピュリスという小魚[4]のことも知っている。それについてはヘゲサンドロスが『備忘録』でこう言っている、『カルキディケの半島のアポロニアに、アンミテスとオリュンティアコスという二つの川が流れている。ふたつの川ともボルベ湖に注いでいる。オリュンティアコス川には、ヘラクレスとボルベの

335 f

子であるオリュントスの碑がある。土地の人の話では、アンテステリオンとエラペボリオンの月［二―三月］にボルベはオリュントスにアポピュリスを送るので、この季節にはおびただしい小魚がオリュンティアコス川をさかのぼる。ただこの川はたいへんに浅くて、くるぶしが隠れるか隠れないかというほどなのだが、それでも小魚の大群が来るので、このあたりの人々はみな、自家用の塩漬けを作って保存することができるほどである。不思議なのは、この小魚はオリュントスの碑より上流へは行かないことである。人々の話では、アポロニアでは、昔はエラペボリオンの月［三月］に死者たちにお供えをするしきたりだったが、今ではアンテステリオンの月［二月］にお供えをしているということだ。こうして、かくのごとき理由によって魚たちは、これらの月にのみ、すなわち人々が死者を崇めるしきたりとしている月にのみ遡上するのである』。

魚諸君、この件については以上のごとしだ。諸君はありとあらゆることどもを集めなし、よってもって、魚を諸君の糧としてというよりは、諸君自身を魚どもの餌として、投げ与えた。諸君がここでご披露なさったことどもは、文字どおり『魚』という名の、メガラの哲学者イクテュアス、あるいは『漁師』という名のイクテュオン――いや、このイクテュオンというのも固有名詞で、テレクレイデスの『アンピクテュオネ

（1）「不毛の」は叙事詩では「海」にかかる枕詞的形容詞。

（2）オケアノス（Okeanos. これが英語で ocean となる）は、円盤状に想像された大地の縁を巡っている海流。

（3）ボルベ湖（Bolbe）はカルキディケの北で東西に伸びている湖。

（4）アポピュリス（apopyris）は小魚という以外には何もわからない魚。

ス』に出てくるね——ですら及ばなかったことだ。これだけ魚の話を承ったからには、給仕の子供にも申しつけることにしよう。ペレクラテスの『蟻人』にあるようにだね、

デウカリオン、もう魚は要らん。たとえ俺が注文しても、もってくるな。

それに、デロスのセモスが『デロス誌』の第二巻で言っているように、デロス島では、ブリゾ——これは夢占いの女神だ。昔の人は『眠る』ことを『ブリゾする』と言ったのだ[1]。

b そこでぐっすりブリゾし［眠り］つつ、神々しい暁を待った[2]

というようにね——、デロスの女たちがこのブリゾを拝むときは、桶いっぱいによきものを入れてお供えする。ただし魚は除くだ。というのはつまり彼女らは、この女神にあらゆること、とりわけ航海の安全を祈願するのだからというわけだ。

快楽主義者批判

c 諸君［とデモクリトスはつづける］、小生はストアの指導者クリュシッポスを称讃するものであります。理由はいろいろあるが、とくに、料理術で有名なアルケストラトスを、いつもピライニスと同列に扱っていることだな。ピライニスというのは、性交についての淫らな著作の筆者とされている女性だが、ただし、サモスのイアンボス詩人アイスクリオン[3]によると、これはソフィストのポリュクラテス[4]が、本当は貞節そのものだ

ったこの女性をおとしめるために捏造（ねつぞう）したものなのだ。アイスクリオンのイアンボス詩というのはこういうのだ、

わらわピライニスは、殿方に悪（あ）しざまにののしられて、
長らくも老いの身をかくは横たう。
愚かなる船乗りらよ、岬をめぐってわらわをば
嘲り、笑い、恥をかかしめたもうことなかれ。
d
天上のゼウスにかけ、地下にましますディオスクロイ(5)にかけて申さん。
殿方に淫らなる思いを抱きしことも、遊女のごとく春をひさぎしことも

(1) ブリゾが「夢占いの女神」でもあり、「眠る」という動詞でもあることは確かだが、女神の方は brizó というアクセントをもつのに対し、「眠る」方は brizo というアクセントをもつ。

(2) ホメロス『オデュッセイア』第十二歌七。

(3) アイスクリオン（Aischrion）は、本書第七巻二九六eでも「海神グラウコス」のことで引用されていた。前四世紀のイアンボス詩人。

(4) ポリュクラテス（Ploykrates）はソフィスト・弁論家。ディオゲネス・ラエルティオス『ギリシア哲学者列伝』第二巻三五―三九によると、誤ってソクラテスの告発者のひとりにされた。有名なのは、イソクラテスが『ブシリス』というエッセイを、ポリュクラテスの書いた『ブシリス』を批判するために書いていること。

(5)「地下にましますディオスクロイ」とはディオスクロイが死んだ、つまり彼らが神ではなく人間だと考えられているためだと思えるが、一方この句は船乗りに向かって、「ディオスクロイにかけて」誓っているので、神と信じられてもいるわけで、伝説と信仰の混交があると見られる。

絶えてなし。アテナイ人ポリュクラテスが
狡猾（こうかつ）不潔の言を弄（ろう）して、わらわの行状とて記したる
くさぐさのことども、わらわはいささかも知らず、と。

これはこれとして、かの讃嘆すべきクリュシッポスは、『快楽と善について』の第五巻でこう言っている、『ピライニスの書いたもの、アルケストラトスの『料理術』、および愛と性交に関する強力な著作。［この最後
e のものは］ともに、かかる運動および姿勢に通暁（つうぎょう）せる召使の女たち(1)』、そしてまた、『彼女らは身をもってこれらのことどもを学び、かつピライニス、アルケストラトスの記すところ、ないしは同様の趣旨の著作の言うところをものにした』。また第七巻では、『何ぴともピライニスの著作やアルケストラトスの『料理術』をば、よりよく生きることに通じるしるべとしては学ばぬであろうように』とある。しかるに諸君はだな、このアルケストラトスをむやみに引用して、この宴を淫らさで満たしてしまった。お尋ねしたい。このすばら
f しき叙事詩人が、人間の能力をだめにしてしまうもので、取り上げなかったものがはたしてあるのか。彼ひとりが、かのアナキュンダラクセスの子サルダナパロス(2)に負けじと励んだのではないか。かの者はだよ、アリストテレスいわくだね、その父親の名から察せられる以上に愚か者なのだ(3)。サルダナパロスの墓にはこう刻んであると、クリュシッポスは言っている、

336 汝死すべき身なりとは承知なれど、宴（うたげ）を喜び
汝の欲望に栄えあらしめよ。死せる者に何の利やあらん。
偉大なるニノス［ニネヴェ］に王たりし余は、今や灰なり。

余のものとはすなわち、余が食せしもの、規(のり)を越えたる所業、ならびに
情を込めて得し喜び。他のあまたの幸はすべて滅(めっ)したり。
[これぞ人の世の賢き教え。余は忘れじ。
無限の黄金を欲する者には、それを得しめよ。(4)]

b

そしてパイアケス人について詩人はこう言っている、(5)

われらにはつねに宴、竪琴、それに舞、
衣装の着替え、温かい風呂と閨(ねや)。

c

このほかにもサルダナパロスに似た者がいて、健全な心をもたぬ者たちに向かってこう教えている、

すべての死すべき人の子らに忠告したい。
つかの間の命を楽しく生きよ。死ぬとは
もはやあらぬということ。あるいは地の下をさまよう影。
生きる間(ま)は短いゆえ、楽しまねばならぬ。

---

(1) この引用文中の名詞はすべて対格になっているが、動詞が以上に」とはどういう点を指してそう言えるのか不明。
ない。前の文の「……と言っている」を受ける不定法の動詞があるわけでもない。

(2) サルダナパロスについては、七一頁註(8)を参照。

(3) アリストテレス「断片」九〇。「父親の名から想像される

(4) [ ]でくるんだこの二行は、ナウクが削除したもの。

(5) ホメロス『オデュッセイア』第八歌二四八。

(336)
そして喜劇作家のアンピスの『のろま』にいわく、

死すべき身にありながら、人生に何の楽しみも
加えようとせず、すべてこれ成り行きまかせ
とは愚かなことよ。私ばかりでない、賢い人らはみな
そう思う。神々の罰でも当たったか。

『女の支配』と題する劇でも同様で、

飲め、遊べ。人は死ぬもの。地上で過ごす時の間はわずか。
死んだが最後、死は不死ときている。

d やはりサルダナパロス流の生き方をしたバッキダスという男がいて、死んだときこんな墓碑銘を奉られた、

飲み、食い、何にあれ心ゆくまで味わいつくせ。
バッキダスに代わってそれがし、石、ここに立つ。

アレクサンドレイアのソティオンがティモンの風刺詩についての本の中で言っているところによると、アレクシスは『放蕩の教師』の中で（というのだが、小生はこの劇にお目にかかったことがない。世にいう中喜劇なら八〇〇篇以上読んで、それの抜き書きを作ったけれど、『放蕩の教師』というのはその中にはなか
e った。それに、この劇をカタログに登録するに値すると思った人もいないらしい。つまりカリマコス(1)もビュザンティオンのアリストパネス(2)も記しておらず、ペルガモンのカタログ編者たち(3)も記してはいないのだ）——とにかくソティオンが言うところでは、このアレクシスの劇にクサンティアスという奴隷がいて、これ

が仲間の奴隷たちに、もっと安楽な暮らしをしろとたきつけて、こう言っているのだ、

おめぇら何をくだらねぇこと言ってるんだ、ああだ、こうだって。
リュケイオンだと、アカデメイアだと、オデイオンだと。
ソフィストどものたわごとよ。何ひとついいことなんぞ言っちゃいない。
それよか、飲もう、シコン、飲もうぜ、シコン。
魂が、体ん中にあるうちは、楽しくやろうぜ。
盛大にいけや、マネス。食うにまさることなんざぁありゃしねぇ。
食うことすなわちおまえの親父、で、たったひとりのおふくろだぁね。
徳だの使節や指揮官になるだのってのは、
太鼓みたいによく鳴るが、中は空っぽ、夢みてぇなもんだな。
神様はちゃんと決まりの時に、おまえを嗅ぎ出しなさる。
身になるのはおまえが食ったものと飲んだものだけ。

f

(1) カリマコスはヘレニズム時代最大の詩人にして学者（前三世紀）。ここで言われているのは、彼が作成した「ピナケス」という、有名なアレクサンドレイア図書館の全蔵書のカタログ（一二〇巻に及んだという）のこと。

(2) ビュザンティオンのアリストパネスは、カリマコスのあとを襲ってアレクサンドレイアの図書館長をつとめた文献学者。本格的な本文批判の創始者。

(3) ペルガモンも、アッタロス一族の支配下に、文芸研究の中心地となった。とくにその図書館は、優にアレクサンドレイアの図書館と拮抗したという。

ほかのものぁみんな灰さ。ペリクレス、コドロス、キモン(1)なんてな。

337 クリュシッポスは、サルダナパロスの墓碑銘は、こう変えたらよくなるだろうと言っている、

汝死すべき身なりと承知のうえ、言葉を楽しみて
汝の胸に栄えあらしめよ、食うことに何の利やあらん。
腹ふくるるまで食らうことを楽しみたれど、余は今や骸(むくろ)なり。
余のものとはすなわち、余が学びしこと、考察せしこと、ならびに
それによって味わいしよきこと。他のよきものはすべて遺されたり。

ティモンもまったくみごとにこう言っている、

あらゆる悪のうち、その最(さい)たるものは欲望なり。

b クレアルコスが『諺について』の中で言っているところによれば、アルケストラトスの師はテルプシオンだった。この人は『料理術』という本をはじめて書いた人で、何を食べてはならないかを弟子たちに指示している。例えば彼は亀のことを、座興にこんな風に書いている、

亀の肉は食うべきや食わざるべきや。

他の所伝によると、こういうのだった、

亀の肉は食うべきか食わぬべきか(2)。

ドリオン——笛吹きか魚料理研究家か

［デモクリトスがつづける］それにしても諸君、魚料理研究家ドリオンなんていうのが、どうして登場することになったのかだな。まるでそういう本を書いた人間がいるみたいにね。そういう名前の音楽家がいて魚が好きだったということなら、小生も知っている。だが著述家じゃない。笛吹きのドリオンのことなら喜劇詩人のマコンがこう言っている、

c

音楽家のドリオンが、ある時粉挽町(こびきちょう)(3)を訪れたが、
泊まれる宿がどこにも見つからなかった。

(1) ペリクレス、コドロス、キモンはいずれもアテナイの栄光に関わった人々だが、順不同に並んでいる。コドロスは伝説的なアテナイ王。あまりに偉大な王だったので、あとを継ぐ王がいるとは思えず、そこでアテナイ人は彼の死後王制を廃止してアルコン（執政官）を選ぶことにしたという。キモンは前五世紀、軍人としても政治家としてもかくかくたる成果をあげた名家出の人。ペリクレスはキモンのやや後輩で、アテナイの黄金期の完成者。そして民主派でキモンの政敵。

(2) ここに並んでいる二種の「亀の肉は……」という句は、マイネッケが写本を修正してこのように読んだのだが、「他の所伝によると」と言っても、それぞれ違うことを言っているわけではない。原文では「肉」が一方では krea と、他方では kre と約音している。また語順が両方で少し違っているだけである。

(3) この町の名は、原文では固有名詞になっておらず、なぜかただ「挽臼の町」となっている。

門も何もないお堂があったので、
その階に腰を下ろすと、堂守りが
お供えをしているところで、そこで声をかけて、
「もし、こちらの御祭神はどなた様で。
どうか教えてくださいまし。アテナ様にかけて」。
すると堂守りの言うことに、「ゼウス・ポセイドン様じゃ」。
d ドリオンつぶやいて言うことに、「なるほどこりゃ宿は見つからぬ。
この町じゃ、神様でさえひとつ家に
おふた方ご同居ではなあ」。

サモスの人でテオプラストスの弟子、そして歴史家でもあり、サモスの独裁者ともなったドゥリスとは兄弟
だったリュンケウスが、『金言集』の中で言っている、『ある時ある人が笛吹きドリオンに、えいという魚は
いい魚だと言うと、ドリオンは、着古した服を煮て食うぐらいにはな、と答えた。またある人が、鮪(まぐろ)の切
e り身のことを、あれはうまいと言うと、私の食べ方で食べるんじゃなくちゃ、と答えた。そりゃまたどんな
と重ねて問うと、うまそうにさ、と答えた。彼はまたこう言った、「大海老に三徳あり。暇、うまさ、考察」(1)。
キュプロスのニコクレオンが、「もしよかったら、同じ職人にもうひとつそちのを作らせよう」と言うと、
「それは殿下のにしてください。私はこれを頂戴いたします」。笛吹きとはいえ、愚か者ではとてもこんなこ
とは言えない。昔の言葉に

f 笛吹きには神様は分別をお与えにならなかった。
吹くもんで、分別もふっとばしてしまうからだ』

と言われているにもせよだね。ヘゲサンドロスも『備忘録』の中でドリオンのことを述べている、『魚好きのドリオンは、奴隷が市場で魚を買って来なかったとき、彼を鞭で打って、いちばんいい魚の名を言ってみ
338 ろと言った。奴隷が、はたに、グラウキスコスに(2)、穴子に、と、そのほかにもこういうのを並べると、「名前を言えとは言ったが、神様のとは言わなかったぞ」と言った。このドリオンは、ティモテオスの『船乗り』という喜劇の嵐の場景を笑って、『煮たっている鉄びんの中の方がもっと大きな嵐になってるぞ』と言った。アリストデモスの『滑稽回想録』の中で、音楽家で海老足だったドリオンが、ある宴会のとき、悪い方の足の履物をなくした。すると彼の言うことに、『あの靴がどうか泥棒さんの足に合いますようにって言ったら、これ以上の呪いはないだろう』。このドリオンが美食で鳴らしていたことも、喜劇作家のムネシマ
b コスが『ピリッポス』で言っていることからも明らかだ、

いいや、だがドリオンは、夜になってもご逗留(とうりゅう)で、
笛吹きだけに、鍋をぷうぷう吹いてござる。

(1)「暇とうまさと考察」ではまったくばらばらな感じだが、ゆっくりと暇をかけ、じっくりと観察して、いかに食べるべきかを考察し、さて、それにしてもうまいものよと感じ入る、ということらしい。

(2) グラウキスコスについては、一七頁註(1)を参照。

魚好き人名録

ヘルミオネのラソスが、魚をたねにして言った冗談も知ってるぞ。それをだね、ヘラクレイアのカマイレオンが、まさにこのラソスについて書いた本に記しているのだ。こんな風にね。生の魚とは焼いた（optos）魚のことだと彼が言うので、それを聞いた多くの者がびっくりすると、彼は言ったそうだ。聞くことができ
c るものとは聞こえるもので、考えることができるものとは考えられるものだ。まったく同様に、見ることができるものとは見える（optos）ものだ。だから、魚が見えるなら、必ずそれを焼くことができる（optos）のだ。(1)またあるとき彼は、いたずら半分に漁師から魚を盗んで、それをその場にいたある者に渡した。盗んじゃいないと誓えと漁師が言うと、彼は、俺はもっちゃいないし、俺以外のだれかが取ったとも知らん。なぜなら取ったのは俺だが、もってるのは俺じゃないからだと誓った。そして、魚を渡した男にもこう誓えと言った、
d 俺は取っちゃいないし、他人ももっちゃいない、とね。つまり、取ったのはラソスの方で、もってるのは自分だからだ。同じような洒落がエピカルモスの『ロゴスとロゴス夫人』にもある、

甲　ゼウス様がわしに、ペロプスのための持ち寄り宴会に（g'eranon）おいでと仰せられた。

乙　やれやれ、ゲラノス（geranos）(2)なんていう幻の魚のご馳走じゃ、ひどいもんだろうよ。

甲　ゲラノスではない、エラノスとわしは言っとるのだ。

アレクシスは『デメトリオス』の中で、パユロスなる者を魚好きだとしてからかっている、

昔は海に、北風か南風が吹くときは、
口にすることができる魚なんかだれにもとれないと
決まっていた。ところが今ではそのほかに
もうひとつパユロスという大風が加わった。
あいつが市場に来ようなら、もう嵐だ。とれた魚を
残らず買って引き揚げる。おかげでこっちは
野菜売り場で戦争てなことになる。

e

アンティパネスの『魚売りの女』には、魚好きの人間のカタログがある、(3)

まず烏賊(いか)を頂戴な。わっ、何よ、これ。まあ、

(1)「見える」という形容詞も、「焼いた」「焼ける」という形容詞も、たまたま同じ optos という綴りになるのを利用した地口。

(2) ゲラノスも同じような地口によっている。ゲラノスはふつうは鶴のことだが、ここでは魚の名である。アイリアノス『動物について』第十五巻九に、この魚についての信じるわけにはいかない記述がある。それによると、この魚はコリントスのサロニカ湾側の海にいる。体長は一五プースぐらい(約四四四センチ)、頭と口は鳥で、鱗は鶴の羽。鶴が北から南へ渡るとき、雄がやみがたい欲情を発して精液を漏らす。それが陸上だと無益になるが、海中に落ちると魚になるという。アイリアノスのこの箇所には、デモストラトスなる人の、これも信じるわけにはいかない解剖所見まで紹介されている。

(3) 遊女あがりの女が魚売りの店を張って、女中のドリアスに売らせている。

何でもかんでもよこしたわね。おまえ、
これをもういっぺん、海にほうり込んで
洗わないの。ねえ、ドリアス、洗ってない烏賊を
おまえから買ったなんて言われないようにすることね。
この小魚といっしょになってるざりがには
別になさいよ。ざりがにさん、あんたはほんとに肥えてるのね。
カリメドン(1)、あんたの知り合いのうちだれが
あんたを今すぐ食べるのかしらね。ちゃんと代金を
ここに置かない人じゃないわね。
赤ぼらさん、あちきはおまえをいちばん右翼に
置いたわ。あのご立派なカリステネス様(2)が召し上がるのよ。
赤ぼら一匹のためなら、身上（しんしょう）食いつぶしてもいいっていう方さ。
それからシノペ(3)の髭よりもっと濃い
髭を生やした穴子さん、だれがまっ先に進み出て
あんたを取るかね。ミスゴラス(4)では
絶対にないわよね。だがこのキタロス(5)、
これを見た日にゃミスゴラス、手をこまねいちゃいないでしょ。
いや、ほんと、あの人は、あらゆる竪琴弾きと熱心に

ひそかにねんごろに関係してるのよ。
で、このはぜ、ゴビオス氏は、まっことすぐれたつわものよね。
まだぴんぴん跳ねてるうちに、ピュティオニケ(6)に届けなけりゃいけないわ。
いい男ですもんね。が、ピュティオニケは食べないでしょうね。
彼女は今は塩漬け氏に首ったけだから。
このかわいい小魚たちと赤えいは、テアノのために
とっておきましょ。ちょうど彼女の目方ぐらいだろうからね。

b

以上の中でアンティパネスはミスゴラスのことを、年ごろの竪琴弾きたちに熱をあげていると冷やかしているわけだが、これはけっこう当たっていると思える。というのは、演説家のアイスキネスが『ティマルコスる。

---

(1) カリメドンは本書第三巻(第1分冊)一〇〇cに引用されたアレクシスの喜劇の中で、「海老野郎」とあだ名され、「豚の子宮の煮たやつのためなら死んでもいいと思ってた」とからかわれていた。

(2) カイベルはこのカリステネスを、後続の三四一fに出てくるカリステネスと同じと見ている。とするとこれは、ハルパロスから賄賂を受けたアテナイの政治家である。

(3) シノペは老遊女。本書第十三巻にこの名が二、三度出てくる。

(4) ミスゴラスは、アイスキネスが政敵デモステネスをやっつけるために、彼と組んでいたティマルコスをやっつけた演説(『ティマルコスを駁す』)の中で、まず槍玉に挙げた人物。後続の三三九cを参照。

(5) キタロスという魚については、一一七頁註(1)を参照。

(6) ピュティオニケは前四世紀に有名だった遊女。

c (339) を駁す』の中で、このミスゴラスについてこう言っているからだ。『アテナイ人諸君、コリュトスのナウクラテスの子ミスゴラスは、ただ一点を除けば、まことにすぐれた人士、非のうちどころのない人物であります。その一点と申すはすなわち、かの者は常軌を逸して竪琴弾きらを身辺においていることであります。私は野卑なるふざけでかようなことを申しておるのではない、むしろ諸君に、彼がいかなる人物であるかを知っておいていただきたいと考えるのであります[1]』。ティモクラテスも『サッポー』で言っている、

　ミスゴラスは、若さに華やぐ連中には胸をわくわく
　　させてるが、おまえんとこには来ていないようだな。

アレクシスは『アゴニス』（または『仔馬』）で、

　母上、ミスゴラスなんておっしゃって、私をおどかさないで
　　ください。私は竪琴弾きじゃあないんですから。

d またアンティパネスが、ピュティオニケは塩漬け魚が大好きだと言っているのは、彼女の愛人が、カイレピロスという塩漬け魚売りの息子たちだからさ。ティモクレスが『イカリアの人々』でそう言っている、『太っちょのアニュトスがピュティオニケの所へ行くと、いつもご馳走になる。彼女のお好みの「大鯖[2]」ことカイレピロスのふたりの息子を呼ぶときには必ず、あいつも呼ぶことにしてるっていう話だ』。そしてまた、

　ピュティオニケは喜んで、おまえを迎えてくれるだろう。
　そしてたぶん、おまえがここから手土産にと
　もって行くものを、みんな食べ尽くすだろう。なにしろ底抜けの腹だから。

e

それでも、あいつに言うことだ、籠（かご）をくれろとな。
塩漬けの魚をいっぱいもってるからだ。あいつんとこには
二匹のサペルデス(3)がいるからな。こりゃあ塩漬けじゃ
ないけれど、鼻っ先の平たいやつさ。

f

海老野郎のカリメドンのことは、ティモクレスが『お節介屋』で、魚好きですが目だったと言っている、

それからいきなり海老野郎の
カリメドンが現われて、俺の方を見て、と思ったんだが、
ほかのやつにしゃべりはじめた。俺はさ、
やつの言うことはひと言も分からないが、
まあ、形だけ、首を縦に振っておく。あいつの目玉が
340
見てるものと、ほんとに見てるらしいものは、別々なんだよな。

アレクシスの『クラテイアス』（あるいは『薬商人』）では、

甲　カリメドンのつぶらちゃんを、今日でもう
三日も診てやってる。　乙　つぶらちゃんて、あいつの娘かい。　甲　いいや、目玉さ。

（1）アイスキネス『ティマルコスを駁す』四一。
（2）「大鯖」については本書第三巻（本訳では第1分冊）一一六cとそこの訳註を参照。
（3）サペルデスについては一二九頁註（2）を参照。

ありゃあ何だな、プロイトスの気のふれた娘たち(1)を、
たったひとり直してやれたっていうメランポス(2)でも、
あれをまっすぐにしてやるなんて、無理だろう。

b 『競走者』という劇でも、彼はカリメドンをからかっている。そして彼の食い道楽のことは『パイドン』(あるいは『パイドリアス』)でこう言っている、

甲　もし神様のおぼしめしなら、頼む、おまえが
市場の差配になって、カリメドンの野郎が
日に二度も魚屋に嵐を吹かせるのをやめさせてくれ。
乙　そりゃ独裁者でもなけりゃなあ。たかが差配にゃ、とても無理だ。
野郎は喧嘩腰になる。そのうえ、国家に有用ときてるからな。

c 同じ台詞(せりふ)は『井戸』という芝居にもある。それから『麻薬患者の女』では、

もし、おまえさん以外の男たちを
好きになったりしたら、あたしゃ鰻(うなぎ)になって、
大海老ことカリメドンに買われた方がいい。

『クラテイアス』では、

大海老ことカリメドンが、オルペウスなるはたと(3)いっしょに来た。

アンティパネスは『ゴルギュトス』で、

もしカリメドンがグラウコス(4)の頭を手放すようなことがあったら、
俺は、こうと決めた考えを取り消しにしてもいい。

d エウブロス は『救助された者たち』で、

仲間の連中は神様に縛られて……
海老野郎といっしょにいるが、あいつだけだ、人間のくせに、
あつあつの皿から、切った塩漬け魚をひと息に

(1) プロイトスはティリュンス王。その娘たちが気がふれたのは、ディオニュソスを軽んじたためともヘラを軽んじたためとも言われている。

(2) メランポスは神話中の予言者、治療者。彼の予言とは、助けてやった蛇の子が彼の耳をなめたところ、動物が交わしている言葉がわかるようになったことによる。治療の方は、浄めによるという。しかし彼はその治療に莫大な報酬を要求した。

(3) 原文は met' Orpheos. Orpheos というのはオルペウス Orpheus の属格の形だが、ここではまさかオルペウスではなく魚だろう。しかし Orpheus がたまたま orphos(はた)という魚の名と似ているので引っかけたものだろう。

(4) グラウコスはよく出てくる魚の名だが、トンプソンによると、鮫の仲間を指していることもあれば、鯖の仲間を指していることもあって、同定できない。

(340)

呑み込んで、なめたようにきれいに平らげるてえのは。

テオピロスは『医者』で、彼と彼の演説の冷たさをからかっている、

若い連中はみな、先を争って彼の所に
……鰻を、父親に出す。
e 「すっばらしい烏賊(いか)です、お父さん」とか、「海老はいかがです」とか。
「海老だと。そいつぁ冷たい。よしにしておこう」と親父どの、「演説家は食わんことにしとるのだ」。

ピレモンは『追跡者』で言う、

アギュリオスは、海老が出されているのを見ると、
「わっ、これはこれはお父上」と言うが早いか、
——どうしたと思う——父親を食っちまった。

クラテスの弟子のヘロディコスは『雑録』の中で、アギュリオスというのはカリメドンの息子だと言っている。

f 次に挙げる人も魚好きで名をあげた。詩人のアンタゴラスは、ヘゲサンドロスによると、奴隷が魚に油をひくのを許さなかった。ただ洗うだけにさせた。ヘゲサンドロスはまた言っている。(1)『彼が陣中で前垂れをかけて平鍋で穴子を煮ているのをアンティゴノスが見て傍らに立ち、「おまえはホメロスが、穴子を煮ながらアガメムノンの功を書いたとでも思っておるのか」。するとかの者の答えというのがぴしゃりとしたものだった、「陛下はアガメムノンが、だれが陣中で穴子を煮ているかなどと、お節介にも気を配りながら、あ

の武勲をあげたとお思いですか」。このアンタゴラスが鳥を煮ていた。お風呂へどうぞと言われたが断わった。奴隷どもが煮汁をくすねやしないかと用心したのだ。ピロキュデスが、「お母上が見張ってくださいましょ
341 う」と言うと、「じゃあこの俺に、鳥の煮汁をおふくろにまかせろと言うのか」と言った』。ポレモンがそう書いているのだが、キュジコスの画家でアンドロキュデスというのも魚好きだった。あんまり好きだったので、つい遊び心を動かして、海の怪物スキュラのまわりを魚が泳いでいる図を、丹念に描くまでになった。キュテラのディテュランボス詩人ピロクセノスについては、喜劇詩人のマコンがこんなことを書いている、

ディテュランボス詩人のピロクセノスは、
人並みはずれた魚っ食いだと人は言う。
b それからこんな話をする。ある時シュラクサイの市場で、
二ペキュス〔一メートル弱〕もある蛸を買い、
料理をするや、丸ごとそっくり平らげた。
（さすがに頭は食わなんだ）ところがたちまち消化不良、
それもひどいやつだった。医者が呼ばれて
来てみたが、哀れな様を見て打つ手もなく、
「もしまだなら早速にも、ピロクセノスさん、

（1）以下の話はプルタルコス『食卓歓談集』六六八c－dも紹介している。

(341)
遺言を。七つの時がたつ前に[1]、
あなたはあの世へお旅立ちでしょうゆえ」。
c すると病人が言うことに、「その用意ならすべて大丈夫、
先生。もう長いこと研究もいたしました。
神様のおかげをもちまして遺すことができます。
ディテュランボス、これは粒ぞろいに育て上げ、
冠を戴かせたのを、私の姉妹なる
ミューズに献じ、アプロディテとディオニュソスをば
後見人に指定いたします。されどすでに
ティモテオスの『ニオベ』のカロンが、
ぐずぐずするな、早(はよ)う来いと呼んでおります。
d 黒い死の運命が呼んでいるのも聞かなければなりません。
死出の旅路の支度のかく整いましたからには、
さあ、その蛸の残りを私にお返しください」。

別の箇所にはこんなことが書いてある、

キュテラのピロクセノスはある時神様に
お願いした。私の喉を長あくしてください。
呑み込むのにできるだけ暇がかかって、

食べたものを、みんなまとめて楽しめますように。

e　犬儒派のディオゲネスも、蛸を生で食べたら、おなかが膨らんで死んだ。ピロクセノスについては、パロディ作家のソパトロスもこんな風に言っている、

ふた山に盛られた魚のまん中に座って、

アイトナ（エトナ）山のまん中を見張っている。

f　雄弁家のヒュペレイデスも(2)、ティモクレスの『デロス』によれば魚好きだった。アレクサンドロス大王の財務担当者ハルパロスから賄賂を受け取ったアテナイの政治家を列挙しながら、この喜劇作家はこう言っている、

甲　デモステネスは五〇タラントンもらっている。

乙　いいねえ、もしだれにもおすそ分けなんてしなければね。

甲　モイロクレスはしこたま金を受け取った。

乙　ばかだね、くれたやつは。もらった方は運がいいや。

(1) 直訳すれば「第七時よりも前に」ギリシアでは（そしてローマでも）、日の出から日の入りまで（あるいは日の入りから日の出まで）を一二等分して一時としていた。だから第七時とは、昼ならば午後一時ごろ、夜ならば午前一時ごろとなる。

(2) ヒュペレイデスはデモステネスと同時代の、そして政策でも演説のみごとさでも、デモステネスと競った人。生涯反マケドニア政策をかかげて、結局覇を制したマケドニア勢力によって捕らえられて殺された。それゆえ賄賂など受けるはずがないと思えるが、喜劇作家の手にかかるとこうなる。

甲　デモンやカリステネスももらっている。
乙　貧乏だったからね。勘弁してやろう。
甲　それに、あの口上手のヒュペレイデスもだ。
乙　あっしら魚屋を金持ちにしてくれるよ、あの人は。
　魚っ食いだからね。なんしろ、鴎（かもめ）をひもじくさせるてえ人だ。

342 同じ作家は『イカリアの人々』で、

君はヒュペレイデス川を渡ることになる。
この川は、穏やかな声で話したり、理詰めの論法で
口角（こうかく）泡を飛ばしたり、裏返しの議論を繰り返したり、
何でもござれと満を持しているが、賄賂（わいろ）に弱いが玉にきず、
くれたやつの田んぼの方に流れたがる。

b ピレタイロスは『アスクレピオス』の中で、ヒュペレイデスは食い道楽だったばかりでなく、賽（さい）振りにも精を出していたと言っている。同じことをアクシオニコスが『エウリピデス贔屓（びいき）』で、演説家のカリアスについて言っているようにだな、

塩水流るる海に住むグラウコス〔灰色はぜ〕なる者が、
その場にぴったりの大きさの
別の魚を引き具して、

美食家連の食卓へと参った。
その肩には、食い意地張ったる者どもの
垂涎（すいえん）の的なるものをのせて。
これをばいかに料理せよと申すべき。
黄なるソースをもって湿（しめ）すべきか、
それとも濃き
塩水と油をば全体に振って、
燃え立つ火にかけるべきか。
だれかが言う、あの笛好きの
c
モスキオンなら、塩した湯で食うだろうと。
カリアスよ、実はこれ、君を
声高に罵（ののし）っているんだぞ。君ときたら
無花果（いちじく）と塩漬け魚の切り身をむしゃむしゃやるばかりで、
せっかくのすばらしい料理には見向きもせんからな。

無花果（sykon）は通報者・密告者（sykophantes）に通じる[1]というわけで、非難のために引き合いに出されてい

（1）無花果と通報者の関係については、本書第三巻（第1分冊）七四eの訳註を参照。

るのだし、塩漬け魚というのはたぶん、カリアスが淫らなことをするやつだというあてこすりだろう(1)。ヘルミッポスは『イソクラテスの弟子たち』の第三巻で、ヒュペレイデスはいつも、早朝に魚市場を散歩していたと言っている。タウロメニオンのティマイオスは、哲学者のアリストテレス(2)も美食家だったと言っている。
d ソフィストのマトンもそうだった。アンティパネスが、『あの人は絶対に嘘を言う人じゃない』で始まる『竪琴弾き』という芝居でそう明かしている、

　ある者が進み出て、目玉をえぐった。
　マトンが魚の目をえぐり取るみたいに。

アナクシラスは『孤独者』で、

　マトンのやつが鯔（ぼら）のあたまをかっさらって
　食っちまった。俺ゃぁもうおしまいだ。

人が食べているものをひったくるなどとは、食い意地も極まれりっていうところだ。ましてやそれが鯔の頭
e であるにおいておやだね。もっとも、その道に通じた人で、それこそアルケストラトスの贅沢指南が教えてくれるような、何か貴重なものがその鯔の頭に隠されていると知っている、というのなら、話は別だがね。
アンティパネスは『金満家』で食い道楽のカタログを挙げている、

　　　エウテュノスは
　サンダルをはき、印章つきの指輪をはめ、香水を浴び、そして
　魚なんていう——何の魚は知らないが——些細（ささい）なものの勘定をしている。

343 f

かと思うとポイニキデス、とその親友のタウレアスは、
昔から食い道楽で鳴らした御仁（ごじん）で、
市場で切り身を丸呑みするほど。
だから現状を見たら、命もちぢむ思いがして、
何と魚が品薄かと、我慢がならなくなる。
まわりに集まった連中に、ふたりはこうのたもうた、
おまえらのうち二、三の者が、金をつぎ込んで
海を荒らし、一匹の魚も港には入れない。
これじゃ生きてる意味がない、こんなのをこらえちゃならん。
そもそも島守（しまも）りなんていうのは何のためのものだ。
魚の輸送を、法律で強制することだって
できるはずだ。それが今じゃどうだ、マトンが

（1）「あてこすり」とは、ロウブ版の訳者ガリックの説明によると、本書第三巻（第1分冊）一一六eで、ある種の若鮪の塩漬けの切り身が「ホライオス」と呼ばれていたが、ホライオスとはふつうは若盛りの美青年のことゆえ、それとの連想でこう言ったもの。

（2）アリストテレスはディオゲネス・ラエルティオス『ギリシア哲学者列伝』第五巻一‐一一に引用されているテオクリトスのエピグラムでも「口腹の欲を抑えきれなかった」と言われている。

漁師をさらって、そのうえに、こともあろうに
ディオゲイトンが、捕れた魚はみんなマトン様の所へ
お届けしろと言いつけた。ここまでやるとはひどいにもほどがある。
民主的じゃない。あいつんとこじゃ、婚礼の宴、若い連中の飲み会……。

b エウブロスは『ミューズたち』で、

ポイニキデスが、大勢の若い連中が集まっている所で、
ネレウスの子ら［魚］がいっぱい、平鍋でぐつぐついっているのを見て、
手を振り上げるのは控えたものの、憤懣（ふんまん）やるかたなく、
「俺は公共の金で食えるんだ(1)なんて言ってるのはだれだ。
あつあつのまん中からつまんで食えるっていうのはだれだ。
コリュドスはどこにいる。ピュロマコスは、ネイロスは。
わしに向かってくるがいい。何も食えないだろうよ」。

c 悲劇詩人のメランティオスもこれに似ている。彼はエレゲイアも書いた。その彼の食い道楽ぶりを、レウコ
ンは『兄弟団の人々』で、アリストパネスは『平和』(2)で、ペレクラテスは『ペタレ』でからかっている。そ
れからアルキッポスは『魚』で、彼は魚っ食いだというわけで、縛って魚たちの手に引き渡される。魚たち
が敵討ちに食うようにだ。それどころか、ソクラテスの弟子のアリスティッポスも食い道楽だった。ソティ
d オンとヘゲサンドロスが言っているが、その食い道楽ゆえにプラトンから咎められたとき……。デルポスが

こう書いている、『アリスティッポスはむやみに魚を買ったとプラトンに咎められると、たったの二オボロスしかしなかったと答えた。それぐらいの買い物なら俺もする、とプラトンが言うと、それ見ろ、俺が魚好きなんじゃなくて、おまえが金好きなのだ、と彼は言った』。アンティパネスは『笛吹き女』（あるいは『双子の姉妹』）で、ポイニキデスという男が、魚っ食いゆえに喜劇のたねになると言っている、

メネラオスは、見目（みめ）うるわしき女性（にょしょう）(3)のために、
トロイア人と一〇年間戦ったが、
ポイニキデスは鰻（うなぎ）のために、タウレアスと戦っている。

e 雄弁家のデモステネスはピロクラテスを非難した(4)。裏切りによって得た金で遊女と魚を買ったという淫らさと贅沢のためだ。ヘゲサンドロスによると、魚好きのディオクレスは、穴子と鱸（すずき）ではどっちがいいかと問われると、煮るなら穴子、焼くなら鱸と答えた。レオンテウスというのも魚好きだ。彼はアルゴスの出身で、
f アテニオンの弟子となって悲劇作家になったが、元はマウレタニアのユバ王に仕える奴隷だった。アマラントスが『演劇について』でそう言っている。彼によると、レオンテウスの『ヒュプシピュレ』の演技がひどく下手だったので、ユバはこういうエピグラムを彼に奉ったそうだ、

---

(1)「公共の金で」とは人様に食事をたかる食客のこと。
(2) アリストパネス『平和』八〇四。
(3) メネラオスの妃で、トロイアのパリスに誘拐されたヘレネのこと。
(4) デモステネス『使節について』二二九。

キナラ(1)を食むなる悲劇詩人レオンテウスの声よ、
我を見つめることなく、ヒュプシピュレの哀れなる心を見よ。
かつてはバッコスに慈しまれ、彼その黄金の耳もて
わが声をこよなく愛したまえり。されど今は、
釜と壺と深鍋と、腹をば甘やかして、
われより声を奪いぬ。

344 ヘゲサンドロスはまた、魚っ食いのポリュスコスが、自分が欲しいだけの身を魚から切り取れず、たくさんくっついてきたとき、こう歌ったと言っている、

逆らう者は根こそぎやられてしまう。(2)

そう言って全部平らげたそうだ。ある者がビオンのもっていた魚の上半分をひったくって取ったとき、今度は彼がそれをくるりとひっくりかえして奪い返し、心ゆくまで食べてからこう引用した、

また一方ではイノ様が肉を引きちぎっておられた。(3)

b 食い道楽のディオクレスの妻が亡くなったとき、その追悼の宴でも食い道楽ぶりを発揮した。するとキオスのテオクリトスが言った、『泣くのはやめろ。どんなに贅沢に食ったところで、食う以上のことはできはせん』。ディオクレスは食道楽のために畑を食いつくした。ある時彼が、熱い魚を鵜呑みして、口の天井［ウラノス］をやけどした、と言うとテオクリトスが、『残りは海だけだな、君が呑み込めるものは。そしてそうす
c ると君は、自然界の三つの重要なものを呑み込むことになるわけだ、土と海と天［ウラノス］とね』。クレア

ルコスは彼の『伝記』で、ある魚好きの者のことをこう書いている、『昔、笛吹きのテクノンは魚好きで、やはり魚好きの笛吹きのカルモスが死んだとき、その墓に小魚を犠牲として供えた』。喜劇詩人のアレクシスも魚っ食いだった、とサモスのリュンケウスが言っている。ゴシップの種蒔き屋連中が、その食い道楽ぶりをからかい半分に、何がいちばんうまいと思うかと尋ねると、アレクシスは言ったそうだ、『炒（い）った種』。悲劇作家のノティッポスというのもいた。ヘルミッポスが『モイライ』でこう言っている、

d

現代の人間が、かりに戦争を始めるとする、
そして、大きなえいと、豚の肋（あばら）が指揮官になる、
となれば、ほかの者はみな郷里に留まる、だがノティッポスだけは志願する、
そして、彼ただひとりで、全ペロポンネソスをひと呑みにするだろう。

ここでヘルミッポスが何を言おうとしているかを、テレクレイデスの『ヘシオドスたち』がはっきりと語っている。悲劇役者のミュンニスコスも食い道楽だと、プラトンの『塵埃（じんあい）』でからかわれている、

---

(1)「キナラを食む」は、写本に **kenarephagon**（これでは意味をなさない）とあるのを、シュヴァイクホイザーが **kinarephagou** と修正したのに従った訳。本訳の底本の校訂者カイベルはこの修正に従わず、写本のままに放置しているが、この修正された読みは「辞書」にも登載されているのでこれを採用した。キナラは *Cynara Scolymus*, 英語名 **artichoke**, 日本名チョウセンアザミ。地中海原産のキク科の植物で、蕾の肉質の部分を食用にする。甘みがあるが、あくもある。

(2) ソポクレス『アンティゴネ』七一四。

(3) エウリピデス『バッコスの信女』一一二九。

e 甲　こちらは、アナギュルスのはたさんです。
乙　存じ上げております。カルキスのミュンニスコスのご友人ですな。
甲　その通りです。
同じ理由で予言者のランポンも、カリアスの『囚人』とリュシッポスの『バッコスの信女』でからかわれている。この人物のことは、クラティノスも『逃げた女たち』でこう言っている、

　人間が、どんなにひどい決議をしても、
ランポンを、友人の食卓から引き離すことはできやしない。

またつづいて、

　あいつ、またげっぷを吐いてやがる。
f 手当たり次第何にでも食いつくからな。赤ぼらのためなら喧嘩も辞さないようなやつだ。

ヘデュロスはエピグラムで、食い道楽の連中のカタログを挙げ、その中でパイドンという者についてこう言っている、

　竪琴弾きのパイドンは……弦だけじゃない、
腸詰めももってくるよ、なにしろ食い道楽だからね。

アギスという人物についてはこう言っている、

　美魚(1)が煮えた。さあ、かけ釘をかけろ、
345 アギス鍋（なべ）の守（かみ）(2)が入って来ないように。

やつは火になる、水になる、その他何でも
お望みのものになる。やつを締め出せ。
そんなものに変身して来るだろうからな。
ゼウスが黄金の雨となって、アクリシオスの鍋を攻めた[3]みたいにな。
クレイオという女についても同じようなことで、こうやっつけている、
せいぜいやってくれ。だが、よかったら、
ひとりでやってくれ。穴子一匹一ドラクマだ。だから、
帯か耳輪か、何かそんなものを、保証においてさ。
おまえが食べてるのを見るなんて、まっぴらごめんだ。
おまえはメドゥサなのさ。ゴルゴン[4]、おっとちがった
ゴングロス［穴子］の鍋のために、われわれは石になっちまうのさ。

b

(1)「美魚」については、本書第七巻二八二a－dのアンティアスの項と、二二五頁註(3)を参照。

(2) 原文は「鍋のプロテウスたるアギス」。プロテウスは海神ポセイドンの従者。予言の力をもつ。彼の予言を聞くためには彼を捕まえなければならないが、彼はいろいろなものに変身して逃げるという。

(3) アルゴス王アクシリオスは、娘ダナエから生まれる子に殺されるとの予言を聞いて、彼女を青銅の部屋に閉じ込めたが、ゼウスが黄金の雨となってダナエの膝に流れて交わったという。そしてペルセウスが生まれた。

(4) メドゥサは三人の女怪ゴルゴンのひとり。彼女らの目は、見るものを石に化する力があった。

(345) c アリストデモスは『滑稽回想録』の中で、食い道楽のエウプラノルは、同じく魚っ食いのある男が、熱い魚
の切り身を呑み込んで死んだと聞くや、『死よ、罰当たりの盗っ人よ』と呼ばわった、と言っている。魚っ
食いのキンドンとデミュロス（これも魚っ食いだった）が、灰色はぜばかり、ほかには何も出されなかった
とき、キンドンがはぜの目を取った。するとデミュロスは彼の目を攻めてこう言った、『放せ。そしたら俺
も放してやる』。ある時食事に招かれて、すばらしい魚を出された。するとデミュロスは、それを何とか独
り占めにできないかと考えたあげくに、その魚に唾をかけた。カリュストスのアンティゴノスが『ゼノン
d 伝』で言っているところによれば、ストア派の開祖であるキティオンのゼノンは、長年のあいだ食い道楽の
者といっしょに暮らしていた。ある時このふたりに大きな魚が出されたが、ほかにはひと品も出されなかっ
た。するとゼノンは、板からその魚をまるごと取って、それを食べてしまうかに見えた。相棒の男が彼をじ
っと見つめると、ゼノンが言った、『もし君は、わずか一日ぼくが食うことに我慢できないとするなら、君
とともに生きる者たちがどういうことに耐えているかを、考えてもみたまえ』。イストロスによれば、詩人
のコイリロスは、マケドニア王アルケラオスから毎日四ムナを頂戴し、これを贅沢な食事のために使って食
e い道楽になった。魚を食うために雇われた奴隷というのもちゃんと知っている。クレアルコスが『砂漠につ
いて』で言っているんだが、エジプト王プサンメティコスは魚を食べるための奴隷を養っていた。何でも、
ナイル河の水源をつきとめたいと考えたからだそうだ。この王はほかにも、リビュア砂漠の探検のために、
渇きに耐える訓練をした奴隷をもっていたが、そのうち生き残ったのはわずかな者だけだったそうだ。トラ
キアのモッシュノンあたりの牛というのも知ってるぞ。かいば桶の中に魚を投げてやるとそれを食うという

のだ。ポイニキデスは、割り前を出した者にだけ魚を出して、海は万人共有のものだが、その中の魚は、金を払った者だけのものだと言った。

美食

f

『美食家（opsophagos）』のほかに『うまいものを食う（opsophagein）』という言葉もある。アリストパネスの『雲』の第二版[1]に、

うまいものも食わなきゃ、くすくす笑いもしない[2]

とあるし、ケピソドロスの『豚』に、

うまいものも食わない、噂に耳を貸しもしない

とある。マコンは『手紙』で、

わしは世にいう美食家だが、この道の

（1）アリストパネス『雲』九八三。

（2）「くすくす……」の原語は kichlizein で、「含み笑いをする」ということだが、かつてはこの語を kichle（鳥の鶫）と関係づけて、「鶫を食う」から「美食に励む」という意味もこの語にはあるとされていた（ロウブ版のガリックの註にはそう書いてある）が、「辞書」はそれは誤りで、kichlizein は kichle とは関係がないと指摘している。

基本というのはこうだ。まず、まかされた材料を
傷めないようにする。それにはその材料に愛情をかけねばならん。
自分の味覚に気をつかう者は、必ずいい板前になる。
それから、自分の感覚器官をきれいにしとけば、
間違いを犯すことはない。煮ながら何べんも、味見をすることだ。
塩が足りない、ちょっと足せ、いや、何かほかに足した方が
よさそうだ、ってな。いい味になる(1)まで、また味見をする。
竪琴の糸を、うまく合うまで張る、ようなもんだ。
ここまでやって、これで万事よし、うまくできたと思ったら、
そいつを……………

b ……………〈判読不能〉……………。

c こういう美食家のほかに、エリスでは『美食のアポロン』(2)という神が拝まれている。この神のことはポレモン(3)が『アッタロスへの手紙』で述べている。ピサのアルテミス・アルペイオサ(4)のお宮に奉納されている絵というのも知ってるよ（これはコリントスのクレアンテスが描いたものだ）。ポセイドンがゼウスに鮪(まぐろ)を捧げているんだ。ゼウスはディオニュソスを産むので陣痛を起こしている(5)。デメトリオスが『トロイアの戦闘隊形』の第八巻で記しているようにね」。

デモクリトスの締めくくり

デモクリトスが言う。「今までずっと申し上げてきたことはみな、小生が諸君のためにご馳走の追加としてお出ししたというわけだ。もちろん、ここには世にもすぐれた学士ウルピアヌス君がおいでのこととて、小生は魚好きでありますなどと、しゃしゃり出たつもりはない。しかしこのウルピアヌス氏は、故郷シリア

(1)「いい味になる」の原語は symphonein. 料理術に音楽の和声理論を応用するのはよく行なわれたこと。本書第三巻（第1分冊）一〇二f―一〇三aにもそれが見えた。プルタルコスは『食卓歓談集』六五七b以下で、酒の割り方を和声で説明している。

(2)美食のアポロンなどという神があるわけはないが、それにしても、美食がなぜことさらにアポロンと関連づけて考えられたのか、訳者は知らない。

(3)このポレモンは本書第六巻（第2分冊）二三四dに「故事研究家」として引用されていたポレモンである。

(4)このピサは斜塔で有名なイタリアのピサではなく、オリュンピアの近くの泉の名。アルテミスはペロポンネソスでは川や泉の水との関わりが多く、このアルテミスもその一例。アルペイオサは、アルペイオニアとかアルペアイアとか言われていることがあるが、いずれにしてもアルカディアに発してオリュンピアの近くを流れて海に注ぐアルペイオス川が連想されている。アルペイオスに恋されたアルテミスが、だれだかわからぬように顔をよごして逃げたという有名な神話もある。

(5)ゼウスがディオニュソスを産むので陣痛を起こしているというのは、ゼウスの子を宿したセメレがむごい死をとげたので、ゼウスがその子をセメレの胎内から救い出して自分の腿に縫い込み、あらためて月満ちたときにそこから生まれた、それがディオニュソスだという神話を戯画化したもの。

d (346) の慣習に従って、われわれからも魚を取り上げ、代わってほかの習いをここへ持ち込まれた。しかしですぞ、
タルソス出身でストア派のアンティパトロスが『迷信について』の第四巻で言っているところによると、あ
る人々の証言に照らすと、シリアの王妃ガティスはたいへんに魚がお好きだったので、ガティス以外の
(ater Gatis) 何ぴとも魚を食べてはならぬとお触れを出されたそうだ。ところが民衆はその ater Gatis の意味
をわかりかねて、この王妃のことをアタルガティスと呼んで、魚を食べなくなったということだ。しかしム
ナセアス[1]は、『アシアの伝説』の第二巻でこう言っているんだな、『アタルガティスは苛酷な女王であったと
私は思う。その支配ぶりはひどいもので、あげくに人民に魚を食うてはならぬと禁じ、のみならず、自分は
この食物を好むゆえ、自分の所へは魚を届けよと命じるまでになった。そしてそのために今なお、この女神
e に願いごとをするときには、金か銀で作った魚を供えることになっている。しかしこの女神に仕える祭司た
ちは、毎日本物の魚を供えに来る。この魚は調理台できれいに包丁を入れられ、煮るか焼くかして供えられ
るのだが、これを食するのはほかならぬ彼ら祭司たちである』。少し先へ進んだ所でムナセアスはこう言っ
ている、『リュディアのクサントスによれば、アタルガティスはリュディアのモプソスに捕らえられ、その
f 非道の所業ゆえ、息子のイクテュス［「魚」の意］とともに、アスカロン付近の湖[2]に沈められて、魚に食われ
た』。たぶん諸君も、これは何か畏れ多いという気持ちで、わざと言わずにおかれたのだろうが、喜劇詩人
のエピッポスが『ゲリュオネス』という芝居で、ゲリュオネス[3]のために料理された魚というのを書いている
ね、こういうのだが、

　そのあたりの住民が、魚——といっても

347

そんじょそこらのものとはちがう、
四面（しめん）海に囲まれた、クレタの島より
まだ大きいのだ——を捕ると、
百[4]ものせられるような平鍋にのせて、あの方に献上する。
してその付近住民、すなわち
シンドスの人、リュキア人、ミュグドニア人、
クラナオスの子孫たち[5]、キュプロス島パポスの人。
これらの人々、王がかの大きな魚を煮る折は、
木を伐（き）って運び来る。その量さながら
町のぐるりに壁を建てられるほど。
また、ある人々は、その木に火を点じ、ある人々は
塩水用の水を、満々の水をたたえた湖から

（1）ムナセアスは前三世紀の人。アジア、ヨーロッパ、リビアという三地域に分けて、それぞれの神話伝説の解説を書いた。

（2）アスカロン付近の湖とは死海。

（3）ゲリュオネスはゲリュオンまたはゲリュオネウスともいう。頭が三つ、体も三つの怪物。この怪物がもっているたくさんの牛を奪うというのが、「ヘラクレス十二の冒険」の第十番目だった。

（4）何を百なのだかは明記されていない。

（5）シンドスはマケドニア、リュキアは小アジア南岸、ミュグドニアもマケドニア、クラナオスの子孫たちとはアテナイ人。

b (347) 引く。塩は牛車百台、八か月の時を要する。
鍋の縁には、五艘の舟を浮かべて、
指示を与える、「火をつけんのか、
リュキアの頭領。こっちは冷たいぞ。
マケドニアの頭(かしら)、火を弱めろ。
ケルト人、火を消せ、焦げるぞ」。

c エピッポスも『軽装歩兵』で、これと同じことを言っているということも、ちゃんと知ってるよ。ただ彼は、その後にこんな台詞(せりふ)をつけ加えているんだがね、

なんて、やつは宴席で、しゃべってさ、
煙に巻かれた若い連中が、目を丸くしているが、
本当は数勘定もできないのさ。
おごそかな顔して、おごそかな手つきで、上着の前を合わせてるだけよ。

さあ、そろそろウルピアヌス君にお出まし願って、エピッポスはだれのことを言っているのか、探究していただきたい。そして、上の台詞はどういう意味なのか、われわれにご教示いただきたいね。アイスキュロスのプロメテウスも言うようにだね、

もし何か、私の言葉がはっきりしないとか、わかりにくいとか
いうことがあったら、何度でも聞き返して、はっきりさせるがよい。

私には、暇ならもてあますほどあるのでな」[1]。

キュヌルコス、話を横取りしてウルピアヌスを誹謗すること

d　するとキュヌルコスが声を張り上げて、「こりゃ何と大きな魚、じゃなかった、大きな課題だ。ウルピアヌス氏におわかりかな。つまりさ、この御仁(ごじん)は、ヘプセトスとかアテリネ[2]とか、いやそれよりもっとつまらない小魚の小骨を抜く人だからね。大きな切り身はうっちゃっておいてさ。エウブロスの『イクシオン』じゃないが、

ちゃんとした立派なおもてなしにあずかって、
最上の粉のパンが出されているのに、
いのんど[3]とかセロリー[4]とかカルダモン[5]とか、

(1) アイスキュロス『縛られたプロメテウス』八一六—八一八。

(2) ヘプセトスとアテリネについては、三五頁の註(7)と(8)を参照。ここでは、ウルピアヌスが、少しでもひっかかることがあると、何でもほじくり返さねば気がすまないのをからかっている。

(3) いのんどは **anethon**, 学名 *Anethum graveolens*, 英語名 dill.

(4) セロリーは **selinon**, 学名 *Apium graveolens*, 英語名 celery. これの葉はちぢれている。イストモスやネメアの競技会では、これが優勝者への冠として与えられた。

(5) カルダモンは **kardamon**, 学名 *Lepidium sativum*, 英語名 nose smart. 芥子(からし)のようなものと思えば当たらずといえ遠からずである。

つまらんものばかりつついている。

まあ、わが『鍋の友』ウルピアヌス氏にさも似たりだ。いや、この『鍋の友』っていうのは、わが同胞、メ
e ガロポリスのケルキダス[1]が作った言葉だがね。とにかくウルピアヌス氏は、人間にふさわしいものはひと口
も召し上がらず、ほかのお客たちが、出された料理の中の刺とか軟骨とか粒々とかを、見逃していやしない
かと監視の目を光らせるばかりで、かの美しくも輝かしいアイスキュロスが、「自分の悲劇は偉大なるホメ
ロスの饗宴から、少しだけ切り取ったものだ[2]」と言った、そんなことには頓着なしだ。アイスキュロスとい
えば、いっぱしの哲学者だよね。あれはテオプラストスだったかカマイレオンだったか、とにかく『快楽に
ついて』という本にそう書いてあるんだが、自分の悲劇が不当にも優勝できなかったとき、私は悲劇を
f 『時』に捧げておるゆえ、いずれはしかるべき栄誉を得るであろうことはわかっておる、と言ったというじ
ゃないか。それにだな、竪琴弾きのストラトニコスが、ロドス島の竪琴弾きのプロピスについて言ったこと
なんか、どうしてウルピアヌス氏にわかっていただけるかっていう問題もある。クレアルコスが『諺につい
て』で言っているところによれば、ストラトニコスがプロピスの演奏を見た、ところがプロピスは、体格は
立派だったが技の方はだめで、体格に対して見劣りがした。あの竪琴を弾いているのはだれかと尋ねられる
348 とストラトニコスは、「取るにも足らん下手なやつで、大きな魚だ」と答えた。これは、まず第一に取るに
も足らんやつ、次に下手なやつ、さらに加えて大柄な男で、声が出てないから魚だ、ということを謎めかし
て言っているわけだ。これについてテオプラストスは『滑稽なことについて』で、これはストラトニコスが
言った言葉だとしたうえで、ストラトニコスは実は、『腐った魚はみな大きくない』という諺をもじって、

役者のシミュカスにあてつけて言ったのだと言っている。アリストテレスは『ナクソス人の国制』で、この
b 諺のことをこう書いている、『ナクソス人のうち、富裕な者の多くは都市部に住んでいたが、あちこちの村に散らばって住んでいる者たちもいた。その村のひとつ、レイスタダイという村に、テレスタゴラスが住んでいた。この者はたいへん裕福で、人々の評判もよく、尊敬もされていた。とくに、毎日だれかから何かを贈られていた。町から人がやって来て、値切りたおして買い物をしようとする。すると売る方では、そんな
c 値段で売るぐらいなら、テレスタゴラス様に差し上げる方がいい、と言うのが習わしになっていた。そんなところへ、ある若者どもが大きな魚を買おうとした。漁師が上の台詞を言うと若者らは、その台詞を何べんも聞くうちに怒りだし、いささか酔ってもいたので、テレスタゴラスの所へ押しかけた。彼はこの者たちを温かく迎えたが、彼らは彼と、婚期を迎えていたふたりの娘に狼藉をはたらいた。ナクソス人はこれを聞くや怒り心頭に発し、武器をとって若者らを襲い、こうして内乱が始まった。ナクソス人の指揮をとったのはリュグダモスで、この時の指揮ぶりがよかったので、彼はナクソスの僭主となった……〈以下脱落〉……(3)』。

(1) ケルキダスは前三世紀のイアンボス詩人。

(2) アイスキュロスのこの言葉は有名だが、記録としてはアテナイオスのこの箇所が最初。

(3) これはアリストテレス「断片」五五八だが、この末尾に脱落があると認めたのはヴィラモヴィッツである。たしかに、はじめに「この諺のことをこう書いている」と言って始めた引用だのに、ここまでのところでは、諺とは無関係と思えることしか述べられていない。

竪琴弾きストラトニコス

d [キュヌルコスがつづける] さっき竪琴弾きストラトニコスの名が出たのだから、ここでこのストラトニコス[1]の当意即妙の問答ぶりをぼくが紹介しても場違いにはならないだろう。竪琴の教師だったから、彼の教室には九体のミューズ像と一体のアポロン像があったが、弟子はふたりだった。ある人が、お弟子さんは何人かと尋ねると、「神々の御加護を賜って一二人」と答えた。ミュラサへ旅をしたとき、神殿がたくさんあるの
e に人間が少ないのを見ると、アゴラのまん中に立って彼は言った、「聞け、神殿よ[2]」。このストラトニコスについて、マコンは次のような回想を記している、

ある時ストラトニコスがペラへ旅をした。
多くの人たちから前もって、あの町へ行くと
みんな脾臓が腫(は)れると聞いていた。
浴場で何人もの若い者が火のそばで
体育に励んでいるのを見た。彼らは
肌の色も体格も、立派に鍛えられている。
そこで、脾臓が……なんて言った者は間違っている、
と言った。けれどもまた外へ出てみると、

脾臓が腸の倍ほどもある男に出会って……、
この浴場の番人は、入る者から上衣を預かるとき、
脾臓にもよく気をつけなければならんようだ。その場で
中にいる人たちが手狭な感じにはならんかと確かめるために。

　下手くそな竪琴弾きが、ある時ストラトニコスをもてなして、
盃を傾けながら技を披露した。
もてなしは豪華でもったいぶっておった。
ストラトニコスには、琴の音ばかり響いて、だれかと
話をすることもできず、とうとう盃を粉々にたたき割って、
もっと大きいのをくれと所望して、盃を重ね、
それを一献（いっこん）ごとに、ご照覧あれと太陽にかざし、
飲んでは眠り、眠っては飲み、あとは運を天にまかせた。

（1）ストラトニコスは前四世紀のアテナイ出身の竪琴弾き。以下のように、人をからかう文句を当意即妙に言ってのけることで有名だったが、その出典のほとんどすべてはアテナイオスのこの箇所である（これ以外では、ストラボン『地誌』第六巻に少し出ているのみ）。

（2）「聞け、神殿よ（akoute, neoi）」は「聞け、皆の者（akouete, leoi）」。アテナイの民会の布告のはじめに置かれた常套句のパロディ。

(349) そこへたまたま（らしいのだ）、彼が知っている連中が、いい気分で
押しかけてくると、ストラトニコスはたちまちに、酔いつぶれた。
どうしてそんなにのべつに飲んで、こう簡単に
酔っちまったのかと問われて、彼が言うことに、
「裏切り者にして呪わしい竪琴弾きめが、まるで
かいば桶の傍らで牛を殺すようなことをしたのだ(1)」。

b 　ある時ストラトニコスがアブデラへ行った。
そこでの競技会のためで。
ところがそこでは、市民ひとりひとりが、めいめいの
触れ役をかかえていて、その気になればだれでもが、
「本日は朔日（ついたち）にございまあす」などと触れられる、
そこで触れ役の方が、平民の数よりはるかに多い、
と見るとストラトニコスは、市内を歩くとき、
爪先立ちしてゆっくりと、そして目は足元の
地面をようく見ながら、歩を進めた。
彼を知らぬある人が、急に足を
c どうかなさったのかと聞くと、
「いやいや、わしは、どっこも悪いとこなどありませぬ。

宴会でもあれば、太鼓持ちより速く走って行けます。
ただ、わしにはわからない、だからこわいのです、
触れ役の方々を、足で踏んづけたり、してはいけませんのでなあ」。
下手な笛吹きが、犠牲式で、さあ笛を
吹こうとすると、ストラトニコスが、「しーっ。
神様に献酒をしてお祈りをするまでは、やめろ」。
クレオンというのは竪琴弾きで、牛と呼ばれていた。
竪琴をむちゃくちゃにかき鳴らし、調子っぱずれな歌をうなった。
それをしまいまで聞いたストラトニコス、
「驢馬(ろば)に竪琴(2)という諺があるが、牛に竪琴というのが要るな」。
竪琴弾きのストラトニコス、ポントスへ
船で渡って、ベリサデス王に伺候(しこう)した。
しかし、滞在がかなり長引いて、
ストラトニコスはギリシアへ帰りたくなった。

d

(1) ホメロス『オデュッセイア』第四歌五三五。海の翁プロテウスがメネラオスに、アガメムノンがクリュタイムネストラに殺された様を語り聞かせる中の文句。

(2)「驢馬に竪琴」は無教養の者に関して言うと説明されている。「猫に小判」「豚に真珠」の類いであろう。

（349）

ところが、王はそれを許さぬらしいとわかると、
彼はベリサデスにこう応じたという話だ、
「王様ご自身、ここにずっとお留まりになるおつもりですか」。

e

竪琴弾きのストラトニコス、ある時
コリントスに客として滞在しておった。
するとひとりの老婆、彼をじっと見据えて、
どこへ行こうがその目を離さない。
そこでストラトニコス、「お婆（ばば）、言うてくれ。
わしに何が望みか、何ゆえにいつまでもわしを見つめるのか」。
「どうしてもわからんからじゃ。あんたのおっかさんは、
あんたを十月（とつき）も腹にかかえて、どうしてこらえていられたのかがの。
わが国は、あんたを、ただの一日でも、かかえているのがつらいというにの」。

f

キプロスのサラミスの王ニコクレオンの妃アクシオテアが
美人の召使を伴って宴に出て、
放屁した。すると妃、シキュオン風の靴で
胡桃の実を踏みつぶしたが、ストラトニコスが
それを聞いて、「音が違う」と言った。
そのひと言のおかげで彼は、その夜、海へ投げ込まれて、

口をつつしまなかった償いをさせられた(1)。

　下手な竪琴弾きがある時、友人らに弟子をみせびらかした、らしい。そこにたまたまストラトニコスがいて、言ったそうだ、「自分がろくに竪琴を……、他人に竪琴を……」。

クレアルコスが『友情について』の第二巻で言っている、『竪琴弾きのストラトニコスは、そろそろ寝ようというときはいつも、奴隷に飲み物をもって来いと命じた。そして、「喉が渇いているわけではない。喉が渇かないようにと思うからだ」と言った。ビュザンティオンでのこと、ある竪琴弾きが、序の曲はうまい演奏をしたのに、あとの方は調子っぱずれだった。するとストラトニコスが立ち上がって、「序の曲を歌った竪琴弾きがどこに隠れたのかを知らせてくれた者には一〇〇〇ドラクマ取らせよう」と宣した。いちばん悪辣（あくらつ）な人間はどこの人間かとある人から聞かれると、パンピュリアでならパセリスのやつら、だが、人が

(1) 三五二dでは、キュヌルコス自身のことばで、ストラトニコスは、王の息子の悪口を言ったので毒を仰がされたことになっている。またそこでは、王の名もニコクレオンではなくニコクレスになっている。

b (350) 住んでいる所でというならシデの人間だと答えた[1]』。ヘゲサンドロスによれば、ボイオティア人はテッサリア人より野蛮かと聞かれると、エリス人こそテッサリア人より野蛮だと言った。ある時学校に碑を建てて、それにこう刻んだ、『下手くそな竪琴弾き弾劾(だんがい)のために』。ある人からどんな船がいちばん安全か、長い軍船か、丸い商船か、と聞かれると、もやってある船と答えた。ロドス島で演奏をしたが、だれも拍手をしてくれなかったので、劇場を出ながらこう言った、「一文の金もかからないことすらやってくれない君たちから、割り前をもらおうなんて期待はしない」。彼は言った、「エリス人には体育競技を、コリントス人には歌
c 舞音曲の競演を、アテナイ人には演劇の競演をやらせるべし。だが、彼らのうちいずれかが何か間違ったら、ラケダイモン人を鞭打ち役人にするがいい」。これは、カリクレスが『都市の競技会』の第一巻で述べているような、ラケダイモンで行なわれている鞭打ち[2]をからかって言ったのだ。プトレマイオス王[一世、ソテル]がストラトニコスと、竪琴のことで激しく論じ合っていた。ストラトニコスが言った、「王笏(じゃく)と琴の撥(ばち)とは別でござりまするな」。同じようなことを、叙事詩人のカピトンが『ピロパッポス陛下に献ずる雑録』
d の第四巻で言っている。ある竪琴弾きの演奏を聞きに来いと招かれたのだが、演奏後彼は言った、『父なるゼウス、その一は彼に与えたれど、他は拒みたまいぬ[3]』。一とか他とかとは何を指しているのかと問われると、「下手くそに竪琴を鳴らす技は与えたもうたが、上手に歌う術は拒みたもうた、ということだ」と答えた。建物の梁(はり)(dokos)が落ちて、悪者が一人死んだ。するとストラトニコス、「やっぱり神様はいらっしゃるのだと思う(doko)。もしいらっしゃらないのなら、梁(dokoi)は落ちないはずだからな」。以上に加えて
e [カリステネスは]、『ストラトニコス回想録』に次のような付録をつけている。クリュソゴノスの父親が、う

ちには何でもある、なにしろ私は興行師だし、それに息子たちのひとりは演出、ひとりは笛を吹く、と言ったのに対してストラトニコスが、「もうひとつだけ必要なものがありますな」。「それはまた何」。「見物の衆。ご家族のですよ」。ある人が、あなたはどうしてギリシア中を旅しているんですか、ひとつの町に留まらないで、と問うと、私はミューズから全ギリシアを演奏料として頂戴したのだが、彼らはミューズを知らぬ[無教養]ゆえ、彼らから料金を申し受けているのだと言った。笛吹きのパオンのことを、あいつはハルモニアではなくカドモスを吹いてやがると言った[4]。パオンが笛の上手ぶって、メガラでは合唱隊を所有している

f

---

(1) パセリスは小アジア南西部パンピュリアの都市、シデはペロポンネソス半島の南東端、マレア岬のわずか手前。いずれの都市も古い歴史をもち、それぞれに重要な役割を果たした町だが、これらの都市の人間ががとくに「悪辣」と称されるわけを、訳者は知らない。またシデについて「人の住む所でなら」とことさらに言っているのはなぜなのか、訳者はそれも知らない。

(2) スパルタで行なわれている鞭打ちについて、「カリクレスが……言っているように」というが、ヤコビの断片集を見ると、アテナイオスのこの箇所が引用されているだけである。おそらくパウサニアス『ギリシア案内記』第三巻一六-九—一二が述べている、アルテミス・オルティアの祭壇での子供の鞭打ちのことだろう。アルテミスに犠牲を捧げるときに、この祭壇で部族間の喧嘩が起こって、多くの者が殺され、殺されなかった者も病死した。すると、「この祭壇を血ぬらしめよ」と神託があった。それ以後、籤に当たった者がこの祭壇で犠牲にされていたのを、リュクルゴスが子供を鞭打つことに改めたというもの。プルタルコス『リュクルゴス伝』一八によると、その子供とは悪事をはたらいた子供である。

(3) ホメロス『イリアス』第十六歌二五〇。

(4) ハルモニアは一方ではもちろんハーモニーだが、他方ではテーバイの祖カドモスの妃だということに引っかけた洒落で、「ハーモニーでないのを吹いた」、つまり調子っぱずれに吹いたということ。

のだと言った。するとストラトニコス、「ばか言っちゃいけない。所有しているのはおまえじゃなくて、合唱隊がおまえを所有しているのだ」と言った。ソフィストのサテュロスのおっ母さんにはことさら驚いている、と彼は言った。なぜなら、どこの町でも十日ともたない重みを、あのおっ母さんは十月(とつき)もの間おなかに

351 入れて運んでいたのだから、と。サテュロスがトロイア競技会に出るべく、滞在中だと聞くと、「いつの世にもトロイアは不運に見舞われるのだなあ」。音楽のことで［靴屋の］ミュンナコスが、彼と意見を異にしたとき、あいつが何を言おうと放っておけばよい、どうせ足首より上でしゃべっている(1)のだから、と言った。藪医者は自分の患者を、その日のうちに死者の国に送る、と彼は言った。ある知り合いに会ったとき、きれいに磨いた靴をはいているのを見て、暮らしが不如意なのだと思って慰めの言葉かけた。自分で磨いたのでないかぎり、これほど美しくは磨かれないだろうと考えたのだった。ミレトス領テイキウスでは、そこの人間と外国人とが入り交じって住民となっているが、墓はみな外国人のものばかりなのを見て、「おい、この

b 町から出よう。ここじゃ本国人はひとりも死なないのに、外国人ばかりが死ぬらしいぞ」。竪琴弾きのゼトスが音楽を論じていると、おまえさんにかぎって、音楽のことなど口にするのはふさわしくない、おまえさんがアンピオンじゃなくて、ゼトスという名前をわざわざ選んだのだとすると、これほどミューズに無縁な

c 名はないからだ(2)、と言った。あるマケドニア人に竪琴を教えていたとき、その者が言われた通りにしないので腹を立て、「マケドニアに帰っちまえ(3)」と言った。冷たい水しか出ないみすぼらしい浴場の傍らに、華やかに装飾を施した祠(ほこら)があるのを見て、その浴場からいやな気分で出てきながら彼は言った、「ここにたくさん額が奉納されているのもむべなるかなだな。ここで水浴びする連中はみな、無事でいられたことを感謝

してるのさ」[4]。トラキアのアイノスでは、一年のうち八か月は凍り、あとの四か月は冬だと言った。ポントス[5]の人々は、まるで地獄の底からはい上がるように、海の底からはい上がってきたのだと言った。ロドス人は『肌の白いキュレネ人』で、あそこは『求婚者どもの島』[6]だと言った。ヘラクレイアは『アンドロコリン

（1）「辞書」（『補遺』）ではただ「知ったかぶりをしてほらを吹く」という意味を与えているだけで、なぜそういう意味になるのかは説明せず、ただプリニウス『博物誌』第三十五巻八五に出ている、前四世紀のギリシアの画家アペレスの逸話に基づくローマの諺、「足の（靴より）上の方で靴屋を判定するな」を引き合いに出している。

（2）本書第二巻（第1分冊）四七b－cにエウブロスの喜劇が引用されていて、アンピオンは音楽好き、ゼトスは食いしんぼうの兄弟とされていた。

（3）マケドニア人（とくに宮廷では）は大飯食らいという評判があった。

（4）荒海で危うく遭難を免れたとき、船乗りたちはそれを神に感謝して、船具や衣服を奉納する習慣があった。

（5）ポントスはもと「海」のこと。そして黒海、ここでは黒海沿岸の王国。黒海は荒れるので有名だった。そこでPontos Euxeinos（のちには単にEuxeinos）「もてなしのいい海」と呼びならわした。

（6）ロドス人を「肌の白いキュレネ人」、ロドスを「求婚者の島」と呼んだことについては、少しあとの三五二b－cを参照。キュレネはアフリカ北岸リビュアの都市。「求婚者」とはホメロス『オデュッセイア』のペネロペの求婚者たちを連想してのこと。

(351) d トス』[1]、ビュザンティオンは『ギリシアの腋の下』、レウカス人は『日遅れのコリントス人』[2]で、アンブラキア人は『メンブラキア人』[3]だと言った。ヘラクレイアの町の門を出るとき、彼はあたりを見回した。どうしてそんなに見回すのかと聞かれると、だれかに見られちゃいないかと気をつけているのだ。まるで娼家から出てくる気分だからな、と言った。ふたりの男が首かせをはめられているのを見て、いかにも小さな国のやりそうなことだと言った。[首かせという]船を兵員で満たすことができないとはな。以前は植木屋だったが今は楽士になって、そして彼に音楽のことで議論を吹っかけた者に、

人それぞれ、みずから心得たる技にこそ、いそしむべけれ。

e トラキアのマロネイアで、連れの者何人かと飲んだとき、もし目かくしをして彼を引き回すのだったら、今町のどの辺にいるのか教えてくれと言った。で、彼を連れて歩いて、さあどこだと言うと、「居酒屋の前だ」と答えた。マロネイアは町々に居酒屋ありと言われていたからである。彼と並んで寝椅子に横になっていたテレパネスが笛を吹きはじめた。すると彼が、「げっぷをするならちゃんと起きてからにしろ」。カルディア[4]でのこと、風呂番が体を洗う洗剤として、ひどい土と塩がたっぷり入った水をよこした。すると彼が言った、「わしは陸海で包囲されている」。シキュオンで競演に勝って、アスクレピオスの神殿に勝利の記念碑を奉納して、それにこう記した、「ストラトニコス、下手くそなる竪琴弾きより分捕って、これを奉納す」。ある者

f が歌ったとき、それはだれの曲かと彼は尋ねた。カルキノスの曲だと言われると、「なるほど、人間わざとは思えんわけだ」[5]。マロネイアには春（aer）はない、あるのは熱（alear）だと彼は言った。パセリスで、風呂番と彼の奴隷が、料金のことで喧嘩をした（よそから来た客からは、地元の客より高い入浴料をとる習わし

だったのである)。するとストラトニコスがその奴隷に、「くたばれ、この愚か者めが。たった五〇銭かそこらで、わしをパセリス人にしやがって」。ある男、何がしかをせしめようと思って彼のことをほめ上げた。するとストラトニコス、「けちにかけちゃあ、わしの方が大物だぞ」。小さな町で竪琴の稽古をつけたとき、「これは「町(polis)」ではなく「なし(molis)」だ」。マケドニアのペラで、井戸があったので、この水は飲めるかと聞くと、水を汲んでいた者たちが、「わしらはこれを飲んでいる」と言った。するとストラトニコス、「じゃあ飲めんな」。この男たちの肌は黄ばんでいたのである。ティモテオスの(6)『セメレの陣痛』を聞いたと

(1)アンドロコリントスとは「男コリントス」ということ。コリントス女は決断がにぶいという評判があって、ヘラクレイアの連中は、男のくせにコリントス女みたいに決断がにぶい、とからかってこう呼んでいる。わざわざアンドロコリントスと呼んだのは、コリントスにそびえるアクロコリントスという丘の名をもじってのこと。

(2)レウカス人が「日遅れのコリントス人」だというのは、レウカス(イオニア海のイタカ島の北の島)がコリントスの植民市であることをからかったもの。

(3)メンブラキア人(Membrakiotai)とはmembrax(蟬の一種、アイリアノス『動物誌』第十巻四四に「この名の由来を私は知らない」とだけ記されている)をもじったもの。「蟬野郎」というほどのこと。アンブラキアはギリシア西部エペイロス南端のコリントスの植民市。

(4)カルディアは、黒海入り口のヘレスポントスの、ケルソンネソス半島の西側のつけ根の所にある都市。

(5)カルキノスは前五世紀の悲劇詩人だが、彼の詩は何を言っているのかわからんという評判があったらしい。同時にまた、カルキノスとは「蟹」という名詞でもあるので、こうからかったのだろう。

(6)ティモテオスは前五—四世紀の叙情詩人、音楽家。一目置かれたりからかわれたりしている。からかわれたのは、おもに彼の用語が謎めいていたり大袈裟だったりしていることに関してで、『セメレの陣痛』もその一例であろう。

(352) b き、「もしセメレが、神じゃなくて劇場主を産んだとしたら、どんな叫び声をあげたろうか」と言った。ポリュイドスが威張って、自分の弟子のピロタスが、競演でティモテオスを負かしたと言ったとき、ストラトニコスが言った、「ピロタスは決議を作成したが、ティモテオスは法を作ったのだということを、ご存じないとは驚いた(1)」。竪琴弾きのアレイオスには迷惑していた。そこで言った、「鳥にでも聞かせてやれ(2)」。シキュオンでのこと。ある皮屋が悪態をついて、彼のことを「くそったれ(kakodaimon)」と言うと、「ばかったれ(nakodaimon)」と言い返した。同じくストラトニコス、ロドス島の人々がひどく贅沢で、熱い湯を飲んで
c いるのを見て、あれは肌の白いキュレネ人だと言い、ロドス島そのもののことは『求婚者の島』と呼んでいた。ロドス島民はキュレネ人と肌の色こそ違っているが、浪費家という点では同じだと思い、快楽におぼれているので求婚者にたとえたのである(3)。エポロスの『発明発見』の第二巻によると、ストラトニコスは、こういう当意即妙な言葉を使うことにかけて、詩人のシモニデスを意識して張り合っていた。キュテラのピロクセノスもそうだったとエポロスは言っている。ペリパトス派のパイニアスは『詩人について』の第二巻で、『アテナイ人ストラトニコスは、竪琴の独奏に多弦による演奏という技法を持ち込んだ、そしてはじめて、
d 和音の構成法に関して弟子をとった。また音階というものを作った。さらに、滑稽な言行においても立派であった』と言っている。伝えられるところでは、ストラトニコスは、その遠慮会釈のない悪口のために、キュプロスの王ニコクレスの手によって生涯を閉じたという。王の息子たちの悪口を言ったので、毒を仰がされたのだという(4)。

［まだキュヌルコスがつづけている］賢人諸公がつねづね口にしている、いや、デモクリトス君、君までもが、ほかの哲学者や修辞学者についてと同様尊敬しているアリストテレスの綿密さには、私はだね、かねがね驚
e 嘆しているのだ。彼はいつ学んだのか。海の底から上がってきたプロテウスとかネレウスとかいう神様からでも学んだのだろうか(5)。魚は海の中で何をしているかだの、どうやって交尾するかだの、どういう暮らしをしているかだの、こういうことを彼は、まるで喜劇詩人が『愚者のための驚異談』と呼んでいるもの(6)のような調子で書きつらねているわけだ。例えば、法螺貝をはじめ一般に殻皮類［貝類］は、類全体としては交尾

(1)「ピロタスは……、ティモテオスは……」は一目置かれている方の例である。「決議」とはその時その時に発せられるものだが、「法」はきちんと成文化された永続的なもの。そしてここでは、ギリシア語では法も歌も nomos ということによる洒落。

(2)「烏にでも……」は psall' es korakas.「烏に食われてしまえ」は「くたばっちまえ (ball' es korakas)」という悪口の成句をもじったもの。

(3) 二八三頁註（6）を参照。

(4) 三四九fおよび二七九頁註（1）を参照。

(5) プロテウスは海の神ポセイドンの従者。変幻自在に姿を変え、予言の能力をもつ。ネレウスはポセイドンの子で海の老人。

(6)「驚異談」はかなり多く書かれているが、それは多かれ少なかれ楽しませることだけをねらっていた。それに「愚者のための」がつけば、「俗受けのする馬鹿話」ととってよい。

f しないとか、(1) 紫貝や法螺貝は長生きだというようなことだ。だって、紫貝は六年生きると言っているが、(2) そ
んなことをどこで知り得たのかね。蝮（まむし）は交尾時間が非常に長いとか、数珠（じゅず）かけ鳩は鳩の中で最も大きく、
次が河原鳩（かわらばと）、最も小さいのは雉鳩（きじばと）だとかも言っている。(3) 雄の馬は三五年生きるが、雌馬の方は四〇年以上、
中には七五年も生きた例もある、(4) などというのはどこで知ったのか。あるいはまた、交尾した虱（しらみ）からは
「ごみ」なるものが発生するとか、(5) 蛆（うじ）が変形して芋虫になり、それが変形して蛹（さなぎ）になり、それからネキュ
ダロスと呼ばれるもの［蛾］になる、とかも記している。(6) まだある。蜜蜂は六年までは生きる、蜂によって
353 は七年生きる、と言っている。(7) 雌蜂にせよ雄蜂にせよ、交尾しているところを見られたことがないから、雌
雄の区別をすることができないと言っている。(8) 人間は蜂より劣っているなどということをどこで学んだのか。
蜂はつねに同じ生き方を守って変わることなく、そして蓄えを心がけるが、他から教わってそんなことをし
ているわけではない。それにひきかえ人間は蜜蜂に劣っている、なぜなら、蜜蜂の体は蜜でいっぱいだが、
人間の頭は誤った意見でいっぱいだからというわけだ。(9) どこでこんなことを観察したのかな。『長命につい
て』の中で、蠅が六年あるいは七年生きた例があると言っているが、その証拠は何だろう。鹿の角から蔦（つた）
b が生えたなどというのを、どこで見たのだろう。梟（ふくろう）と大烏（おおがらす）は昼は目が見えず、だから夜狩りをする。し
かし夜ならいつでもいいというわけではなく、日暮れ時だけである。(10) 目の色は一羽一羽さまざまで、青みが
かった灰色とか黒とか灰色とかいうのがあるというのは、どこで知ったのだろう。人間の目は多種多様で、
それが性格の相違と関わっていると言っている。(11) 山羊（やぎ）のような［黄色い］目をした人が最も視覚が鋭く、性
格もよい、このほか人の目には、突き出た目、落ち込んだ目、中ぐらいの目があるが、落ち込んだ目の人は

視覚が鋭く、突き出た目の人は性格がはなはだよくない、中ぐらいの目の人がよい、よくまばたきをする人
c と、じっと見つめる人と、中ぐらいの人がいるが、まばたきをする人は落ち着きがなく、じっと見つめる人は厚かましく、中ぐらいの人が性格が最もよい、などと言っているのだ。動物の中で人間だけが、体の左側に心臓がある、ほかの動物はみなまん中にある。(12) 雄の方が雌より歯が多く、このことは［人間のほか］羊と山
d 羊で観察されると言っている。(13) どの魚にも睾丸（こうがん）はなく、(14) 魚と鳥には乳房がない。(15)［鯨類の中で］海豚（いるか）にだけは

(1) アリストテレス『動物誌』五四六b一八。
(2) 同、五四六b九。
(3) 同、五四四b五。なおこの雉鳩は日本の雉鳩とは違う。むしろ山鳩に近いという。
(4) 同、五四五b一八。
(5) 同、五三九b一〇。
(6) 同、五五一b一二。
(7) 同、五五四b五。
(8) 出典不明。これと、次の蠅の寿命のことと鹿の角のことと梟の目の色のことは、V・ローゼの『アリストテレス断片集』にも収録されていない。
(9) これと同じことが、本書第一巻（第1分冊）三五bではプラトン『クラテュロス』四〇六Cを引用して言われていた。
(10) アリストテレス『動物誌』六一九b一八。ただしアリストテレスでは、「大鳥」ではなく「夜烏」（島崎氏はこれをコノハズクと同定している）であり、目が見えるのは「日暮れ時だけ」ではなく、「夜明け時」もである。
(11) 同、四九二a三以下。
(12) 同、四九六a一五。
(13) 同、五〇一b二〇。
(14) 同、五〇九b三。
(15) 同、五〇四b二〇。

胆嚢がない(1)。ある魚では胆嚢が肝臓の隣ではなく腸についている(2)。例えばエロプス(3)、シュナグリス(4)、うつぼ、めかじき、飛び魚がそうだと彼は言っている(5)。鯖の胆嚢は腸に沿うていて、その全体の長さと同じぐらいある(6)。鷹と鳶の胆嚢は肝臓と腸についている(7)。みみずくの胆嚢は肝臓と胃についている(8)。鳩、鶉、
e 燕では、あるものの胆嚢は腸につき、あるものは胃についている(9)。軟皮類［甲殻類］と殻皮類と軟骨魚類と有節類［昆虫類］は交尾に時間をかける(10)。海豚とある種の魚は(11)、たがいの脇腹に体を寄せ合って交尾する(12)。海豚の交尾はゆっくりと時間をかけて行なわれ、魚のはあっという間である(13)。さらに、ライオンは硬い骨をもっていて、この骨は、たたくと石を打ったときのように火花が出ると言っている(14)。海豚には骨はあるが、［魚のような］棘骨ではない(15)。魚の中では……〈欠落〉……。ある動物は陸上動物であり、あるものは水棲
f 動物であり(16)、あるものは火から生まれる(17)。『一日虫［カゲロウ］』と呼ばれるものがいて、これは文字通り一日しか生きない(18)。河馬や鰐やカワウソのような、水陸両方に生活するものがいる。すべての動物は、二本の主導的な脚をもっている。蟹にはそれが四本ある(19)。すべての有血動物は、脚がないか、二本あるか、四本あるかである。四本以上の脚をもっているものはすべて無血動物であると彼は言う(20)。それゆえ、およそ動く生き物は四点で動いているわけで、例えば人間は二本の脚と二本の手で動き、鳥は二本の脚とふたつの翼で動き、鰻や穴子には二枚の鰭とふたつの屈曲部がある。動物のうちあるものは、人間のように手をもっている。あるものは猿のように手らしきものをもっている。［手ではなく手らしきものというのは］言葉をもたぬ
354 動物は与えたり受け取ったりすることがないが、手というのはまさにそのために与えられた器官だからである(21)。また動物のうちあるものは、人間や驢馬や牛のように関節をもっているが、あるものは蛇や牡蠣や

(1) アリストテレス『動物誌』五〇六b五。
(2) 同、五〇六b二三。
(3) エロプスはふつう魚につく形容詞で、「うろこがある」という意味だとか「沈黙の」という意味だとか言われている。しかしここでのように、ある特定の魚を指している場合、その魚が何なのかはわからない。
(4) シュナグリスは、トンプソンによるとシュノドゥスと同じ。それならば一〇九頁註(3)を参照。
(5) アリストテレス『動物誌』五〇六b一七。ただしアリストテレスのその箇所ではトビウオは含まれていない。またトビウオとしたのは chelidon で、これはツバメのことであり、そこで島崎氏はこれをウミツバメとしているが、要するにトビウオの一種には違いなさそうである。
(6) 同、五〇六b一四。
(7) 同、五〇六b二三。
(8) 同、同所。
(9) これはどうやらアテナイオスの読み違えで、アリストテレス『動物誌』五〇六b一九によると、鳥類のあるものでは胆嚢が腸についており、あるものでは胃についているが、鳩、鶉、燕はいずれも後者の例として挙げられている。
(10) アリストテレス『動物誌』五四〇b二〇と五四二a七。ただしこれらの箇所では、殻皮類についての記述はない。
(11) 同、五四〇b二一。ただしそこでは、「ある種の魚」ではなく「鯨」となっている。
(12) 同、五四〇b二四によると、短くも長くもない。
(13) 同、五四一a三一。
(14) 同、五一六b九。ただしアリストテレスは、骨を「たたく」のではなく、「こすり合わせる」と言っている。
(15) 同、同所。
(16) 同、四八七a一一。
(17) 同、五五二b一〇。ただし『動物発生論』七三七a一では、火の中には動物は発生し得ないと言っている。しかも同書の七六一b一八では、火の中にも生物がいてしかるべきだと言っている。つまりアリストテレスの頭のこの問題についての考えは揺れ動いている。
(18)「文字通り」というのは、ギリシア語では「一日(だけ)の」という形容詞エペメロスの中性形エペメロンがカゲロウのことだから。
(19)「蟹に四本の主導的な脚がある」の出典は不明。
(20) これに最も近い発言をしているのは、アリストテレス『動物誌』四九〇a二六。ただし「四本以上の脚をもっているのは……」という発言はそこにはない。
(21) アリストテレス『動物部分論』六八七a二四以下に手を礼讃する文があるが、アテナイオスのこの引用の出典は不明。

クラゲのように節がない。動物の中には、冬眠するもののように、一年を通じて現われるわけではないものもいる。例えば燕やコウノトリがそうである。

　このほかにもまだたくさん、この薬屋が言った戯言（たわごと）については言うことがあるが、まあやめておこう。
b ただしだね、かの真理を愛すること最も熱烈なエピクロスも、職業についての手紙の中で彼のことを述べて
いることを私は知っている。こういうのだ。アリストテレスは父親からの遺産をつぎ込んで軍務に励んだが
うまくいかなかったので、薬屋になった。その後プラトンが学校を開くと、自分を賭けて出かけていって講
義を聴いた。ばかじゃないから次第に観照思索の習慣が身についた、とね。もうひとつ私が知っているのは、
c アリストテレスのことをこうまで悪しざまに言ったのはエピクロスだけだということだ。彼を攻撃する文章
をものしたエウブリデスにしてもケピソドロスにしても、このスタゲイロス人［アリストテレス］に対してこ
こまでは言えなかったのさ。ちなみにエピクロスは同じ手紙の中で、プロタゴラスについてはこんなことを
言っている。このソフィストも、元をただせば運び屋、材木運搬人だったのが、デモクリトスの秘書になっ
た。そもそものきっかけは、プロタゴラス独特の材木の積み上げ方に感心して、デモクリトスが彼を自分の
手元におくことにした、そして村で彼に読み書きを教えた、これが彼がソフィストになったはじめだった、
d というのだ。それでは諸君、ぼくはこれでこの長広舌を打ち切りにして、口腹（こうふく）の欲を満たすことにしよう」。

　言葉のご馳走が長々とつづいたから、冷めた料理を出さないように、これからも気をつけろよと、ある者が料理番に言った。（冷めたのなんぞ、だれも食べはしまい、[1]だ）。するとキュヌルコスが言った、「喜劇作家のアレクシスの『ミルコン』にこうあるね、

俺はだね（と彼が言っている）……、
たとえ熱い料理が出されなくてもだ。かのプラトンも
言ってるじゃないか。善はどこへ行っても善だとね。
わかるかな。ここでの快楽はかしこでも快楽というわけさ。

e クリュシッポスといっしょにクレアンテスに師事したスパイロスも悪くないね。プトレマイオス王［四世、ピロパトル］からアレクサンドレイアに呼ばれたんだが、食卓に蠟細工（ろうざいく）の鳥(2)が出された。スパイロスがそれに手を出すと、王に止められた。おまえは偽りに同意するのか、というわけだ。しかしスパイロスはぴしゃりとこう言った、「私はこれが鳥だということに同意したわけではございません。これが鳥だとするのももっともだと存ずるのみにございます。把握しうる表象と、そうであるとするのがもっともだということは別
f でございます。前者は人をだますわけですが、後者はそうはまいりませんからな」。こういうわけだ。われわれも、その把握しうる表象によって、蠟細工でも出してもらおうじゃないか。そうすれば、たとえわれわれの視覚に誤りがあったとしても、少なくともおしゃべりばかりしなくてすむだろうからね」。

（1）このカッコの中の台詞は韻文（イアンボス）になっている。それゆえカイベルは、これは何かの詩の引用かもしれないと言っている。

（2）この話はディオゲネス・ラエルティオス『ギリシア哲学者列伝』第七巻一七七にも出てくるが、そこでは蠟細工は鳥ではなく、ザクロとなっている。

魚と健康（一）——ディピロスの説

355 そこで一同が、さあ食べようとしていると、ダプネスが待った待ったと呼ばわって、メタゲネスの『愚
者』だったか『微風』だったかから一行引用した、

　食卓に向かえば、だれもみな、おしゃべりになる。

「だから小生も言おう、魚についてのさっきの議論は中途半端だったぞ。アスクレピオスの子孫［医者］には
まだまだ言うことがあるはずじゃないか。つまりピロティモスの『食物について』とか、アテナイのムネシ
テオスとか、さらにシプノスのディピロスとかのことだ。このディピロスは、『病人食および健康人向きの
b 食物』でこう言っている、『海の魚のうち、岩場に住むものは消化よく、水分多く、便通をよくし、腹にた
まることなく、滋養乏しい。深海の魚は消化よからず、滋養に富むとはいえ、同化されにくい。岩場の魚の
うち、雄にせよ雌にせよヒュケ[1]は、たいへんに柔らかい小魚で、臭みなく消化がよい。鱸（すずき）[2]もこれに似てい
るが、場所によって少々異なる。はぜ[3]は鱸に似たところがあり、中でも小さく白いものは臭みなく水分多く
c 消化もよい。黄色いもの（これをカウリネスという）はかさかさしていて身も細い。カンナ[4]も鱸の一種で、
肉が柔らかいが、ペルケという鱸に比べると固い。おうむべら[5]は肉柔らかく、ぽろぽろしており、味よく、
消化よく、便秘を防ぐ。ただしこのおうむべら、取れたてのものは用心が肝要。と申すのは、この魚は
海兎（うみうさぎ）[6]を食っているからで、そのために、これの腸はコレラ[7]と申す激しい病気を引き起こすことがある。ケ

d　リス[8]という魚は肉柔らかく、便秘を防ぎ、体によい。この魚の液は湿り気豊かで、浄化作用がある。はたは[9]健康によく、水分多く、傷みにくく、利尿効果がある。頭のすぐ下の部分には粘り気があり、消化がよい。それに対して身の方は消化が悪く、重い。尾に近い方が柔らかい。この魚は体の粘液を濃厚にさせ、消化を悪くさせる傾向がある。かます[10]は穴子より滋養がある。淡水鰻（うなぎ）は海の鰻より味もよく滋養も多い。金眉魚[11]

e　[鯛]はメラヌロス[12]に似たところがある。深海の黄色いさそりうお[13]は、沿岸の浅い所にいる大型のものより滋養がある。黒鯛[14]は苦く柔らかく臭みがなく、おなかによくて利尿効果がある。煮ると消化がよいが、いためると消化が悪い。赤ぼらは美味ではあるが、口を引きしめる味があり、肉固く消化悪く、腸のはたらきを

（1）九三頁註（5）と二〇三頁註（2）を参照。
（2）三三頁註（1）を参照。
（3）一一一頁註（2）を参照。
（4）一一一頁註（3）を参照。
（5）一一一頁註（1）を参照。
（6）四一頁註（1）を参照。
（7）コレラは cholera, つまり現代のコレラという病名はギリシア語そのままである。古代ギリシア人が理解していたコレラとは、激しい嘔吐と下痢のために、体液が失われてしまう疫病である。
（8）ケリスはわからない魚のひとつ。
（9）三九頁註（4）を参照。
（10）四一頁註（11）と一八五頁註（5）を参照。穴子がなぜ「かます」の比較の対象になるのかはわからない。
（11）三一頁註（6）を参照。
（12）メラヌロスは「黒い尾」という意味。トンプソンによるとサルペ（一一五頁註（5）を参照）やボクス（四三頁註（3）を参照）の同類という。
（13）さそりうお（skorpios）は毒虫のサソリそのままの名前。カサゴのことらしい。
（14）一七七頁註（6）を参照。

f 妨げる。とくに炭火で焼いた場合がそうである。しかし、いためた場合でも重く消化が悪く、一般に血を散らしてしまう傾向がある。シュノドゥス(1)とカラクス［鯛の一種］は同じ種類の魚である。しかしカラクスの方がよい。パグロスという鯛は川にもいるが、海のパグロスの方がよい。いのししうお(2)はねずみうおと呼ばれることもあるが、これは臭みがあり、キタロス(3)より消化が悪い。しかしその皮は美味である。ラピスあるいははりうお（アブレンネスともいう）(4)は消化が悪いが、水分が多くて、便秘を起こさない。トリッサ(5)というニシン科の小魚およびその同類、鰯やエリティモス(6)は同化されやすい。鯔は海にもいるし沼にもいるし川

356 にもいる。この魚はオクシュリュンコスとも呼ばれる(7)という。コラキノス(8)はナイル河の魚で、黒いものは白いものに劣り、煮たものは焼いたものに劣る。焼いたコラキノスは胃腸によい。サルペ(9)は固くて消化が悪い。しかしアレクサンドレイアのもの、それと秋のものはましである。これは水分多く色も白い。そして臭みがない。穴子(10)は鰻に似ているがまずい。ヒエラクスはコッキュクス(11)［ほうぼうの一種］より肉が固いが、そのほかの点では似ている。コラクス(12)はヒエラクスより肉が固い。ハグノスあるいは美名魚ともいう空見魚(13)は、腹

b にもたれる。ボクス(14)は煮たのは消化がよく、同化されやすく、水分を発するので腸によい。炭焼きにするとさらに味がよく柔らかくなる。バッコス［鱈の一種］は汁が豊富でそれがうまく、滋養もある。トラゴス(15)［「雄山羊」の意］はまずくて消化が悪くて臭い。平目とブグロッソス［「牛の舌」の意］(16)は滋養に富み美味である。ロンボス(17)も似ている。レウキスコス［「白い」の意］、ケパロス［「頭」の意］、ケストレウス、ミュクシノス、ケロンはみな鯔の仲間で(18)、食品としてはほぼ同等だが、ケストレウスはケパロスに劣り、ミュクシノスはさらに劣り、ケロンは最低である。鮪はこってりしていて滋養豊富。アカルナンという魚(19)［鱸］は美味。ロ

（1）一〇九頁註（3）を参照。

（2）二〇一頁註（2）を参照。要するにわからない。

（3）一一七頁註（1）を参照。

（4）ラピス（あるいは「はりうお」）とはダツ（*Belone acus*）のこと。アブレンネスという呼び名はここだけ、ほかでは見られない。

（5）一四三頁註（3）を参照。

（6）エリティモスもイワシ科に属する小魚。

（7）オクシュリュンコスとは「尖り鼻」ということで、この名で呼ばれる魚は一種ではないようである。いちばん有名なのは、本書第七巻三一二bに出てきたナイル河の魚（ナイル沿岸には、大量の重要なパピルスが出土して有名になったオクシュリュンコスという村もある）。もうひとつはチョウザメと同定されているもの。しかしここの鰡と同一視されているのは、そのいずれともまた別の魚であろう。

（8）コラキノスも第七巻二八七bや三〇八d以下で扱われていたものとは別のもの。サペルデスとも呼ばれるという。しかしサペルデスは *Tilapia nilo-tica* で、それなら第七巻三一二bに出てきたアブラミスとも同じということになる。

（9）サルペについては一一五頁註（5）を参照。

（10）穴子は gryllos.「辞書」が 'gongros' としているので穴子としたが、トンプソンは扱っていない。

（11）ヒエラクスはホウボウ（これがコッキュクス）の仲間でトビホウボウ。オッピアノス『釣魚術』第一巻四三五によると、本物のトビウオも海面上わりあい低い所を飛ぶが、トビホウボウは海面すれすれに飛ぶ。

（12）コラクスは kolax で、烏のこと。烏と呼ばれる魚が何であるかは不明。

（13）美名魚は kallionymos. 実に多くの名で呼ばれる魚。「空見魚」というのは目が上向きについているということか。ブイヤベースに最もよく使われる魚――ラスカッス・ブランシュというのがこれだという説もある。

（14）四三頁註（3）を参照。

（15）二〇九頁註（6）を参照。

（16）四九頁註（2）を参照。

（17）二一七頁註（8）を参照。

（18）鰡のいろいろな仲間については一二一頁註（1）を参照。

（19）アカルナン（akarnan）は「辞書」によるとたぶん labrax. ならばスズキである。

c を引きしめる味がある。雑魚(ざこ)(1)は腹にもたれて消化が悪い。これの白いものはコビティスと呼ばれる。「煮魚」と称される小魚(2)も同種。軟骨魚の中では牛えい(3)が肉が多い。つの鮫、とくに星鮫はすぐれている。狐鮫は陸の動物の肉に味が似ていて、そこでこの名がついた。また、がんぎえいは味がよいが、星えいの方が柔らかく水分が多い。なめらかえいはそれと比べると消化が悪く臭みがある。しびれえいは消化が悪いが、頭に近

d い所は別で、柔らかく味もよくて、そのうえ消化もよい。しかしほかの部分はそうではない。小さいものの方がよく、とくにあっさり煮たものがよい。やすり鮫も軟骨魚だが、消化がよく軽い。形の大きいものほど滋養も多い。軟骨魚は一般にガスを発生させやすく、肉が多く消化が悪く、食べすぎると視力を曇らせる。甲烏賊(こういか)(4)は煮ても柔らかく、味よく消化もよく、さらに腸内をほぐす。またこれが消化されるとき出る液は血

e 液を薄め、痔疾のためにとどこうっている排泄をうながす。槍烏賊(やりいか)(5)はいっそう消化がよく滋養もある。とくに小さいものがそうである。煮ると固くなって味も落ちる。蛸(たこ)は性の快楽に効果があるが(6)、固くて消化が悪い。大きいものの方が滋養がある。たっぷりと煮込んだものは腸に湿り気を与え、胃を整える。アレクシスも『パンピラ』の中で、蛸が有用だということを明らかにしている、

　エロスの道に励む君に、私がこうして持参した
　ものほどぴったりなものはないだろう。法螺貝、帆立て貝、
　ボルボス(7)と大きな蛸、それに大きな魚だ。

f めじ(8)は滋養があり、また重い。利尿効果があるが消化が悪くもある。塩漬けにしためじは、干して角切りにした鮪同様、腸によく、軽い。これの大きいものをシュノドンティス(9)という。ケリドニアス(10)はめじに似てい

るが、もっと固い。飛び魚[11]は蛸に似て、これの出す液は血行をよくして顔色をよくする。大鮪は汚い[12]。その中でもまた大きいものは、肉の固さの点でケリドニアスに似ているが、その腹側の身と、閂（かんぬき）という肩骨の所はおいしくかつ柔らかい。コスタイ[13]と呼ばれる魚は、塩漬けにしたものは中級の魚である。クサンティ

（1）雑魚（aphyai）については三五頁註（2）を参照。
（2）三五頁註（7）を参照。
（3）「えい」の仲間については三九頁註（11）、四一頁註（7）（8）を参照。
（4）一八七頁註（2）を参照。
（5）一九九頁註（1）を参照。
（6）蛸については一五七頁註（6）を参照。その性欲増進効果については第七巻三一六cを参照。
（7）ボルボスは葱の仲間。たいへんポピュラーな野菜のひとつ。*Muscari comosum.*
（8）「めじ」については三一頁註（4）を参照。
（9）第七巻三一二bに出てきたシュノドンティスはナイル河に住むナマズの仲間で、ふつうシュノドンティスというとこれを指す。大型のメジをシュノドンティスと呼んでいる例はここ以外にはない。
（10）ケリドニアスもここにしか出てこない魚。トンプソンが引用しているアラトスの古註によると、魚座という星座の魚はこれだという。
（11）「飛び魚（chelidon）は蛸に似て」は明らかにおかしい文。トンプソンは chelidon は heledone（アリストテレス『動物誌』五二五a一六に出てくる。ジャコウのような強烈な匂いを発し、吸盤が一列の由）と読むべきだと推定している。
（12）「大鮪は汚い」は前後の脈絡なくただこう言われている。意味不明。
（13）コスタイ（kostai）は現存するすべての文献でここにしか出てこない名前。たぶん魚だろうと想像されるのみ。カイベルはこれを kostiai と修正しているが、それはヘシュキオスの辞書に「魚」として記載されているからであろう。しかしこれもどういう魚なのかはわからない。

(357) アス(1)という鮪は少々臭みがあるが、大鮪(2)よりは柔らかい。以上がディピロスが述べているところだ。

魚と健康（二）——ムネシテオスの説

［ダプノスがつづける］アテナイのムネシテオスは、『食品論』でこう言っている。大型の魚の中には、切り
b 身と呼ばれたり深海魚と呼ばれたりするものがある。例えば鯛、灰色はぜ、パグロス鯛などがそれである。これらは消化が悪いが、いったん消化されると、他の魚の何倍もの栄養がある。鱗（うろこ）のない魚というのがある。例えば鮪、鯖、穴子、およびそれに類するもので、これらはみな群遊魚である。単独で見られるのでもなく、さりとて群遊するのでもない魚は消化がよい。例えば穴子(3)、カルカリアス鮫(4)のような魚である。これ
c らのうち群遊魚はおいしい食品となる（こってりしているからである）が、重く消化が悪い。それゆえこれらの魚は塩漬けに最も適しており、塩漬け魚の中では最上品である。食べ方としては、焼くのが最もよい。脂ののったその脂がとろけるからである。『皮剝ぎ』と呼ばれる種類の魚(5)は、皮に鱗ではなくてざらざらした突起がある。しかしそういうものはがんぎえいやすり鮫にもある。以上すべて消化はよい。ただし匂いがよくない。またこれらの魚は体内に水分を発生させる。そこで煮て食せば、他の煮魚以上に腸を浄化する。焼いた場合はそれほどの効果はない。蛸、甲烏賊、およびそれに類する軟体類の肉は消化が悪い。それゆえ
d 性欲増進に向いている。というのは軟体類は、吸った息で体が張っているのだが、性交の絶頂には、体内に吸気がみなぎっていることを要するからである。軟体類は煮た方がよい。とにかくこれを洗ったときに出る

汁を見ればわかるように、体内によからぬ汁をもっているからで、これは煮ることによって除くことができる。水をゆっくりと加熱すると、それを洗い流してしまうからである。これに対して焼くと、これらの汁は

e 凝固する。そのうえ軟体類の肉はもともと固いので、焼くと当然ながら固くなる。雑魚（ざこ）、ひしこ、鰯（いわし）その他、小骨もいっしょに食べる魚は、どれもみな消化の際にガスを発生させ、湿った滋養を与える。消化が一様でなく、肉はきわめて速やかにこなれるが、小骨は暇をかけてしかこなれない（雑魚などは、魚そのものが小骨でできている）。そこで一方の消化が他方の消化を妨げ、その結果、消化のはたらきがガスを発生さ

f せ、栄養からは湿り気が副産物として生ずることになる。それゆえこれらの魚は煮る方がよいが、腸内での下がり方は不規則である。岩場の魚といわれるもの（6）、例えばはぜ、かさご［サソリウオ］、平目などは、われわれの体に乾いた栄養を与える（これらの魚の肉はたっぷりしていて栄養豊富、消化が速くてあまり滓（かす）が残らない）。そしてガスを発生させない。およそ魚というものは、調理法を単純にすると消化がよいが、岩場の魚は、単純に調理する方が美味になる。これに似ているのは『柔らか肉』と呼ばれる魚、例えば鶫（つぐみ）べら（7）、

（1）クサンティアスも魚の名としてはここにしか出てこない。

（2）一五五頁註（2）を参照。

（3）穴子が「群遊魚」と「単独魚でも群遊魚でもない魚」の両方に分類されている。群遊魚に分類した方が誤りである。

（4）一一九頁註（8）を参照。

（5）「皮剝ぎ」とは、調理する前に皮を剝ぐ必要のある魚という意味。

（6）アリストテレス『動物誌』（四八八b一七、五九八a一一）は、魚を住む場所によって三種に分類している――沖合の魚、沿岸の魚、岩場の魚。

（7）三三二頁註（6）を参照。

358 黒鶫べら(1)などである。この種の魚は岩場の魚より水分が多いが、同化されやすさに加えて、おいしく味わえ
る。腸のはたらきを活発にし、利尿効果を発揮する。岩場の魚より肉がたっぷりとしていて、その肉に水分
が多いからである。腸の調子がよいならば、焼いても身になる。利尿のためには煮ても焼いてもよい。川や
湖の水が海に注ぎ込んでいるあたり、あるいは浅瀬が広がっている所(2)や入り江になっている所では、すべて
b の魚が水分が多くなり、肉質も肥えている。そしてみなうまいのだが、滋養の点では劣っている。これに対
して、遠浅だが深海に面している岸、あるいは深海にむきだしになっている平らな岸では、ほとんどの魚が
固くて痩せていて、波に打たれている。また、深海が岸に食い込んでいて、強風にさらされることがあまり
ない所では、もし町がその近くにでもあれば、こういう所ではたいていの魚が一様に最上物になる。味もよ
c し、消化もよし、滋養の点でも申し分なしとなる。海から川や湖にさかのぼってくる魚、例えば鯔(ぼら)のよう
に、およそ海水、淡水いずれでも生きていける魚は、消化が悪くて腹にもたれる。また、川や湖で一生を過
ごす魚の中では、川魚の方がよい。湖沼では水の腐敗ということがあるからである。さらに、川魚だけにつ
いて言うならば、急流に住むもの、中でも赤みのさしたものが最上である。これは急流、しかも冷たい急流
にしかいない。そして消化のよさでほかの川魚よりすぐれている。

魚に贅沢をしない人

d 諸君、以上が小生からの割り前だ。各自めいめいの健康が許すかぎり召し上がっていただきたい。アンテ

イパネスの『食客』にもあるじゃないか、

わしは魚の買い出しにまったくうるさい
方じゃない。さりとて、骨惜しみをするわけじゃない。
だから、飲んで魂があさっての方に行っちまったやつは、
ギリシア式に(3)頭を痛くさせた、と文句を言うだろう。

e それにしても小生は、同じ詩人の『ブタリオン』に出てくる男のように魚好きでもない。あの芝居は『農夫』の改作だな。こう言ってるからね、(4)

甲 いや、今日こそ君らにご馳走を
俺はするぞ。おい、ピストス、君は金もって市場へ行って、
買い出しをしてくれ。　**ピストス** 遠慮しとこう。ぼくは
知らんからね、うまい買い物の仕方なんか。　**甲** じゃあ、ピルメノス、

---

(1) 一一三頁註(1)を参照。

(2)「浅瀬が広がっている所」は、カソーボンの修正(teuage)に従ったもの。写本およびカイベルではpelage(「大海」)となっている。

(3)「ギリシア式に」とは、「度を過ごさず」「ほどほどに」ということらしい。そこでここでは、わしは宴会の料理に凝る方ではないが、いい加減に手抜きをする方でもない、つまり「ほどほどに」宴の支度をする人間だ、ということを冗談めかしたもの。

(4) 以下の『ブタリオン』からの引用については、第七巻三二三bの『農夫』の引用を参照。

君はどんな魚がご贔屓（ひいき）なのかね。　ピルメノス　みんなだ。　甲　ひとつずつ言えよ、何を食いたいか。　ピルメノス　いつか田舎に、マイニス(1)とかトリグリス(2)とかもって魚屋が来たが、そいつがたちまちみんなに食い込んだね。　甲　つまり今日もそれを食いたいのか。　ピルメノス　うん、小魚があればだな。というのはさ、大きな魚っていうのはみんな、人食いだと俺は言ったわけさ。　甲　人食いって、どうしてだ。どういうわけだ。　ピストス　決まってるじゃないか、人間が食う魚のことさ。こいつが言ってるのは、ヘレネが好きだったマイニスとトリグリスのことだよ。

『農夫』では、マイニスとトリグリスはヘカテの召し上がり物だと彼は言っている。エピッポスも小魚のことを軽蔑気味にこう言っている、

甲　お父ちゃん、市場へひとっ走りして、買ってきてくれないかな。　乙　何をだ。
甲　魚さ。ちっとは脳味噌のあるのがいい。赤ん坊はいやだよ。
乙　おまえ知らんのか。金（かね）っていうもんはな、その目方だけの値打ちがあるんだぞ。

同じ詩人の『オベリアポロイ(3)』には若者が出てくるが、これがどんな魚を買うにもけちけちしていておもしろい。

b

甲　だがな、買い物は安く切り上げることだ。
どんなものでも用は足りるからな。　乙　といいますと。
甲　何でも贅沢にではなく、質素にする。神様への
お供え物のつもりでね。槍烏賊も甲烏賊も小さいのでいい。
大海老が買えるんなら、一匹、あるいは二匹
出せば格好はつく。鰻(うなぎ)にしたって小ぶりなのが
テーバイから時々来る。それを買えばいい。
鶏、鳩、鷓鴣(しゃこ)その他、みんな小さいのでいい。
兎でもあったら、それをもってくる。
乙　何とまあ、けちけちしますな。　乙　おまえが贅沢しすぎるのだ。
とにかく肉はあるんだから。　乙　どちらさんかが送ってくだすったんで。
甲　いやいや、さるご婦人が犠牲に供えたのさ。

(1) マイニスは小魚。ふつうつまらん魚だとされている。

(2) トリグリスは赤ぼら(トリグレ)と綴りが似ているために、同じ魚だとされたり別の魚だとされたりしている。トンプソンは別の魚だとしながら、要するにわからない魚だとしている。

(3) オベリアポロイについては、本書第一巻の月報3の五頁に、舟田詠子氏が図版を付して説明しているのを参照。

明日はコロネの仔牛(1)をご馳走になるぞ。

c (359)

ムネシマコスの『気むずかし屋』という芝居に、まさにたいへんなけちん坊の気むずかし屋が出てきて、浪費癖のある若い者に言う、

甲 頼む。お願いだ。あまりたくさん、残酷にだな、金のかかることを、ああせい、こうせいと言わんでくれ。ほどほどに、な。わしはこれでも、おまえの叔父なんだからな。

乙 わかんないな。ほどほどって、どういうふうに。 甲 どういうふう。わしをずたずたにして、そのうえごまかしおって。魚って言わずに小魚と言い、ほかの料理でも、小料理って言う。これじゃあ死んだ方が、ずっとましだ。

d

コロニスタイ、物集めの習わし

神様の思し召しによって、かくは引用した次第だが、ウルピアヌス君、君も文学教師の末裔なんだから……〈欠落〉……、エピッポスは何を思い描いてああ言ったのか、教えてくれたまえ、さっき言ってただろう、

明日はコロネの仔牛をご馳走になるぞ

って。あれは何か話を下敷きにしてるはずだと思うんだがね。その話っていうのを、知りたくてうずうずしてるんだ」。するとプルタルコスが答えて言うことに、これはロドス島の話だが、この話が出ている本にお
e 目にかかったのはかなり以前のことなので、今それをそらんじてお聞かせすることはできない。「だがね、コロポンのイアンボス詩人のポイニクスが、ある人々が烏［コロネ］のために集めていると言って、こんなことを書いているのを知ってるんだ。

皆さん、アポロンの娘御の烏のために、やってください。
大麦をひとつかみか、小麦を小皿に一杯か、
あるいはパンか一円玉か、その他何でも人が欲しがるものを、
烏にやってください。皆さん、何でも
お手元におもちのものを。塩粒なんかもいただきます。
こういうものをいただくのが、大好きなのです。
f 今日塩をくださる方は、いつかまた蜂の巣でもくださるでしょう。
小僧、戸をお開け。プルトス様が聞いていらっしゃる。

---

(1)「コロネの仔牛」の本来の意味は、すぐあと、三五九d以下に説明されているが、このエピッポスの台詞の中では、ロウブ版のガリックが言うように、本書第十三巻五八三eに出てくるコロネというあだ名の遊女が連想されているかもしれない。

乙女が烏に無花果(いちじく)をもって来ます。ああ、神様がた、
この乙女が一点の非の打ちどころもない女となって、
お金持ちで名高い夫を見つけますよう。
そして、老いた父親の腕には男の子を、
母親の膝には女の子を抱かせますよう。
また従兄弟(いとこ)らの妻となる娘をもうけますよう。
私めは、足の向くままいずこへなりと参り、
目の保養をしつつ、歌など歌って門(かど)づけをいたしましょう。
お願いする金子(きんす)よりも、余計にいただけようといただけまいと。

このイアンボスの終わりではこう言っている、

皆様、お蔵にあるものにお手を伸ばしてください。
旦那様、それに奥方様、どうかおすそ分けを。
烏めがお願いいたしましたなら、ひとつかみくださるのが習いにございます。
よって私は歌います。よろしいだけ、おすそ分けをと。

b 烏のために物を集める人のことをコロニスタイという。アレクサンドレイアのパンピロスが『名前について』でそう言っている。そしてこのコロニスタイが歌う歌のことをコロニスマタという。ロドスのハグノクレスが『コロニスタイ』でそう言っている。ロドスではこのほかに、人々から物を集める行事で『つばめ』

というのもあって、それについては歴史家のテオグニスが『ロドスの祭祀』の第二巻で述べている。『ロド
c ス人が「つばめ」と呼んでいる一種の物集めの行事がある。これはボエドロミオンの月［九月］に行なわれ
るが、「つばめ」と呼ばれるのは、次のように歌うところから来ているという、

来た、来た、つばめ。
美しい季節を運び、
美しい年を運んで。
おなかの白い、
背中の黒い、つばめ。
いろんなものがあるおまえの巣から、
干した果物をころげ出せ。
お猪口（ちょこ）に一杯の酒や、
盆にのせたチーズも。
豆パンや、小麦のパンも
つばめは捨てない。よそへ行こか、もらっとこうか。
もし何かくれるなら。くれないと、放ってはおかないぞ。
表の戸や、戸のまぐさ石を、はずしちまうぞ。
家内に座ってるおかみさんを、さらうぞ。
d 小柄だから、わけなくさらえる。

(360)

いや、どうせ何かくれるなら、
大きいのを、もってきておくれ。
さあ、戸を開けろ、開けろ戸を、つばめのために。
ぼくらは子供だ、年寄りじゃない。

かような物集めの習いは、リンドスのクレオブロス[1]が、リンドスで金を集める必要が生じたとき、始められたものである』。

都市にまつわる魚の伝説

ロドスの話を紹介したのだから、ここでぼくが集めた魚にまつわるロドスの話を申し上げておこう。かの
e うるわしのリュンケウスも言うように、ロドスは魚に恵まれた島なのでね。ロドスのエルギアスは『わが祖
国』の中で、フェニキア人がこの島に植民したということをまず述べて次のように言っている。パラントス
の率いる者たちは、イアリュソス領のアカイアという、きわめて堅固に防備されていた町を占領し、水の供
給を支配したゆえに、イピクロスの包囲に対して、長期にわたってもちこたえることができた[2]。実は彼らは
神のお告げも賜っていて、それによると、烏が白くなり、酒あえ甕の中に魚が現われるまで、彼らはこの
国を所有するであろうとのことであった。すると彼らは、さようなことはまず起こるまいと思い、戦にか
f けてもいい加減になってきた。イピクロスはさる筋から、フェニキア人に賜った神託のことを知った。そこ

361 で彼は、パラントスの信任の厚かったラルカスという名の者が、水を汲みにやって来るのを待ち伏せした。そして彼に誓約をしたうえで、泉から小さい魚を捕って水甕に入れ、それをラルカスに渡して、その水を、パラントスが酒を割る水を入れた甕に入れよと命じた。ラルカスは言われた通りにした。次にイピクロスは、鳥を何羽か捕まえ、それに石膏（せっこう）を塗って放した。パラントスはその鳥を見、それから酒あえ甕の所に行って、その中に魚もいるのを見ると、この国はもはや自分の国ではなくなったのだと思い、イピクロスに使者を送って、たがいに誓約を交わし、今自分のもとにあるものをもって、ここから退去させていただきたいと
b 申し出た。イピクロスは同意したが、パラントスはひそかに次のようなことをやった。すなわち彼は、犠牲獣を何頭か屠るや、その内臓を取り出して、そこへ金銀の器を納めて運び出そうとしたのである。イピクロスはそれに感づいて阻止した。パラントスが、およそ腹の中にもっているものは持ち出すことを許す、という誓約を申し立てるとイピクロスは、彼らが退去するための船を与えたが、その船から舵をはずし櫓をはずし帆をはずして、船をやるとは申したが、そのほかのものは一切約束してはおらぬと言った。途方に暮れたフェニキア人は、多くの財物を穴を掘って埋め、いずれここへ来ることがあったときのために目印をおいた

（1）リンドスはロドス島東岸の都市で、そこのクレオブロスといえば、いわゆる七賢人のひとりに数えられる人物。彼が「金を集める必要が生じたとき」が何を指して言われているのかは不明。

（2）ロドス島はミュケナイ時代からギリシア人が植民していた、またイアリュソスは前出のリンドスとともに、ドリス人が開いた都市だということもわかっているので、ここで言われているフェニキア人の植民というのは、それ以前の伝説ということになり、パラントス（Phalanthos）はフェニキア人、それを攻めたイピクロス（Iphiklos）はドリス人ということになる。

(361) c りしたが、かなりのものはイピクロスのもとに置き去りにした。こうしてフェニキア人はここから去り、ギリシア人が国を領することとなったのである。同じ話をポリュゼロスも『ロドス誌』の中で述べていて、彼が言うには、魚と鳥の秘密は、パカスと彼の娘のドルキアだけが知っていたという。彼女はイピクロスと恋仲になり、乳母を通じて彼と結婚の約束をしたのだが、水を運んでいる者を説き伏せて、魚を酒あえ甕に入れさせたのは彼女であり、鳥の方は、彼女自身が白くして放ったのだという。

d クレオピュロスは『エペソス年代記』でこういう話を述べている。エペソスを建設した人々は、この土地が何とも御しがたい所であったために、さんざん苦労をなめたあげくに、最後に、どこに町をおくべきか、神様からお告げをいただこうということになって、人を送った。するとお告げは、魚が示す所に、猪を案内者として町を造れというのだった。言い伝えによると、今日ヒュペライオスとか聖湖とか呼ばれている泉のほとりで、漁師たちが昼の弁当を使っていると、一匹の魚が真っ赤に燃えた炭をくわえて跳ねてごみの中に落ちたが、そのために、猪がひそんでいた藪が燃え上がった。猪は火に驚いて、かなりの距離を突っ走
e って、今日トレケイアと呼ばれている山に駆け登ったが、今はアテナの神殿のある所で、槍に打たれて倒れた。そこでエペソスの人々は、二〇年間住んでいた島を引き払ってここへ渡り、トレケイアとコレッソスの地域に二度目の植民をした。そして、アゴラに面してアルテミスの社を建て、入り江に面して、お告げを賜ったピュティオス・アポロンの社を建てた」。

こういう話がまだいろいろとつづけられているとき、町中に、笛の音やシンバルを打つ音や太鼓をたたく音にまじって、歌声が響いてきた。ちょうど、昔はパリリア祭、今ではローマ祭といっている祭りの日だったのだ。このローマ祭というのは、歴代の皇帝の中で最もすぐれ、最も教養の高いハドリアヌスが、フォルトゥナのために神殿を造営して始めたものだ。[1] 毎年この日は特別の日として、ローマに住むすべての人々、それからローマを訪れているすべての人々が祝うのだ。だからウルピアヌスが言った、「諸君、これは何だ。

厳粛な宴か婚礼の宴か。持ち寄りの宴とはとても思えぬものな」。[2] これは、町をあげてフォルトゥナ様のために踊っている(ballizein)のだとだれかが言うと、ウルピアヌスが笑いながら言うことに、「ではご貴殿に伺いたい。ギリシア語ならば『踊る』とは、komazein とか

(1) パリリア祭は牧神パレスの祭りで四月に行なわれる。もと羊と羊飼いを浄める祭りだったのだが、なぜかこの祭りの当日がローマ誕生の日とされていたのは事実。ただしその日が「ローマ祭」と呼ばれていたかどうかは確認できない。なぜなら「ローマ祭(Romaia)」はラテン語ではなくギリシア語だから。ローマ祭がパリリア祭の別名で、フォルトゥナに捧げられる祭りだというのも、わからない。ハドリアヌスはフォルトゥナの神殿を造営したかもしれないが、フォルトゥナの祭りは彼が始めたものでない。また、ここに描かれているようなフォルトゥナの祭りは六月に行なわれていた。

(2) ホメロス『オデュッセイア』第一歌二二六。

(362)

choreuein などという言い方をするだろうに、ballizein などと言うのは、どこのギリシア人かな。スブラなどと申す遊里(1)から言葉を仕入れて、

酒に水を注ぎ込んで台無しにしおったな(2)」。

b するとミュルティロスが言った、「いやいや、あら捜しの名人殿(3)。どっこいこれはギリシア語にこそ合っているのだと申し上げよう。そもそも貴殿は、われわれをみな手なずけようとなさったが、われわれのうちだれひとりとして、貴殿から無知のレッテルを貼られてはおらんな。それどころかご自身が、蛇の抜け殻よりなお空っぽであるとの実をお示しになった。まったく驚くべき御仁だな。エピカルモス（彼はシシリー人だ）が『参拝者』の中で、踊るという意味で ballizein を使っているが、問題のイタリアはシシリーから遠く離れているわけではない。とにかくこの芝居の中で、デルポイのアポロン神殿に参詣した者たちが奉納品を眺めて、そのひとつひとつについてこんな風に言っているのだ、

銅の釜、
酒あえ甕、串、やや、ヒュポデロスでは
……〈テクスト破損〉……踊っているぞ（ballizontai）、……〈テクスト破損〉……。

c ソプロンも『花嫁の世話』というミモス〔物まね劇〕で言っている、『それから彼がとって(4)音頭をとる、そしてみんなが踊りだす（eballizon）』。またこうも言っているな、『踊りながら（ballizontes）奥の間をうんちまみれにし』。まだある。アレクシスが『床屋』で言っている、

そうれ、大勢の人々がどんちゃん騒ぎに……〈欠落〉……見える。

これは立派な紳士方の集まりだと思って、皆さんが
いらっしゃるんだ。願わくはあんた方が、踊った(ballismos)あげくに
ご機嫌うるわしくなさっているところへ、わしひとりで
ぶつかりませんように。そうなってごらんなさい、わしゃあもう、
外套を家まで羽織っちゃ行けません、翼でも生えないかぎりは。

d ほかにもこの語が使われている例をぼくは知っているから、よく考えてからご披露しよう。

宴という意味の語

ところでウルピアヌス君、君はさっきホメロスを引用したね、
これは何の宴(dais)だ、何の集まりだ。何の必要があってのことか。
厳粛な宴(eilapine)か、婚礼の宴か。持ち寄りの宴(eranos)とはとても思えぬ(5)

(1) スブラはローマの、現在は鉄道の「終着駅」があるあたりの北側の一帯で、本来は食料品店街だが、売春婦がたむろす所でもあった。
(2) アリスティアス(前五世紀)の悲劇の断片。
(3)「あら捜しの名人」はエピティマイオス(Epitimaios)の訳。
本書第六巻(第2分冊)二七二bで、イストロスの造語として紹介されている。
(4) この「とって」というのは何をとることを言っているのか不明。
(5) ホメロス『オデュッセイア』第一歌二二五―二二六。

ってね。しかしまさに君こそ、これらの宴ということばが、たがいにどう違うのか、言ってくれるべきお人だろう。だのに君は何も言ってくれないから、ぼくから言うことにしよう。あのシュラクサイの詩人エピカルモスじゃないが、

ふたりがかりで言ったことも、私ならひとりで十分、言って進ぜよう

e だ。犠牲式の宴とか、盛大に準備された宴のことを、昔の人は eilapine と呼び、その宴に連なる人々のことを eilapinastai といった。eranos というのは、それに加わる人々が、めいめいに何かを持ち寄って行なう宴で、これはたがいに厚意を寄せ（eran）合って集まるという意味だ[1]。同じ宴が eranos と呼ばれたり thiasos と呼ばれたりして[2]、だからそれに集まる人々も eranistai と呼ばれることもあるし thiasotai と呼ばれることもある。ディオニュソスに従う人々の群も thiasos と呼ばれる。エウリピデスが言ってるね[3]、

踊り狂う女たちの、三つの群（thiasoi）が見えた。

f thiasos とは神（theos）という語から来ているのだ。thi- と the- じゃ違うとおっしゃる向きのために申し上げれば、ラコニア人は神々（theoi）のことを sioi と言ってるよ[4]。eilapine というのは、よく準備され、金もかかる宴のことだ。laphyttein や lapazein という動詞は、空にする、使い果たすという意味だ。だから詩人たちは、都市を略奪することについてすら、alapazein という動詞を使っている[5]。そして奪われるもののことは、
363 欲望（laphyxis）によって奪われるのだから、laphyra という。アイスキュロスやエウリピデスは、そういう空にしてしまう宴のことを eilapine と呼んでいるのだが、それは、その宴のために何もかも空にしてしまう

(lapassein) からだ。laptein という動詞は食物を完全に消化することで、空になった結果ゆるくなった状態をlagaros という。そこでこのゆるいという意味の lagaros から、脇腹 (lagon) という名詞ができる。薄焼き菓子のラガノン (laganon) という名前もここからできた。[6] lapassein からは lapara という名詞ができるが、[7] これも脇腹のことだ。laphyssein というのは、ふんだんに (dapsilos) lapassein し、空にしてしまうことだ。使い果たす (dapanan) という動詞は daptein [食う] という動詞から派生したもので、[8] この『食う』にしても、『ふんだん (dapsilos)』と関わりがある。だから [同じ食べるのでも] daptein や dardaptein という動詞は、がつがつと獣のように食う連中について使われるわけで、ホメロスは [katadaptein という動詞を使って]、

(1) eranos が持ち寄りの宴であることは確か。しかし「たがいに厚意を寄せ (eran) 合う」から eranos だという説明は誤り。この語の語源はわかっていない。

(2) thiasos はギリシア語としては外来語であるらしく、本来ディオニュソスの宗教独自の語ではなかったらしい。しかしギリシア語としては、「ディオニュソスに従う人々」のことを thiasos といったのが、この語の最も早い用例。宴会という意味でこの語が使われた例はかなりのちにしかない。

(3) エウリピデス『バッコスの信女』六八〇。

(4) ラコニア方言で theos のことを sios というのは事実だが、註 (2) で述べた理由により、thiasos を theos から引き出すのは無理。

(5) 以下においては、eilapine の意味を lap(h)- から説明しようとしているが、これも無理。

(6) lagaros という形容詞、lagon (脇腹)、laganon (薄焼きの菓子) がたがいに関係のある語であることは間違いないようだが、これを laptein という語と関係づけることはできない。

(7) lapara (脇腹) と lapassein (=lapazein) は関係しているらしい。

(8) dapanan が daptein から派生したというのはともかく、このふたつの語には関連がある。

まこと、犬や鳥どもが、彼をば食いつくした[1]

(363) b と言う。ご馳走という意味の euochia は、食べ物（oche）ではなく、順調である、健康である、という意味の euechein から来ている[2]。神を崇める人々が会して、歓楽とくつろぎに身をまかせる（methienai）ので、飲むことを methy といい[3]、その methy をくださる神のことを Lyaios［解放者］とか、Euios［恵む者］とか Ieios［癒す者］とかと呼ぶ。暗い顔や不安げな顔をしていない人のことを hilaros［陽気な］というのと同じだ。だから人
c 々は、ie, ie と呼びかけると、神は恵み深く（hilaos）なってくださるはずだと思ったわけだ。そこで、人々がそういうことを行なう場所のことを hieron［神殿］と呼ぶ[4]ことになったのさ。同じ人間を hielos と呼んだり hilaros と呼んだりすることがあるということは、エピッポスの『商品』という題の芝居を見ればわかる。ある遊女のことをこんな風に言っているのだ、

それからさて、われわれのうちだれかが
気がふさいでるとしてみろ。甘あく
取り入ってくれる。キスをしてくれる。と言ったって、
敵みたいに口をきゅっと食いしばってじゃなく、
雛を育てる雀みたいに、大きく口を開いてだ。
やさしく言葉をかけて、たちまち浮き浮き（hilaros）させてくれる。
心にたまった憂さを晴らして、元通り元気（hileos）にしてくれる。

神々を祀る儀式での食事、寄付をする食事など

d 古代の人々は神を人間の姿に思い描き、神に捧げる祭りの次第もそれに応じて定めた。人間は楽しみたいという衝動を抑えきれるものではないが、他方では、それをきちんと規律正しく行なうように習慣づけることも有益であり、人間にふさわしくもあるわけで、そこで時を定めて、まず神々に犠牲をお供えして、それから自分たちがくつろぐことにした。神々は初穂や献酒を受けにお出でになるとだれもが信じていて、そこ
e で謹んで自分たちもそのお相伴（しょうばん）にあずかるために集まろうとしたのだ。だからホメロスも言っている、

　　　　アテネもお供えを
　　受けるために来た。(5)
ポセイドンは、

(1) ホメロス『オデュッセイア』第三歌二五九。ただしホメロスの現行のテクストでは、「……食いつくしたであろう」となっている。

(2) euochia が eu echhin という句と関係しているというのは、その通りである。

(3) methy が methienai と関係があるというのはこじつけ。

(4) ie, ie と呼びかけること、神が hilaos になること、神殿のことを hieron と呼ぶこと、これらを関係づけているのもこじつけ。

(5) ホメロス『オデュッセイア』第三歌四三五。

　はるかにアイティオペス人を訪れて不在。
　牡牛や牡羊のヘカトンベを受けるためであった[1]。
そしてゼウスは、
　昨日宴へと赴かれ、ほかの神々もみな従って行かれた[2]。
そしてもしそこに人間もいるとすれば、年長で、まじめな生き方をしている者が、何事にせよ見苦しいことは言わぬ、あるいはせぬように謹む。エピカルモスがどこかで言っているようにだ、
　自分より上の人がそこにいるなら、沈黙こそよいこと。

364 f

そこで人々は、神々が自分の近くにいらっしゃると思い、祭りを規則正しく節度をもって執り行なった。だから、宴席で寝椅子に横になるという習慣は古代にはなかった。『座って食事をした[3]』。酒にしても酔いつぶれるまで飲むのではなく、『献酒をすませると、心の欲するだけを飲んで、めいめいの家に引き揚げた』。ところが今の人間は、神々に犠牲を供えるのも形だけ、その犠牲式には大勢の友人や親しい人を呼び、子供を呪い女房にどなり散らし、奴隷どもを泣かせ、民衆を脅し、ただホメロスの一行を繰り返すばかり、
　いざ合戦にそなえて、食事を召されよ[4]。
あの『ケイロン』——あれを作ったのがペレクラテスにせよ、リズム学者[5]のニコマコスにせよだね——の詩人が言っていることなど気にもとめない風情だ、
　気前のいい宴を開いて、友人を呼んだからには、

b
そいつがいるからと、ふくれっ面するな。そんなことをするのは卑しい人間。
それよりは、うちくつろいで心を楽しませ、そいつを楽しませるがいい。
ところが今では、この詩句を思い出す人はまずなくて、このあとにつづく箇所をそらんじている始末だ。ところがそれは実は、ヘシオドスの作ということになっている『大エ・ホイアイ』(6)のパロディなんだよ。

われわれのだれかが犠牲式をあげて、だれかを食事に招いたとする。その時そのだれかがほんとに来ようなら腹を立て、そいつがいることにいやな顔をする。で、一刻も早く出て行ってくれるようにと期待する。

c
するとそいつもなぜか気がついて、履物をはきはじめる。
すると飲んでるお客のだれかが言う、「おや、もうお帰りで。ぜひもう一杯。まあその靴をおぬぎなさい」。だが犠牲式の主人は不愉快で、

---

(1) ホメロス『オデュッセイア』第一歌二二一、二二五。
(2) ホメロス『イリアス』第一歌四二四。
(3) ホメロス『オデュッセイア』第三歌四七一。
(4) ホメロス『イリアス』第二歌三八一。
(5) この「リズム学者 (rhythmikos)」について「辞書」は、「韻律学者 (metrikos) に対立する呼び名」としているが、韻律学の対立概念としてのリズム学とは何か、訳者は知らない。
(6)『大エ・ホイアイ』はここでも「……ということになっている」と言われているので、アテナイオスの時代にもすでにヘシオドスの作ではないということがわかっていたわけである。「エ・ホイアイ」とは、「あるいはさて次のような婦人らが……」という意味の決まり文句。神話を系統だてて語った叙事詩で、話の変わり目ごとに「さてあるいは……」と語ったのが、そのまま詩の題名となったもの。

そいつを引き留めた客に、早速にもエレゲイアを奉る、
「いやがる者を無理にお引き留めなさるな。
眠っている者を起こしめさるな、シモニデス」(1)。これこそわれわれが
友を食事に招いて、一杯機嫌で言う台詞(せりふ)ではないか。
もうひとつ、こんなのもつけ加えようか、
d 大勢の客を集めての宴では、無作法は禁物。
持ち寄りの宴では、楽しみは大、費用は小(2)。
神々に犠牲を供えるときには、犠牲のための費用はごくわずか、その時その時の都合次第だ。あのメナンドロスが『酒浸り』で見せているようにだ、
とはつまりわれわれは、犠牲をお供えするほどの暮らしもしてないっていうことだ。
だってさ、神様へのお供えにけちな羊でご勘弁いただこうと、
そいつをもって来たが、これはたったの一〇ドラクマで買ったもんだぜ。
笛吹き女や香油や竪琴弾き、
タソスの赤ワインや鰻(うなぎ)やチーズや蜂蜜や、なんていうのは、
e まあ、一タラントンはするだろうというのにさ。とすれば、こちらのお供えが
神様のお気に召したとき、一〇ドラクマ分のいいことしか
授からないとしても、ちゃんと辻褄(つじつま)が合ってるわな。

ならばだ、犠牲で損をしたときは、それも計算していただかなくちゃ。
犠牲の損は、どうして倍にならんのかね。
もし俺が神様だったら、尻肉なんていうのはごめんだね。
鰻もいっしょじゃなけりゃね。鰻の親戚
カリメドンには、ぜひ死んでもらわにゃならんのだ。(3)

f 昔の人はエピドシマという食事の名を挙げているが、これはアレクサンドレイア人がエピドマ［食事への寄付］と言っているもののことで、アレクシスの『井戸』にこんな台詞がある、

甲 今も今とて
ご主人殿が、角一杯の酒を持ってこいと
中からお遣わしだ。 乙 中の皆さんへか。なるほど。
エピドシモン、ご寄進というわけだな。 甲 俺やあ
よく気がつく婆様が好きでならんのだ。

クロビュロスも『見当違いの男』で、

---

(1) テオグニス四六七、四六九。
(2) ヘシオドス『仕事と日』七二二。
(3) カリメドンはデモステネスと同時代の政治家。本書第三巻(第1分冊)一〇〇cに引用されているアレクシスの喜劇では、食い道楽で「海老野郎」と呼ばれ、豚の子宮のためなら死んでもいいと思っていたとからかわれていた。

甲　ラケス、ぼくは君の所へ来たのだ。先に立って行けよ。　乙　どこへだ。
甲　どこへだと。ピルメネのところさ。あそこにぼくは
　エピドシマを出したんだ。昨日君はぼくにだな、
　彼女のためだと、生酒（きざけ）を十と二杯も飲ませたじゃないか。

今の人が『籠弁当』と言っているものも、昔の人は知っていた。ペレクラテスがこれについて、『忘れっぽい男』（あるいは『海』）で言っている、

　籠（かご）に食事を詰め込んで、
……の所へか、彼は出かけて行った。

b これが籠弁当のことを言っていることは間違いない。自分の食事を自分で用意して、それを籠に詰めて、だれかの所へ行ってそこで食べるのだ。リュシアスは饗宴（symposion）のことを syndeipnon と呼んでいる。『ミキネス殺害について』の中で、『彼は syndeipnon に招かれていた』と言っている。プラトンも『その syndeipnon をやっていた人々と』と言っているし[1]、アリストパネスも『ゲリュタデス』で、

　syndeipnon の席でアイスキュロスを称讃し

と言っている。だから、ソポクレスの劇の題名は Syndeipnoi［ともに食事をする人々］ではなく、Syndeipnon という中性名詞であるべきだ、と言う人もある。食事のことを集会（synagogima）と呼ぶ人もある。アレクシスの『美を愛する人』（あるいは『ニンフたち』）で、

c 　横になって、女たちを呼びたまえ。

synagogimon と行こうじゃないか。君が昔っから
けちん坊だったことは、先刻承知のつもりだがね。

エピッポスは『ゲリュオネス』で、

彼らは synagogimon の宴を
山盛りにしよった。

たがいに飲みかわすことを synagein [集まる]、宴会のことを synagogion ともいった。メナンドロスの『火のついた女』で、

で、今彼女らはこのために、自分たちだけ集まってるところだ。

つづいて、

d その宴会に、彼が山ほどのご馳走を出してやった。

たぶんこれは、持ち寄り(symbolai)の宴会のことを言っているのだろう。その symbolai とは何かについては、アレクシスが『麻薬患者の女』でこう言っている、

甲 じゃあ symbolai もって、いっしょに行くわ。
乙 symbolai って。　甲 まあ、あんた、カルキスじゃ

(1) プラトン『饗宴』一七二B。

(365)

リボンや香油瓶のことをsymbolaiと言ってるよ。

e しかしヘゲサンドロスが『備忘録』で言っているように、アルゴス人は別の呼び名を使っている。『宴会に持ち寄るものをアルゴス人はコス(chos)と言い、めいめいの分け前をアイサ(aisa)と言う』」。

ティモクラテス君、この本もここで締めくくってもおかしくはないだろう。われわれもエンペドクレスのように、かつては魚だったのだなどと思われないうちに、(1)ここで打ち切ることにしよう。あの自然学者はこう言っているからね、

余はかつて少女なりき、少年なりき。
低木なりき、鳥なりき。してまた、海を行く魚なりき。

(1) 第七巻のほとんど全部と、第八巻のかなりの部分を魚談義にあててしまったので、ということだろう。

第九巻

芥子

366 ティモクラテス君、メネラオスじゃないが、われわれも

　あらためて夕餉（ゆうげ）に心を向けることにして、
　手水（ちょうず）をばかけ、話はまた明日のことにしよう。[1]

というのも、ハムが出されて、だれかが「これは柔らかい（takeros）のか」と言うとウルピアヌスが、「その
takerosという形容詞はどこに出ているのかな」などと言いはじめたのだ。「それから芥子（からし）（sinapy）のことを
napyなんて言ったのはだれかな。つまりその皿（paropsis）にだな、ハムといっしょに芥子が添えてあるだろ
う。そう、そのハムがkoleosという男性名詞になっていることも先刻承知だ。ただし、われらアテナイ人[2]
b は女性名詞としてしか使わないんだがね。とにかくあのシシリー出のエピカルモスは『メガラの女』で、
『ソーセージ（orya）とチーズとハム（koleos）と背骨ばかり、肉に一片だになし』と言ってるし、『キュクロプス』では、

　ゼウスにかけてうまいソーセージ（chorde）と、同じくうまいハム（koleos）

なんて言っている。賢人諸君、小生からこういうことも学んでもらいたいな。すなわち、この詩句ではエピカルモスは、ソーセージのことを chorde と言っているが、ほかでは彼はいつも orya と言ってるんだ。それから別の皿 (paropsis) には精製した塩(3)が見えるが、犬儒派の連中ときたら、精製してない塩だらけだな。アンティパネスの『革袋』によれば、ある犬儒派の御仁(ごじん)がこんなことを言ってるのだ、

c

甲　海産の風味のうちでは、

ただひとつ、それものべつにこればかり、つまりいつも塩をとる。

…………で、これを入れて安酒を飲む。

いや、ゼウスにかけて、わが家向きの快楽ってえとこだ。

乙　わが家向きの快楽ってえと　甲　いやさ、わが家一切の

ありように、つまり五勺の酒(4)をちびちびやるのにもってこいだってえことさ。

ガロス・ソースに酢をまぜたのも見えるな。近頃じゃあ『酢ガロス(5)』という特製のものを、ポントスの連中

(1) ホメロス『オデュッセイア』第四歌二一三。父親オデュッセウについての情報を伺いに訪れたテレマコスに、メネラオスがこう言う。

(2) ウルピアヌスはシリア生まれだが、彼はアテナイを中心とするアッティカのギリシア語を純正ギリシア語とし、自分もその純正ギリシア語を使うアテナイ人だと誇っている。

(3) 原語は hals hedysmenos で、直訳すると「風味をつけた塩」。

(4) 原語は oxobaphon poterion で、oxobaphon とは、日本の盃のような小さな浅い盃。

(5) ガロスは、小魚をすりつぶして塩水でペースト状にし、それを発酵させたもの。

が作っているということも、知ってるぞ」。それを受けてゾイロスが言った、「いやいや、それなる方よ、柔
らかいという語 takeros を、アリストパネスは『レムノスの女』で、おいしいものに関して使ってますぞ、 330

d 柔らかくて（takeros）みごとな豆を産するレムノスの島。

またペレクラテスも『だぼはぜ』で、

その場でひよこ豆を takeros にし。

コロポンのニカンドロスは『動物誌』で芥子のことを sinepy と言ってますな、

青銅巻いたるカップに芥子（sinepy）。

『農耕詩』では、

sinepy の種子を歯でつぶし。

また、

ぴりりとするカルダモン(1)と、葉の色の濃い sinepy.

クラテスは『アッティカ方言』で、アリストパネスのある行を引用しています、

367 sinapy みてえな目つきになって、ひたいに八の字を寄せやがる。（松平千秋 訳）

セレウコスが『ヘレニズムについて』でそう言ってます。ところがこれは『騎士』からの引用で、原文では『napy みてえな目つきになって』となっている。アッティカじゃ、だれも sinapy などとは言わないんです。ただし sinapy にしても napy にしても、どっちにも理屈はありますな。Napy というのは naphy のようなも

ので、つまり physis［成長］がないということです[2]。ですから napy は雑魚（aphye）同様成長しない（aphyes）し小さいのです。一方 sinapy というのはですな、その香りによって顔つき（opa）を害する（sinomai）というところから来ています。玉葱は眼（kore）を閉じる（myomai）から krommyon というの[3]と似てますな。喜劇作家のクセナルコスが『スキタイ人』の中で言ってます、

　　この芥子の禍ももはや
b 禍ではなくなった。うちの娘は芥子の悩みを
　外人の女にやらせたんで[4]。

あのみごとなアリストパネスの『ゲリュタデス』で、悲劇詩人のステネロスのことを言っている所で、塩と酢のことが出てきますな、

　どうすればステネロスの台詞（せりふ）が食えるかだ。
　酢に漬けるか、それとも、白い塩に漬けるか。

---

(1) カルダモンはしばしば出てくる香辛料で、英名 nose-smart, 学名 *Lepidium sativum.* ところがこれとよく似た、名前までそっくりの kardamomon という植物があって、この両者は時に混同されているようである。

(2)(3) これらの語源説明はいずれも、乱暴な語呂合わせによるこじつけ。

(4) 直訳すると、「外人の女を通じて芥子の粒々をこすりつけた」。

(367) さあ、これで、先ほどお尋ねになったあなた、あなたの探究のお仲間に入れていただいたので、今度はそちらからお答えをいただきましょう。

つけ合わせ皿

c つけ合わせを盛る器のことをparopsisという、これはだれの作品に出ていますかな。喜劇作家のプラトンは『祭日』の中で、いろんな種類のものを混ぜ合わせて出した料理のことをそう呼んでいますよね、

　大麦パンとparopsisはどこから来るのかね

ってね。ところが、ちょっと長いけれど、『エウロパ』ではparopsemaという語も使って、こんな風に言ってます、

甲　女も眠ってるときは、何もしない。　乙　そりゃそうだ。
甲　だが目を覚ますと、ありゃあつけ合わせの皿だね。
　自分ひとりだけで、ほかのもの全部足し合わせたよりも
　ずっと快楽向きだ。　乙　その、つけ合わせの皿（paropsis）ってのは
　どんなもんかね、言ってくれ[1]。

d ところがつづく行では、そのparopsisのことを、出されたつけ合わせ料理paropsemaと同一視し、『パオン』でも、

外国産なんかはつけ合わせ料理 paropsis とおんなじで、
うまいと思うのはつかの間で、あっと言う間になくなる。

アリストパネスは『ダイダロス』で、

女という女には、それぞれちがいはあるにせよ、まるで
つけ合わせ paropsis のように、色男の支度ができている」。

ウルピアヌスが何も言わないでいると、レオニデスが口を開いて、「ぼくもひと言申す権利がある。もう長いこと何も言わずにいたのだからね。パロスのエレゲイア詩人エウエノスを引用させてもらえば、

e

何事につけ必ず反対する習慣の人が
いるが、その連中には、正しく反論する習慣はまったくない。
こういう手合いには古人のひと言を申せば十分、つまり、
「おまえはそう思っておけばいいさ。だがおれにはこう思えるのだ[2]」。
上手に語られた言葉なら、賢い人々を説得するのはわけないことで、
賢人とは容易に教育を受け入れる人

（1）ここのテクストは読めない。仮に訳したのみ。
（2）この引用の出典不明。

f なのだ。そこでミュルティロスさん、あなたのお言葉を横取りしてしまったが、(1) アンティパネスの『ボイオティアの女』には

［召使を］呼んで、つけ合わせ皿を並べさせ

とあるし、アレクシスは『ヘシオネ』で、

ふたりの男がいろんなつけ合わせ料理で
飾られたテーブルを運び込むのを見るや、
奴はもう、こっちの方など見なくなった。

それから、マグネスの作だとされている『ディオニュソス』という喜劇のはじめの版で、

こりゃあ、あっしにとっちゃ、不幸を盛ったつけ合わせ皿だ。

368 アカイオスの『アイトン』というサテュロス劇では、

ようく煮込んだ肉と香料きかせて焼いた肉と、
そいつを切ってつけ合わせ皿に盛ったのを、おれにももってこいや。

喜劇作家のソタデスは『身代金を払ってもらった男』で、

おれはクロビュロスのつけ合わせみたいなもんだ。あの方は
おれもついでに召し上がるが、ほんとに食べてるのはあっちだからな。

クセノポンは『キュロスの教育』の第一巻で、(2) この paropsis という語をあいまいな意味で使っている。この

b 哲学者はこう言っているからな、『彼の所へparopsisと、ありとあらゆるソースをつけた肉をもってきた』。ペレクラテス作だとされているが、とにかくかの『ケイロン』の作者では、paropsisはソースの意味に使われていて、ディデュモスが『言葉遣いの誤り』で言っているような、器の意味で使われてはいない。『ケイロン』ではこうなっているのだ、

ゼウス様にかけて、この連中ときたらまるでparopsisだ。
ソースのおかげで値打ちも出るが、奴らを招いた主どのは
奴らだけじゃびた一文の価値もないと思ってなさる。

ニコポンは『セイレノイ』で、

ソーセージをして、paropsisと陣取り合戦をせしめよ。

アリストパネスは『ダイダロス』で、

c 女という女には、それぞれちがいはあるにせよ、まるで
つけあわせ皿のように、色男の支度ができている。(3)

(1) ここでレオニデスはゾイロスのあとを受けて発言しているので、この台詞はおかしい。この巻ではミュルティロスはまだ出てきていない。この言葉を救う唯一の方法は、三六七bとcの間で発言者がゾイロスからミュルティロスに代わったと仮定することだが、そう仮定すべき根拠は薄弱である。

(2) クセノポン『キュロスの教育』第一巻三―四。

(3) この引用は、なぜか三六七dのものと同じ。

(368)

プラトンは『祭日』で、

大麦パンとparopsis(1)はどこから。

プラトンはボルボス、味つけ香りづけのことも言っている。それからアテナイ人は、やや、シリア産のアテナイ人がおいでだったな、ウルピアヌス君、エンバンマというソースも挙げるね。テオポンポスの『平和』に言うごとしだ、

d

パンだけならうまいもんだ。そいつへエンバンマなんていうのを
かけて目先をごまかしてみろ。こりゃあいただけない。

もも肉・臀肉・ハム (kolen, kole)

アテナイ人はハム［臀肉（しりにく）］のことをkolenともkoleとも言うね。エウポリスの『アウトリュコス』で、

脚と尻（kolen）をば屋根に向かってすっくと伸ばし。

エウリピデスは『スキロン』で、

若い鹿の臀肉もなし。

Kolēというのは約音された形だ。Sykea［無花果（いちじく）の木］をsykēといい、leontea［獅子皮］をleontēというように、koleaがkolēとなるわけだ。アリストパネスは『福の神』の第二版(2)で、

ああ、昔よく食ったもも肉(kole)よ。

e 『ダイタレス』では、

柔らかい仔豚のもも肉(kole)と鳥の肉。

『こうのとり』では、

羊の頭と仔山羊の臀肉。

プラトンの『グリュプス』では、『魚とハム(kole)とソーセージ(physke)を』。アメイプシアスは『コンノス』で、

とくに犠牲にお供えしたのは、

臀肉、あばらと、頭の左半分。

クセノポンの『狩猟術』[3]では、『ふっくらとした尻の肉と、しっとりとした腹の肉を』[4]。コロポンのクセノパネスも『エレゲイオン』で、

---

(1) ボルボスについては本書第1分冊、二一一頁の訳註(1)を参照。

(2) この第二版(前三三八年)というのが今日伝わっている『福の神』で、この引用はその一一二八からのもの(はじめの版は前四〇八年に上演された)。

(3) クセノポン『狩猟術』五-三〇。

(4) クセノポンではこの文句は兎について言われている。

f

汝、仔山羊の尻を送りて、肥えたる牛の肥えたる脚、
　人の世の高価の宝をば得たり。
この名声ギリシアにくまなく聞こえ、かの、ギリシアぶりの
　歌のあるかぎり、絶ゆることなからん」。

野菜

369

これにつづいてたくさんの、ありとあらゆるものが運び込まれたが、言うに足るものだけを以下に申しておくことにしよう。というのも、いろいろの鳥にまじって鵞鳥（がちょう）もあったが、さらにそのほかに、[1]馬、仔豚、人々があこがれる雉（きじ）も山をなした。そこでまず野菜のことを先に述べ、それからほかのものについて申すことにしよう。

蕪（gongylis）

アポラスが『ペロポンネソスの国々』で言っているところでは、ラケダイモン人〔スパルタ人〕は蕪（かぶら）のことを「腹（gastra）」と呼んでいる。しかしコロポンのニカンドロスは『用語解』の中で、ボイオティア人はキャベツのことを「腹」と呼び、蕪のことはゼケルティスと呼ぶと言っている。そうかと思うと、アメリア

b スとティマキダスは南瓜（かぼちゃ）のことを「腹」と呼んでいる。スペウシッポスは『類似物』の第二巻で、「蕪とラピュス（rhaphys）[2]とアナリノンは似ている」と言っている。そのラピュスのことをグラウコスは『料理術』の中で、'h' を落として rhapys と呼んでいるが、これに似ているものといえば、今日ではブーニアス（bounias）と呼ばれているものしかない。テオプラストスの『植物誌』には bounias という名は出てこず、ある種の蕪のことを雄蕪と呼んでいるが、たぶんそれが bounias だ。ニカンドロスの『農耕詩』には bounias が出てくる、

c 　蕪の種子は、ローラーをもって平らにしたる畠にまく。
地に這いて伸び、パン焼き皿[3]に似るべければ。
ただし bounias はキャベツの中へ……。
蕪とキャベツの二種、わが菜園に

(1) テクストでは pipous となっているが、「辞書」は、これはたぶん hippous と読むべきだろうと推定している。それに従った。

(2) このラピュスについて「辞書」は '=bounias' としたうえで、これは French turnip, すなわち *Prassica Napus* のことだとしている。また次のアナリノン（anarrinon）はカルダモンのことだとしている。

(3) 「パン焼き皿」は plathanon. ロウブ版のガリックは、これを 'mould' ととったうえで、'equal to their moulds', 'keeping to their proper shape' と訳しているが、plathanon というのは、「皿」と理解しようと「型」と理解しようと、パンの皿、パンの型なので、この解釈は無理。

(369)

丈高く、しっかと締まって栄ゆるなり。

クラテスの『弁論家』にはケピソスの蕪というのが出てくる、

ケピソスの蕪にいかにもそっくりな。

テオプラストスは[1]、蕪には雄と雌の二種があるが、両方とも同じ種子から生じるのだと言っている。ストア派のポセイディッポスは『歴史』の第二十七巻で、ダルマティアには、栽培種でない蕪と野生の人参（にんじん）があると言い、シノプスの医者のディピロスは、「蕪は体を痩せしめ、味苦く、消化悪く、さらにガスを発生せ
d しむ。ただし、ブーニアス種は比較的よろし。味もよく消化もよく、健康によく滋養あり」と言い、さらに、「蕪を焼いて食する場合は消化よろし。ただしきわめて痩身の効果あり」と言っている。エウブロスは『アンキュリオン』でこんなことを言っている、

e ここに焼いて召し上がる蕪を持参した。

アレクシスは『神憑り（かみがかり）』で、

蕪の切ったのを焼きながら、プトレマイオスに話しかけ。

塩漬けの蕪は煮たのより痩せる効果があり、ディピロスの言うところでは、芥子漬けにするといっそうそうだという。

キャベツ (krambe)

アテナイのエウデモスは『野菜について』の中で、キャベツには三種あり、一はハルミュリス[2]と呼ばれるもの、二はなめらかな葉のもの、三はセロリー風の葉のものだが、食べておいしいのはハルミュリスという
f ことになっていると言っている。「産するのはエレトリア、キュメ、ロドス島、さらに小アジアのクニドスにエペソス。なめらかな葉のものは全土に産する。セロリー風とは、その葉がちぢれているところから名づけられたもの。その点でセロリーに似ているほか、葉が密生する点でも似ている」。またテオプラストスは書いている、「ラパノス（とはすなわちキャベツ）に二種あり[3]、一は葉のちぢれたもの、二は野生のもの」。シノプスのディピロスは言う、「キュメに産するキャベツは姿よろしく味もよし。アレクサンドレイア産はぴりぴりいたす。ロドス島の種子をアレクサンドレイアに移せば、一年目には味よきキャベツとなるが、以
370 後はこの土地になじんでまずくなる」。ニカンドロスは『農耕詩』で言う、

キャベツはなめらかなもの。が、時として、

---

(1) テオプラストス『植物誌』第七巻四-三。
(2) ハルミュリスとは本来塩分のこと。それがなぜキャベツの品種の名になるのかわからない。
(3) テオプラストス『植物誌』第七巻四-四。ただしそこでテオプラストスは二種ではなく三種挙げている。三番目は「葉のなめらかなもの」。

畠に種を蒔いたのに、野生に戻って葉を茂らすことがある。
かさこそと乾いた葉が、ちぢれて枝分かれしているが、
美しからぬ薄緑、あるいはまた、裏返したり
つぎはぎしたりしてサンダルの底に張る革のよう。
昔の人はキャベツを、予言者の野菜と言った。

ニカンドロスがキャベツを予言者と呼んだのは、たぶんこれが神聖なものだからだろう。ヒッポナクスの

b イアンボス〔実はコリアンボス〕の詩の中で、何がしそういうことが言われている、

そっと退くと彼は、七枚の葉の
キャベツに祈った。あのパンドラ(1)もタルゲリオンの月に
犠牲の獣の形にパンを作って。キャベツに供えたのだもの。

またアナニオスも、

世のだれよりも私は、おまえを
愛する、キャベツにかけて。

c テレクレイデスも『プリュタネイス』で「キャベツにかけて」と言い、エピカルモスも『陸と海』で「キャベツにかけ」、エウポリスも『水浴びする人々』で「キャベツにかけ」る。このキャベツにかけての誓いはイオニア起源のものらしいが、キャベツにかけて誓ったとて別に異とするには足るまい。ストア派の開祖キティオンのゼノンは、ソクラテスが犬にかけて誓った(2)のをまねて、カッパリス(3)にかけて誓ったという有様な

のだから。これはエンペドスが『回想記』でそう記しているのだ。アテナイでは産婦のためにキャベツ料理が用意された。一種の解毒剤として食べ物の中に入れるのだ。とにかくエピッポスが喜劇『ゲリュオネス』の中で言っている、

d

それじゃあどうして
戸口に花輪の影も形もないのかね。
生まれた子供の命名祭(4)だというなら、どうして
料理の香りが鼻の頭をなでないのかね。
ケルソネソスのチーズをあぶってさ、
キャベツ(rhaphanos)を煮て、油で照りをつけてさ、
厚い羊の肉を蒸してさ、

---

(1) これは有名なパンドラとは別の、アッティカ王エレクテウスの娘のパンドラ。エレウシスがアテナイを攻めたという伝説に関係があると思われる。それにしても、犠牲獣をかたどったパンをキャベツに供えるというのは奇異である。

(2)「犬にかけて」はソクラテスがよく口にした文句。多かれ少なかれ諧謔をまじえていることが多い。

(3) カッパリスは **kapparis**, 学名 *Capparis spinosa* で、和名はフウチョウボクというよりは、今ではケイパーという英語の方がよく知られている。実を酢漬けにしたものを珍重したという。

(4)「命名祭」の原語は **Amphidromia** で、「回る祭り」の意。赤ん坊が生まれてから五日目(あるいは十日目)に、両親の友人が赤ん坊を抱いて、その家の竈のまわりを回る。そしてその子に命名するという儀式。

鳩や鶫(つぐみ)や、それにひわもいっしょに羽をむしり、(1)
これまたいっしょに槍烏賊(いか)をかじり甲烏賊をかじり、
蛸(たこ)の脚をたくさん丹念につぶして、それで
水っぽくない酒の盃をかさねる、
というのが世の習いじゃないのかね。

e ところがアンティパネスは『食客』の中で、キャベツを安い食品だとしてこう言っている、

さあこれでおわかりでしょう、
それがどんなものかね。それっていうのは市民のふつうの
食べ物で、小麦パンだのにんにくだの、チーズ、薄焼きパン
なんていうもののことですよ。燻製(くんせい)の魚だの
香料をきかせた羊の肉だの、これ菓子だの、
とにかく人の身を滅ぼす料理じゃござんせんよ。
それにまあ、つややかなキャベツ(rhaphanos)――おお、神様――でも煮て、
豆スープでも添えますか。

f ディピロスは『欲張り』で、

結構なものが何でも、みんなひとりでに運ばれてくる。
つやつやしたキャベツ(rhaphanos)もどっさり、柔らかあい

肉、ほんとに、ゼウスにかけて、おれがふだんお世話になってる
菜っ葉なんぞとは似ても似つかぬ……。

アルカイオスは『レスリング学校』で、

もうキャベツ（rhaphanos）を鍋で、ゆがきおわった。

ポリュゼロスは『ミューズの誕生』で、キャベツを krambē と呼んでいる、

たくさんの葉が背も高く伸びた krambē.

砂糖大根（seutlon）(2)

371

テオプラストスが言う(3)には、白い種類の方が黒い種類のものより水分が多く種子が少なく、これはシシリー種と呼ばれる。彼は言う、「seutlis というのは砂糖大根（seutlon, teutolon）とは別のものである」。だから喜劇作家のディピロスも、『英雄』という芝居の中で、言葉を間違えて使っている者を咎めて、「teutlon のこ

---

(1)「ひわ」は spinos. 英名 chaffinch. Spinos（spiza ともいう）という名は、ピーピーという鳴き声に由来するという。学名 *Fringilla caelebs*.

(2) 砂糖大根を seutlon と呼ぶのはヘレニズム時代以後。それ以前は teutlon といった。

(3) テオプラストス『植物誌』第七巻四-四。

とをseutlisと言うやつ」と言っている。エウデモスは『野菜について』の中で、砂糖大根には四種類ある
と言って、引き抜きやすいもの、(1) 茎の長いもの、白いもの、普通種と挙げている。この普通種というのは灰
色をしている。シプノスのディピロスは、砂糖大根はキャベツより水分が多く、ほどほどに滋養も多い、煮
b て芥子(からし)といっしょに食べれば痩身の効果を増し、寄生虫を殺す効果もある、白い方が腸によく、黒い方は利
尿効果がある、根は葉よりも美味であり滋養も多い、と言っている。

人参 (staphylinos)

「これはぴりぴりする」とディピロスは言う、「きわめて滋養があり、腸によく、少々腹をゆるめガスを発生せしめ、消化悪く、利尿効果高く、性欲を刺激する。ゆえにこれをほれ薬と称する人もある」。ヌメニオスは『釣魚術』(2)で、

種も蒔かぬに、冬のまに、あるいは、花咲きそろう
春来たれば、畠に根づく草あり。
c 乾いたる葉の 薊(あざみ)(3)、野生の人参(にんじん)、
根の深きrhaphysと称する蕪、野生のカウカリス(4)

ニカンドロスは『農耕詩』の第二巻で言っている、

中にまじって、ういきょうの(5)丈高き茎、また中にまじって

岩に宿る草の根、ほかならぬ……人参、
スミュルネイオン[6]、野げし[7]、犬の舌[8]、チコリ[9]、
アロン草[10]の辛き葉、ないしは「鳥の乳」と呼ばるる
草[11]を、ともにすりつぶすべし。

d テオプラストスも人参のことを述べているが、パイニアスは『植物誌』の第五巻でこう言っている、「いわゆる seps なるもの[12]、および人参の種子は、まさに種子の本性に従っている」。また第一巻ではこう言ってい

---

(1)「引き抜きやすい」の原語は **spastos**. ただし「辞書」には、**spasteos** はあるが **spastos** という形容詞は収録されていない。

(2) 本訳書が拠った底本の校訂者カイベルによると、ヌメニオスの『釣魚術』にはこういう詩句はないし、それがヌメニオスのものであるかどうかも怪しい。

(3) この薊の原語は **skolymos** で、それは *Scolymus hispanicus* である由。

(4) カウカリスは **kaukalis** でセリ科の植物。*Tordylium apulum.*

(5) 原語は **marathon.** 学名 *Foeniculum vulgare.*

(6) スミュルネイオン（またはスミュルニオン）は smyrn(e)ion で、*Smyrnium perfoliatum.*

(7) 野げしの原語は sonkos. *Sonchus aspera.*

(8) 犬の舌は **kynoglosssos** で、*Cynoglossum columnae.*

(9) チコリは seris といい、*Cichorium intybus.*

(10) アロン草は **aron.** *Arum dioscordis* または *Arum italicum.*

(11) アリストパネス『蜂』五〇八や『鳥』七三四に出てくる「鳥の乳」とは違い、**ornithos gala** という草の名。*Ornithogalum umbellatum.*

(12) **seps** について「辞書」は、化膿性の傷か、毒蛇またはトカゲの一種しか挙げていない。

る、「帽子の形の種子をもつもの、アニス(1)、ういきょう、人参、カウカリス、毒人参(2)、コリアンダー(3)、『ねずみ殺し』と呼ぶ人もある海葱(4)」。ニカンドロスがアロン草のことを述べているのだから、パイニアスも上に挙げた書物の中で、「アロン草と呼ぶ人もあるドラコンティオン」と言っているとつけ加えておくべきだ。ディオクレスは『健康論』の第一巻で、人参(staphylinos)のことを astaphylinos と呼んでいる。「切り人参」と呼ばれる種類のもの(これは形の大きい、よく成長した人参だ)は、ディピロスも言っているように、ふ
e つうの人参より液汁が多く、体を温め、利尿効果があり、腸によく消化がよい。

「頭」葱(kephaloton)

同じディピロスは、これはプラシオン(5)とも呼ばれると言い、これは「切り人参」よりさらに液汁が多く、ほどほどに痩身効果があり滋養もあるが、ガスを生じさせると言っている。エパイネトスは『料理術』の中で、「頭」葱は gethyllis と呼ばれると言っているが、私はこの名前がエウブロスの『売春宿の亭主』に出ているのを見たことがある。こういうのだ、

f パンなんかとても食べられない。たった今
グナタイニオスんとこで食べてきたとこなんだ。
あの女、gethyllis なんか煮ていた。

「頭」葱とは gethyon のことだと言う人もある。プリュニコスの『クロノス』に出てくる。この劇の註を書

いたディデュモスは、gethyon は「葡萄葱」に似ており、両方とも gethyllis とも呼ばれるのだと言っている。Gethyllis はエピカルモスの『ピロクテテス』にも出てくる、「中ににんにくがふたつと gethyllis がふたつ」。アリストパネスは『アイオロシコン』の第二版で、

　　gethyon の根は
にんにくのまねをしたたちのやつで。

地誌を著わしたポレモンは『サモトラケ』の中で、女神レトは妊婦に gethyllis を欲しがらせると言っている。こう書いているのだ、「デルポイ人たちの間では、テオクセニアの祭り(6)のとき、レトにいちばん大きな gethyllis を奉納した者が、テーブルからおすそ分けをいただくことになっていた。私自身、蕪あるいは丸い

---

(1) アニスは anneson で、*Foeniculum vulgare.*

(2) 毒人参は koneion で、*Conium maculatum.*

(3) コリアンダーの原語は korion で、これは koriannon が短縮された形。*Koriandrum sativum.*

(4) 海葱（カイソウ）は skilla. この skilla については、第1分冊（第三巻七七e）で、テオプラストス『植物誌』を引用して、これの球根の中に無花果を植えると成長が速く、虫がつかないと言っていたが、「鼠殺し (myephonon)」という呼び名はここにしか出てこない。

(5) 頭葱という奇妙な名の葱は、もしここにあるように prasion のことだとすれば、*Marrubium vulagare* または *M. peregrinum* であり、すぐあとにあるように gethyllis のことだとすると、ワケギやアサツキに似たもの、gethyon と同種ならば *Allium Cepa*, var. ということになる。

(6) テオクセニア (Theoxenia) とは神々を人間が宴席にお招きして食事を共にすること。かなり古くからこの考えはあったが、それを儀式として定めたものとしては、ここに言われているデルポイのものが有名。デルポイだから招かれるのはアポロン、その母レト、その姉妹アルテミスで、そこへ全ギリシアの都市の代表が参加した。

(372)
b 二十日大根に劣らぬ大きさの gethyllis を見たことがある。人々の伝えるところでは、レトはアポロンをお産する前に gethyllis が食べたくなったのだそうで、だから gethyllis は特別に大事にされているのだという」。

南　瓜 (kolokynthe)

ある冬のこと、食卓に南瓜(かぼちゃ)が出されたので一同びっくりしたことがある。むろんこれは畠からとれたての南瓜だと思っていた。そして、あのみごとなアリストパネスが『四季』の中で、美しいアテナイの都を讃えてこう言っているのを思い出した、

甲　冬の盛りというのに、胡瓜(きゅうり)に葡萄(ぶどう)にその他の果物、
菫(すみれ)や薔薇(ばら)や百合(ゆり)を編んだ花飾りがあって、それに、煙が立って、
c 鶫に梨に蜂の巣にオリーヴ、それから牛の初乳に
コリオン(1)にくさのおう(2)に蟬に蛹を、ひとりのやつが売っている、
籠に無花果(いちじく)と天人花(てんにんか)の実が盛ってあるのに雪が降っている、
あげくに南瓜と蕪(かぶら)の種をいっしょに蒔く、
となりゃあもう、今が夏なんだか冬なんだか、だれにもわからない。
……一年中、欲しいと思うものがいつでも手に入りゃあ、
こりゃあずいぶん、いいことだわ。　乙　なあに、いちばん悪いことさ。

もしなければ、欲しいとも思わんし、金を出すこともないだろうよ。
俺だったらみんな、ちょっとの間だけ楽しんで、あとは無しっていうことにするね。

甲　いや、俺だって、よそでならそうするさ。だが、アテナイは別だ。
あそこにいつでも何でもあるのは、神様を大事にしているからなのさ。

d 乙　いいや、そうじゃない。君の言いようをまねすれば、君らを大事にするから、何でも年中あるようにしてるのさ。

甲　そりゃ
　またどういうことだ。

乙　君は、アテナイ人の国を、エジプトにしちまったってことさ。

ま、とにかく一月に南瓜を食べていることにわれわれは驚いたというわけだ。新鮮だし、ちゃんと特有の風味もあったしね。実はこれ、料理にちょっと仕掛けをしていたずらをすることを心得た料理人の仕業だったのだ。ラレンシスが、昔の人もこんなやり方を知っていたろうかと言った。するとウルピアヌスが言うことに、「コロポンのニカンドロスが『農耕詩』の第二巻でこのことを言っている。ただ彼は南瓜のことを

e 瓢簞（ひょうたん）と呼んでいるがね。こういうのだ、

　瓢簞の実は切って糸に通し、

（1）コリオン chorion は、もと子宮内で胎児を包んでいる膜。転じて牛乳や蜜であえた肉詰め料理のこと。

（2）「くさのおう」は chelidonion. 燕 (chelidon) が渡ってくるころ風を受けて花を開くのでこの名があるという。

風にさらして干し、干したるを煙に燻(いぶ)す。
さすれば、冬、奴隷ども、甕(かめ)いっぱいの 352
f 食料に、容易にありつく。また粉挽き女、ありとある豆をば煮て、
瓢箪を洗って桂むきにむいたる中に、
茸、干したる菜を編んで紐となしたるもの、カリフラワーをば、
まぜたる中に、煮たる豆をばざっとこぼし、春の来たるを待つ」。

鶏（ornis）

373 南瓜や刻んだ（knistos）野菜（この knistos という形容詞は、アリストパネスが『デロスの女』で、刻んだ菜っ葉、つぶした野菜のことを言うのに使っている）につづいて鶏が出てくると、ミュルティロスが言った、「ここに山ほどの鳥が出されたが、今の習慣では、鶏、それも雌の鶏だけを ornis と言って、（哲学者のクリュシッポスが『快楽および善について』でこう書いている、『ある人々は白い鶏は黒い鶏よりも美味である
b と思っている』）雄の鶏のことは alektryon［雄鶏］と言うんだな。しかし昔の人は、雄であれ雌であれ、また鶏以外の鳥であれ、鳥ならば ornis と呼んでいた。特定の鳥だけじゃないのだ。慣用語法で『鳥を買う』というのがあるが、ホメロスはこう言っているよ、

太陽の照らすもと、たくさんの鳥［男性名詞］たちが。(1)

別の箇所では女性になっていて、『けたたましい鳥どもに[2]』。そして、

　　さながらに母鳥が、餌を捕らえては、まだ羽根もそろわぬ
　雛たちにせっせと運び、自分はひもじい思いをするように[3]。

c メナンドロスは『女相続人』のはじめの版で、その当時の習慣に従ってはっきりと言っている、『雄鶏が大声で時を告げている。さあ、追っ払えよ。あれはうちの鶏だ』。また、

　　あの女は、鶏（ornis）をおどすこともようできず。

クラティノスは『ネメシス』の中で **ornithion**〔小鳥〕という語を使っている、『ほかのすべての小鳥ども』。

d 雄の鳥については **ornin** だけではなく **ornitha** という対格もある。同じクラティノスが同じ劇の中で、『真っ赤な翼の鳥を（ornitha）』と言っているし、また、

　　そこでおまえは、大きな鳥（ornitha）にならなきゃならん。

ソポクレスは『アンテノルの息子たち』で

　　鳥を（ornitha）、伝令を、召使を。

アイスキュロスは『カベイロイ』で、

（1）ホメロス『オデュッセイア』第二歌一八一。
（2）ホメロス『イリアス』第十四歌二九〇。
（3）同、第九歌三二三。

そなたをわが道中の鳥（ornitha）(1)にはすまい。

クセノポンは『キュロスの教育』の第二巻で(2)、『厳寒の冬に、おまえは鳥ども（ornithas）より先に』と言っているし、メナンドロスは『双子の女』で、『私は鳥を（orneis）もって来たわよ』、またのちには『鳥を
e （ornithas）を送る』と言っている。複数の鳥も **ornis** と言ったことは、上のメナンドロスの台詞が証拠になる。いや、アルクマンにもその証拠がちゃんとある、

娘たちは仕事をうち捨てて散った。
高空に鷹を見た鳥たち（ornis）のように。

エウポリスは『デモス』で、

だとすりゃあ、俺の子供たちが羊(3)だろうが鶏（ornis）だろうが、
別にどうってことはない。親に似た子ということだ。

男性、女性は相反するが、昔の人たちは雄鶏（alektryon）をすら女性名詞として使ったことがある。クラティノスの『ネメシス』で、

レダよ、そなたの立ち居振る舞いすべて、品のいい
雌鳥（alektryon）と寸分ちがってはならんのだ。
この卵のことを嘆いておるが、われらのために、
f 世にもみごとな鳥をかえしてくれねばならんのだ。

ストラッティスは『涼む人々』で、

雌鳥（alektryon）も仔豚も、
みんな、みんな、死んじまった、
小鳥たちもだ。

アナクサンドリデスは『テレウス』で、

猪や雌鳥（alektryon）なんかが
つるんでいるのを、あいつらは、おもしろがって見てるんだ。

この喜劇作家を引用はしたものの、この人の『テレウス』は一流の作品とは考えられていないぐらいのこと
374 は先刻承知だから、諸君のご判断を仰ぐためにも、ヘラクレイアのカマイレオンの『喜劇について』の第六巻からご披露しておこう。こう言ってるのだ、『アナクサンドリデス、さる日アテナイにおいてディテュランボスを上演したる折、馬にまたがって入場しつつ、歌の一節を吟じた。彼は美男子にして背高く、髪を伸
b ばし、金の縁取りをなせる紫の衣をまとうておった。性辛辣（しんらつ）、作るところの喜劇もまたしかりであった。もし自分の喜劇が優勝せぬときは、［台本を］切り刻んで乳香のごとく火にくべ、多くの作家たちにならって改作することは、たえてなかった。そして老齢のために見物に対して気難しくなり、彼の多くの佳作は失

（1）ここでは占いのための鳥のこと。「鳥」（ornis）と言っただけで「鳥占い」または「鳥占いに使う鳥」を意味する例は、ホメロスやヘシオドスにすでにある。
（2）実はクセノポン『キュロスの教育』の第一巻四-三九。
（3）ゼノビウスの『諺集成』四-六三によると、仔羊は恩知らずの象徴だった。

われた』。だから、優勝しなかったこの『テレウス』が、どうして彼のほかの喜劇同様の運命にあわなかったのか不思議だと思う。それからテオポンポスも『平和』の中で、雌の鶏のことを alektryon と呼んでいる。こういうのだ、

　　alektryon がいなくなったのが
　惜しうてならん。そりゃあいい卵を産んでいたのにな。

c アリストパネスは『ダイダロス』で、

　alektryon のように、すっぱらしく大きな卵を産んだ。

また、

　多くの alektryon どもはいやおうなしに、
　雛のかえらぬ卵をちょいちょい産む。

『雲』では、老人が名称の違いを教えられている所で、

　ストレプシアデス　じゃあ、どう言えばいいんですかい。
　ソクラテス　雌にわとり（alektryaina）と、もう一方は雄にわとり（alektor）だ[1]。

d alektoris［雌鳥］と alektor［雄鶏・雌鳥のいずれでも］というのもあるね。シモニデスが『かわいい声の alektor』と言っているし、クラティノスは『四季』で、

　四六時中ありとあらゆる声張り上げて啼く

ペルシアの **alektor** のように。

鶏は寝床（**lektor**）から起こすから **alektor** と言われるんだな。[2] ドリス人は鳥（**ornis**）のことを **ornix** と言い、属格は **ornichos** と言う。ところがアルクマンは『海の青さの **ornis**［鳥］』と -s の形を使い、それでいて属格では、『われは知る、あらゆる鳥の（**ornichos**）歌のふし』と言っている」。

豚（delphax）

e エピカルモスは『逃亡者オデュッセウス』の中で、雄豚だけを **delphax** と呼んでいる、

隣の家の、エレウシス祭用の豚を
番をしていたんだが、摩訶不思議なことに、そいつをなくした。
わざとじゃない。ところが隣のやつは、この俺が、アカイア人に
手を貸してやっていて、それで豚をごまかしたんだと
断言しやがった。

f アナクシラスも『キルケ』で、**delphax** を男性名詞にして、成長した豚に使っている、

あんたらのうち何人かは、山で餌をあさり森をさまよう豚にされ、

（1）アリストパネス『雲』六六五。

（2）例によってこじつけの語呂合わせ。

何人かは豹（ひょう）、それから凶暴な狼やライオンにされるだろう。

しかしアリストパネスは『タゲニスタイ』で、この語を女性として使っている、「夏の終わりの豚の腹」。『アカルナイの人々』(1)でも、

まだ若いからですよ。一人前の女豚になったら、
大きくて太くて赤い尻尾が生えまさあ。
もし飼ってみたいと思し召しなら、これなんか、いい仔豚ですぜ。

375 エウポリスの『黄金時代』でも女性、またヒッポナクスの「エペソスの豚」というのも女性だ。そしてこの名詞はおもに雌に使われる、つまり雌には子宮（delphys）があるからだろう。子宮はそう呼ばれているし、兄弟（adelphoi）というのもそこから来た語だろう(2)。また豚がdelphaxと呼ばれる条件としての成長度についてクラティノスは『アルキロコスたち』で、

もうdelphaxだが、ほかの連中の目にはまだ仔豚（choiros）

b と言っている。文法家のアリストパネスは『年齢について』で、「豚のうち、すでに固まったるをdelphax, 柔らかく湿り気あるをchoirosという。ゆえに、ホメロスに見られる

召使の所にあるものとては、
choirosぐらいなもの、肥えた豚は求婚者たちが召し上がる(3)

という言葉の意味も明らかである」。喜劇詩人のプラトンは『詩人』の中で、delphaxを男性として使ってい

る、「黙って雄豚を引いてった」。また、アンドロティオンが言うように、昔は掟もあった。つまり家畜の子孫を確保するために、まだ毛を切られていない羊、あるいはまだ子を産んでいない羊は犠牲に供さない、という掟があって、そこで昔の人々は、大人になったものだけを食べることにしていた。だから

　肥えた豚は求婚者だけが召し上がる

c ということになる。今でも女神アテナに仕える女神官は仔羊は犠牲に供えず、チーズを食することはない。そしてピロコロスによると、ある時牛が欠乏したので、牛を食することを控えるべしとの法が定められたという。殺さぬことによって牛が集まり、数が多くなることを念じたのだ。イオニア人は雌豚のことを **choiros** と呼んでいて、ヒッポナクスも

　浄めの水と、野生の雌豚の内臓により

d と言い、ソポクレスも『タイナロン岬の人々』で、

　だから、つながれた雌豚（choiros）のように見張っておけ。

エジプト王プトレマイオス［七世］は『回想録』の中でこう述べている、「余がトロアスのアッソスに赴きし折、アッソスの民、余に豚（choiros）を献上せり。その豚、高さは二ペキュス半、身長はその高さにまさし

（1）アリストパネス『アカルナイの人々』七五六。
（2）これは語呂合わせではない。
（3）ホメロス『オデュッセイア』第十四歌八〇。オデュッセウスの留守中に押しかけた求婚者どもが横暴にふるまっている。

く見合う長さ、して肌の色は雪をなす白さであった。人々の申すところによれば、ペルガモン王エウメネス殿はかかる豚をば、とくに彼らより購いたもうが、一頭につき四〇〇〇ドラクマ支払いたもうと」。アイスキュロスは言う、

e 私はまるまると肥えた豚(choiros)を
水を打ったクリバノス(1)に入れよう。まったく
男にとって、これよりうまい料理があるか。

また、

白いぞ、白いぞ。豚の毛は
きれいに取った。煮るぞ。火で苦しむなよ。

さらにまた、

館の中を引っかきまわし、上を下へと混乱させて、
いろいろな悪さをやった、まさにあの母豚から生まれた
仔豚(choiros)を犠牲に供えて。

f 以上の引用は、カマイレオンの『アイスキュロスについて』に出ている。

クレタ人の間では、豚は神聖だということになっていて、バビロニア人のアガトクレスが『キュジコス誌』の第一巻で次のように述べている、「クレタでは、ゼウスが生まれたのはディクテ山であったと伝えら
376 れていて、今でもそこでは秘儀が行なわれている。言い伝えによると、一頭の豚がゼウスに乳を飲ませたの

だが、その豚がぶーぶー言って、そこを通りがかる人々にも赤児の泣き声を聞こえなくさせたという。それゆえ人々はみな、この動物は大いに崇めるべきだと考え、かくて豚の肉は食さぬことになったのだという。同じクレタのプライソスの人々は、豚を崇めてお供えをそなえさえする。そのお供えは、結婚の儀式に先立って行なわれると定められている」。キュジコスのネアンテスも『秘儀について』の第二巻で同じようなことを述べている。エウボイア島エレトリアのアカイオスは、『アイトン』というサテュロス劇の中でこう言
b っている、「俺は何度も、大人の（petalis）豚の声を聞いた……こんな格好で……」。Petalis というのは、本当は牛に使う形容詞で、アカイオスはそれを豚に転用しているのだ。牛の角が外へ広がって伸びているのを petelos というのだ。このアカイオスと同じように、エラトステネスも『アンテリニュス』の中で、豚のことを larinos と呼んでいるが、これも「larinos な牛」という句からの転用だ。Larinos というのは「脂ののった」（larineuesthai）という意味（この例はソプロンにある——「脂ののった牛ども」）か、エペイロス地方のラリ
c ナ（Larina）という村の名前からとったのか、あるいは牛飼いの名前からとった（その牛飼いの名前が Larinos だったというわけ）のか、このいずれかであろう。

（1）クリバノス（kribanos または klibanos）はこれまで何度か出てきたパン焼き竈で、これで豚が焼けるはずがない。

料理人の自慢話風大演説

そこへ豚が運び込まれたが、その半分は丹念に焼いてあり、あとの半分は水で煮たように、口の中に入れたらとろけそうに柔らかく仕上げてあった。それで一同料理人の腕前に感心していると、彼は自分の技術を誇りながら演説を始めた。「いや、ほんとに、皆様方のどなたか、こやつが喉のどこを切られてお陀仏になったかわかりますか。わからんでしょうな。また、腹の中にはいいものが一切合財(いっさいがっさい)詰めてあるんですが、
d どう詰めたか、おわかりにはなりますまい。つまりですな、こやつの腹の中には、鶫(つぐみ)をはじめいろんな小鳥、それに豚の腹肉の一部、子宮のぶつ切り、卵の黄身、さらには、『鳥の腹、子袋まで入れて、おいしいソースをたっぷりかけた(1)』んです。肉の薄切りも詰めました。胡椒(こしょう)をきかせましてな。ウルピアヌス先生のいらっしゃる前で、イシキア(2)などと、ラテン語伝来の『名前を申すのは気後(きおく)れがします(3)』な。先生がこれがお好きだとは存じておりますがね。しかも私が私淑(ししゅく)するパクサモスという物書きの先生もこのイシキアのことを言っておりますが、アテナイの料理のことは、まあどうでもいいことにいたしましょう。さてそこで皆様、この豚の首をどう切ったとご覧になりますか。お示し願いましょうか。あるいはまた、半分は焼
e き半分は煮てあるというのは、どうやったのかもですな」。という次第で、われわれがああだこうだと調べていると、料理人がまた始めた、「ところで皆様方どうお思いでしょうな。喜劇作者たちが伝えている昔の料理人と比べてですな、私はまだ修業が足らんとお考えですかな。例えばポセイディッポスの『踊り子た

ち』ですが、料理人が弟子たちを相手に一席やっておりますね、
　レウコン、それにおまえら弟子たち、
　料理の腕の話はな、どこでやっちゃいけないなんて
　ことはない。どこでしゃべってもいいもんだ。
　料理術でいちばんあん大事なのはな、
f　威張るってえことだ。いろんな技があるが、
　どの道でもこれがいちばん大事だ。
　例えば傭兵隊長だ。鱗綴（うろこと）じの鎧（よろい）をまとい、
　鉄の竜の兜（かぶと）を戴けば、これでもう、百の手をもつ巨人
　ブリアレオスにも見える。いざとなったらただの兎(4)でもな。
　料理人もそうだ。どこか個人の家に
　弟子を従え、下回りのやつらを引き連れて乗り込んで、
377　家の連中を片っ端から、けちの腹空かしのと罵（ののし）ってみろ、
　たちまちみんな腰をかがめて、恐れ入りましたと言うだろう。ところがこっちの

(1) 作者不明の喜劇断片。
(2) イシキアは isikion と綴り、ラテン語 insicium を借りたもの。Isikia はその複数形。肉団子ふうの料理。
(3) エウリピデス『オレステス』三七。
(4) 兎は臆病者の象徴。

ほんとの姿をさらしてみろ。帰りしなにこてんぱんにやっつけられる。
だからさっきも言ったのだ、空威張りしろとな。
それから、当夜の客たちの口を知ることだ。
市場で品物の中に分け入るように、客の口にも
うまく合わせる、それがわれわれの技の極意だな。

b

今日の仕事は婚礼だ。屠る獣は牛だ。
花嫁のおやじさんはお偉方、花婿もお偉方だ。
ご婦人方は女神様だの神様だのの祭司だ。
酔っ払いが出る、笛がぴいひゃらら、夜っぴての宴会で、
ひっくりかえるような騒ぎになる、これが今日のおまえらの
料理競争のコースよ。俺が言ったことを覚えておけ。

別の料理人(セウテスという名ですが)についても、同じ詩人がこんな風に言っています、

c

偉大なる兵隊だ、
このセウテスというのは。立派な将軍さんと比べても、
ちいっとも引けを取らない。そうでしょう、皆さん。
敵が攻めかかる。心深く賢い将軍は、
そこにふんばって、その攻撃を身に受ける。
敵とは、そこで飲んでるご会集一同さ。

一丸となって行動する、なにしろもう一五日も前から
宴会の日を待ってたので。食欲ははちきれんばかり、
腹ん中はかっかとしている。何かが手の届く所に来ないか、
今か今かと見張ってる。こういう大軍が
押し寄せてくるのを、考えろっていうことだ。

d エウプロンの『若者同士』に出てくる料理人の忠告も聞いていただきましょう、

集会の料理をやるときはだな、カリオン、
いたずら心を起こしちゃならん。覚えたからって、何かやっちゃあいかん。
よんべはおまえ、危ねえことをやったな。はぜというはぜ、
どいつもこいつも、みんな空っぽで、腸（わた）とっちまった。
[牛の]脳味噌はすりかえた。だがな、カリオン、
ああいう、わかっちゃいない人んとこ、つまり、
ドロモンだのケルドンだのソテリデスだの、
いくらでも、こっちの言い値を払ってくれる人だがな、

e これっぱかしも嘘はいけねえ。で、今日はだな、
これから行くのは婚礼の宴だ。ま、人殺しでもやる気になれ。
この塩梅（あんばい）に得心（とくしん）がいったら、おまえは俺の
弟子だ。もう半端な料理人じゃないってえことだ。

チャンスなんてものは祈るしかない。ま、やれるようにやれ。
今日の爺さまはけちん坊だ。お手当もちびっとだろう。
もしおまえが今日、炭まで食う[1]ようなことにならなかったら、
おまえもおしまいだ。さあ、行け。そうれ、爺さまご自身の
ご入来だ。顔見ただけでも、なんてけちなお人じゃなあ。

378

f　ソシパトロスの『誣告人』に出てくる料理人は偉大なソフィストで、自慢話にかけては医者にも引けをとりませんな、

料理人　なあ、デミュロス、われわれの技は
どこへ出しても恥ずかしいもんじゃない。
ところが今じゃあ、ぼろっかすだな。だから今日日
料理人でございなどと抜かすのは、何も知らねえやつばかりで、
こいつらのおかげで料理の技は、だめになる一方だ。
本物の料理人、とはつまり、餓鬼の時分から
この道一筋に仕込まれてきたやつは、
この技を十分に心得、一から十まで
知らなきゃならねえことは全部知ってる。だから素人眼には
料理人じゃないと見えるだろうよ。けどそんなのは、今じゃ
三人しかいないね。ボイディオンとカリアデスと

この俺だ。ほかのやつにゃあ屁でもひっかけてやれ。
デミュロス　えっ、まあ、何と。　料理人　あったりめえよ。
シコン先生の教えをちゃんと守ってるのは、俺たちだけさ。
b 先生は料理術の開祖でな、
われわれがまずはじめに教わったのは占星術、
そのあとすぐに建築術、それに先生は
自然学の説を全部、そらで覚えていなさった。
こういうのをみんなさらってから、次は用兵術の講義だ。
料理の前にまずこういうのを覚えろとおっしゃった。
デミュロス　ひゃっ、これであっしを打ちのめすってえわけですかい。
料理人　いや、ちょうど奴隷が市場からやって来たから、
c ちょっとおまえさんを試してみようじゃないか。
話をするのにもってこいのチャンスを逃さないようにな。
デミュロス　アポロン様、こりゃ厄介なことになりそうな。　料理人　さあ、聞け。
料理人たる者は、何よりもまず、天の星のことを
知らにゃあならん。どの星はいつ昇り、

（1）炭は調理用。その炭まで食うとは、大食漢、腹すかしのこと。

(378)

どの星はいつ沈むか、お天道(てんと)さまはいつ日を長くさせ、
いつまた短くさせなさるか。そしてそのとき、
お天道さまはどの星座においでになるか、なんてな。
料理にせよ食い物にせよ、そのうまさっていうものは、
d 宇宙を作っているものの回転に応じて、
その時その時によって違ってくるものなんだ。
だから、そういうことを心得た者は、何でも旬(しゅん)を見てとって、
それぞれ使うべきように使うことになるが、
知らねえやつは、やたら滅法にごちゃごちゃにする。
それから建築術だね。おまえさんはたぶん、
何でそんなものが料理に役立つのかって、驚いたろうな。

デミュロス　びっくりしたかって。　料理人　そうさ。だが言って聞かせよう。

調理場を基礎からきちんとするにはだな、
光をとる、風がどっちから入ってくるかを見る、
e これが仕事に大いに問題になる。
煙がこっちへ来るのとあっちに行くのじゃ、
料理の出来栄えが違ってくるもんだからな。
次は。そうだ、用兵術のことだ。

…………

これこそ料理人だな。どこへ行こうが、どんな技だろうが、
並べ方ってえのが頭の使いどこだ。
ところがわれわれの商売じゃ、これがまあ大将ってえとこだ。
f きちんと順番に、料理を出したり下げたり、
その潮時をそのつど見計らう。どういう時は
早めた方がいいか、どういう時はテンポを落とすか、
お客の様子をうかがって、どの料理は熱いうちに
出すか、どれは冷たくなってからにするか中ぐらいで
379 出すか、それを読んで見抜くのは、用兵術の
知識だな。　**デミュロス**　何が大事か、たっぷり
説明を聞いたのでわかった。もう何も言わずにあっちへ行ってくれ。

アレクシスの『ミレトスの人々』に出てくる料理人もこれと似たり寄ったりで、こんなことを言っています、

甲　おまえは知らんのか、大方の技では、その出来栄えを
よくするのは、ただ作る側の腕だけじゃない、何分(なんぶ)かは
受け手がうまく受けてくれれば、よくなるものなのだ。
b **乙**　どうしてです。あたしゃまったくの素人(しろうと)なんで、伺いたいですね。
甲　料理人てえものは、料理をうまく作りゃいい、

ほかにはなあんにもしなくていい。そこで今度は食べる側だが、
時間どおりに食べてくれて、それでうまいのまずいの言うのなら、
われわれの腕を助けてくれたことになる。ところが、
時間より遅れて来て、そこでこっちはもういっぺん
あっため直しの焼き直しのということになったり、
食いようが速すぎて、次のがまだ焼けてない、それであわてて
仕上げちまう、となったりすりゃあ、腕の振るい所もありゃしない。
乙　料理人も学者先生のお仲間に入れなきゃあ。
c 甲　おまえはぼんやり立っているが、こっちじゃ炎が上がっている。
もうヘパイストスの番犬(1)が、盛んに勢いよく
空に舞っている。だれかが言ってたな、この炎にこそ、
目には見えぬが、人が生まれまた死ぬ運命の結び目が
二つながらあるんだってな。

裁判官の皆様（いえ、皆様方の味覚のご判定を待ちます私どもといたしましては、皆様方のことを『裁判官』とためらわずにお呼びさせていただきます）、先ほど引き合いに出しましたエウプロンが『兄弟』とい
d う芝居の中で、博学で教養もある料理人に、自分の先輩たちのことを語らせておりまして、それぞれのすぐれた点とか、どういう点でほかの料理人よりすぐれていたかなど述べているのですが、それにもかかわらずですな、その料理人たちといえども、私が皆様方に何度かご紹介した人々ほどの料理人じゃございません。

e

しかしとにかく、こういうのです、

わしには多くの弟子がおったが、リュコス、
おまえはいつも物を考え、魂をもっておった。
よって、一人前の料理人として、わしとこから
出て行ったが、来てからほんの十か月足らず、年もいちばん若かった。
ロドスのアギスはただひとり、魚を完璧(かんぺき)に焼いた。
キオスのネレウスは、神様に召し上がっていただけるほど穴子を煮た。
アテナイから来たカリアデスは、白いトリオン(2)を仕上げた。
黒粥(3)を最初に作ったのはランプリアスだ。
ソーセージはアプトネトス、豆スープはエウテュノス、
アリスティオンは、会の寄り合いのための鯛。
昔の七賢の跡を継いで、この辺が
当節の、第二の七賢だな。

---

(1) ヘパイストスの番犬とは火の粉のこと。

(2) トリオンは本書にしばしば出てくる料理。小麦粉を卵、牛乳、蜂蜜、チーズなどをラードでこねて無花果の葉でくるんだもの。

(3) 黒粥は zomos melas. スパルタの伝統的な粥。スパルタ人はこれを誇りとし、他のギリシア人はこれをスパルタ人の粗食のしるしとして軽蔑する。

このわしは、もういろんなことが先にやられてしまっとるゆえ、
盗み、それもだ、だからといってだれからも憎まれはしない、
どころか、みんながわしを採用する、そんな盗みを発明した。
おまえもだ、わしに先を越されたと思ったら、
何か自分が発見したことをやる、それがおまえのものになる。
四日前に、テノス島で犠牲式があって、
大勢の人がはるばる海を渡ってやって来た。
犠牲に供えたのは仔山羊の、痩せて小さなやつ。
それで、「リュコスも師匠も持ち出し叶(かの)うまじく候」だった。
おまえは別の二頭を引いてこさせたな。
つまりその、奴さんたちが何べんも、肝を調べている間に、
人に見られないように、片手をそーっと下ろして、
腎の臓をつかむが早いか、溝ん中へ落とした。
そして、おまえはわめいた、「こいつには腎がないぞ」。
まわりのやつは、かがみ込んでそれを探す、
別のを供える。すると、わしは見たぞ、おまえは
その二頭目の山羊の心臓を丸呑みにした。
おまえは昔からえらいやつだった。そう思っていい。

おまえだけが、むだに大口を開かない
　狼(リュコス)たる技を発見したのでな。
……＜二行意味不明＞……
二弦琴に合わせて鼻歌歌ってたな、わしは見たぞ。
c あっちは悲劇、こっちは狂言だ。

この『第二の七賢』と称される人々でも、だれひとり、豚にこれだけのことを工夫するなど、した人はおりませんですな。腹の中の詰め物にしても、片側は焼き片側は煮たように仕上げるのにしても、切った切り口が見えないのにしてもですね」。こう言うのでわれわれが、どうかその秘術を開陳してくれとせがむと、かの者が答えて言うには、「それこそマラトンの野に身を危うきにさらし、さらには、サラミスの海に戦った
d 勇士たちにかけて(1)、ですな、今年は申すのを差し控えましょう」とのことで、この男の誓いの文句のあまりにおおげさなのに恐れをなして、なみいる一同答えを強いるのはやめにして、回って来た料理に手を出していると、ウルピアヌスが言った、「じゃあ、アルテミシオンの岬に身を危険にさらした人々にかけて(2)だ。そ

(1)(2) ともにデモステネス『冠について』二〇八。第二次ペルシア戦争のとき、陸上ではテルモピュライでペルシアの大軍を迎え撃ち、それを海上から援護すべく、エウボイア島北端のアルテミシオン岬の沖に海軍が集結した。しかしテルモピュライの嶮(けん)がついに抜かれるにおよび、この海軍はサラミスに撤収して、そこでの決戦をペルシア艦隊に強いて勝利をあげた。

の『回す、出す（parapherein）』という語がどこに出ているのか、教えてもらわぬうちは、何ぴとも味わう（geusthai）べからずだ。というのは、geumata［味わうもの、食べ物、飲み物］という語を知っているのは、はばかりながら小生だけだからだ」。するとマグヌスが言った、「アリストパネスの『プロアゴン』でこう言ってるね、

どうして盃を回せ（parapherein）と言いつけなかったんだ。

e ソプロンは『女のミモス』で、もっとくだけた意味でこの語を使って、『カップなみなみに注いで、こっちに頂戴な（paraphere）』。プラトンも『ラコニア人』で、『カップにみんな注がせて（paraphereto）』。アレクシスは『パンピラ』で、

テーブルをおいて、次に車に山積みの
おいしいものを出して（parapheron）……。

ところでウルピアヌス君、君がさっき、君だけが知ってるとか何とか断言したgeumata［味わうもの］というのだが、この辺で君に言っておくべきだろうな。つまりだね、エウポリスの『山羊』に『味わう』というのならある、

さあ、これをとって味わえ（geusai）』。

f するとウルピアヌスが、「エピッポスの『軽装歩兵』に、『驢馬や馬をつなぐ小屋、酒のgeumataのための屋台』というのがある。アンティパネスの『双子』では、

381

酒を味わって（oinogeisthai）
花冠の店の間をぶらぶら歩き

とある」。

するとここで、最前の料理人が言った、「では、いにしえの工夫が如何様のものであったかをお話しいたそう、[(1)]じゃなくって、私の新工夫というのを申し上げましょう。笛吹きがぶん殴られてはいけませんので。と申しますのも、エウブロスの『スパルタ人』とか『レダ』とか申す芝居の中にこんな台詞（せりふ）がありますでしょう、

ある時家で、
こりゃもう家の神へスティア様にかけて間違いなく、
料理人がへまをやらかした、そしたら世間でよく言うように、
笛吹きがお仕置きを受けた。

それからピリュリオスでしたか、ほかの人でしたか、とにかく『町』という芝居の中にもこんな台詞がありましたな、

たまたま料理人が
へまをやらかしても、ぶん殴られるのは笛吹きの役。

（1）アリストパネス『雲』九六一。

b （381） さあそれでは、私の新工夫、半ばは焼き半ばは煮た豚の詰め物のことをご披露しましょう。まず豚の肩の下を少し裂いて殺します」、と彼は指で示す。「次にあらかた血が出てしまったところで、はらわたを全部、くずもろとも（『くず』というんですな、おお、おしゃべり好きな宴の客人よ）何べんも酒で洗って、脚を縛って吊るします。次にもう一度酒に浸して下ゆでをして、それから先ほど申した『いいもの』を刻んだのを、胡椒（こしょう）をきかせ、うんと念入りに作ったスープをたっぷりかけながら、口から詰めます。そしてそれから、豚の半身に、たくさんの大麦を酒とオリーヴ油で和えたものをまぶし、こんろの上に銅の板をおいて焼きま
c した。焦がさないように、かといって、火から下ろしてみたらまだよく焼けていなかった、などということのないようにですね。皮に焦げ目がついて乾いてきて、あとの半身にも火が通ったろうというところで火から下ろし、大麦を払ってここへお出ししたというわけです。それから『くず（exairesis）』というのでございますが、ウルピアヌス様、これはでございますね、喜劇作家のディオニュシオスが『同名人』という芝居の中で、料理人が弟子にこんなことを言わせております、

d さあさあ、ドロモン、おまえにおまえの生業（なりわい）の
巧妙、賢明、微妙な技の心得があるならば、
それを師匠のこのわしに、見せてくれ。
今日はおまえの腕前の証（あか）しを、わしのために、やってほしいのだ。
おまえの行く先は敵地だ。元気に攻め込め。
肉の数は勘定がしてあって、それに見張りがついている。

そいつはとろけるほどによーく煮て、
今言った数なんぞ、おんにょこにょこにしてやれ。
肥えた魚が出る。はらわたはおまえのものだ。
そこから切り身を、くすねられたら、それもおまえのものだ。
e その家の中にいるうちはな。が、いったん外へ出たら、わしのものだ。
くずとか、そのほかどうしたってひっついているものは、
勘定もできない、調べてもはじまらない、けど、
こま切れぐらいの位か資格のあるやつは、
それで明日は、おまえとわしと、楽しくやろうじゃないか。
分捕り品を売って商売してるやつ[1]にも、絶対忘れずにおすそ分けをしろよ、
愛想よく、玄関から出られるようにな。
何でも知ってるおまえに、多言は無用。
おまえはわしの弟子で、わしはおまえの師匠だと、
それを忘れずに、さあ、わしといっしょに、こっちへ来い」。

f われわれ一同、この料理人がこういう演説をやってのけたこと、それにこんな技をもっていることを喝采した。するとわれらのご主人のラレンシス殿がのたまわくには、「料理人がかようなことを学びとるとは、

(1) 家の門番のこと。

私どもの国のあるお方の邸で学ぶことに比べて、何とましなことですかな。と申しますのはそのお方は、か 378
の最も称讃すべきプラトンの対話を学ぶことを料理人たちに強制しましてな、『一人、二人、三人と、ねえ、
ティマイオス、昨日は四人目のお客だったが今日はご主人であるお方は、どこにおいでなのか』なんて言わ
せます。すると別のが答えて、『おお、ソクラテス、何かご気分すぐれぬとのことだ』と申すのです。こん
な調子の対話が長々とつづくので、招かれたお客たちはうんざりして、そのいとも賢き御仁（ごじん）に反感をいだき、
そのために純粋な人々は、その人に招かれた宴には金輪際（こんりんざい）行かないようになりました。そこへいくとここ
b の料理人たちは、学ぶことといえばああいうことで、皆様も少なからずお気に召したことでしょう」。奴隷
も、自分の料理の腕をほめられると、「先輩の方々も、このようなことを発見なさった、またはお話しにな
ったでしょうか。それとも私は、うぬぼれはせず、先輩方の中でもそこそこの人々の前に自分を立たせて比
べているのでしょうか。しかし、オリュンピアの競技会ではじめて優勝の冠を受けたエリスのコロイボスと
いう方は料理人でしたが、ストラトンの『ポイニキデス』に出てくる料理人のように大法螺を吹いたりはし
ていません。そのストラトンの芝居では、料理人を雇った人が、こんなことを言っております、

　あんなやつを家ん中に入れちまったが、ありゃあ
c 料理人じゃない、男のスフィンクスだ。あいつの言うことは
何が何やらさっぱりわからん。来たその時から、
聞いたこともないことばっかり言いやがった。家に入るなり
俺の顔を見つめて、大声でぬかしたもんだ、

「メロプス[1]を何人お招きで。おっしゃっていただきたい」ってな。
この俺が、メロプスなんてえのを食事に招いたかって。冗談じゃない。
メロプスなんていうのが、俺の友達にいると思うかね。
そんなやつはいないね。いやはやまったく、
d そのうえそのメロプスを食事に招くとはな。すると今度は、
「するとダイテュモン[2]はおいでにならんので」と来たね。
そんなやつはいないと思う。勘定してみる。
ピリノスが来るだろ、それからモスキオン、ニケラトス、
だれそれ、だれそれ、と名前を言って数えてみる。
けどその中にはダイテュモンなんてやつはひとりもいない。
そんなやつは来ないだろうと言うと、「何をおっしゃる、ただのひとりも」と、
まるで俺が不正をはたらいたと言いたげな顔をして、ダイテュモンを呼んでないとは、と
ひどく腹を立てた。まったく妙な話だ。
e 「ではエリュシクトン[3]もお供えにはならんので」と彼、「いいや」と俺。

(1) メロプス（merops）とは「言葉を分かつ者」という意味で、詩では人間にかかる枕詞。転じて「人間」（おもに複数で）を表わす詩語。
(2) ダイテュモン（daitymon）は宴に招かれた客。
(3) エリュシクトン（erysichthon）は「地を裂くもの」で、農耕用の牛のこと。これも詩語。

「額の広いブース〔牡牛〕は」。馬鹿め、ブースなんて供えるものか。

「メロン〔羊または山羊〕ならお供えか」。何の、俺ゃ供えん。

どっちも供えん。供えるのはプロバトン〔羊〕だ。「では、
メロン・プロバトン[1]をお供えで」。メロン・プロバトンだと。聞いたことないね。

知っちゃあいないし、知りたいとも思わん。

俺は田舎者だから、もっと単純に話してもらいたい。

「ホメロスがこう言っているのもご存じない」。いやはや、
ホメロスは、言いたいように言うがいいさ。だがね、
それが俺の家に何の関係があるってえんだ。

「これはすでにホメロスにあり、これから申す残りのこともみなしかりです」。

俺をホメロス風に殺そうてえつもりだな。

「私はそういう風にしゃべってきたのです」。まあ、いい、
俺の家ではそんなしゃべり方をするな。「ですが、たったの
四ドラクマのために、私の選ぶ道を捨てろと仰せですか。

ウロキュタイをこっちへいただきましょう」。何だそりゃ。

「粗挽きの大麦ですよ」。間抜けめ。もって回った言い方をするな。

「味締めはありますか」。味締めだと。梅毒（ばいどく）にでもかかりやがれ。

俺に言いたいことはもっとはっきり言え。

「めちゃくちゃですね、ご老体。塩をください」。
まあ、味締めってのは塩のことかい。「ケルニプス〔手水〕のありかを教えてください」。
そいつはそこにあった。で、やつは犠牲を供えて、こういう、
だれひとり聞いたこともないちちんぷいぷいを唱えた。
b ミステュラ〔切った肉〕、モイラ〔運命〕、ディプテュカ〔肉の切り身〕、ディプテュカ〔二つ折〕、オベロス〔焼き串〕
なんてな。
それで俺はピリタスの本など取り出して、
単語をひとつひとつ、どういう意味か調べにゃならんかった。
ただし俺は頼んだね、そろそろ宗旨を代えて、
人間らしくしゃべってくれろ、とな。だが、地の女神にかけて、
ペイト〔説得〕の女神も、簡単には野郎を説得できなかった、と承知しておる」。

事実、料理人という種族は、たいていは歴史や言葉の使い方にやかましいが、その中でも博識な連中は、

（1）メロンは羊または山羊を意味する古語（おもに詩で）。プロバトンは四つ足の家畜の総称、しばしば複数で家畜の群れ。古く詩でも用いられていたが、とくに古語・詩語とはいえない。ここでは「俺」がメロンなんて供えるものか、プロバトンだと言ったのを、料理人が意地悪く、じゃあメロン・プロバトンかとまぜっ返している。

(383) c 「膝（ひざ）は臑（すね）より近い(1)」とか、「アシアとエウロパをぐるっと回った(2)」とか言いましたし、ある人を非難するとき彼らは、「オイネウスをペレウスにしてはならぬ(3)」とも申しました。この私も昔の料理人の腕に驚嘆したことがあります。その者が発明した技を、みずから味わうことができたのですが、アレクシスはその料理人を『坩堝（るつぼ）』に登場させて、こんなことを言わせております、

甲　豚を煮てたと
思ってたんですが。　**グラウキアス**　うまいもんな。
甲　ところがそれを焦がした。　**グラウキアス**　心配することあない。
ちゃんと直せるから。　**甲**　どうやってです。
d **グラウキアス**　酢を用意して、冷たいパンにでも注（つ）ぐ。いいな。
それから鍋がまだ熱いうちに、
そのパンの酢の中に浸ける。熱ければじゅじゅっと沸き立って、
酢が鍋ん中の水気を吸い取ってくれる。
軽石みたいに穴ができて、そこから水分を吸い取るのさ。
肉は水分を奪われることなく、
元どおりの状態、たっぷり湿り気もある。
甲　アポロン様、何と医学的な。
e 早速やってみます。　**グラウキアス**　で、それを出すのだ。ただな、
出すときには、よーく冷ましてからにすることを忘れるな。

こうすれば、湯気が食べてる者の鼻には行かず、
ずっと上の方に逃げていく、というわけだ。

甲　あなたは料理人なんかより、物書きになった方が
ずっといいみたいですね。言葉どおりのことを言ってるわけじゃないし、
そして料理術を非難なさってるんだから。

f　さあ、皆さん、料理人はもうたくさんでしょう。どなたかが憤然として、メナンドロスの『気むずかし屋』の台詞をわめき散らしてはいけませんので。

料理人に悪さをはたらいて、
まったく無傷に逃げおおせるやつなんぞいない。
わしらの技は神聖なものだからな。

私としては、この上なくすばらしいディピロスから引いて、申すことにいたしましょう、

(1) 他人よりは身内(または自分自身)をかわいがる、という意味の諺。「血は水より濃し」の類い。

(2) ヘレニズム時代の「全世界」という言い方。ヘレスポントス(ダーダネルス海峡)を境にして、それより東(ただし今日のアジアの西半分)と、それより西(ただし北欧やイギリスは含まれない)。

(3) 酒(オイノス)を酒の発明者といわれる英雄オイネウスに引っかけ、澱(ペロス)をアキレウスの父親で血なまぐさい伝説がまつわるペレウスに引っかけて、せっかくのいいものをだめにするという意味にしている。

詰め物を詰めて、
畳んだまるごとの羊と、皮ごと丸焼きにした
仔豚を、まん中に出す。
木馬のように膨らませた鵞鳥も持ってくるぞ。

鵞　鳥（chen）

384 ほかの鳥どもといっしょに鵞鳥（がちょう）が、みごとにこしらえて運び込まれると、だれかが、「この鵞鳥は太らせてあるな」と言った。するとウルピアヌス、「太らせた鵞鳥というのは、だれの作品に出ているかな」。それに答えてプルタルコス、「キオスのテオポンポスの『ギリシア史』と『ピリッポス一代記』の第十三巻によれば、ラコニア人アゲシラオスがエジプトに来たとき、エジプト人が彼に太らせた鵞鳥と仔牛を献じたそうだ。喜劇作家のエピゲネスも『狂乱のバッコス信者』で言っている、

もしだれかがあいつをつかまえて、鵞鳥みたいに
太らせてくれたら。

b それからアルケストラトスもあの有名な詩の中で、

雛鶏の、鵞鳥同様に太らせたるを、
ただひたすらに焼け

とね。ウルピアヌス、君こそ言ってくれるべきだな。君ときたら、あらゆることに関してあらゆることを片っ端から質問するが、はなはだ高価な鵞鳥の肝について、昔の人で、ここに述べるに値するようなことを言っているのはだれだってね。『鵞鳥飼い』という専門家がいたことを、人々が知っていたことは、クラティノスが証人だ。『ディオニュソアレクサンドロス』で言ってるからね、『鵞鳥飼いに牛飼い』。ホメロスは鵞鳥を女性名詞としても男性名詞としても使っている、『鷲が白い鵞鳥をつかんで』[1]。また、

家で飼われていた鵞鳥をあれがさらったように。[2]

また、

c

屋敷の中で二十羽の鵞鳥が水からあがって
小麦を食べている[3]。

鵞鳥の肝(ローマではこれが垂涎の的なんだな)のことは、エウブロスが『花冠売り』でこう言っている、

おまえの心や肝が鵞鳥の心や肝でないならば。

(1) ホメロス『オデュッセイア』第十五歌一六一。
(2) 同、第十五歌一七二。
(3) 同、第十九歌五三六。

豚の頭、その他いろいろ

「仔豚の頭半分」というのも例が多いね。クロビュロスの『すり替える男』で、

d 仔豚の頭半分の、柔らかあいのが来た。そいつを
この俺は、何にも残さず、平らげた。

次が「肉鍋」と称されるもの。これは細かく切った肉を血と脂でまぜ、それを甘味をつけたソースで和えたものだ。ミュルティロスが言った、「文法家のアリストパネスによれば、この肉鍋というのはアッティカの
e 言葉だ。またアンティクレイデスが『帰郷』の第八巻で言っている、『ある時キオス人が宴の席で、自分たちが、エリュトライ人の陰謀により、あわや殺されんとしていることを知って、ある男がこう朗唱した、

キオスの人らよ、暴虐の心エリュトライ人にあり。されば、
豚の頭を食したるのちは逃げよ。ゆめ牛まで留まることなかれ』。

肉の煮込みのことは、アリストメネスが『いかさま師』で言っている、

……〈引用文脱落〉……

それから彼らは睾丸――それを彼らは腎と称する――も食べた。ピリッピデスは『回復』で、遊女のグナタイナの食い道楽ぶりを誇張して描いている、

こういうものが続々と出たあとに、今度は山ほどの
f 睾丸が出された。ほかの女たちが見て見ぬふりをした中に、
男殺しのグナタイナは、かんらかんらと打ち笑い、
「デメテル様にかけて、ほんにまあ、立派な腎で
ありんすこと」、と言うが早いか、二つつまんで呑み込んだ。
それでこっちも笑い転げて、大の字になった」。

385 また別の者が、いちばんうまいのは酢油ソースで食べる雄鶏だと言うと、人をたしなめるのが大好きなウルピアヌスが、寝椅子にひとりだけ横になり、ろくに物も食べずにいたが、そう言った者をじっと見据えて、「酢油ソースって何だ」と言った。「君が言わんとしているのが、コッタとかレピディ(1)とかいう、わが国ではおなじみなもののことなら別だがな」。すると相手が答えたな、「喜劇詩人のティモクレスが『指輪』で酢油ソースのことを言っている、

　鱶(ふか)とかえいとか、その他、酢油ソースをかけて
　　食べる種類の魚。

b アレクシスは『やくざ女』で、ある人間どもを『てかてか野郎』と呼んでいる、

(1) コッタ、レピディともに第1分冊第三巻（一一九b）に出てきたが、そこと二箇所にしか現れないので、どういうものかは不明。

(385) 体は木でできているくせに、上っ面だけは油でてかてかだ」。

大きな魚を、塩水に酢をたらしたオクサルメに漬けたのが出されて、ある者が、どんな魚でも、オクサルメに漬けて出されたものは実にうまいと言うと、いつもつっかかるような質問をするウルピアヌスが眉に八の字を寄せて、「そのオクサルメというのはどこに出ているのかね。というのはだな、君が今魚という意味で使ったopsarionなる語は、当今の著述家はだれも使っていないことを、小生は知っているからだ」。たいていの人は「ではお元気で」と言って食べることに励んだが、ひとりキュヌルコスはメタゲネスの『風』の一節を声高（こわだか）に吟じた、

c 何はともあれ、まず食事をしようではないか。しかるのち、何ごとにせよ
君の欲するところを問うてくれたまえ。今はひもじうてならん。ろくに物も思い出せんのだ。

するとミュルティロスが、心やさしくとでもいうか、ウルピアヌスに加勢して、食べる方はとんとだめだが、おしゃべりならごいっしょつかまつるとばかり、「クラティノスが『オデュッセイス』の中でオクサルメのことを言ってるぞ、こういうんだがね、

そのお返しに、忠実な友というおまえらを、残らずふんじばり、
炙（あぶ）って、煮て、炭火で焼いて、
d 塩水とオクサルメと、それから熱いにんにくのつけ汁の中に
ぶち込んでやろう。そうすりゃ、おまえらの中でも、
とりわけあいつは、うまかろうな、兵士諸君。

アリストパネスは『蜂』[1]で、

　　ぷうっと吹いて、
　熱いオクサルメの中へほうり込め。

現代の人間の中でもわれわれは、オプサリオン〔料理されたもの〕という語を使っているが、プラトンでさえも『ペイサンドロス』では、オプサリオンは魚を指している、

e
甲　よくあることだが、オプサリオンを食ってさ、
　それが悪さをしてさ、難儀したことあるかい。
乙　あるある。俺のは、去年ざりがにを食ったときだ。

ペレクラテスは『逃亡者』で、

　だれかがこの魚（オプサリオン）をわれわれにと出したんだ。

ピレモンは『宝物』で、

　罰当たりめ、そんなごたいそうな魚（オプサリオン）を持っていて、
　それで俺をだまそうったって、そうはいかねえ。

メナンドロスは『カルタゴ人』で、

（1）アリストパネス『蜂』一三三〇。

香をたいてボレアス様［北風］にお願いしたが、
　一匹の魚（オプサリオン）もかからねえ。豆スープを煮るとしよう。

f『エペソスの男』では、

　　　　　昼飯用に
　魚（オプサリオン）をとったが。

そしてこうつづける、

　たった今魚屋が、はぜを四ドラクマで
　どうだって言ってた。

アナクシラスは『売春宿の主ヒュアキントス』で、

　おれはひとっ走り出かけて、おまえに魚（オプサリオン）を買ってこよう。

その少しあとで、

　そしたら、おまえ、俺のために料理しろ。

アリストパネスの『アナギュロス』では、

　そのつどオプサリオンで俺を慰めてくれなきゃ。

ここでは、オプサリオンは『おかず（プロソプセマ）』の意味で使われている。だってアレクシスが『夜警』
386 の中で料理人にこんなことを言っているからな、

料理人　オプサリオンは温かいのがお好みでしょうか、
それとも中ぐらい、または低いのがよろしうございますか。
乙　低いって。どういう意味だ、それは。　料理人　どこ者だ、
この人は。生き方をご存じない。では何でも
冷たいのをお出ししますか。　乙　とんでもない。　料理人　じゃあ、煮たってるのを。
乙　アポロン。　料理人　じゃあ、中くらいにしときますか。　乙　言うまでもなし。
料理人　わしらの同業者の中には、そんなことやる者、ほかにはいませんよ。
b 乙　そうだろうな。だが、熱くするか冷たくする、なんてえのもいるまい。
料理人　申し上げましょう。私はですな、お客様がたに、
温度調節のですな、ちょうどいい加減のところをお出しするのです。
乙　神々にかけて尋ねるが、おまえが犠牲に供えたのはわしではなくて、仔山羊だよな。
肉を切れ。わしをではないぞ。　料理人　さあ、者ども、かかれ。
調理場はございますか。　乙　あるとも。　料理人　煙出しも。
c 乙　ある。　料理人　煙ったりしたらひどいことになりますから。　乙　この野郎。

以上、君のために、ウルピアヌス君、今生きている人々のものから思い出して差し上げた次第だ。というのも君は、小生同様、生あるものは何も食わぬ方のようだからね。アレクシスをご披露しよう。『アッティス』だ。こういうんだがね、

(386) 命あるものを食う者は賢者ではない、
と最初に言ったやつは、賢者だったのだ。
例えばこの俺だ。今も市場へ行ったとこだが、
d 生きてるものは買わなんだ。大きな魚は買ったよ。だがこいつは
死んでいた。肥えた羊も買ったさ。だが煮たやつだ、
生きてるんじゃない。そんなことできないもんな。ほかに何だ。
そうだ、焼いた肝（きも）も買ったな。もしだれかが、
こんなものでも、ほら鳴いてる、ほら息してるって証明したらば、
俺は掟を破って不正を犯しましたって、認めるよ。

雉（Phasianikos）(1)

これでもうわれわれも、食事をすることにしようではないか。見たまえ、君と話をしているうちに、雉（きじ）もはるばる海を渡ってやって来て、君の場違いのおしゃべりのおかげで、軽蔑のまなざしでわれわれを見て
e いるぞ」。するとウルピアヌスが答えて、「いや、ミュルティロス先生、もし君が、『オルビオガストル［腹に幸せのある者］』という語がどこから始まったのか、それから、昔の人が雉のことを述べているかどうか、教えてくれたら、ヘレスポントスへ船旅などせず、市場へ行って雉を買い、それを君と二人で平らげようじゃ

ないか」。するとミュルティロス、「では、そういう約束で、申し上げよう。オルビオガストルの方はアンピスが、『女狂い』でこんな風に言っている、

肉に目のないエウリュバトスよ……おまえは
オルビオガストルでないわけがない。

f 雉の方は、あの、世にもすばらしいアリストパネスが、『鳥』の中で述べている。アテナイの二人の老人が、何にも煩わされずに生きることを求めて、静かに暮らす国を探している。そして鳥たちといっしょに暮らすことにする。そこで鳥たちの所へ行くが、突然、形相（ぎょうそう）の荒々しい鳥のうちの一羽が彼らの所へ飛来する。
387 彼らはびくびくしていろんなことを言うが、その中で、

甲　ここの者、何という鳥だ。言わぬか。
乙　わしは、パシス川のうんこ鳥(2)。

というのがある。また『雲』(3)にも『パシス川の』というのが出てきて、あれは馬のことだと言う人が多いが、

---

(1) 雉は Phasianikos または Phasianos という。これは「パシス川の」ということ。パシス川はカウカソス山の南で東から黒海に注ぐ川。

(2) アリストパネス『鳥』六七。甲はやつがしらの家来、乙はアテナイから鳥の国を訪れたエウエルピデスである。

(3) アリストパネス『雲』一〇九。息子をソクラテスの学校に入門させようとする父親に対して、息子が言う台詞――「いやだよ。レオゴラスさんが飼っているパシス川の（鳥）をもらったって」。

（387）小生は鳥だととるね、
　レオゴラスさんの飼っているパシス川のを。

レオゴラスは、パシスの馬とはかぎらない、鳥を飼う可能性もあるからだ。というのは、このレオゴラスな
る者は、プラトンの『苦痛の極み』では食い道楽だとからかわれているのさ。ムネシマコス（これは中喜劇
の作家だ）の『ピリッポス』では、

　諺に言う通り、
b　鳥の乳はごくわずかしかない。
　きれいに羽をむしったパシスの鳥というのも同じだ。

アリストテレスの弟子だったエレソスのテオプラストスは『動物誌』の第三巻で、およそこんなことを言っ
ている、『鳥にも次のような区別がある。その一は、体が重く、飛ばぬもの。例えば鷓鴣、鶉、鶏、パシス
の鳥［雉］などがそれで、これらの鳥は、卵から孵るとすぐに歩くことができ、また羽で覆われている』。ア
リストテレスは『動物誌』の第八巻で(1)、『鳥の中には、砂浴びするものと水浴びするものと、砂浴びも水浴
c　びもしないものとがある。例えば鶏や鶉や鷓鴣や、パシスの鳥［雉］や冠ひばり(2)のように、飛ぶことがなく、
地上にいる鳥は砂浴びをする』と言っている。スペウシッポスも『類似物』の第二巻でこのことを述べてい
る。これらの人々は『パシスの鳥』をPhasiakosではなくPhasianosと呼んでいる。クニドスのアガタルキデ
スは『エウロパ誌』の第三十四巻で、パシス川周辺のことを述べつつ、次のように書いている、『パシスの
d　鳥と呼ばれる鳥の多くは、餌の関係で河口に群がる』。ロドスのカリクセイノスは、『アレクサンドレイア』

の第四巻で、ピラデルポスと呼ばれたプトレマイオス王のときのことだがと断わって、驚くべきもののひとつとしてこの鳥のことを次のように記している、『次におびただしい数の鸚鵡(おうむ)、孔雀(くじゃく)、ほろほろ鳥、パシスの鳥、アイティオピアの鳥が、桶に入れて出された』。ビュザンティオンのアリストパネスの弟子だというアルテミドロス(3)の『料理用語集』と、アレクサンドレイアのパンピロスの『名辞用語解』は、エパイネトスが『料理術』の中で、パシスの鳥はタテュラスと呼ばれていると言っていると引用しているが、プトレマイ
e オス王エウエルゲテスは『回想録』の第二巻で、パシスの鳥はタテロスと称されるのだと言っている。パシスの鳥すなわち雉について小生が語ることができるのは以上の通りだが、お見受けしたところ、まるで熱病の熱のごとく、諸君の間を次々にうつっているようだな。そこでだ、われわれの約定によって、万一君が明
f 日約束どおりお返しをしてくれん場合は、欺瞞のかどにより告訴するのはやめにするが、君を追放してパシスの川に住まわせよう。ちょうどあの地誌学者のポレモンが、カリマコスの弟子のイストロスを、同名の河に憂き身をやつすことにさせた(4)ようにだ」。

(1) 今日の刊本では第九巻の六三三a二九。
(2)「飛ぶことがなく、地上にいる鳥」の中にヒバリが数えられているのはおかしいが、訳者が見たかぎりではどの註釈にもそのことは指摘されていない。
(3) 本訳書第1分冊、一九頁の訳註(6)を参照。
(4) カリマコスの弟子にイストロスという人がいたことも、彼と同時代にポレモンがいたことも確かだが、この同名の川(イストロス河すなわちドナウ(ダニューブ)河)に憂き身をやつさせたという伝説の真偽と意味はわからない。

やつがしら（attagas）

アリストパネスは『こうのとり』で、

優勝祝いの膳で、煮て食えばこよなくうまいやつがしらの肉

と言い、ミュンドスのアレクサンドロスはこう言っている、やつがしらは鶉(うずら)よりやや大きく、背の全体に斑(まだら)があり、色は赤みがかった土色。体が重く羽根が短いゆえに猟師に捕まる。土に転げることを好み、器

388 用。草の種子を食う。ソクラテス(1)は『境界、場所、火、石』の中で次のように言っている、「リュディアからエジプトに連れてこられて森に放たれたとき、しばらくは鶉の声を発していたが、河が干上がって飢饉となり、その地方の多くの人々が死んで以来、今に至るまで、言葉をはっきり言える子供よりもなおはっきりと、『禍を為す者には三倍の禍を』と言うようになった。この鳥は捕まえても人に馴れることはなく、ひと

b 声も発しなくなる。放してやるとまた鳴きはじめる」。ヒッポナックスはこの鳥のことを、

やつがしらも兎も食わず

と言い、アリストパネスの『鳥』(2)にも出てくる。『アカルナイの人々』では、メガラ地方にたくさんいると言っている(3)。アテナイ人はこの鳥の名を、正書法に反して attagâs としている。というのは二音節以上の語で -as で終わる場合は、その最後の音節にはアクセントがないからで、例えば akámas［疲れを知らぬ］、

Sakádas, adámas［堅固な］などと言う。また複数は attagaî とすべきで、attagēnes ではない。

鷭（porphyrion）

c この鳥のこともアリストパネスが述べているのはもちろんだ。(4) ポレモンは『アンティゴノスおよびアダイオスに与う』の第五巻で、鷭（ばん）は家で飼われると、結婚している女性に厳しい注意の目を向け、不義密通に対してははなはだ鋭い感受性をもっているゆえに、それを感じとるやみずから縊（くび）れて命を断ち、かくて主人に警告する、と言っている。彼はまた言う、この鳥は方々回って、自分に適した場所を見つけないうちは
d 餌を食わない、と。アリストテレスは、(5) この鳥の脚は長く、水かきがない、羽根は青みがかった暗い色、頭から嘴（くちばし）の先端までは赤く、大きさは鶏ぐらいだが、腹は小さい、それゆえ、脚で餌をとると、それを細かく砕く、しかし水は大量に飲む、脚指は五本で、まん中のものが最も長い、と言っている。ミュンドスのアレクサンドロスは『鳥類誌』の第二巻で、この鳥はリュディアの産で、リュディアでは神々の聖鳥だと言っている。

（1）このソクラテスは前一世紀（?）の歴史家だとされているが、以下の引用がはたしてそのソクラテスの文であるかどうかは不明。
（2）アリストパネス『鳥』二四九および七六一。
（3）アリストパネス『アカルナイの人々』八五三。
（4）アリストパネス『鳥』七〇七。
（5）アリストテレス「断片」三四八。

（388）

ポルピュリス（porphyris）[1]

カリマコスは『鳥について』の中で、鷭（ばん）はポルピュリスとは違うと言って、それぞれを別に数えている。また、こうも言っている、鷭はとった餌を、だれにも見られないように暗い所に隠す。餌に近づかれるのを

e 嫌うのである。ポルピュリスのことはアリストパネスも『鳥』で述べている[2]。イビュコスは「かくし赤鳥」という名で、こんな鳥のことを歌っている、

いと高く、梢に高く、羽を休める
まだら模様のペネロプス[3]、
輝く首のかくし赤鳥、
大きな翼の翡翠（かわせみ）。

しかし別の所ではこう言っている、

わが心よ、翼の大きなかくし赤鳥のように、いつも私を……。

鷓鴣（perdix）

f この鳥については、アリストパネスももちろんだが、多くの人が述べている。このperdixという名のま

ん中の音節を短く言う人がある。例えばアルキロコスもそうで、

perdīka のようにうずくまり

と言っているが、同様に ortўga とか choinīka とか短くしている。実は、アテナイ人はたいていこれを長くしているのだ。だからソポクレスは『カミコスの人々』で、

鷓鴣（しゃこ）(perdīkos) という鳥と同じ名の男が
名高いアテナイの岩山に到来した

と言い、ペレクラテス、でなければ『ケイロン』の作者は、

仕方なしに彼は、こっちへ来るだろう、鷓鴣のように (perdīkon)。

プリュニコスは『悲劇役者』で、

Perdīkos の子の
クレオンブロトスも。

389

(1) この鳥について、トンプソンは不明としているが、最近アリストパネス『鳥』の註釈を書いたダンバーはたぶん赤鷭（ばん）(Porphyrio porphyrio) だろうとしている。

(2) アリストパネス『鳥』三〇四。

(3) 島崎三郎氏はアリストテレス『動物誌』五九三b二三への訳註で、これは頭より下の背と脇に白黒の縞模様のある鴨だとしている。

(389) この鳥の名は淫らの象徴として利用される。ニコポンは『その日暮らし』で、

　小魚の煮たのと、あそこのあの鷓鴣を。

エピカルモスは『どんちゃん騒ぎ』で、

　甲烏賊の泳いでるのと、鷓鴣の飛んでるのを、彼らは持ってきた。

b アリストテレス(1)はこの鳥についてこう言っている、「鷓鴣は陸に住み、水かきのない脚をもち、一五年生きる。雌はもっと長い間生きる。鳥では雄より雌の方が長生きするのである。鶏と同じように、卵の上にすわって孵す(2)。ねらわれていると知るや、雛たちのいる巣から進み出て、猟師の足元に輪を描く。こうして、これはとれそうだと希望をもたせ、雛たちが飛んで行ってしまうまでこうしてだまし、それから親自身も飛び去る。この鳥は性悪(しょうわる)で、悪さをする。そのうえ性欲旺盛である。そこで雄は、性欲を満足させるために、雌が産んだ卵をつぶす。雌はこれに気づくと遠くへ飛び去って、そこで卵を産む」。同じことをカリマコス
c も『鳥について』で述べている。この鳥たちの中で、連れ合いをもたないものは、たがいに戦う。そして負けたものは勝ったものを受け入れさせられる(3)。アリストテレス(4)は、負けた雄鶏はすべての鶏どもと順番に交尾する、飼われているものも野生のものと交わる、負けた雄が別の雄にもう一度負けると、はじめに勝った雄に知られないようにして、新しい征服者の交尾を受ける、と言っている。こういうことは一年のある季節に行なわれる。ミュンドスのアレクサンドロスが述べている通りだ。雄と雌は地上に巣を作るが、それぞれ別の場所にである。おとりの雄の鷓鴣に、野生の鷓鴣のリーダーが戦いを強制する。もしこのリーダーが負

d けると別のが戦いに来る。おとりが雄の場合はこのようになる。おとりが雌の場合には、相手のリーダーが来て面と向かうまで、その雌は鳴く。群がっているほかの雄たちは、雌からそのリーダーを追い払おうとする。リーダーが雌にばかり気をとられて、自分たちを見ないからである。そのために、雄はしばしば鳴かずに雌に近寄る。ほかの雄が声を聞きつけて戦いを挑まないようにである。時には雌が雄に、だまって来させる。また、これもよくあることだが、雄がおとりの雌に近づくのを見ると、雌はそうはさせまいと、卵を抱
e えている巣から離れる。山鶉と鶉は交尾にたいへん興奮する。そのために彼らはおとりの雌たちの中になだれ込み、その頭の上にすわったりする。狩りのために雌をおとりに連れていくと、その雌どもは雄を見る、あるいは、風上にとまっているまたは飛んでいる雄の匂いをかぎつけると、妊娠する。中には、その場で産
f 卵するものまでいるという。発情期になると、雄も雌も嘴(くちばし)をあけ、舌を出して飛ぶ。クレアルコスは『パニックについて』でこう言っている、「雀、山鶉、それに鶏や鶉も、雄は、雌を見るばかりでなく、声を聞いただけでも射精する。交尾を想像してそうなるのだが、これを最もはっきり示すのは、彼らの行く手に鏡を置く、すると彼らは、そこに写っているものに駆け寄って捕らえられ、また精液を発する、ということである。ただし鶏は別で、彼らは映像を見るや戦いを始めるばかりである」。クレアルコスはこれだけにし

(1) アリストテレス「断片」三四六。
(2) この辺のことについては、アリストテレス『動物誌』六一三bの記述が参考になる。
(3) 島崎三郎訳、アリストテレス『動物誌』第九巻八の訳註(7)を参照。
(4) アリストテレス『動物誌』六一四a一一。

390 ておこう。
山鶉のことをカッカベと呼ぶ人もある。例えばアルクマンがそうで、こう歌っている、[1]

カッカベの鳴く声を言葉に編んで、
それがしアルクマンは、歌の詞と
そのふしを、発明した。

彼は明らかに、山鶉から歌うすべを学んだのだと言っている。そこでポントスのカマイレオンも言った、
「昔の人は、原野に歌う鳥から音楽を創造した。それをまねることによってメロディを得たのである」。ただ
し彼は、すべての山鶉がカッカベと鳴くわけではない、とも言っている。とにかくテオプラストスが『同種
の動物の声の相違について』で、「アテナイのコリュダロスのこちら側、すなわち市側の山鶉はカッカベと
b 鳴くが、あちら側の山鶉はティッテュベと鳴く」と言っている。バシリスは『インド誌』の第二巻で、「鶴
と絶えまなく戦争をつづけている小人族は、馬の代わりに山鶉にまたがって進軍する」と言っている。とこ
ろがメネクレスは『論集』のはじめの方で、「小人族は山鶉および鶴と戦争をしている」と言っている。イ
タリアには別の種類の山鶉がいて、それは翼の色が暗く、体は小ぶりで、嘴は赤くない。ポキスのキラ周辺
の山鶉の肉は食べられない。彼らが食っている餌のせいだ。ボイオティアの山鶉がコリントス湾を渡ってア
c ッティカへ来ることはない。かりに渡って来たとすると、さっきも言ったように、鳴き声で区別がつく。テ
オプラストスによると、パプラゴニアにいる山鶉には心臓が二つある。スキアトス島の山鶉は蝸牛（かたつむり）を食う。
時には一五個、あるいは一六個の卵を産む。クセノポンが『アナバシス』の第一巻[2]に書いているように、山

d 鶉はわずかな距離しか飛べない。こう書いている、「雁は急に狩り立てると捕まえられた。山鶉と同様に短い距離しか飛ばず、すぐ疲れてしまうからである。そしてその肉ははなはだ美味である」。

みみずく（otos）

雁についてクセノポンが言っていることは正しい、とプルタルコスが言う。[3] おびただしい数の雁がアレクサンドレイアに隣のリビュアからもたらされるが、その捕まえ方はこうだという。この生き物、つまりみみずくはまね好き[4]で、とくに人がすることを見てよくまねをする。とにかく猟師たちがすることを何でもまねるのである。そこで猟師たちはみみずくの真正面に立ち、目に塗り薬を塗る。しかし別の塗り薬も用意して
e おく。これには目と瞼をくっつける効力がある。その別の塗り薬の方を、自分たちからあまり離れていない所に、小さな皿に入れておく。するとみみずくどもは、皿から塗り薬をとって同じことをする。そこであっさり捕まるというわけである。アリストテレス[5]はこの鳥について、この鳥は渡り鳥の一種で、足指は三本に

（1）アルクマン「断片」三九（Page）。
（2）クセノポン『アナバシス』第一巻五-二。
（3）このプルタルコスはこの宴の出席者のプルタルコス。そして雁の話をすると言って「みみずく」の話をしている。たぶん otis（雁）と otos（みみずく）を混同して話してしまったのだろう。
（4）「みみずく」がまね好きだということは、アリストテレス『動物誌』五九七b二二も述べている。
（5）アリストテレス「断片」三五四。

f 分かれ、大きさは大きな鶏ほど、色は鶉と似ており、頭は長い。嘴は鋭く、首は細く、目は大きく、舌は骨
張っている。前嚢(1)はない、と書いている。ミュンドスのアレクサンドロスは、みみずくはラゴディアスとも
呼ばれると言っている。この鳥は反芻する。また馬が好きだとも言われている。とにかく馬の革を着ると欲
しいだけ捕れる。それほど近寄ってくるのだ(2)。上とは別の箇所でアリストテレスはまた言う(3)、「みみずくは
梟(ふくろう)に似ているが、夜行性ではない。耳(ota)のあたりに翼状の突起があり、それゆえotosと呼ばれる。大
きさは鳩ぐらい。人まねをする。[人のまねをして]踊っているところを捕まえられる」。姿は人間の形であり、
391 人間がすることは何でもまねる。だから、行きずりの人にあっさりだまされる者たちのことを、喜劇作家は
みみずくと呼ぶ。とにかくみみずくを捕らえるには、踊りの得意な者がみみずくの前に立って踊る。すると
みみずくはその踊り手を見て、操り人形のように体を動かす。もうひとりがみみずくの後ろに回り、物まね
に夢中になって気づかぬうちに取り押さえる。このはずく(skōps)も同じことをするという(4)。これも踊って
いるところを捕まえられると言われている。ホメロスにも出てくる(5)。ある種の踊りをスコプスと呼ぶのは、
b この鳥の名からとったもので、この鳥のいろいろな身振りによっている。Skōpsが物まねが好きである一方
で、われわれもまねをすること、それから、からかって相手を打つことを、skōpteinと言う。この鳥が好ん
でやることを、われわれもやるというわけだ。動物の中で舌がよく発達しているものはみな、自分の声に
節(ふし)をつけることができ、人間やほかの鳥の声を、こだまのように繰り返すことができる。鸚鵡(おうむ)やかけすが(6)
そうだ。ミュンドスのアレクサンドロスが言うように、「このはずくは梟(glaux)より小さく、全体は鉛色を
c していて、白い斑点がある。左右のこめかみの眉のあたりから羽が上に伸びている」。カリマコスが言うに

は、このはずくには二種類あり、一方は鳴くが一方は鳴かない。鳴く方は skōps と呼ばれるが、鳴かない方は aeiskōps という。青みがかった灰色をしている。ミュンドスのアレクサンドロスは、このはずく（skops）はホメロスでは s- がなく、kōps となっており[7]、アリストテレスもこの鳥のことをそう名づけている[8]。この鳥は季節を問わずつねに（aei）見られ、食用にはならない。ただし秋に一日二日だけ見られるものは食べら

d れる、と言っている。Aeiskōps と違って skōps は太っていて、雉鳩（きじばと）（trygon）[9]やもり鳩（phatta）[10]に似ている。スペウシッポスも『類似物』の第二巻で、s- 抜きの kōps という名でこの鳥を呼んでいるし、エピカルモスも skōps, epōps, glaux と列挙している。そしてメトロドロスも『習慣について』で、このはずくは踊りをまねしているところを捕まる、と言っている。

（1）前嚢については、島崎三郎訳、アリストテレス『動物誌』第二巻一七の訳註（35）を参照。

（2）プルタルコスの「倫理論集」中の『陸上動物と水中動物ではどちらが賢いか』九八一bによると、馬そのものが好きというよりは、馬糞が好きだから馬に近寄る。

（3）アリストテレス「断片」三五五。

（4）コノハズク（Otus scops）については、島崎三郎訳、アリストテレス『動物誌』第八巻三の訳註（6）を参照。

（5）ホメロス『オデュッセイア』第五歌六六。

（6）鸚鵡（psitakkos）については、島崎三郎訳、アリストテレス『動物誌』第八巻一二の訳註（12）、かけす（kitta）については同書第八巻三の訳註（7）を参照。

（7）ホメロスで skops が出てくるのは、上記註（5）に記した一箇所だけで、今日の刊本では kops ではなく skops とされている。

（8）アリストテレス『動物誌』六一七b三一。

（9）雉鳩（trygon）は *Columbus turtur.*

（10）もり鳩（phatta）は *Columbus palumbus.*

山鶉についてわれわれは、彼らがたいへん交尾を好むと言ったわけだから、ここで、雄鶏もまた最も交尾
好きな鳥だとつけ加えておこう。とにかくアリストテレス(1)によれば、雄鶏が奉納される神殿で、先に奉納さ
e れた雄鶏どもは、別の鶏が奉納されるまで、新参の鶏と交わる。もし新しい鶏が奉納されないと、彼らはた
がいに戦い、勝者は敗者を相手に交わりつづける。こんな話も伝えられている。雄鶏はどこの家だろうと、
鶏冠（とさか）をぴんと立てて入って行く。そしてほかの雄鶏に、戦わずして交尾の権利を譲ることはない。テオプラ
ストスは、飼われている鶏よりは野生の鶏の方がよく交尾すると言っている。彼はまた、雄鶏はねぐらを出
るとすぐに交わりたがる。雌鳥の方は日が高くなってからだと言っている。雀も交尾を好む。それゆえテル
f プシクレス(2)は、雀を食べる人は性交に心を向けがちだと言っている。だとすると、かのサッポーが、アプロ
ディテが雀の曳く車に乗って来ると歌っているのは、ひょっとしたら彼女の自然探究の賜物かもしれない。
というのは、この鳥は盛んに交尾をし、子だくさんだからだ。とにかくアリストテレスによると、八〇個も
の卵を産むという。ミュンドスのアレクサンドロスによると、雀には家で飼うものと野生のものとの二種類
がある。雌は弱い。嘴（くちばし）の色は獣の角のよう、顔はとりたてて白くもなければ黒くもない。アリストテレ
スが言うには、雄は冬になると姿を消すが、雌は居残る。その色からそう識別できるのだ。コロポンのニカ
392 ンドロスが『用語解』で言っているように、エリスの人々は雀のことをデイレテスと呼んでいる。

およそ -ys という綴りで終わる名詞（onyx［（猫や鷹の）爪］とか ortyx とかいう名詞のことだ）について質問が出た。こういう語の属格では、なぜ同じ子音によって語尾の音節を作らないのか、ということだ。という
b のは、複合語でない二音節の男性名詞で -yx という語尾をもち、その最後の音節が不変化音(3)で始まる、あるいは無アクセントの第一変化と呼ばれる種類の音(4)になっている場合は、属格では k- によって音節が構成され、keryx［伝令］の属格は kerykos となり、pelyx［斧］は pelykos, Eryx［山の名］は Erykos, Bebryx［種族名］は Bebrykos となる。これに対して、こういう特性をもたない語の場合は g- によって属格が作られる。Ortyx は ortygos, oryx［つるはし］は orygos,(5) kokkyx［郭公鳥］は kokkygos というわけだ。これがふつうだが、目立

（1）アリストテレス『動物誌』六一四a七。

（2）テルプシクレス（Terpsikles）は、本書第七巻三二五dでも引用されていたが、まったく不明の作家。Thesaurus Linguae Graecae の Canon of Greek Authors and Works にも登記されていない。

（3）不変化音とは流音と鼻音、つまり l, m, n, r を指す由。

（4）第一変化という種類の音と言われると -a- しか思い浮かばないが、例も挙げられていないので、この文意を訳者は推量しかねる。

（5）oryx は o-ryx で、最後の音節は r- で始まっている。だから上に言われている規則によれば、属格は orykos となるはず。

つのは onyx で、これの属格は onychos になる。(1) また一般論として、単数属格は複数主格に従って、終わりの音節に同一の子音をもつ。(2) 終わりの音節に子音がない場合にも、このことは通用する。

アリストテレスは言う、(3)「鶉（うずら）は渡り鳥であり、足指が分かれている鳥である。巣を作らず、砂浴びの穴
c を作り、鷹から守るために、それに小枝をかぶせ、そこに卵を産む」。ミュンドスのアレクサンドロスは『動物について』の第二巻で言う、「雌の鶉は雄より首が細く、雄があごの下にもっている黒い模様が、雌にはない。解剖してみると、胃には大きな前嚢が見当たらない。心臓は大きく、三葉になっている。腹腔内に
d 肝臓と胆嚢がくっついている。脾臓は小さくて見えにくい。睾丸は雄鶏と同じように肝臓の下にある」。パノデモスは『アッティカ誌』の第二巻でこの鳥の由来を述べてこう言っている、「エリュシクトンが、(4) 鶉の群が生息していたので昔の人がオルテュギア［鶉の島］と呼んでいたデロス島で、この鳥が海から運ばれて島に上がり、いい泊まり場とばかりここに落ち着いて……を見て」。クニドスのエウドクソスは『周遊記』の第一巻で、フェニキア人はヘラクレスに鶉を犠牲に捧げると言っている。これは、ゼウスとアステリアの
e 子であるヘラクレスが、リビュアに来たときテュポンに殺されたが、(5) イオラオスが鶉を持ってそこに来て、彼のそばに置いたところ、その匂いをかぐや彼が生き返ったからだという。ヘラクレスは生前鶉が好きだったそうだ。エウポリスは『都市』で、鶉を ortygia という指小辞の複数形で呼んでいる、

甲 今までに鶉を飼ったことがあるかね。

乙 あるある。小さい ortygia だがね。それがどうした。

アンティパネスは『農夫』で、この指小辞の単数形を使っている、

やれやれ、おまえというやつは、
いったい何ができるのかね、ortygion みたいな肝っ玉してさ。(6)

f プラティナスは『デュマイナイ』(あるいは『カリュアティデス』)で、奇妙なことに鶉を「うるわしい声の」と呼んでいるが、鶉が山鶉なみに美しい声で鳴くのはプレイウス(7)からラコニアぐらいなものだろう。シアリスという呼び名(8)はたぶんここから来ているのだろうとディデュモスは言っている。鳥の名はほとんどその鳴き声から来ているからだ。オルテュゴメトラ［鶉の母］のことはクラティノスが『ケイロンたち』で「イタカ
393 の島のオルテュゴメトラ」と述べているが、この鳥についてミュンドスのアレクサンドロスは、大きさは小雉鳩(こきじばと)と同じぐらい、脚は長く、あまり成長せず、臆病である、と言っている。鶉狩りについては、ソロイ

(1) 上の規則によればこの属格は onykos となるはずだから。
(2) この説明よりは、むしろ反対に、単数属格の語幹に語根が現われていると見、ゆえにそこから複数属格もわかると説明する方がわかりやすい。
(3) アリストテレス「断片」三四五。
(4) エリュシクトンは「土を耕す者」という意味をもつ。伝説中のアッティカの英雄。
(5) 次註で紹介する諺もあるぐらいだから、エウドクソスをむげに否定するわけにはいかないが、アステリア、鶉、デロス島をつなぐ最もふつうの話は、レトの姉妹であるアステリアがゼウスの恋を逃れるために、デロス島で鶉に変身して海に身を投じた、そこでデロス島は古名をオルテュギアといったというもの。
(6) 「鶉がヘラクレスを救った」という諺がある。取るにも足らぬ者が剛の者を助けた」という意味。それゆえ、「鶉みたいな肝っ玉」とは、「取るにも足らぬ肝っ玉」ということ。
(7) プラティナスはプレイウスの人だった。つまりこれは冷やかし文句。
(8) シリアス (silias) は「唖」ということなので、後続の「鳥の名は……」という理由づけにはつながらない。

(393) のクレアルコスが『プラトンの国家篇における数学的箇所』という論説の中で、変わった話を伝えている、
「鶉の交尾の季節に、彼らの通る道に鏡を置き、その鏡のまえに罠を仕かけておくと、彼らは鏡に写った自
分の像に駆け寄って、罠にはまる」。クレアルコスはコロイオスという鳥(1)についても同じようなことを伝え
b ている、「コロイオスは情愛深い性質なので、知恵では断然ほかの鳥よりすぐれているにもかかわらず、酒
あえ甕に油を満たして置いておくと、その甕の縁にとまったコロイオスは中をのぞいて、油に写った自分
に向かって飛び込む。その結果羽根が油まみれになってくっつき合い、このために捕まえられる」。

アッティカの人々は、鶉という語のまん中の音節を伸ばす —— ortȳgas など。Doidȳka［すりこぎ］、kērȳka
［伝令］などというごとくだ。デメトリオス・イクシオンが『アレクサンドレイア方言について』でそう言っ
c ている。アリストパネスが『平和』でその -y- を短くしているのは韻律のせいだ。「飼いならした鶉ども
(ōrty̆gĕs ōikŏgĕneīs)」と言っている(2)。

ケンニオン (chennion) という鶉（これは小型の鶉だ）のことを、クレオメネスが『アレクサンドロス宛書
簡』の中で述べている、「大鷭の塩漬け一万羽と鶫の一種(3)を五千、それにケンニオンの塩漬け一万」。また
ヒッパルコスは『エジプトのイリアス』で、

エジプト風の暮らしは、わが好むところならず、
ケンニオン、また、泥まみれのかけすの羽をむしるとは。

白　鳥（kyknos）

d
われわれの宴には、時として白鳥もまた出されぬことはない。アリストテレスいわく、(4)「白鳥は子をかわいがり、かつ好戦的である。よく戦うゆえに、たがいに殺し合いもする。自分から戦いを仕かけることはないが、相手が鷲でも戦う。よく歌い、とくに死期が近づくと歌う。大海を渡るときですら歌いつつ渡る。水かきのある鳥、草を食う鳥に属する」。ミュンドスのアレクサンドロスは、多くの瀕死の白鳥に密着してあとをつけてみたが、歌うのを聞いたことがないと言っている。アレクサンドレイアのヘゲシアナックスは
e
『ケパリオンのトロイア物語』と題する作品の中で、アキレウスと一騎打ちをしたキュクノスは、レウコプリュスにおいてキュクノスという鳥に育てられたのだと言っている。ピロコロスの言うところでは、ボイオスまたはボイオは『鳥類の系譜』で、キュクノスは軍神アレスによって鳥に変身させられ、シュバリス川(5)に

（1）コロイオスは、英語では jackdaw といい、おしゃべりの代名詞になっている小型の鳥。*Corvus monedula*.
（2）アリストパネス『平和』三八八。
（3）「大鷭」としたのは phalaris. 学名 *Fulica atra*.「鶇の一種」としたのは tylas で、これはトンプソンによれば ilias（または illas）の別名で、鶇の一種の由。
（4）アリストテレス「断片」三四四。
（5）南イタリアの、富と贅沢で有名だった古いギリシア人植民市シュバリスを流れる川。

f 至って鶴と交わった。彼はまた、白鳥は巣の中にリュゴスという草(1)を敷くと言い、鶴については、この鳥は元はピュグマイオイ［ピグミー］族の間では名の通った女性で、名をゲラナといった、彼女は市民たちから神と崇められていたが、本当の神々、とくにヘラとアルテミスを軽んじた。そのためにヘラが怒って、彼女を醜い鳥に変身させ、彼女を崇めていたピュグマイオイの敵、憎まれものにした。(2)ボイオスはまた、彼女とニコダマスが交わって陸亀が生まれたと言っているが、こういう叙事詩を作った彼によると、およそ鳥というものは、元はみな人間だったという。

もり鳩 (phassa)(3)

アリストテレス(4)は、鳩は何ばとであれ同族で、五種あると言って次のように書いている、「どばと、(5)河原(かわら)鳩(ばと)、(6)パプスという鳩、(7)もり鳩、小雉鳩(こきじばと)」。(8)『動物部分論』の第五巻(9)ではパプスには触れていない。ただしアイスキュロスのサテュロス劇『プロテウス』には、

　ついばんでいるところを、籾(もみ)吹き分け機に打たれて、
　腹をまっぷたつに裂かれた、あわれにもみじめなパプス

とあるし、『ピロクテテス』ではこの名の属格［複数］の phabon というのが使われている。アリストテレスは言う、(10)「河原鳩はどばとより大きく、葡萄酒色をしている。もり鳩は雄鶏と同じ大きさで、灰の色をして
b いる。小雉鳩は最も小さく、灰色をしている。この鳩は夏に見られるが、冬は穴にひそんでいる。パプスと

もり鳩はいつでも見られるが、河原鳩は秋だけである。これらの鳩のうちもり鳩が最も長生きする。というのも、この鳩は三〇年四〇年と生きるからである。死ぬまで、雄が雌を、あるいは雌が雄を捨てることはなく、どちらか一方が死ぬと、残されたものは独り身で過ごす。大烏[11]、はしぼそ烏[12]、こくまる烏[13]もこの点では同じである。鳩類はみな、雄と雌が交替で卵を抱く。雛が孵ると雄は、呪いを込めた目に見られないように[14]、

---

(1) リュゴスは英語で monk's pepper という *Vitex agnus-castus* の由。

(2) ゲラナという名の美女とは、そこから鶴(ゲラノス)という鳥を導き出すために作られた話。一般には、オイノエというピュグマイオイの美少女が、ニコダマスというやはりピュグマイオイの男と結婚したが、彼女はヘラとアルテミスを敬わなかったので……、ということになっている。

(3) もり鳩は phassa で、英語で Ring-dove とか Woodpigeon とか呼ばれているもの。これらの英語名は英和辞典では「ジュズカケバト」となっているが、ここでは島崎三郎訳のアリストテレス『動物誌』にしたがってモリバトとした。

(4) アリストテレス「断片」三四七。

(5)「どばと」は peristera で、*Columba livia domestica.*

(6) 河原鳩は oinas で *Columba livia.*

(7) パプスは phaps で、トンプソンによるとまず間違いなく「もり鳩」と同じ。

(8) 小雉鳩は trygon で、英語名 turtle-dove. *Turtur communis.*

(9) 実はアリストテレス『動物誌』第五巻五四四b。

(10) 上記註(4)に示した断片三四七のつづき。

(11) 大烏は korax で、*Corvus corax.*

(12) はしぼそ烏は korone. *Corvus corone.*

(13) こくまる烏は kolaios. *Corvus monedula.*

(14)「呪いを込めた目に見られないように」の原文は「baskaino されないように」で、これは英語によく見られる 'evil eye' の影響を受けないように、ということ。唾をかけるとその呪力を防ぐことができるという習俗も広まっていたらしい。

c 雛に唾（つば）を吹きかける。卵は二個産む。はじめの卵は雄、次の卵は雌になる。一年を通じてどの季節にも卵を産む。それゆえ年に一〇回も産卵する。エジプトでは一二回産卵する。雌は卵を産んだ翌日には妊娠するのである」。同じ著書の中でアリストテレスはさらに、どばとは野ばとと違う(1)と言っている。野ばとの方が小さいし、どばとは飼いならすことができる。さらにまた、野ばとは色が黒くて小さく、脚が赤くなめらか
d でない、それゆえだれも飼わない、と言っている。彼はまた鳩の交尾について特異なことを述べている(2)。彼らは、雄がまさに雌の上に乗ろうとするときに、たがいに嘴（くちばし）を交える。そうしてからでないと雌は雄に交尾を許さない。ただし年を取った雄は、嘴を交えないでも、まず上に乗る(3)。若い雄はいつでもこうしてから交わる。雄がいないと、雌同士が嘴を交えて上に乗る。たがいの体内に射精などするわけではないが、卵を産む。ただしその卵から雛は孵らない。ドリス人はわれわれがどばとと呼ぶ鳩のことを野ばとと呼んでいる。例えばソプロンの『女たちのミモス』でそうなっている。ただしカリマコスは『鳥について』で、もり
e 鳩、ピュラリス(4)、どばと、小雉鳩、というように鳩を分類している。ミュンドスのアレクサンドロスは、もり鳩は水を飲むとき、小雉鳩のように頭を上げない、また冬の間は、快晴にならないかぎり声を発しない、と言っている。また、河原鳩が寄生木（やどりぎ）の実を食べて、どの木でもよいが別の木に糞をすると、新しい寄生木が芽生えてくるという。ダイマコスは『インド誌』で、インドには赤みをおびた黄色い鳩がいると言っている。ランプサコスのカロンは『ペルシア史』の中で、マルドニオスとアトス山付近で壊滅したペルシア軍の話(5)をしながら、こう言っている、「その時はじめて、白いどばとがギリシアに現われた。以前にはなかった
f ことである」。アリストテレスはこう言っている(6)、雛が生まれるとどばとは、塩分を含んだ土をよく噛んで

395

から、雛の口を開けてそれを吐き出してやる。彼らはこうして、雛が餌をとる準備をしてやっているのである。シシリー島西端のエリュクス山には、「船渡御（ふなとぎょ）」という祭りの時があり、この日に女神アプロディテがリビュアへお渡りになるのだという。そしてその日には、そのあたりのどばとが、さながら女神のお供をして旅に出たかのように、一斉に見えなくなる。そして九日ののち、「帰還祭」と呼ばれる日に、一羽の鳩が海から飛来して神殿の上にとまる、するとほかの鳩どももやって来る。そこで付近の住民のうち裕福な人々は宴を張り、ほかの人々も喜色満面、楽しむことになった。そのあたり一帯、その日にはブテュロンという草(7)の匂いにむせかえる。女神がお帰りあそばしたしるしだというわけである。アウトクラテスは『アカイア誌』で、ゼウスもアイギオンで、プティアという名の処女に恋をして、どばとに姿を変えたと語っている。アテナイの作家たちはどばと（peristera）を男性名詞にして、peristeros と綴っている。そこでアレクシスは

（1）野ばとは peleias で、*Columba oena.* トンプソンによれば鳩の総称ととれるが、島崎氏の説に従って、ヨーロッパ産の野生の鳩とする。

（2）アリストテレス『動物誌』五六〇b二五。

（3）この「年を取った雄は」以下に、アリストテレスでは、「はじめは嘴を交えなければ上に乗らないが、のちには」という言葉が入っている。

（4）ピュラリス（pyrallis）はアリストテレス『動物誌』にもただ一度だけ（六〇九a一八）出てくるが、まったく不明の鳥。

（5）ヘロドトス『歴史』第六巻四四－四五を参照。第一次ペルシア戦争のとき、マラトンの戦いの二年前に、ここでペルシア艦隊が嵐のために大損害を被り、マルドニオスの指揮する陸上部隊も予定どおりに事を運ぶことができなかった。

（6）アリストテレス『動物誌』六一三a二。

（7）ブテュロンは boutyron で、「バター」という意味だが、この名の草については何もわからない。

b （395）

『競走者』で、

それがしはアプロディテ様の白鳩（peristeros）でござる。
ディオニュソス様がご存じは、酩酊の仕方のみ、
新式か古式かなど、とんと気にかけなさらぬわい。

ところが『ドルキス』（または『唇を鳴らす女』）では、女性名詞扱いしてperisteraと綴り、シシリーのどば、とは特別みごとだと言っている、

あたしゃ鳩を
飼ってるの。シシリーの、そりゃあすっぱらしいんだから。
知らせを運ぶ鳩を送れ。

ペレクラテスは『老婆たち』で男性名詞として、『ペタレ』では中性の指小辞でpetalionとして、

c

小鳩よ、飛べ、テミストクレスのように(1)、
キュテラかキプロスに、私を運んでくれ。

ニカンドロスは『地誌』の第二巻でシシリーの野ばとのことを述べて、

してまた、館内（やかたうち）(2)にて、二個の卵を産むなる
ドラコンティスまたはシシリーの野ばとを飼うべし。猛き鳥も

非道の蛇も……とこそ言われたり。

鴨（netta）

ミュンドスのアレクサンドロスが言うように、この鳥の雄は雌よりも大きく、かつ色彩に富んでいる。そ
d の目の色ゆえにグラウキオンと呼ばれるものは、(3) ふつうの鴨よりやや小さい。ボスカスと呼ばれるもの(4)の雄
には模様がある。しかし……鴨に劣る。雄の嘴は平らで、体全体との比率から見ると小さい。水鳥の中でい
ちばん小さいかいつぶり(5)の色は汚い黒、嘴は鋭く、まぶたをもっている。たびたび水中に潜る。ボスカスの

（1）「テミストクレスのように」は、次行の「キュテラかキプロスに」と合わせて、祖国アテナイで陶片追放にあい、スパルタからはペルシアと通じていると怪しまれ、あげくにアテナイからは死刑を宣せられたために、彼が仇敵ペルシアに逃げたその道筋のことを言っているようにとれるが、これだと彼のペルシアへの逃亡が、エーゲ海の南寄りのコースをとったことになる。しかしふつう彼の逃亡コースははるかに北寄りだったと考えられている。

（2）ドラコンティス（drakontis）は空想上の鳥。マケドニアの英雄ピエロスが九人の娘にミューズの名を与えて張り合ったところ、その中の長女がこの鳥に変身したという。

（3）グラウキオンは glaukion. トンプソンはこれを、たぶん *Anas clangula*, L. か Scamp あるいは tufted duck だろうとしている。

（4）ボスカスは boskas. トンプソンは *Anas crecca*（コガモ）や *Anas querquedula* だろうとしている。

（5）「かいつぶり」としたのは kolymbis で *Podiceps minor*, L. 後続の三九五 e にある、この鳥の名から「泳ぐ」「飛び込む」という動詞ができたというのは話が逆で、これらの動詞からこの鳥の名ができたのであろう。

e 中にはもう一種類、鴨より大きくきつねがん(1)より小さいのがある。パスカスという種類の鴨(2)はかいつぶりより小さいが、他の点では鴨に似ている。ウリアと呼ばれるもの(3)は、大きさは鴨とさして違わないが、色は汚い土色、嘴は細く長い。大鷭（おおばん）も細い嘴をもっているが、外見上は丸い。腹は灰色、背はやや黒ずんでいる。 418
鴨（netta）とかいつぶり（kolymbas）から、「泳ぐ（nechesthai）」、「飛び込む（kolymban）」という動詞ができる(4)。これらの鳥はほかの多くの沼地の鳥ともども、アリストパネスの『アカルナイの人々』に出てくる、

鴨、こくまる烏、アッタゲン(5)、大鷭、
みそさざい(6)、かいつぶり。

f カリマコスも『鳥について』で、これらの鳥のことを述べている。

パラスタタイ（parastatai）

通称パラスタタイ、すなわち「お仲間」も何度か出された。これについてはエパイネトスの『料理術』とシマリストスの『同義語集』第三巻と第四巻に述べられている。パラスタタイ、お仲間とは睾丸のことだ。

蒸し煮の肉（pnikta）

何種類かの肉をいっしょに煮込んでスープに仕立てたものが出されると、だれかが「息の根をとめた(7)」と

はつまり蒸し煮の肉をくれ」と言った。するとかの言葉の匠ウルピアヌスが、「どこでそんな肉を君が見たのか言ってくれないと、こっちはそれこそ息の根がとまっちまうな。小生は、それを聞かんうちはそんな言葉は使わんことにする」と言った。すると相手が答えて言った、「ストラッティスさ。『マケドニア人』（または『パウサニアス』）でこう言ってるのさ、

　　とにかく息の根をとめた煮込みを、そんなのを
　　どっさりな。

エウブロスは『釘づけ』で、

　　シシリー風の煮込み、皿に山盛り。

アリストパネスは『蜂』(8)で言っている、『鍋の中で息の根をとめてくれ』。クラティノスは『デロスの女』で、

---

(1) きつねがん（chenalopex）という名は、雁（chen）＋狐（alopex）の合成語。*Chenalopex aegyptiacus.*

(2) パスカスは phaskas. トンプソンは先の boskas（baskas ということもある）と同じではないかと考えている。

(3) ウリア（ouria）もわからない鳥のひとつで、トンプソンはたぶん英語で diver と呼ばれる鴨だろうとしている。

(4) アリストパネス『アカルナイの人々』八七五。

(5) 島崎三郎氏によれば、アッタゲン（attagen）は鷓鴣（しゃこ）の一種で、*Francolinus sp.* だとされている。

(6) みそさざい（trochilos）は、島崎氏によれば、*Troglodytes troglodytes.*

(7) 「息の根をとめた」とは pniktos の訳だが、この形容詞の元になっている動詞 pnigo に、「首を絞める」「（ぴったり）蓋をした鍋で煮る（または焼く）」という二つの意味がある。

(8) アリストパネス『蜂』五一一。

(396) b
それの半分をよくもんで、ようく息の根をとめる。

アンティパネスは『農夫』で、

甲　まずはじめに、
あこがれの大麦パンをとる。命の親のデオ様が(1)
人間に贈ってくださる、ありがたいものよ。
おあとは、生まれて間もない仔山羊の
柔らかあい脚の肉の煮込み、ハーブの衣を着せてな。
乙　何だ、そりゃ。　甲　ソポクレスの芝居を朗唱してんのよ(2)」。

まだ乳を吸っている仔豚（galathena）

c
潮時を見計らって仔豚が一同に回された。そして宴の客たちは、このgalathenaという言葉がはたして使われているか探索を始めた。だれかが言った、ペレクラテスの『奴隷しつけ教師』で、「やつらは豚の赤ん坊を盗んだんで、親豚じゃない」と言い、『逃亡者』では、「結局仔豚をお供えしないのか」。アルカイオスは『レスリング学校』で、

そうら、ご本人のお出ましだ。もし俺がぶつぶつ言ったら、
いや、今言うけどよ、鼠の赤ん坊ぐらいな。

ヘロドトスは第一巻で[3]、バビロンの黄金の祭壇では、赤ん坊の豚以外のものを供えてはならないことになっている、と言っている。アンティパネスは『真の友』で、

この小っちゃな仔豚の乳飲み子は
えり抜きだ。

d

ヘニオコスは『ポリュエウクトス』で、

銅の牛はもう、とうの昔に煮えたろう。
だが彼奴（きゃつ）めはたぶん、乳飲み子の豚を奪って殺したんだろう。

アナクレオン[4]は

角を生やした母親から
森の中に残された、生まれて間もない
まだ乳飲み子の鹿がこわがるように。

クラテスは『隣人たち』で、

うちには、子供じみたものは、もうたくさん、

(1) デオ (deo) とは穀物の女神デメテルのこと。
(2) これはソポクレスの作品名不詳断片として採用されているが、ソポクレスの断片というよりはそのパロディかもしれない。
(3) ヘロドトス『歴史』第一巻一八三。
(4) アナクレオン「断片」四〇八。

(396)　赤ん坊のだろうが大人のだろうが、羊や豚はもういらないように。

e シモニデスは[1]ダナエに、ペルセウスのことをこう言わせている、

　わが子よ、何という私の苦しみ、
　だのにおまえは、眠ってるのね、赤ん坊の眠りを眠っているのね。

別の詩では[2]アルケモロス[3]のことを、

　菫の冠の［エウリュディケの］かわいい乳飲み子が
　息を引きとったので、みな涙した。

クレアルコスは『伝記』の中で、専制者パラリス[4]が残忍さを追求したはてに、乳を飲む（galathena）赤児を食するに至った、と言っている。Thesthai とは「乳を飲む」という意味だ。ホメロス[5]に、

　ヘクトルは死すべき人間、女の乳を飲んだ者。

f とある。赤児は乳首（thele）を口に含む（entithesthai）からそう言うのだ[6]。また乳首（titthos）とは、乳首（thelai）が口に含まれる（entithesthai）から titthos なのだ。

　生まれたばかりで乳離れもせぬ子鹿を眠らせ[7]。

のろじか (dorkas)[8]

397 のろじかが運び込まれると、エレア派の語彙収集家のパラメデスが、「のろじか (dorkones) の肉とは悪くない」と言った。その彼にミュルティロスが言った、「それを言うんなら dorkades で、dorkones じゃないぞ。クセノポンの『アナバシス』の第一巻に[9]、『そこには野雁[10]やのろじか (dorkades) もいた』とある」。

孔　雀 (taos)

この鳥が珍しい鳥であることは、アンティパネスが『兵士』(または『テュコン』)の中でこう言っている

---

(1) シモニデス「断片」五四三。
(2) シモニデス「断片」五五三。
(3) アルケモロスはネメア王の子だったが、毒蛇に咬まれて死んだ。それを弔うために始められたのがネメア競技会だという。
(4) パラリス (Phalaris) は前六世紀のシシリー島アクラガスの専制君主。残忍さをもって有名。
(5) ホメロス『イリアス』第二十四歌五八。
(6) この赤児と次の乳首の語源説明は例によってこじつけ。
(7) ホメロス『オデュッセイア』第四歌三三六。
(8) のろじか (dorkas) は *Cervus capreodorcas*.
(9) クセノポン『アナバシス』第一巻五-二。
(10) 野雁 (otis) は Otis tarda で、島崎三郎氏によれば、ガンとはいっても雁とは縁遠い鳥で、日本ではほとんど見られない。

(397)

ところからも明らかだ、

だれだかが孔雀をひとつがいだけ持ち込んだときは、

そりゃあ珍しいお宝だった。ところが今じゃ、鶉よりもたくさんいらあ。

b エウブロスの『フェニキア人』にも出てくる。とにかく孔雀は珍しかったので、驚異の眼を見張ったんだな。

アリストテレスいわく、(1)「脚に水かきなく、草を食み、三歳になれば卵を産む。その時期になると、羽根に多彩な文様ができる。卵を抱くのはおよそ三〇日。年に一度だけ一二個の卵を産むが、これを全部一回に産むのではなく、何日おきかに二個ずつ産む。はじめての産卵の時は八個である。孔雀は鶏と同じように風卵[無精卵]も産む。ただし二個以上産むことはない。産卵・抱卵ともに鶏に似ている」。エウポリスは『兵役免除』でこの鳥のことをこう言っている、

c 俺は絶対に、ペルセポネの国で(2)

孔雀を飼って、眠ってる奴らを起こしたりせんぞ。

弁論家のアンティポンが書いた演説に『孔雀について』というのがあるが、この演説には「孔雀」という名は一度も出て来ない。何度か彼は「色鳥」という名で述べている。この鳥をピュリランペスの子のデモスが飼っているのだが、それを見たいばかりに大勢の人が、ラケダイモンやテッサリアからはるばるやって来ては、その卵を分けてもらおうと熱望する。この鳥がどんな風に見えるかを記して、アンティポンはこう語っ

d ている、「たとえこの鳥を町に運び去ってそこに落ち着かせようとしても、羽をはためかせて元のところへ戻ってしまうであろう。さりとて羽を切り詰めれば、この鳥の美しさを奪うことになろう。羽こそが美しい

のであって、胴ではないからである」。この鳥をひと目見ようと人々が熱を上げていたことについて、アンティポンはつづいてこう言っている、「もしこの鳥を見たいならば、月の朔日に入るがよい。このほかの日には、一切見ることはできない。これは昨日今日のことではなく、ここ三〇年以上もつづいていることなのである」。
e トリュポンが言うには、アテナイ人はこの taōs という名を tahōs と発音する。つまり、最後の音節の -ō- を帯気音として -hōs とし、そしてここに曲アクセント（^）を与える。エウポリスの『兵役免除』にこの読みが現われている——上の引用を参照。またアリストパネスの『鳥』[3]では、

じゃあ、あんたがテレウスさんですかい。鳥、それとも孔雀（tahôs）で。

また、[4]

（1）アリストテレス「断片」三五一。

（2）ペルセポネは穀物の女神デメテルの娘。黄泉国の神ハデスにさらわれてその妃にされた。そこでペルセポネの国とは黄泉国で、「眠ってる奴ら」とは死者のこと。

（3）アリストパネス『鳥』一〇一。この引用文の「鳥、それとも孔雀」というのも、次の引用文の「まさか孔雀じゃあるまい」というのも奇妙だが、孔雀がたいへん珍しくて、鳥の一種という常識がまだなかったということだろう。またテレウスとは伝説的なトラキアの王で、プロクネを妻としていたが、彼女の姉妹のピロメラを犯し、事がもれるのを恐れて彼女の舌を切った。しかしピロメラは……とつづく有名な伝説の主。伝説の結末では、神は彼をヤツガシラに、プロクネをナイティンゲールに、ピロメラを燕にした。この『鳥』の上演の少し前にソポクレスが『テレウス』という悲劇を上演しているので、アリストパネスは「じゃあ、あんたがテレウスさんで」とここで言っているらしい。

（4）アリストパネス『鳥』二六九。

や、ほんとに鳥だ。いったい何という鳥だ。まさか孔雀(tahôs)じゃあるまい。

この芝居の中で(1)アリストパネスがそう書いているが、アテナイ人はtahôniという与格も使っている。しか
f しアテナイ人やイオニア人には、二音節以上の語の最後の音節に帯気の母音を置くのは無理だ(2)。neōs[神殿]、Tyndareōs[テュンダレオス]、Meneleōs[メネラオス]、leiponeōs[船を捨てる](3)、euneōs[船が十分供給されている]、Neileōs[ネレウス]、prāos[おだやかな]、hyios[息子]、Keios[ケオス島民]、Chios[キオス島民]、dios[神の]、peos[親戚]、chreios[役立つ]、pleios[満ちた]、leios[なめらかな]、laios[左の]、baios[わずかな]、phaios[ねずみ色の]、goos[嘆き]、thoos[速い]、rhoos[流れ]、zoos[生きている]というごとしだね。そもそも帯気音とい
398 うものは、その本性からいって語頭に来るものなのだから、語尾に閉じ込められはしないのだ。孔雀という名tahôsは、その羽を伸ばすこと(tasis)から来ている。セレウコスは『ヘレニズム』の第五巻で言っている、「Tahôs,アテナイ人は慣用に反して、-osを-hosとして、そこに曲アクセントを置いている。しかし、語を単純明快に発音する際には、[帯気音は]最初の母音に置かれることを欲する。そうすると(4)語の表面にはっきり表われて、より速く走る。その証拠にアテナイ人は、このアクセント記号に内在している本性を、その位置によって理解していて、そこでこのアクセントの記号は、他のアクセント記号のように母音のすぐ上には置か
b ず、その前に置く。また私が考えるに、昔の人は帯気音をHという文字で表わしていた。それゆえローマ人も、すべての帯気音の前にHをつけ、この字が母音を支配していることを示している。もし帯気音の本性が以上の通りだとするなら、アテナイの作家たちが孔雀taosの最後の音節にそれを置くのは理屈に合わない」。

宴の進行とともに何かが運び込まれるたびに、それについていろいろなことが語られたが、ラレンシス殿

がのたもうた、「いや、この私にも、万事につけ第一人者たるウルピアヌス殿ご同様、皆さん方に申し上げたきことがありますぞ。なにしろ、探究こそわれらの糧でありますからな。すなわち、テトラクスとはそも何であると皆さんはお考えかということであります」。それを聞いてだれかが、「鳥の一種であります」と
c 言うと（というのは、文法教師諸公は何事につけ、弟子たちに、植物の一種だとか、鳥の一種だとか、石の一種だとか答えるのが習わしなのだ）、ラレンシス殿が言った、「いえいえ、この私とて、あのうまいことを言うアリストパネスが『鳥』の中で(5)、テトラクスのことを述べていることは存じております。こんな風にですな、『鷭(6)にペリカン(7)にペレキノス(8)にプレクシス(9)にテトラクス(10)に孔雀』。私が皆さん方からお教えいただき

（1）アリストパネス『鳥』八八四。

（2）以下に列挙されている例はすべて、-ōs, -os は決して -hōs, -hos にはならないということを示すためのものらしい。

（3）「辞書」では liponeos となっていて、leiponeos という語はない。

（4）この「そうすると（帯気音が）語の表面にはっきり表われて」はわかるが、次の「より速く走る」というのはどういうことを言っているのかわからない。

（5）註（1）に示した箇所。

（6）鷭については、本巻三八八 c－d の記述を参照。

（7）ペリカンとしたのは pelekan で、綴りも似ているし、トンプソンもペリカンと断言しているが、島崎三郎氏のアリストテレス『動物誌』五九七 a 一の訳註第十二章（3）によると簡単には断定できない。

（8）ペレキノス（pelekinos）もトンプソンによればペリカンの類。しかしそうだとすると、「ペリカンにペリカン」という奇妙な台詞になる。なおいっそう詳しくは、最近のダンバーによるアリストパネス『鳥』八八二－八八四の註を参照。

（9）プレクシス（phlexis）は、鳥だろうということ以外にはまったくわからない。

（10）テトラクス（tetrax）は、アテナイオスのこの記述から、たぶん雷鳥の仲間だろうと言われているが不確か。

(398) たいのは、ほかの作品にもこれが出ているかということなのです。ミュンドスのアレクサンドロスが『有翼動物について』の第二巻で、この鳥のことを大型の鳥としては述べておらず、たいへん小さな鳥の中に入れ
d ていますね、こんな風に、『テトラクス（tetrax）は大きさはみやま鳥(1)に等しく、色は陶土のごとく、黒ずんだ斑と太い縞を有する。木の実を食う。産卵時にコッコッと鳴く(2)』。エピカルモスは『へべの結婚』で、

鶉と雀と雲雀と砂まろび(3)と、
テトラクスとみやま鳥と、羽も輝くいちじくくい(4)を捕まえて。

別の箇所では、

たくさんの、長い首くねらせる鷺と、
テトラクスとみやま鳥。

e 皆さん何もおっしゃってくださらないので、その鳥のことは私から申し上げましょう。皇帝陛下の地方長官に任じられて、黒海東部のプロウィンキア・モイシアに滞在中に、私はかの地においてこの鳥を見たことがあるのです。そして、モイシア人やパイオニア人が、その鳥をかの名前で呼んでいることを知りまして、私はアリストパネスに述べられていることを思い出しました。で、私は思いました、あの博学並ぶ者のないアリストテレスの、あのたいへんな書物にも、この鳥のことは述べられているだろう。と申しますのは、あのスタゲイロスの哲学者は、動物についての研究のために、アレクサンドロス大王から八〇〇タラントン頂戴
f したというではありませんか。ところがあの書物には、この鳥のことは何ひとつ見つかりませんでした。知恵者アリストパネスが、いちばん信頼できる証言をしていてよかったと思います」。ラレンシスがこう言っ

399 ているところへ、ある者がそのテトラクスを籠に入れて持ってきた。大きさは雄鶏のいちばん大きいのよりなお大きく、見たところは鷭(ばん)に似ていた。左右の耳のあたりから、雄鶏の鶏冠(とさか)のようなものが垂れ下がっていた。声は低音だった。この鳥の色鮮やかさを賞していたら、あまり時をおかずに、今度は調理されて出された。そしてその肉は、われわれも何べんか口にしたことがある駝鳥(5)の肉に似ていた。

腰の肉 (psya)

『アトレイダイの帰還』の作者は、その第三巻で言っている、

---

(1) みやま烏は spermologos で、「種を集める者」の意。*Corvus frugilegus* のことだとトンプソンは言う。

(2)「コッコッと鳴く」の原語は tetrazein で、だから「テトラクスのように鳴く」ということだが、「テトラクスはテトラクスのように鳴く」では意味をなさないので、「辞書」の記述、「テトラクスのように cackle する」を借りて、「コッコッと鳴く」とした。

(3)「砂まろび」は philokoneimon で、「砂に転がるのが好きな」ということ。鳥の名であるかどうか怪しい。

(4)「いちじくくい (sykal(l)is)」は秋に果樹園、とくに無花果畑に集まる小鳥という以上のことはわからない。

(5) 駝鳥は strouthos だが、strouthos とはふつうは雀のこと。トンプソンは雀を strouthos α、駝鳥を strouthos βとしている。雀と駝鳥では違いすぎるが、それが同じ名で呼ばれるのは、ギリシア人で実際に駝鳥を見た人はいなかったからではないか。のちには、駝鳥は雀と駱駝のあいのこだというわけで、strouthokamelos という呼び名までできたほどである。

(399)

俊足のヘルミオネウス、イソンを追い、その腰をば
槍で刺し貫いた。

b シマリストスは『同義語集』の第三巻でこう書いている、「腰の、斜めに張っている筋肉を psyai という。また両側のくぼんだ部分を kymbos［カップ］または glene［受け穴］という」。クレアルコスは『ミイラについて』の第二巻でこう言っている、「左右の側面の筋肉、これを psyai と呼ぶ人もあり、alopekes［狐］と呼ぶ人もあり、neurometrai［筋の母?］と呼ぶ人もある」。Psya のことは、かの神のごときヒッポクラテスも述べている。腰の肉がこう呼ばれることになったのは、この肉が容易にこすり落とされる（apopsasthai）から、または、骨の表面に軽く接しているからだ。喜劇作家のエウプロンも『諸国行脚の人々』で触れている、

c 肝の葉（よう）というのや腰の肉（psoai）というのがある。
行脚（あんぎゃ）に出かける前に、こういうのを切って、……知ることだ。

乳　房（outhar）

テレクレイデスは『頑固者たち』で、

女ですもん、当然おっぱいもってますとも。

ヘロドトスは『歴史』の第四巻で(1)……。しかしほかの動物の乳房のことを outhar と言っている例は、ほとんど見つからない。

下　腹 (hypogastrion)

この呼び名は魚についてだけ使われる。ストラッティスは『アタランタ』で、

鮪の下腹と豚の足先。

d テオポンポスは『カライスクロス』で、

おお、デメテル様。　　魚どもの下腹を

『セイレンたち』では、これを腹の下の膨らみと呼んで、こう言っている、

シシリーの鮪の、腹の下の白い膨らみ。

（1）ヘロドトス『歴史』第四巻二だが、肝心の引用文が欠落している。「スキュティアでは……乳はこうして搾る。骨でできた竪笛に似た管を、雌馬の陰部に差し込み、それを吹いて陰部を膨らませる。その間に別の者が乳を搾る。こうすると、雌馬の血管が膨らんで、そのために乳房が垂れ下がってくるのだと彼らは言う」。

(399)

兎 (lagōs)

これについては、料理のダイダロスと言うべきアルケストラトスがこんなことを言っている、

兎料理には、方法、決まりさまざまあり。
さりながら、人々が酒交わしておる最中に、
やや焼き足らぬところへ、少々塩をふり、
e 串よりはずして、いまだ熱きを客に配る、
これこそ最上。肉より血の滴るを、否と言うなかれ。
これぞ神々の血液、委細かまわずむさぼるこそよけれ。
あらずもがなの、粘りたるソースを注ぐ、チーズをのせる、
オリーヴ油を浴びせるなど、小生をして言わしむれば、
要らざる手数、さながら小鮫を料理せんとするに似たり。

f 喜劇作家のナウシクラテスは『ペルシアの女』で、アッティカには野兎 (dasypous) はめったに見られないと言っている、

アッティカで、ライオンとか、何かそういう獣を
だれが見たかしら。だってアッティカじゃ、

野兎だって、おいそれとは見つからないもん。
ところがアルカイオスは『カリスト』で、たくさんいると明言している、

甲　コリアンダーの粉なんて、何に使うんだ。　乙　野兎を捕まえるだろ、
そいつを香料として、ふりかけるわけさ。

400 文法家のトリュポンが言うには、アリストパネスは『ダナイデス』で、兎という名詞の対格を lagōn として、そこに鋭アクセントを置き、語尾を -n としている、

たぶんあいつは兎を（lagōn）放って、そいつをもってずらかろうって言うんだろう。

『ダイタレス』では、

おしまいだ。兎（lagon）の毛なんかむしってるのを、人に見られるだろうよ。[1]

しかしクセノポンは『狩猟術』[2]で、lagô としている、つまり語尾に -n のない、そして曲アクセントのついた対格を使っている。だがこれはおかしなことだ。というのは、われわれの所では、兎は lagṓs なんだから、ちょうどわれわれが naós［神殿］と言うのを彼らは nēós と言い、われわれの lāós［民衆］を彼らは leṓs と言う
b のと同じで、われわれが lagos と言うところを彼らは lagṓs と言うことになるんじゃないか。単数対格が

（1）兎の毛をむしっているのを人に見られると、なぜ「おしまいだ（apolola）」ということになるのか不明。
（2）クセノポン『狩猟術』五-一。

lagon だというのと、ソポクレスが『アミュコス』というサテュロス劇の中で、複数主格を lagoi としているのとは、ちゃんと辻褄が合う、

鶴に亀に梟(ふくろう)に鳶(とんび)に兎(lagoi)。

また、-ō をもつ単数対格 lagon の場合と同じように、-ō をもつ複数主格 lagoi は、エウポリスの『追従者たち』にある、「そこにえいたち、兎たち(lagoi)、そして足くねらせる女たち」。中にはこの最後の音節 -gōî を -gōî というように曲アクセントにして読む人がいるが、これは理屈に合わない。ここはやはり -gōí と鋭アク
c セントにすべきだ。というのは、-os で終わる名詞は、つねに同一のピッチをもつからだ。これはアッティカのギリシア語で、長い -ō を含む形に変化する場合でもそうで、naós［神殿］は nēós となり、kálos［綱］は kálōs となる。そこでエピカルモスもヘロドトスも『ヘイロテス』の作者もこの形の名詞を使っている。イオニアでは lagós という形もある、

海兎(うみうさぎ)をかきまぜて、飲め。(1)

しかしアッティカでは lagṓs だ。ところがアッティカにも、ソポクレスのように lagós と言う人もある、

d 鶴に大鴉(おおがらす)に梟(ふくろう)に兎(lagoi)。

「臆病な兎を(ptōka lagōón)」という句があるが、もしこれがイオニアのものなら、この -ō- は余計で、lagón とあるべきだ。兎の肉は lagōia という。

デルポイのヘゲサンドロスは『備忘録』の中で、「マケドニア王アンティゴノス・ゴナタスの治世に、ア

ステュパライアの島におびただしい数の兎が発生したので、市民たちがデルポイのアポロンの神託にお伺いをたてた。すると巫女ピュティアによってアポロンがのたもうことに、犬をば飼って狩りを行なえ、とのこと。その結果一年のうちに六〇〇を越える兎が捕獲された。かほどの数の兎も、実はあるアナペ島の住人が二匹の兎を島に放ったことに始まったのである。というのは以前に、アステュパライア島の人間が二羽の鷓鴣をアナペ島に放ち、そのために島にはえらい数の鷓鴣があふれて、島民たちは危険を承知で家を捨てざ
e るを得なかった、ということがあったからである。アナペには鷓鴣はおらず、兎がいた。この兎という動物は、クセノポンの『狩猟術』(2)が言うように多産である。ヘロドトスも『歴史』の第三巻(3)で言っている、「まず、兎は獣、鳥、人間のすべてから追われて食われ、それゆえ多産である。すべての獣の中でひとり兎のみが、胎内に子を宿している間にさらに子をはらむ。また、胎内の子はすでに毛の生えたものもいるが、まだ
f 毛のないものもいるということになる。子宮内でようやく子が形をなしているところへ、さらに子を宿すのである」。ポリュビオスは『歴史』の第十二巻(4)で、兎に似たクニクロス(5)という動物がいると書いている、「クニクロスという動物は、遠くから見ると小さい兎と見えるが、手にとって見れば、姿形も肉質もかなり違う。

(1) この句は本書第十巻四四六aにも引用されていて、そこから、これはアメイプシアスの喜劇『吊り上げ機』からのものだと知れる。

(2) クセノポン『狩猟術』五-一三。

(3) ヘロドトス『歴史』第三巻一〇八。

(4) ポリュビオス『歴史』第十二巻三-一〇。

(5) ポリュビオスではキュニクロスとなっている。ラテン語の cuniclus をそのまま借用したものらしい。アリストテレスは lagos は扱っているがクニクロスのことは述べていない。「辞書」は lagos=hare, kyniklos=rabbit としている。

この動物はおおむね地面に穴を掘って隠れ住む」。ストア派の哲学者にして歴史家、ポントスのポセイドニオスも『歴史』の中で述べている、「ディカイアルケイア［プテオリ］からネアポリス［ナポリ］への船旅で、たくさんのクニクロスを見た。ディカイアルケイア領の端の、陸からさして離れていない所に島があって、そこには人はあまり住んでいないが、このクニクロスがたくさんいる」。人によってはこれを「茶色兎」と呼ぶ。ディピロスだかカリアデスだかの『間違い』という芝居にこうある、

甲　こりゃ何だ。どこのもんだ。
乙　茶色兎[1]よ。これを壺で煮たのは、うまいぞ。

b テオポンポスは『歴史』の第二十巻で、マケドニアのビサルティアには、肝臓が二つある兎がいる、と言っている。

猪（sys）

猪が運び込まれたが、それが話に出てくるカリュドンの猪[2]にも劣らぬほど大きくみごとなもので、するとだれかが言った、「ウルピアヌス君、思索家にして推理の人たる君にひとつ研究課題を呈上しよう。かのカリュドンの猪は雌だったとか、白い猪だったとか言っているのはだれだ」。するとウルピアヌス、大いに考え込んでから、その問いをひとまず払いのけて、「おお、口腹(こうかく)の輩(やから)よ、だな。もし諸君にしていまだに腹
c 満ちたりとせぬとあれば、これはすでに大食いとてその名も轟(とどろ)くすべての者らをすら打ちしのぐ大食いで

あることになるぞ。ま、その大飯食らい之助がだれだれであったか、ご探究召されるがよかろう。が、その前に、猪は hys ではなく、頭に s- をつけて sys と言うのが正しい。その方が語源に近いからだ。(3) 何となれば、この獣の sys という名は、突進する (seuesthai)、そして性質が激しいところから来ているゆえにだ。しかしこの名は、頭の s- をはずして、hys と言う習わしもできた。さらに、sys とは thys から来ている、すなわち犠牲として供える (thyein) にふさわしい獣ということだと言う人もある。さてそこで、小生にお答え願いたい。現にわれわれがそう言っているように、野生の猪 (sys agrios) を一語につづめて syagros という形で
d 述べているのはだれかだ。ソポクレスは『アキレウスを愛する男たち』で、この名は『猪を狩る (sys agreuein)』から来ているので、これは犬のことだとしてこう言っている、

シュアグロスよ、おまえはペリオンの山育ち。

ヘロドトスにはシュアグロスという人名が出てくる。スパルタの出だ。第七巻で、(4) ペルシア人に対抗すべく、シュラクサイのゲロンのもとへ使節となって行った人物だ。アイトリアの将軍シュアグロスというのも私は

---

(1) 原語は chelidonios lagos で、直訳するとツバメウサギ。「燕の喉のような赤茶色をした兎」ということらしい。

(2) カリュドンの猪の話とは、メレアグロスをめぐる物語に出てくる。彼の父、アイトリアのカリュドンの王オイネウスが収穫を感謝して神々に犠牲を供えたときに、女神アルテミスを忘れたのを怒って、女神が野に放った大猪。

(3) hys よりは sys の方が語源に近いことは確かだが、以下の説明は例によって間違い。

(4) ヘロドトス『歴史』第七巻一五三。

知っている。その人物のことは、ピュラルコスが『歴史』の第四巻で述べている」。するとデモクリトスが
e 言った、「君はいつも、食卓に何が出されようと、その料理の名が昔の人の文章に使われているかどうかを聞かんうちは、お相伴にあずかろうとしない。コス島のピリタスという男は(1)、『嘘』という言葉を探索しているうちに干からびたというが、君もその男のように、そのうちに干からびてしまう恐れがあるぞ。この男はこの探索のために痩せ細って死んだのだ。彼の墓の銘にこう書いてあるから確かだ、

　行く人よ、我はピリタス。虚言、ならびに
　夜ごと夜ごとの思索、我を滅ぼせり。

だから君も、そのシュアグロスの探究のために飢えることのないように、アンティパネスが『誘拐』で言っていることでも学びたまえ、

f 　俺は猪(syagros)とライオンと狼を捕まえて、
　今夜のうちに家へ連れて帰る。

シュラクサイの独裁者ディオニュシオスは『アドニス』で、

　このニンフの洞窟の、天然の天井の下で、
　犬の好物、流産した猪の子の蹄を
　犬より先に頂戴して、お供えの初物としよう。

402 サモスのリュンケウスは、アポロドロスに宛てた手紙の中でこう書いている、『山羊の肉は奴隷に与うるも苦しからずと存じ候。されど猪の肉は、ご自身ならびにご友人らのものに御座候』。マケドニアのヒッポロ

コス――この人のことはわれわれも最前話題にしたな(2)――そのヒッポロコスが、これもさっき引き合いに出されていたリュンケウスへの手紙の中で、多くの猪のことを述べている。しかし君は、ウルピアヌス君、カリュドンの猪について、その毛は白かったと伝えているのはだれかという問いを払いのけたのだから、こっちから言って差し上げよう。君はそれを跡づけて確かめて見たまえ。もうかなり以前に、ぼくはレギオンのクレオメネスのディテュランボスを読んだことがあるのだが、その中の『メレアグロス』という題の詩の中で、問題のことが語られているのだ。シシリー辺に住む人々が、猪のことをアスケドロスと呼んでいること
b も知らぬわけじゃない。とにかくアイスキュロスが『ポルキデス』の中で、ペルセウスを猪にたとえているのだが、そこでこう言っているのだ、

　洞穴の中へと、さながらアスケドロスのごとく突入した。

スキラス(この人は世に言うイタリア喜劇の作家で、タレントゥムの出だ)も『メレアグロス』で言う、

　牧人も、ここでは羊は飼えぬと思い、
　アスケドロスも、羊を追いつつ発情する。

c アイスキュロスはシシリーでいくばくかを過ごしていたのだから、シシリーの言葉を多く使ったとて不思議はない」。

(1) ピリタスは前四世紀の学者・詩人。ヘレニズム時代のギリシアやローマの詩人に崇められていた。
(2) 本訳書第2分冊のはじめ(第四巻一二八a)。

(402)

仔山羊 (eriphos)

仔山羊も手をかえ品をかえてたびたび出された。なかんずく、たっぷり肉ソース[1]をかけたものは、ありきたりではないおいしさだった。それに、山羊の肉は滋養の点でも最高なのだ。とにかくカルタゴのクレイトマコス——この人は、その哲学理論において、新アカデメイア学派中他に並ぶ者がないという人だった——が言うには、あるテーバイの体育家は、山羊の肉を食べていたがゆえに、同時代のだれにも負けぬ力持ちになっていた。この肉の汁は、精があり粘り気があり、しかも長時間体内に滞留するのだ。ただしこの体育家は笑いものにされていた。それは彼の汗が悪臭を放つからだった。豚肉や羊の肉は、もし消化されないまま体内に留まっていると、その脂肪のために腐敗しやすい。

d

喜劇に出てくる食事風景

喜劇作家が語る食事は、食べておいしいというよりは耳に楽しい。例えばアンティパネスの『お針子』でもそうで、

甲　何の肉がいちばんおいしいと思うかね。　　乙　何のって、そりゃあ
高くないやつ。羊なら、まだ毛のないやつ、

e

チーズもできないやつ、つまり仔羊でさあね。
山羊でも、やっぱりおんなじで、チーズのできないやつ、
仔山羊だね。大きくなったやつは、ほられるでしょ。
　だから安いのでご満足ってえわけでさあ。

『キュクロプス』では、

　小生から、陸に住む
　以下の獣が届くであろう。
　群れの中の牡牛、森をさまよう牡羊、
　天よりの牝羊、去勢した牡羊、
　去勢した猪、去勢してない豚、仔山羊……、
　青いチーズ、干しチーズ、
　おろしチーズ、クリーム・チーズ。

f

ムネシマコスは『馬飼い』で、

　マネス、糸杉の天井張りの部屋から

(1) このソースとはoposで、「辞書」は、これは植物のジュースだとしながら、ただしアテナイオス四〇二cでは肉汁(gravy)だとしている。

出てこい。そしてアゴラの
ヘルメス様の像が
並んでる所へ行け。
そこへ騎兵隊長さんが来る、
若盛りの生徒を連れてな。
馬の乗り方降り方を
ペイドンさんは訓練するんだ。
その人たちへのわしのことづてを心得たか。
こう言うんだぞ、いいか。
魚は冷めてます、酒はあったまってます。
練り粉は乾いてます、パンも乾いてます。
臓物は焼けました。切り身の肉は火から下ろしました。
肉は漬け汁から引き上げました。
ソーセージの薄切り、皺胃(しわい)の薄切りもあります。
それから別のソーセージ、もひとつ別のソーセージもあります。
中においでの方々が、喉元切って作ってくださいました。
皆さま酒あえ甕から、がぶがぶおやりで[1]、
乾杯また乾杯で、今やあられもないコルダクス踊り[2]の最中、

若い連中の胸もたががゆるんでます、
というわけで、上を下への大騒ぎです。
わしの言うことを覚えとけ。ようく聞くんだぞ。
何をぽかんとしてるんだ。
こっちを向け。それでどうして、今わしが言ったことを言えるんだ。
もういっぺんはじめから、言って聞かせよう。
もうぐずぐずなさらずに、すぐにおいでください。
b
料理人の機嫌をそこねませんように。
煮るものは煮えましたし、
焼くものは焼けて、乾いております、と言って、
ひとつひとつ品物を挙げる。ボルボス、オリーヴ、
にんにく、カリフラワー、南瓜(かぼちゃ)、豆スープ、
トリオン、葡萄(ぶどう)の葉、鮪(まぐろ)の切り身、

(1) 酒あえ甕（クラテル）は酒を水で割るための大甕。ふつうはこれからオイノコエという片手つきのポット状の器に酒を酌み、それから盃（キュリックスなど）に注ぎ分ける。それをいきなりクラテルからがぶがぶというのは、すでにかなり座が乱れているしるし。

(2) コルダクス（kordax）は古喜劇で用いられた舞踏だが、つねに淫らさが連想されていた。

c

鯰(なまず)の切り身、蝶鮫(ちょうざめ)の切り身、鱶(ふか)の切り身、
ポクシノス(1)は丸のまま、コラキノスも丸のまま、
アンチョヴィに鯖(さば)、
鮪にはぜにエラカテネス(2)、
鮫族の中で犬と呼ばれるもの、
しびれえい、あんこう、鱸(すずき)に真鯵(まあじ)、
鰯(いわし)、べら、ブリンコス(3)、赤ぼら、
ほうぼう、赤えい、うつぼ、真鯛、
ミュロス、レビアス(4)、スパロス、おうむべら、
鰊(にしん)、飛び魚、海老、槍烏賊(やりいか)、
平目、竜魚、
蛸(たこ)、甲烏賊、はた、
大海老、エスカロス(5)、小魚、だつ(6)、
鰡、かさご、鰻(うなぎ)、アルクトス(7)、
ほかに肉もどっさり（どれほどなど申せぬほど）、
鴨、仔豚、牛、仔羊、羊、
猪、山羊、雄鶏、鴨、
かけす、鶉(うずら)、アロペキアス(8)、

d

食事がすんだら、
すっばらしいものが、これもどっさり。
家中みんなが粉をこね、焼き、
毛をむしり、刻み、そぎ、ひたし、
喜び、戯れ、足踏み鳴らし、食べ、
飲み、跳ね、そっくり返り、突っ込む。
笛の音はおごそかに柔和に、
舞の足拍子と歌声はあたりをとよもし、
聖なる大地より、シリアの海より、
肉桂（にっけい）の娘なる芳香を息吹かす。

(1) ポクシノス (phoxinos) は川魚だろうという以上のことはわからない。
(2) エラカテネス (elakatenes) は、ひょっとしたら魚の名前ではないかもしれない。本書三〇一dと九七頁註(3)を参照。
(3) ブリンコス (brinkos) もわからない魚。
(4) レビアス (lebias) については九七頁註(1)を参照。
(5) エスカロス (escharos) は平たい魚の一種という以上のことはわからない。二一七頁註(6)を参照。
(6) ダツについては一七一頁註(1)を参照。
(7) アルクトス (arktos) は本訳第1分冊(第三巻九二d、一〇五b)でクマガニとしたもの。甲殻類という以上には正確にはわからない。
(8) アロペキアス (alopekias) は第七巻(二九四d)でキツネザメとした alopex のことだという。

乳香とセージの尊い香りは
鼻孔をふるわせる。没薬、菖蒲、
安息香、バロス、(1)
リンドス、キンドス、キストス、薄荷、(2)
これらがおよそ、よきものを吸い上げて、
家内にみなぎっておりまする、とな。

こんなことを言っているところへ、「薔薇の膳」という料理が運ばれてきた。これについて、わが賢明な
e
る料理人は、事前に解説すべく、一席ぶっていた。彼は昔の有名になった料理人たちのことを述べてはあざ笑い、「アナクシッポスの喜劇に出てくる料理人にしてからが、これほどのものを発明しましたですかな。『姿を隠した男』で、料理人がこんな大法螺を吹いておりますでしょう、

甲　アカルナニアのソポンと、ロドスのダモクセノスは、
この道でわしの同門だった。
師匠はシシリーのラブダコス先生です。
f
この二人は、料理術の書物から、
風味づけに関する古いたわごとを拭い去り、
匂い杉なんていうのを隅っこに追いやった。
つまり何です、キュミノン、酢、シルピオン、

404
チーズにコリアンダーなんていう、昔々クロノスが
愛用したような(3)、そういうのをみな追放した。
そんなのを使うやつは、ただの呼び売り屋だってえわけですよ。
で、そういうご本人たちは、旦那、油と新しい鍋
があればいい、あとは強火、ただしのべつぷうぷう吹かない、
これだけありゃあ、どんな食事でも、ちゃんとやってご覧に入れる、
というわけで、これではじめて食事から、涙とくしゃみと
鼻すすりが消えた。つまりこのご両人は、
食事する人の、体の穴をきれいに掃除したわけです。
ところでダモクセノスの方は、塩漬け汁を飲んで死にました。
そんなもの飲むのは、本性に違うというわけでさあね。　乙　もっともだ。

b
甲　ソポンは今や全イオニアに君臨していますが、

---

(1) 安息香 (styrax) は、島崎氏のアリストテレス『動物誌』第四巻八 (五三四b二四) の訳註によれば、安息香樹 (*Styrax officinalis*) からとった樹脂の由。バロス (baros) については、香料だということ以外何もわからない。

(2) この行末の薄荷は minthos. するとこの一行、lindos, kindos, kisthos, minthos と語呂合わせになっているが、薄荷以外のものについては香りのいいハーブらしいと推定できるのみ。

(3) クロノスは、今世界を統治している神ゼウスの前代の支配者だから、日本で「神代の昔」と言うのに似ている。

旦那、これがわしの師匠です。かく申すわしは、
新しい料理術の書物を遺したいと念じて学問をしとります。

乙　やれやれ、神様に獣をお供えする代わりに、わしをあやめようっていうのか。

甲　朝早く、料理術の書物を手にして、
この技に関することどもを探究しております。
c アスペンドスのディオドロス(1)と、どっこも違やしません。
もしよろしければ、わしの新発明を、ひと口召し上がっていただきましょう。
わしゃあ決して、皆さんに同じものを出したりはしません。
まず、ひとりひとりの生きように合わせて、しつらえます。
恋する者に合う食事、哲学者向きの食事、
税取り立て役人向き。女の子にほれた若者は
父親の財産を食いつぶす。
こういうのには甲烏賊と槍烏賊、それに、
いろんな種類の岩場の魚に
ソースをあしらって出しますな。
d どうせ食べることには気もそぞろで、
思うことは逢瀬（おうせ）の楽しみばかりですからな。
哲学者には豚の、骨つきのもも肉か脚。

この獣はやたら滅法食いたがりますんで。
税金役人には、灰色はぜ、鰻、スパロス鯛。
墓行きの近い人には、豆スープ。
精進落としは豪勢にする。
年寄りの口はまた違います。
若い連中よりはずっと生気にとぼしい、
そこで芥子（からし）を出す。すると芥子の精が、
ソースをぐっとぴりりとさせる、
体ん中のガスを刺激して膨らますわけです。
何を食べたいと思っておいでかは、
お顔を見ればわかります。

e

このほかにも、皆さん、ディオニュシオスの『立法家』に出てくる料理人も、――いえ、この料理人も、ここで引き合いに出しても悪くはない。何と言ってるかと申しますと、

甲　シミアス、本当に、よくぞ言っといてくれた。

（1）このディオドロスについては、本書第四巻（本訳書第2分冊）一六三d－fの記述を参照。

たっぷり礼を言うよ。なにせ、料理人てえものは、
料理に手をつけるずっと前に、どういうお客のために
料理をするのかを、知っとかなきゃならんからな。
もしだな、型どおりに料理することにばかり気がいって、
いつ、どういう風に、調理するか、そういうことを
前もって考えもせず知りもせず、ただやっつけたりしたら、
そんなのは料理人じゃない。ただのおかず作りだ。
こりゃあまったく別ものだ。えらい違いだ。
偉いさんならだれでも将軍というわけじゃあない。
事にあたっていちいちつぶさに見て回り、
さてどうしたらいいかを見抜く、それが将軍で、
そうでないのはただの隊長だ。
わしらの料理もおんなじで、支度をする、切る、
ソースを作る、火を起こす、そんなことなら
だれにもできる。おかず作りってさっき言ったのは
そういう手合いよ。だが料理人はちと違う。
場所のわきまえ、時の心得、お客のこと、それから
ご主人のこと、いつどういう魚を買ったらいいか、そういうことは

ぽっと出のやつにはできない。ほとんどのべつ
おんなじ料理てえことになる。だが、同じ料理でも、
いつも同じようにうまいと思うわけじゃない。
なるほどアルケストラトスは書いた。そして、
連中はあれを、貴重な忠告だとばかり
たいへんな持ち上げようだ。けどな、何でもかでも
c
あの通りと思っちゃあいけない。何でもあれを読めばわかると思っちゃあいけない。
料理の技に関するかぎり、本に書いてあることなんざあ、
本なんかに書きはしなかったこと以上に、つまらんな。
料理の技を説明するなんて、できっこない。
最近あるやつが……。
ここまでなんていう限度もない。
技そのものが、だれに仕えるんでもない、自分の主でな。
かりにおまえが、この技を使いこなすとしてもだな、
潮時ってものをはずしたら、それでもう全部おじゃんだ。

シミアス　すごい、すごいね、あんたは。　**甲**　そうともさ。

d
さっきおまえが言った、いろんな豪勢な宴会に行ったことが
あるってえ人だがな、わしゃあその人に、そんなのぜーんぶ

(405)

忘れさせて進ぜるね。わしのトリオン(1)をちょっと
お目にかけるだけで十分。アッティカの風薫る食事を差し上げるよ。
たとえてみりゃあ、荷物船の飯ばかり食って、水垢のたまる船底からお出でなさる（みたいなもんだろう）。
……わしの前菜をひと口召し上がる。うとうとっとなさるだろうて」。

e これに答えてアイミリアノスが言った、「ヘゲシッポスが『兄弟』で言っているように、

諸君、料理についてはいろんな人が、いろんなことを言っている

のだから、あんたは何か新しい（つまり、これまでの人たちとは違う）ことをやって見せてくれるのか、そうでなかったら、がんがん言うのはやめにして、さあ、何を出すのか、それは何なのか、言ってくれ」。すると件（くだん）の料理人、「喜劇作家のデメトリオスが、『アレオパギテス』という芝居で、こんなことを申していますな、

乙　おれがこの道でやったほどのことを、
役者は、だれひとりやってない、
この道ってのは、煙の王国だ。
セレウコス様のお館で、アビュルタケ・ソース(2)係になった。
f シシリーのアガトクレス様(3)んとこでは、
宮廷用豆スープの発明者になった。
いちばんのことは、まだ言ってない、ラカレスという旦那が、

飢饉だというのに、友だちを呼んで宴会をしようとなすった。
おれはカッパリス(4)で、その場をちゃんとしのいだな。

やつが困ったわけでもないのにさ。だが、さあ、このおれがおまえを困らせてやろう、

いや、ラカレスは、アテナイを裸にした。アテナイのおかげで、

アイミリアノスが言った、

406 もし今度は何を出すのか言わないならな」。すると料理人がとうとう言った、「わしはこれを薔薇膳と呼んでおります。作り方はですな、ソースにしても、頭に鉢巻きするようなのばかりでなく、体の中まで、体全体で召し上がっていただくようにする。詳しく申せば、香りの高い薔薇の花を、乳鉢でつぶしてこね、それを、
b ようく煮込んで、鳥と仔豚の脳味噌にのせます。それから卵の黄身もですな。そしてオリーヴ油、ガロス・ソース(5)、それに葡萄酒で風味をつける。で、これをようく混ぜてフライパンに移し、蓋(ふた)をして、とろ火で気長に焼くのです」。そう言うと彼は、フライパンの蓋をあけて、一同にそりゃあすばらしい香りを味わわ

---

(1) トリオン（thrion）は本来、無花果の葉のこと。料理名としてのトリオンについては三七一頁註（2）を参照。

(2) アビュルタケ・ソース（abyrtake）とは、リーク・アニオン（ニラのようなもの）、クレス、ざくろの実などから作る酸味のきいたソース。

(3) アガトクレス（Agathokles）は前四世紀のシュラクサイの僭主。実権掌握と追放を繰り返し、対外的にはカルタゴの力を挫かんものと暗躍を重ねた。ディオドロス『歴史』第十九－二十一巻のあちこちに彼についての記述がある。

(4) カッパリス（kapparis）については三四三頁註（3）を参照。

(5) ガロス・ソースについては、三二九頁註（5）を参照。

(406) せたので、だれかが思わずこう言った、

　銅敷きつめたゼウスの館内で、もしこれをひと振りするならば、
　その芳香は、大地にも天空にも達しよう。(1)

薔薇から立ちのぼる香りはそれほどのものだった。

豆と豆スープなど

c　このあと、いろいろな鳥を焼いたのと、豆スープと、豌豆(えんどう)(2)を土鍋で煮たもの、それからエレソスのパイニアスが『植物について』に書いているようなものが出された。パイニアスいわく、「およそ種子を蒔いて栽培される植物のうち、豆を生ずるものは、例えば大豆や豌豆のごとく、煮て食するために播種される。これを煮ればスープとなる。ほかにもさらに、アラコス(3)のごとく、卵の黄身の色をしたものもある。豆スープにするのは鳥の豌豆(4)とレンズ豆(5)。さらにまた、四つ足の獣用の豆もある。例えばにがやはず豌豆(6)は耕作の牛
d 用、鳥の豌豆は羊用である」。豌豆については、エウポリスも『黄金時代』で述べている。地誌を書いたへリオドロスは『アクロポリス』の第一巻で、「小麦を煮ることを発明したとき、昔の人はそれをピュアノスと呼んだが、今の人はホロピュロス[全麦]と呼んでいる」と言っている。こんな話がはずんでいるとき、デモクリトスが言った、「お願いだ、どうか豆スープを回してくれたまえ。何なら土鍋ごとでもいいぞ。ただし、タソスのヘゲモンのように、石の投げ合いとかいって、文句を言われたくないならばだな」。すると

e

またウルピアヌス、「その石の投げ合いとは何だね。わがエレウシスに『投げ合い』と称する祭りの行事があることは知っているが、それについては、ひとりひとりの諸君から、報酬を頂戴せぬかぎりは、言わずにおこう」。するとデモクリトス、「いやいや、小生はティモンのプロディコス[7]のような、一時間いくらで演説をして稼ぐ人間じゃないから、ヘゲモンの話をして進ぜよう。ポントスのカマイレオンの『古代の喜劇について』によると、ヘゲモンは、世にはじめてパロディというものを書いた[8]。パケ［豆スープ］とあだ名された。そのパロディのひとつに次のようなものがある[9]、

（1）ホメロス『イリアス』第十四歌一七三。

（2）豌豆は pisos. *Pisum sativum.*

（3）アラコスは arakos.「辞書」は 'wild chickling', *Lethyrus annuus* としているが、とにかく豆科の植物。

（4）烏の豌豆としたのは aphake で、「辞書」は tare, *Vicia angustifolia* としているが、島崎氏はヤハズエンドウ（*Vicia sativa*）としている。

（5）レンズ豆 phakos は最もポピュラーな豆のひとつ。*Ervum Lens.*

（6）にがやはず豌豆は orobos. *Vicia Ervilia.*

（7）このティモンは先に第八巻（三三六d、三三七a）で風刺詩人として引用されていたプレイウスのティモン。この『プロディコス』も、ソクラテスと同時代のソフィスト、プロディコスを風刺したもの。「一時間いくらで……」というのは labargyros horologetes というのだが、プロディコスは Horai（「季節」）と題する演説を書いたそうで、ここではその Horai を故意に「時間」の意味に曲解して、悪口としたものと思える。

（8）アリストテレス『詩学』一四四八a一二も、パロディの祖としてこのヘゲモンの名を挙げている。

（9）ホメロスの四箇所のパロディをつきまぜたもの。『オデュッセイア』第三歌二二一、第四歌七九三、『イリアス』第十六歌七一五、第八歌二九七。

かく思案しているわが傍らに、パラス・アテネ立ちたまい、
黄金の錫杖を手に、私をけしかけてのたもうた、
f 「忌むべきパケ、心をひどく傷めておるが、行きて競演に加われ」。
そこで私に勇気が沸いた。

ある時このヘゲモン、喜劇上演のために劇場に来たが、ふところにしこたま石をかくしもち、それを、合唱隊の舞い歌うオルケストラに投げ込んだ。見物の衆はこれは何事と、訳もわからずにいると、ややあって、彼は投げやめてこう言った、

407 これは石だ。投げたい者は投げるがよいわ。
だがな、豆スープは夏によし冬によしだぞ。

この人物は、とくにパロディで名をあげ、叙事詩のあちこちをもじって、意地悪く仕立てて吟じてみせては、
アテナイ人の語り草になっていた。『巨神族の戦い』[1]ではアテナイ人をすっかり魅惑して、大笑いに笑い転
げさせたが、あたかもその日、シシリーで起こった大不幸の一報が劇場にもたらされたのだった。この災難
のために、身内のだれかを失わなかった者などほとんどいなかったが、それでもだれひとり劇場を立ち去ら
b なかった。心では泣いていたのだが、立たなかった。他国から見物に訪れている人々に、自分たちが災厄に
動揺していると見られないようにである。それゆえその場に留まって聞きつづけた。しかしヘゲモン自身は、
その知らせを聞くや、沈黙した。アテナイ人が海を支配していたころ、諸島に関わる裁判もアテナイで行な
うようにしたが、その時分にある者がヘゲモンを告訴してアテナイに召喚した。彼はアテナイに来るや、デ

c イオニュソスの芸人すなわち役者衆を集め、アルキビアデス様のご援助を賜りたいと、徒党を組んで請願した。彼は、心配するなと彼らに言い、メトロオン、すなわちキュベレの神殿(2)に赴き、そこに保管されていた訴状から、指をなめなめ、ヘゲモンに対する告訴文をこすって消した。書記とアルコンは心中怒りを発したが、アルキビアデスゆえにこらえていた。被告の分別によって逃れたというわけである』。以上がカマイレオンの記すところで、『石合戦』に関して小生の申すこと、よって件（くだん）のごとしだ。さてウルピアヌス君、

d 君の言う『エレウシスの石合戦』について、お望みならお話し願おうか」。するとウルピアヌス、「それよりはだな、デモクリトス君、君はさっき土鍋がどうとか言っていたな。それで思い出したんだが、私はかねがね『テレマコスの土鍋』と称されるものは何なのか、それにこのテレマコスとは何者なのか、知りたいと思っていたところなのだ」。それに答えてデモクリトスが言うことに、喜劇作家の（といっても、この人は悲劇も作った）ティモクレスが、『忘却』という芝居の中でこう言ってるね、

それからテレマコスは、また別の男に会い、

(1) すでに一七年もペロポンネソス戦争を戦っているアテナイが、常識からいえばむちゃに決まっているシシリー遠征を企て、さながら国力を誇示するために赴くかのような絢爛豪華な大軍勢が、そのシシリーで苦戦の末に全滅した悲劇的な出来事。トゥキュディデス『歴史』第六―七巻という、名文中の名文がその様を記述している。その全滅の一報がアテナイにもたらされたときの市民たちの反応についても、同書第八巻のはじめを参照。

(2) キュベレはもと東方の大地母神。ギリシアでも神々の母というレアと同一視された。メトロオンとは「母の宮」ということ。アテナイではその神殿が公文書館になっていた。

その男にていねいに挨拶をして、さてそれから

「貴殿が空豆を煮るのにお使いの土鍋を

小生にお貸し願えぬか」。いやさ、まこと

e

彼はそう言ったのだ。そして、カイレピロスの子の、太っちょの

ペイディッポスが、遠くを通りかかるのを見るや、ちょっちょっと口を鳴らして呼び止め、

編み籠を送ってくりゃれと言った。

テレマコスというのがアカルナイの区民だということは、同じ詩人が『ディオニュソス』でこう言っている

のでわかる、

甲　アカルナイのテレマコスは、今もアジ演説をぶっている。

それにこいつは、近頃買ったシリア人の奴隷みたいなのさ。

乙　というと、どんな具合なのかね。伺いたいね。

甲　タルゲリアの祭りの豆を煮る鍋を持ち歩いている。

f

『イカリアのサテュロスたち』では、

そこでうちには何にもないことになった。みじめな一夜になった。

はじめは寝つかれず、次はトゥディッポスのやった一発で、

すっかり息がつまっちまって、それから飢えのとりこになった。

それで熱烈なディオンのとこへ駆けつけたが、やつんとこにも

何にもなかった。世にもすぐれたアカルナイの
テレマコスんとこへ行ったら、大豆が山ほどあったので、
そいつをさらってぱくぱくやった。すると驢馬がそれを見て、
演壇に立ったケピソドロス(1)みたいに、屁をしやがった。

408 こういうのから明らかなことは、テレマコスはいつも土鍋の大豆を食っていて、そうしてはピュアノプシアの祭り(2)を祝っていたということだ。大豆の粥のことは、喜劇詩人のヘニオコスが『トロキロス』でこんな風に言っている、

甲 神々に誓って、おれは胸ん中で考えをまとめてたんだ。
カルダモンなんぞより、干し無花果の方がなんぼましかってな。
ところがおまえはパウソンと、えらいことをしゃべり合ってたっていうじゃないか。

乙 まあな。ひどくむずかしい問題を持ち出してさ、それで
考えを、あっちこっちの枝道に迷い込ませてたっていうわけだ。

---

(1) ケピソドロス(Kephisodoros)はこれまでに三度、第二巻六〇d－e、第三巻一二二b－cと第八巻三五四cで引き合いに出されていたアテナイの演説家でイソクラテスの弟子。誰彼の文章に疵を見つけてはそれを攻撃した。

(2) ピュアノプシア(またはピュアネプシア)は今の十月ごろ、アポロンに捧げられていた収穫祭で、とくに初穂として煮た大豆を供えた。

(408) b 甲　そいつを聞かせろよ。どうせ悪くない冗談だろうからな。
乙　何ゆえに、豆粥は腹を膨らませ、火は膨らませぬかだ。
甲　そいつはおもしろい。パウソンの問題[1]っていうのが、それでわかるな。
あの屁理屈屋め、まあ、いつも豆ばかり食いたがるわけだ。

手すすぎの水

こんな話が何度も繰り返されているところへ、手すすぎの水が出された。するとまたまたウルピアヌスが、この手すすぎの水の器のことを、われわれはケルニボンと呼びならわしているが、この名前は何かに出ているかと探求を始めた。するとだれかが『イリアス』を引いてこう言った[2]、

c こう言って老王が女中頭に、きれいな水を
手に注げと命ずると、女中はケルニボンと
水差しを持って傍らに立った。

アッティカの人々はケルニボンのことをケルニビオンと言う。そこでリュシアスは『アルキビアデスを駁
d す』で言っている、「金のケルニビオンだの金の香炉だの」。エウポリスは『デモス』でケイロニプトロンという語を使っている、

かりにだれかが競走で一等賞になって、ケイロニプトロンを獲得する、とする。

けどな、およそすぐれた有用の士ならばだな、
優勝して人並みすぐれたということになれば、ケイロニプトロンということはないだろう。

エピカルモスは『使者』でケイロニボンと言っている、

キタラ［竪琴］、三脚台、馬車、青銅のテーブル、
ケイロニボン、献酒用カップ、青銅の釜。

e しかしたいていの人は手水（ちょうず）と言う。エウポリスの『黄金時代』やアメイプシアスの『投石機』やアルカイオスの『聖婚』でそうなっている。これがいちばんふつうなのだ。だがピリュリオスは『アウゲ』でこう言っている、

さあ、ご婦人方の食事もすんだ。それにしても、
そろそろテーブルを片づける時だな。それから床（ゆか）を掃いて、
それから皆さんに手水と香油を差し上げなくちゃ。

メナンドロスは『水差し』で、

f 人々は手水をとって、待っていた。

（1）パウソン（Pauson）は画家だが、画家としてよりは品の悪い冗談やなぞなぞで知られていたらしい。また三度の食事にも事欠いていたようで、アリストパネス『女だけの祭』九四九でそれを冷やかされている。

（2）ホメロス『イリアス』第二十四歌三〇二。

409
文法家のアリストパネスは、カリマコスの『ピナケス』への註の中で、「手水」と「手すすぎ」の区別もつかぬ者をからかっている。彼によれば、昔の人は朝食や夕食の前に手に注ぐのを「手水」と言い、食後に注ぐのを「手すすぎ」と言った。だがこの文法家は、アッティカの作家を見てこう言ったのだと思える。というのは、ホメロスはある箇所(1)でこう言っているからね、

　手をすすがせ、磨いた食卓を広げた。

また別の箇所では、

　おつきの者たちが彼らの手に水を注ぎ、
　女中たちが籠に食べ物を山に盛った。(2)

またソプロンは『女たちのミモス』で、「あさましい女よ、手をすすぐんだ。水もってこい。もう待ちかねた。食事にせい」。しかし悲劇作家や喜劇作家は、手水を、ふつうは chérniba とアクセントをつけるところを、cherníba としている。エウリピデスは『ヘラクレス』で、

b　アルクメネの子は、手水鉢（ちょうずばち）(cherníba)の中に浸すため。

またエウポリスは『山羊』で、

　手水(cherníba)はそのまま止めておけ。

この水というのは、犠牲を捧げた祭壇から下ろした燃えた薪を浸した水だ。これを参会者一同にお祓いとしてふりかける。それはともかく、アクセントは語尾から二番目の音節に置かなければならない。このような、

c　動詞の完了形から派生した名詞で、語尾が -ps となっているものは、語尾から二番目の音節に、元の動詞の完了形が現われる。その際もし、語尾から二番目の音節が -mm- を含む発音になると、最後の音節にはアクセントは来ない。例えば「捨てる（leipo）」の完了受動一人称単数 léleimmai［私は捨てられた］、その leipo から aigílips［「山羊に捨てられた」より「険しい」］という合成語が作られる。同様に tétrimmai［「すり切れた」］には oíkotrips［「家ですり切れた」より「奴隷」］、kéklemmai［「盗まれた」］には boíkleps［「牛盗人」］が関連する。この最後のは、ソポクレスではヘルメスの枕詞だ。また bébl̂emmai［「見られた」］には katôbleps［「下を見ている」］というのもあるが、これはケルソンネソスのアルケラオスの『珍しい動物』に出てくる。こういう名詞の対格では、アクセントは主格の場合と同じ音節に来るのだ(3)。アリストパネスの『英雄たち』には chernîbion という形が出てくる。

d　手をよく洗うためには、スメマという石鹸のようなものを使った。アンティパネスの『革袋』に出てくる、

甲　お話を伺っている間に、だれかにもってこさせてくださいな。
　手を洗いたいんで。　乙　ほら、だれかさんだ。水と石鹸をもってこい。

手に香油を塗り、それをパン屑で拭いたのを（犬に与えて）軽んずるなどということもしていた。そういう

---

(1) ホメロス『オデュッセイア』第一歌一三八。
(2) ホメロス『オデュッセイア』第一歌一四六。これは、食前におしるしとしての手水ではなく、本当に手をすすがせている、というわけ。
(3) つまり、chérniba であって cherniba̍ ではないはずだ、ということ。

パン屑のことをスパルタ人がキュナスと呼んでいたことを、ポレモンが『卑語についての書簡』で明らかにしている。手に香油を塗ることについては、エピゲネス（あるいはアンティパネス）が『貨幣廃止』でこう言っている、

　　　　　　　で、そうしたら、
　ぶらぶら散歩して、それから形どおりに
　香りをつけた土で手を洗う。

e またピロクセノスは『宴会』という芝居で、
　それから給仕が手すすぎ水をくれる、
菖蒲の油入りのスメマをかける、ちょうど
いい加減にあったためてある。それに手拭き……、
きれいで、きめの細かい亜麻布でさ、それから
アンブロシアのような香水と、
　菫の花の開いた冠をくれた。

f ドロモンは『竪琴弾きの女』で、
　われわれが昼をすますと早速に
給仕が食卓を片づけて、手すすぎの水をかけた。
それで手をすすいで、もういっぺん冠を手にとった。

これは夕食用で、とった冠を頭にのせた。
手や足をすすいで汚れた水（アポニプトロン）のことをアポニンマともいった。アリストパネス[1]に、

　まるで夕方に、足すすぎの水をかけるときみたいに

とあるが、たぶん、この水を入れる鉢のこともそう呼んだのだろうな、手にかける水もその鉢もケイロニプトロンといっていたのだからね。しかしアテナイでは、アポニンマは特別な意味で使われていたようで、つまり、死者のための葬礼で使う水とか、不浄を浄める水とか、そういうのだ。アンティクレイデスの『葬儀解説』で、死者へのお供物（くもつ）について説明したのちに、「墓の西に当たって穴を掘り、次いでその穴の傍らに
410 西に向かって立つ。しこうして、次のごとく唱えつつ水を注ぐ、「しきたりに従い、汝に浄めの水を注ぐ」。
しかるのちふたたび、香りをつけたる水を注ぐ」。以上のことは、ドロテオスの著作にも出てくる。エウパトリダイ一族で行なわれている先祖祭で、先祖の霊に願いを込めて祈る人々を浄める儀礼のことを記して、
b 彼はこう言っている、「次いで、まずみずから身をすすぎ、また犠牲に捧げたる獣の臓物にあずかる人々も、水をばとって手をすすぎ、浄めらるべきものの血の汚れをばこれにて浄める。しかるのち、浄めに使ったる水（アポニンマ）をよく振って、同じ場所に注ぐ」。

　手を拭うための粗い亜麻布のことをケイロマクトロン［手拭］といった。キュテラのピロクセノスは、先に引用した箇所で、そういう手拭きのことをエクトリンマと呼んでいる。アリストパネスは『タゲニスタ

（1）アリストパネス『アカルナイの人々』六一六。

(410)
イ』で、

おい、小僧、早よ、手にかける水と
手拭（ケイロマクトロン）をもてこい。

c ここで注目すべきは、食後に関しても「手水」と言われている、つまり、文法家のアリストパネスが、アッ
ティカでは食前の手すすぎのことを手水といい、「手すすぎ」というのは食後のことだとしているのとは違
うということで、ご覧の通り「手水」が食後のことにも使われている。ソポクレスは『オイノマオス』で、

スキュティア流に、頭を剃がれて手拭きにされ(1)

と言い、ヘロドトスの第二巻(2)にもこの語が出てくる。クセノポンは『キュロスの教育』の第一巻(3)で書いてい
る、「こういう料理に手を触れるたびに、そちはすぐさま手拭きを使うておる。すなわちそちは、こういう
もので手をよごすのがよほどいやなのであろう」。ポレモンも『アンティゴノスならびにアダイオスに与う』
d の第六巻で、この手水と手すすぎの違いについて述べている。デモニコスは『アケロオス』で、食前の手す
すぎのことを手水と呼んで、こんなことを言っている、

だれもかも一所懸命だった。おもてなしするのが、
そりゃあ食い意地の張った方で、しかもボイオティア人だというので。
なにしろそのお方は、手水など要らん。さようなものは
食後にいただき奉る、なんておっしゃるのだ。

粗い亜麻布は、クラティノスも『アルキロコスたち』で述べている、「その髪、恥にまみれて、巻きつけた

e る粗き亜麻布よりこぼれる」。サッポーが『詩集』第五巻で(4)、アプロディテに、

……………
ムナシスがポカイアから
送ってくれた
高価な贈り物

と言うとき、手拭きを髪飾りとして語っているのだ。このことはヘカタイオスか、あるいはとにかく『アシア』という旅行記を書いた人が明らかにしている、「女たちは頭に手拭きを巻いている」。ヘロドトスは第二巻(5)でこう言っている、「こういうことがあったあと、この王〔ランプシニトス〕は、ギリシア人が『ハデスの国』と呼んでいる所〔死者の国〕へ生きながら下って行ったそうで、そこで彼は女神デメテルと賽(さい)の勝負をし
f て、勝ったり負けたりした。それから彼は女神から黄金の手拭きを土産にもらって、また地上に戻ったという」。それから、ヘラクレスの手に、ケルニボン〔水鉢〕から水をかけた少年というのもいて、その少年をヘラクレスは拳骨の一撃で殺してしまった。ヘラニコスの『歴史』によると、その少年の名はアルキアスといい、ヘラクレスはその少年のためにカリュドンから立ち去った。しかしそのヘラニコスは、『ポロネウス物

(1) スキュティア人が、討ち取った敵兵の頭皮を剝ぎ取って手拭きにすることは、ヘロドトス『歴史』第四巻六四に詳しい。
(2) ヘロドトス『歴史』第二巻一二二。
(3) クセノポン『キュロスの教育』第一巻三-五。
(4) サッポー『詩集』一〇一 (Lobel/Page)。
(5) ヘロドトス『歴史』第二巻一二二。

411

語』の第二巻では、その少年の名をケリアスとしている。ヘロドロスは『ヘラクレス伝』の第十七巻で、その少年の名をエウノモスとしている。ヘラクレスはまた、ピュレスの子でアンティマコスの兄弟であるキュアトスが、彼のために酒酌(さけく)みをしているときに、心ならずも殺してしまった。このことはニカンドロスの『オイタ山物語』の第二巻に語られている。ニカンドロスによると、ヘラクレスはその少年のために、プロスキオンに聖域を設けたが、その場所は今もなお「酒酌みの祠(ほこら)」と呼ばれている。

　私としては、ここで話を一旦打ち切って、ヘラクレスの大食について、またあとで話をつづけることにしよう。

本書の第七巻はさながら魚づくしのような内容になっているので、原田英司というすぐれた魚類学者を長年存じ上げているのを幸い、この巻に関しては、同氏にご校閲をお願いした。忙しいなかをきわめてていねいに検討してくださり、ご教示を賜ったことを心から感謝申し上げる。しかしまた、アテナイオスは博物学の書物ではなく、単なる読み物にすぎないので、せっかくの原田氏のご教示にもかかわらず、読み物にふさわしい程度にいいかげんに訳した箇所もいくつかあることを、原田氏にお詫び申し上げ、読者の方々にもそのことをお断わりしておく。

アリストテレス『動物誌』の翻訳と註を通じて、訳者がこれまでたいへんお世話になった島崎三郎氏が、今年二月に急逝された。この訳註には今後もお世話になることが多いと思うにつけ、心から残念に思い、また謹しんで感謝と哀悼を捧げる。

またこれまで、訳者の手元にある資料だけでは解決のつかない事柄に関して、Pauly-Wissowa, *Real-encyclopädie der klassischen Altertumswissenschaft* をはじめ、いろいろな参考資料のことで、多大の便益を訳者のために与えてくださっていた筑波大学助教授・永田康昭氏が、昨年四月に急逝されて、今、事ごとに不便を感ずるにつけ、これまで訳者がどれほど永田氏のお世話になっていたかをあらためて思い、感謝の気持ちと哀悼の念をここに記しておきたい。

二〇〇〇年九月

柳沼重剛

訳者略歴

柳沼重剛（やぎぬま　しげたけ）

筑波大学名誉教授

一九二六年　東京都生まれ

一九四九年　京都大学文学部卒業

筑波大学・大妻女子大学教授を経て一九九九年退職

主な著訳書

『ギリシア ローマ古代知識人群像』（岩波書店）

『西洋古典こぼればなし』（岩波書店）

『語学者の散歩道』（研究社出版）

プルタルコス『食卓歓談集』（岩波文庫）

アテナイオス『食卓の賢人たち』1・2（京都大学学術出版会）

『トゥキュディデスの文体の研究』（岩波書店）

食卓の賢人たち　3　西洋古典叢書　第Ⅱ期第6回配本

二〇〇〇年十一月十五日　初版第一刷発行

訳　者　柳沼重剛

発行者　佐藤文隆

発行所　京都大学学術出版会

606-8305 京都市左京区吉田河原町一五-九 京大会館内

電　話　〇七五-七六一-六一八二

ＦＡＸ　〇七五-七六一-六一九〇

印刷・土山印刷／製本・兼文堂

ISBN4-87698-122-1

定価はカバーに表示してあります